SLAGET OM SOMA

DÖDENS SKVADRON

MORGAN HÖGBERG

DEL 3

SLAGET OM SOMA

FSC
www.fsc.org
MIX
Papper från
ansvarsfulla källor
Paper from
responsible sources
FSC® C105338

Prolog

Aram Trasher vandrade muttrandes genom den öde korridoren. Han var inte glad över att bli kallad tillbaka till Harash. Vem visste vad demonerna skulle göra när det inte fanns någon som kunde styra dem. Han visste att Drashin nästan hade kommit fram till Soma nu, han kanske rent av redan befann sig i ökenriket.

Båda bakhållen som han ordnat hade misslyckats. Trasher hade varit mycket nöjd med planeringen av det andra. Han visste att de skulle använda drakriddare som spanare ju närmare dem kom Soma.

Allt hade gått som planerat. Drashin hade blivit slagen till marken av explosionens kraft. Han hade varit så yr att han inte kunnat stå på egna ben. Demoner anföll från båda sidor, för att uppehålla soldaterna och drakriddarna. Sedan kunde en liten grupp ostört göra slut på honom. Men så hade den där kvinnan dykt upp.

Trasher morrade ofrivilligt. Han hade känt igen henne. Han hade träffat henne helt kort för två år sedan, när han vandrat norrut med narkierna. Han ångrade att han inte hade dödat henne då.

Trasher stannade utanför dörren in till Asharaks rum. Han kunde inte förstå varför den fallne ängeln valt att gömma sig i den här förbannade ruinstaden. Han knackade på dörren och klev in utan att vänta på svar.

Rummet var ett av få i det gamla palatset som fortfarande hade tak och en fungerande eldstad. Trots värmen ute brann det en liten brasa i den. Trasher fann ängeln lugnt sittandes i en stor fåtölj framför elden och läste. Förutom fåtöljen fanns det ett litet bord och två stolar i rummet. Det var allt. Trasher hade aldrig listat ut var ängeln sov någonstans, om han sov alls. Asharak såg upp från sin bok.

"Ah, Aram", sa han lojt, satte ett litet bokmärke i boken och slog igen den. "Där är du ju. Hur går det med ditt lilla uppdrag nere i Soma?"

"Det går framåt", svarade Trasher irriterat. "Men vi kan ha fått ett litet problem på halsen. Drashin har undkommit alla mina fällor på vägen. Han använde en portöppning i Garatur ner till Fakari. Det tog mig nästan en hel vecka att ta reda på vart han tagit vägen."

"Så den där mannen lever ännu", sa Asharak och smackade tankfullt med tungan. "Det är en aning irriterande."

"Han kan mycket väl redan vara i Soma i detta nu. Varför kallade du mig hit? Är ditt lilla projekt klart? Har han vaknat?"

"Inte ännu", sa Asharak med viss irritation. "Att du fann fingrarna har skyndat på processen, men det går långsammare än jag trott. Kroppen verkar ha svårt att acceptera verkliga fingrar."

"Kommer den att se ut som honom?"

"Det verkar inte så. Tydligen kan jag inte skapa honom så som han en gång såg ut. Men vi kan trösta oss med att han kommer att ha samma styrka som innan."

Trasher undrade om han skulle ha samma sinne som innan. Asharak försökte återuppliva Marish. Fick varelsen, som skulle bli denne fruktade man, samma sinne som han haft förr så skulle det bli fruktansvärt svårt att kontrollera honom. Kanske till och med omöjligt.

Trasher hade inte varit med om några av krigen mellan Drashin och Marish. Men vad han hade hört om det senaste så hade den senare nästan varit fullkomligt galen mot slutet. Kunde dem kontrollera en galning?

Han gick mot det inre rummet. Han stannade i dörröppningen och såg mot saken som låg på bordet där inne. Nu gick det att se att det var en människa, en man. Vissa delar, som armar och ben, var fortfarande dimmiga. Hans blick föll på den vänstra handen. Tre av fingrarna var bara ben. Det var dem han hade hittat och gett till Asharak. Dem var nyckeln för att väcka Marish till liv igen.

"Så varför kallade du mig tillbaka hit?" frågade Trasher igen och vände sig mot ängeln.

"Jag kommer behöva dig här under processens sista tid", svarade Asharak och lyfte sin bok igen. "När han vaknar kommer jag att behöva dig för att få honom att förstå vad vi behöver honom till."

"Så han är på väg att vakna."

"Snart. Jag vill att du ger dig ut och försöker hittat några människor som vi kan offra. Jag behöver blod till honom."

"Det kan jag ordna. Men det kan ta några dagar. Vi kan inte tömma alla byar runt omkring. Det skulle avslöja var vi finns någonstans."

"Du gör som du finner bäst", sa Asharak med en axelryckning.

Trasher lämnade honom med en morrning. Ängelns nonchalanta agerande skulle mycket väl kunna avslöja deras gömställe vilken dag som helst. Han förstod inte vidden av att vara försiktig.

Så nu var han tvungen att ta fångar också. Nå, om han tog en familj här och en där skulle ingen kunna spåra honom till Harash. Han vandrade vidare i den tomma korridoren och planerade hur han skulle kunna ta så många fångar som möjligt utan att avslöja var han befann sig.

Asharak slog igen boken med en smäll. Den där arroganta fånen. Om det inte hade varit för att han behövdes så skulle Asharak dödat honom för flera år sedan.

Han reste sig upp och gick in i rummet där den halvfärdiga kroppen låg. Att han behövde blod till den var bara halva sanningen. Han ställde sig i höjd med huvudet och synade det otydliga ansiktet. Han var inte helt säker på hur Marish hade sett ut. Vad han hade hört så skulle han varit en spegelbild av Drashin, fast mörkare hår och ögon. Han hade sett Drashin en gång och saken framför honom liknade inte alls mannen på långa vägar. Dels verkade det som om den skulle bli kortare än Drashin.

Nå det spelade inte någon roll. Marishs uppdrag skulle bli att störa Drashin och göra det lättare för Asharak att ta över världen. Misslyckandet med narkierna och angreppet mot Terabelle var bevis nog att något måste göras mot denne drakriddare. Marish hade stört honom innan, två gånger till och med.

Asharak gick runt bordet till ett lite mindre med en mängd flaskor och burkar. Han plockade lite med dem och började blanda ihop olika pulver och vätskor med varandra. Han höll upp en liten flaska och såg hur innehållet i den blev till en svart vätska.

Han vände sig mot kroppen igen. Försiktigt droppade han några få droppar på dess läppar. Genast flimrade hela kroppen till, armarna och benen blev en aning solidare ett kort ögonblick. Han vände sig mot sina flaskor igen. Det var inte riktigt rätt, men han var på god väg nu.

Han hörde ett svagt klickande. Han lade huvudet på sned och lyssnade. Han undrade vad det kunde vara som gjorde ett sådant ljud. Sakta vred han på huvudet och såg på kroppen. Han kisade mot den högra handen. Rörde den sig? Klickandet fortsatte och han sträckte försiktigt på halsen för att kunna se den vänstra handen. Han började le. Fingrarna rörde sig och det klickande när benen slog mot det hårda bordet.

Han ställde undan den lilla flaskan med det svarta innehållet. Det verkade som om han hade upptäckt något som väckte lite medvetande i kroppen. Klickande slutade och handen blev stilla igen.

Kanske skulle han använda sig av Marish för att göra sig av med den irriterande plågan Aram Trasher. Marish skulle vara mycket mer användbar än den där ynkliga människan. Nå, just nu behövdes Aram Trasher, så han fick leva ett tag till. Kanske, bara kanske, skulle mannen få leva så länge så att han fick se när Asharak steg upp på världens tron.

Dånet var öronbedövande när eldkloten exploderade mitt bland demonerna och kastade dem högt upp i luften. Salaam Najdjin svingade desperat sitt svärd från hästryggen. Allt för att hålla monstren borta från honom. Inte långt från honom stred Jarom Strom och dvärgdraken Varsk.

Jarom stred till fots så att draken kunde röra sig utan att bli störd av sin ryttare. Även om de två stred var för sig var dem aldrig långt från varandra. Varje rörelse den ene gjorde följdes av den andre. Två olika individer som stred som en. Spjutet i drakryttarens händer virvlade och var nästan omöjlig att följa. Svärdsklingan som utgjorde dess spets slet upp djupa sår i halsar, bröst och bukar på demonerna.

"Varsk!" röt Jarom och pekade med spjutet. "Eld, full kraft!"

Draken vände sig genast åt det håll han pekade. Han drog in luft och blåste sedan ut sin eld med ett dån. Med höga tjut dog tjogtals med demoner av drakens eld. Salaam hade sett det många gånger tidigare, trots det kunde han inte låta bli att rysa. Vilket fruktansvärt sätt att dö på.

Salaam drev svärdet genom huvudet på en stor demon med tjurhuvud som sträckte sig efter Jarom. När han drog tillbaka det skar han upp ett djupt sår i halsen på en best med tre gula ögon.

Sand och jord regnade över honom när en grön blixt slog ner inte långt från honom. Delar av demoner flög åt alla håll tillsammans med kroppar från redan döda män.

Salaam undrade desperat var överste Manros var någonstans. Drakriddaren hade tagit Dödens skvadron lite längre norrut och vandrat ensamma ut i öknen. Han hade sagt att han ville vara så nära Hamapasset som möjligt om Drashin skulle komma.

"Dem är alldeles för många!" ropade Jarom över larmet. "Vi kommer inte kunna besegra dem!"

"Kan vi hålla dem kvar?" ropade Salaam tillbaka och högg huvudet av ytterligare en demon med tjurhuvud.

"Tveksamt!" svarade Jarom. "Vi kanske kan hålla dem en timma till. Men då kommer vi alla att ha dött."

Salaam skrattade glädjelöst. En timma! Dem hade redan stridit i över två, kanske tre timmar, utan uppehåll.

"Du ska få en timma, Jarom av drakryttarna" sa Salaam och flinade. "Jag ska till och med ge dig två! Framåt lejon! Krossa dem!"

Med ett vrål kastade sig soldaterna sig in i en ännu vildare strid. Jarom skrattade kort och skakade på huvudet. Han drev sitt spjut in i bröstet på en fyrarmad demon. När han drog ut det höjde han det över huvudet.

"Framåt drakar!" vrålade han. "För familjen!"

Ett plötsligt skrik mitt bland deras soldater fick Salaam att rycka till. Det var en kvinna, nej, det var två kvinnor. Han drog sig tillbaka och lät sina soldater ställa sig mellan sig själv och demonerna. Sedan såg han sig omkring. Det skulle inte finnas några andra kvinnor i den här armén än drakryttarnas.

Salaam sökte med blicken över slagfältet. Där! Två unga kvinnor, inte ens tjugo ännu, stod mitt bland soldaterna och stirrade skräckslaget omkring sig. Var hade dem kommit från? Den ena var klädd i en svart klänning med silverblixtar, runt livet fanns ett svart bälte. Det långa svarta håret hängde fritt nerför hennes axlar. Den andra var aningen kortare och hade sitt långa svarta hår tillbaka hållet med ett rött band. Hennes klänning var blå med röda ärmar och hade gula blad runt livet och fållen. Dem två höll förskräckta i varandras armar och stirrade på striden runt dem.

"Var kom dem ifrån?" ropade Salaam och vände sin häst mot kvinnorna.

"Vet inte, ers nåd", svarade en ung sergeant. "Helt plötsligt stod dem bara där."

"Vi måste få bort dem!" röt Salaam.

"Vi kommer inte klara det och strida mot demonerna", sa Jarom och klättrade upp i Varsks sadel. "Vi kommer att dö här, Salaam av Soma", fortsatte han när Salaam öppnade munnen. "Vi och flickorna. Vi kommer inte kunna rädda dem om inte Drashin kommer."

Innan Salaam hann svara lyckades tio demoner slingra sig emellan soldaterna. Dem fick syn på de försvarslösa kvinnorna och med vilda tjut började dem rusa mot dem båda. Med en svordom satte han hälarna i sidorna på hästen.

Men innan den hunnit ta två steg, lyfte kvinnan med den svarta klänningen sina händer. En pelare av eld sköts ut från dem och brände demonerna till döds. Så snart demonerna var borta grep hon åter den andras armar igen.

"De hade varit en tillgång i den här striden om dem inte hade varit så skräckslagna", sa Jarom allvarligt.

Innan Salaam hann svara hördes en lång hornstöt från väster. Han bytte en förbryllad blick med drakryttaren och vände sig sedan om. Under höga tjut kom tusentals ryttare, i röda och vita uniformer, stormandes in i demonhorden från väster. Salaam gapade stort när han fick syn på det vita baneret med den röda slingrande draken som fladdrade i täten. Amdorianer!

Ännu en hornstöt hördes, denna gång från öster. När han vände blicken ditåt fick han se ännu fler ryttare, i gröna och silvriga uniformer, som dundrade fram. I täten fladdrade ett grönt baner med en silverlilja. Moskier!

Demonerna blev förvirrade av dem nya angriparna och Salaam såg plötsligt en chans.

"Omgruppera!" röt han. "Fall tillbaka och omgruppera!"

"Drakar tillbaka!" röt Jarom. "Drakar tillbaka!"

Ett svagt hopp tändes hos Salaam. Kunde han ha kommit? Var Drashin här i Soma? Han grep tag i Isham, sin son.

"Ta med dig femtio soldater", sa han. "Skydda flickorna med ditt liv, pojk."

"Ja, far", svarade Isham och bugade kort i sadeln. Han började genast kalla till sig sin personliga vakt och dem ställde upp i en järnring runt de två rädda kvinnorna. Salaam nickade bistert, det var allt han kunde göra nu.

Han red upp i täten för sina soldater och stannade sin häst jämte Jarom och Varsk. Han såg sig om mot soldaterna som stod bakom honom. Han uppskattade till att nästan femtontusen fortfarande var stridsdugliga. Han kunde se ett visst hopp i deras ögon nu när amdorianerna och moskierna kommit.

När han vred på huvudet igen hördes ett tredje horn ljuda, nu från norr. Det var Alram Manros mässingshorn. Han hade hört det flera gånger under den gånga veckan. Han höjde blicken och kunde inte låta bli att le.

Från norr tågade drakriddarna mot striden. Inget baner vajade ovanför deras huvuden, men det behövdes inte. Drakriddare var dem enda som någonsin gick till fots in i strider. Däremot blev himlen mörk ovanför dem när den fylldes av drakar. Det var första gången Salaam sett dem sedan den första striden tillsammans med Mira och resten av drakryttarna. Dem vilda hade kommit tillbaka.

"Dem är här", hörde han någon viska bakom sig. "Drashin har kommit! Drakriddarna är här!"

Salaam såg sig om över axeln och såg på sina soldater. Hänförda leenden syntes i deras ansikten och vissa hade tårar i ögonen. Äntligen hade Drashin och drakriddarna kommit till Soma.

"Döden har kommit till Soma", sa Jarom lugnt.

Salaam såg frågande mot honom. Drakryttaren log skevt när han mötte furstens blick.

"Drashin", sa han kort. "Drashin är Döden. Och nu har han kommit till Soma med sina krigare." Han kastade en blick över axeln och skrattade kort. "Jag trodde aldrig att jag skulle se den dagen då män gråter av glädje över att Döden kommer."

Salaam grymtade och skakade på huvudet. Amdorianer var underliga. Han såg åter bort mot drakriddarna som sprang mot striden. Han rynkade förbryllat på pannan. Det verkade vara fler än dem borde.

"Det är inte bara drakryttare", mumlade Jarom. "Vilka mer har han med sig? Dem ser stora ut."

Salaam hann inte svara för nu hördes ytterligare ett horn, inte det mässingshorn som Manros använde, utan en mycket dovare ljud hördes.

"Vid alla gudar!" flämtade Sira Osan och kom upp jämte Jarom på sin drake, Irasa. "Det är omöjligt!"

Salaam behövde inte fråga vad hon menade. Över hundra med gyllene ringar bildades på himlen ovanför drakriddarna och drakarna. Han gned sig i ögonen och stirrade på synen framför sig. Det var nomra spjut!

"Han skulle behöva ha med sig flera hundra magiker för det där", viskade Sira.

"Mira sa något om att han mycket väl kunde få med sig någon speciell på resan ner", sa Jarom lugnt. Inget verkade förvåna den mannen. Han var den egentlige ledaren för drakryttarna, men det var Mira som gav alla order.

Salaam kunde inte låta bli att gapa när spjuten for iväg från ringarna och över himlen. Demonerna hade lämnat tillräckligt många för att hålla tillbaka soldaterna och rusade mot drakriddarna. Ljusspjuten landade mitt bland demonerna och tusentals av dem dog. Kroppar kastades högt upp i luften. Så snart alla spjuten var borta flög enorma eldklot i bågar över himlen. Blixtrar i alla möjliga färger slog ner bland monstren.

"Bakom dem", sa Sira och grep hårdare om den stora sadelknappen. "Dem som styr över kloten och spjuten befinner sig bakom drakriddarna."

Hon kröp ihop och gjorde sin drake redo att lyfta från marken. Jarom lade ena handen på hennes arm och hon vred på huvudet och stirrade på honom.

"Det här berör inte oss, Sira", sa han lugnt.

"Men..." började hon.

"Jag är säker på att Mira vet vad som händer", fortsatte Jarom. "Jag har en känsla att Mira misstänkte att han skulle ha med sig den här kraften ner till Soma. Det kan vara en av anledningarna för att hon lämnade oss. Hon ville få det bekräftat."

Sira bet ihop käkarna och stirrade åt det håll som eldkloten kom ifrån. Salaam kunde inte klandra henne. Han ville också veta vilka det var som kunde göra allt det där. Han drog sitt svärd igen.

"Drashin och Mira kommer att tala om det för oss om de tycker att vi behöver veta, mor Osan", sa han och log mot Sira. "Det enda vi kan göra nu är att gå till strid och nedkämpa dessa demoner." Han höjde svärdet ovanför huvudet och satte hälarna i sidan på hästen. "Framåt lejon! För Soma och det röda lejonet!"

Med ett ordlöst vrål stormade dem somiska soldaterna och drakryttarna in i striden igen.

Hiram satte sig ner i gräset utanför sin lilla stuga. Bredvid henne i gräset stod ett krus med fint vin och ett fat med skuren frukt, i handen höll hon en skål med en mustig grönsakstuvning. Hon åt väldigt sällan kött nu för tiden. Av någon anledning så lockade det henne inte lika mycket längre. Ända sedan Drashin satte henne att vakta dalen så hade hennes måltider mer och mer bestått av frukt och grönsaker.

Drashin... Hon undrade förstrött vad han gjorde just nu. Det kom aldrig några nyheter hit till dalen. Givetvis kunde hon enkelt ta reda på vad som hände i världen utanför. Det fanns en damm alldeles på insidan av dalen som hon brukade använda för att ta reda på vad som hände.

Hon hade inte träffat honom på över ett år nu, då han plötsligt dök upp i dalen. Då hade han frågat *henne* om nyheter. Sedan hade han begett sig tillbaka till Terabelle. Hiram hade hela tiden haft en känsla av att han hade bråttom till staden.

Hon mindes när hon besökte staden för två år sedan, då hon gav honom Asharaks verkliga identitet. Då hade hon som hastigast träffat på hans blivande lärling. Men det hade varit den andra kvinnan som intresserat henne. Diriska.

Hon log av minnet där de suttit i Drashins arbetsrum. De hade inte trott att någon skulle märka, minst dem själva. Drashin och Diriska hade nästan bara haft ögon för varandra. Så snart hans blick vilat mot Hiram hade den andra kvinnan stirrat, nästan avundsjukt, på honom. Han hade gjort likadant så snart hennes blick gått till någon annan i rummet.

Änglar hade inget speciellt luktsinne, det var mycket likt människors, men hon hade nästan kunnat känna doften av nyfikenhet och begär mellan dem två. Hiram hade nästan kunnat ta på känslan i luften. Hon undrade lite förstrött om deras nyfikenhet till varandra hade lett dem till varandras sängar ännu. Hon kunde inte låta bli att skratta åt tanken.

Hon ställde undan den tomma skålen och tog en klunk av vinet. Hon drack direkt från kruset. Vem behövde bry sig om bägare här i dalen? Dessutom var det ju bara hon här. Hon plockade förstrött av frukten. Kanske skulle hon gå till dammen för att se hur det gick för dem två.

Hiram tittade upp mot himlen. I dalen stod solen högt nu, det var varmt, men sval bris dämpade värmen en aning. Det var riktigt skönt här i kanten av dalen. Hon undrade vilken tid det var på andra sidan av bergen. Ibland kunde det vara mitt på dagen i dalen, men mitt i natten på andra sidan av grottorna. Ibland kunde årstiderna vara olika mellan dalen och världen utanför. Hon visste att det var sommar utanför dalen och andarna närmast gränsen tänkte faktiskt på sommar just nu.

"Åh, upp." Hiram grep tag i kruset och reste sig smidigt upp. Hon hade bestämt sig. "Låt oss se vad ungdomarna hittar på där ute", sa hon glatt och började gå mot dalens gräns.

Hon stannade som hastigast vid randen av sten som markerade gränsen. Hon lyfte kruset i en hälsning mot de andar som hon såg nära gränsen. Hiram tog en klunk och korsade den osynliga gränsen. En lätt rysning genomfor henne. Det var det enda som visade att hon nu var i de dödas rike.

Hiram strosade runt lite och betraktade flera av andarna som passerade henne. Hon rynkade förbryllat på pannan och synade dem. Det var nya andar. Hon såg hur åtta nya andar dök upp ur tomma luften intill henne. Det var mörkhyade unga män. Somiska soldater? Var det oroligt nere i Soma? Lite längre bort skimrade luften till och en drakryttare och drake kom gåendes sida vid sida. Vad var det som hände? En amdori-ansk soldat kom rusandes förbi hennes högra sida och en moskier på hennes vänstra. Var Amdoria och Mosker i krig igen?

Hon fick en obehaglig känsla i bröstet. Hon tog ännu en klunk och skyndade bort mot dammen till vänster. Väl där sjönk hon ner på knä tog upp lite sand i handen. Hon tvekade, skulle hon se vad som orsakade alla nya andar eller vad han gjorde? Hiram misstänkte att oroligheterna hörde samman med honom. Hon kastade ut sanden i dammen.

"Visa mig Döden", viskade hon. "Visa mig Drashin, visa vad han gör."

Dammen blev alldeles svart innan den blev klar igen. Bilden av en man till häst i ett skogsparti blev synlig. Bandet runt huvudet och kisharan vid hans högra sida visade att det var en drakriddare. Hiram fick bilden att rotera runt mannen. Hon suckade lättat när hon kände igen ansiktet. Det var Drashin. Han spanade vaksamt in mellan träden framför sig.

Hiram roterade tillbaka speglingen och drog den tillbaka en aning. En liten bit bakom Drashin stod flera ryttare och väntade. Det var tusentals med soldater, både amdorianer och moskier. De red tillsammans? Och klipptroll? Vart var de på väg? Hon fick syn på en kvinna med ljusblå klänning och mörkblått hår som såg intensivt mot generalen framför. Hiram lät spegelbilden röra igen och såg in i Diriskas oroliga blå ögon

Plötsligt spärrades dem upp och hon sträckte fram en hand. Snabbt lät Hiram vattenspegel rotera tillbaka. Drashins häst låg död på marken och generalen själv låg på marken. Han rörde sig och försökte ta sig upp på fötter igen. Hiram såg hur demoner stormade soldaterna från sidorna. Flertalet kastade sig efter Drashin som ostadigt stod på alla fyra. Hiram stirrade förskräckt på scenen.

Så stod Diriska plötsligt mellan honom och demonerna. Diriska rörde vänster handen i en vid cirkel och fyra av demonerna slets itu. Hon lyfte höger handen och den femte dog tjutande i ett klot av eld. Den sista fångade hon upp i den vänstra handen i strupen och slet loss ett stort stycke av halsen med ett ryck. Hiram gapade och tappade kruset i marken.

Ännu fler demoner kastade sig mot generalen, som nu lyckats ta sig till sittande, och kvinnan framför honom. Så bildades de gyllene cirklarna för nomra spjut i luften. Men det var alldeles för många för en människa att skapa. Vad var det för en kvinna som Drashin hade kommit i lag med?

Marken exploderade när spjuten landade. Sedan blev dammen svart igen.

Hiram stirrade ner i det svarta vattnet. Sakta blev vattnet åter klart och hon såg på sin egna spegelbild. Det kunde förklara till viss del varför det fanns så många nya andar av soldater i dalen. Men Diriska... vad var hon för något?

Hiram tog upp en hand med sand och kastade ut det i vattnet. Åter blev vattnet svart innan det blev dunkelt. Det tog Hiram en kort stund innan hon insåg att det var kväll. Hon misstänkte att det var kvällen efter angreppet, vilket betydde att den första synen måste vara några dagar gammal.

Hon såg Drashin och Diriska stå ensamma en liten bit från deras läger och samtala. Drashin hade på sig en vit skjorta, svarta byxor och sin kishara. Diriska hade på sig samma ljusblå klänning som vid angreppet. Plötsligt kastade sig kvinnan gråtande mot hans bröst. Han lade armarna om henne och verkade viska tröstande till henne. Kort där på backade hon undan lite.

Hiram skulle just dra handen över vattnet för att ta bort bilden, men stannade upp i rörelsen. Drashin hade lagt ena handen på Diriskas kind och lutade sig sedan framåt och kysste henne. Hiram log mot dem två.

Hon betraktade dem en stund till. Hon såg hur kvinnan sjönk ner på knä framför honom. Det förbryllade henne en aning, men när Drashin lade sin högra hand på Diriskas huvud förstod hon. Han hade gjort samma sak med henne när hon svor sig att bli en del av Dödens skvadron. Hade han verkligen tagit kvinnan till sig och gjort henne till en av sina krigare? Hiram blinkade till. Drashin gjorde plötsligt en smärtsam min och sjönk ner på knä mitt emot kvinnan. Det hade inte hänt när Hiram svurit sig till honom. Diriska slog undan hans hand och stirrade oroligt in i hans ögon. Han log matt mot henne.

Så fick Hiram syn på hennes klänning. Den ljusblå var borta. Istället hade hon en kjol i en lite mörkare blå färg, den övre delen av klänningen var röd. Längs hennes armar slingrade sig gula rankor och runt livet löpte ett gult skärp som var knutet så långa band löpte ner vid hennes högra sida. Det var en mycket vacker klänning. När Diriska såg den verkade hon skratta förtjust och snurrade runt i den. Han sa något till henne och hon neg djupt för honom. Sedan skrattade Diriska, gick fram till honom och slog armarna om honom.

Hiram lät dammens vatten svartna igen. De verkade komma bra överens, men vem var kvinnan egentligen? Det var något som hon fick ta reda på. Hon tog upp en näve sand igen.

"Visa mig idag", viskade hon.

Hon kastade ut sanden över den klara vattenytan. Åter igen blev vattnet svart innan den visade henne ett ökenlandskap. Hon såg Drashin marschera längst fram för flera hundra krigare, både drakriddare och klipptroll. Ovanför hans huvud gled dvärgdrakar fram i luften. Han hade slutligen samlat ihop hela Dödens skvadron. Hiram synade leden. Hon kunde se Tirasine, Krashak, alv bröderna, Ranin, Meeko och Norek. Till och med flickan Liana fanns med i leden. Hiram såg att även hon bar en kishara, så hon hade blivit en drakriddare nu. Men ingenstans fanns Diriska.

Hon lät handen glida över spegeln och flyttade bilden längre bak. Där fann hon henne. Sittandes på sin häst, ledandes nio andra hästar och omringad av femtio klipptroll, som vaksamt spanade åt alla håll. Drashin hade valt att hålla henne utanför striderna. Hon flyttade handen lite till och bilden susade förbi drakriddarna igen. Hon stirrade vantroget på vad hon fick se. Tusentals av demoner fanns framför krigarna. De reagerade på något ljud och vände sig mot dem ankommande drakriddarna.

Sedan kom nomra spjut farandes in bland horden. Hundratals av dem. Hiram blinkade till. Genast for bilden tillbaka mot Drashin. Hon såg hur han såg upp mot himlen och skrattade. Hon såg hur flera av drakriddarna förvirrat stirrade först på himlen och sedan honom. Hon kände sig lika förvirrad. Hon skickade bilden tillbaka mot Diriska. Kvinnan satt på sin häst med en koncentrerad min. Hon rörde sina händer fram och tillbaka över himlen. Det var hon som framkallade alla spjuten. Med en nästan nonchalant gest viftade hon med högra handen. Sedan lyfte hon båda händerna mot skyn, med vickande fingrar lät hon dem sakta falla ner igen.

Hiram lät bilden dras tillbaka så hon fick se hela stridsfältet. Ridandes soldater stormade demonerna från öst, väst och syd. Drakryttare anföll från syd. Från norr kom Dödens skvadron, drakriddare och de vilda drakarna, tillsammans med klipptrollen. Hiram hade svårt att hålla ordning på alla, men uppskattade att kanske tjugotusen soldater angrep demonerna från alla håll.

Från söder flög enstaka eldklot ner bland demonerna och orsakade mindre hål i horden. Men det som kom från norr var otroligt. Från drakriddarna kastades eldklot och blixtrar rakt mot demonerna, men från längre bak, i vida bågar över luften, perfekt kontrollerade, kom eldklot stora som hästar. Hundratals av dem! Mitt bland demonerna, där ännu inga människor fanns slog blixtrar ner och orsakade stora hål. Allt kontrollerades av kvinnan bakom drakriddarna. Hiram kunde se hur hon satt på sin häst, omringad av sin livvakt av klipptroll, och rörde händerna lugnt fram och tillbaka.

Var hade Drashin hittat denna kvinnan? Hur kunde hon vara så stark? Hiram var själv mycket stark med magi, starkare än någon drakriddare. Vad hon visste, var det bara de tre drakarna från Draktand som var starkare än henne, om än knappt. Men den här kvinnan, Diriska, gjorde saker som inte ens drakarna borde kunna göra. Hon kontrollerade flera formler på en gång. Bara alla de där nomra spjuten skulle gjort till och med Lindramas, den starkaste av de tre, trött. Men hon bara fortsatte kasta fram sina formler.

Vattenytan blev svart igen och blev sedan sitt vanliga blanka vatten. Hiram stirrade ner på sin spegelbild. Vantron lyste i hennes bruna ögon. Vem var Diriska? Hon reste sig upp och vände sig om. Men Drashin verkade veta vem och vad hon var. Sakta gick hon tillbaka mot dalens gräns.

Nå, Diriska fick bli ett senare problem att lösa. Det fanns demoner ovanjord, och Hiram hade en obehaglig känsla att det var Asharak som var orsaken. Hon passerade raden med stenar och ökade på sina steg mot stugan. Hon började lossa på knapparna till sin vita skjorta. Hon hade gjort sitt beslut.

Så fort hon kom innanför dörren sparkade hon av sig sina vita skor och kastade skjortan över bordet. Dem vita byxorna lät hon ligga på golvet. I dalen bar hon nästan alltid vitt. Naken gick hon fram till den väldiga garderoben och öppnade båda dörrarna. Hon tog tag i den röda tunikan som hängde där och drog den över huvudet. Den räckte henne nästan ner till knäna. Över hennes bröst och sidor löpte gula rankor med små blad. Över vänster bröst fanns två vingar med ett människokranium mellan sig.

Hon rörde det som hastigast med försiktiga fingrar. Hon kallades ibland för en fallen ängel, men Drashin hade inte sett henne som det. Han hade istället börjat kalla henne för Dödens ängel, eller Dödsängeln, den som vakade över Dödens dal och de dödas själar.

Hon grymtade och sträckte sig efter de blåa byxorna där inne. Även dem hade gula rankor längs med sidorna. Hon drog dem på sig, stoppade in tunikan och tog fram sitt gula bälte. Det liknade mycket det som Diriska hade haft på sig. På ändarna på de långa banden fanns ytterligare symboler fast i blått. På den ena änden fanns samma som på hennes bröst, på den andra fanns Drashins två horn och sten. Hon drog svärdsskidans ögla genom det, knöt det bestämt runt midjan och lät banden hänga ner längs höger sida. En svag kopia på drakriddarnas kishara. Hon tog fram de knähöga stövlarna och stampade med fötterna några gånger. Dem passade fortfarande bra.

Hiram gick fram till sitt svärd och tog det i det långa vita hjaltet. Strax under hjaltets knapp var tre band knutna, rött, blått och gult. Skvadronens färger. Bestämt satte hon svärdet i skidan och såg sig omkring i stugan. Var hade hon ställt det?

Hon fann spjutet intill sängens fotända. Hon gick fram och grep tag i det. Skaftet var längre än henne själv och svärdsklingan som gjorde dess spets var gott och väl en fot ovanför hennes huvud. Hon vände sig mot dörren och började gå. Nu var hon redo.

”Jag är på väg, general”, mumlade hon.

För första gången någonsin skulle hela Dödens skvadron vara samlad. Nu skulle alla Dödens krigare gå ut i krig. Hon gick mumlandes ut genom dörren.

”Jag står där striderna är som hetast. Jag går dit andra skulle fly. Jag offrar mitt liv för andra ska få leva. Där Döden går till strid dit går jag. Ty jag är Dödens krigare och jag räds ingen. Jag är Dödens skvadron!”

Hon lyfte handen och en portöppning skapades. Värmen som slog emot hennes var som i en masugn. Hon satte handen som hastigast för ansiktet. Med sitt spjut i ena handen och den andra vilandes på svärdshjaltet steg hon genom portöppningen och ut i Somas varma öken.

Hon såg sig omkring. Det var inte vid striden som hon kommit ut. Hon undrade var hon hamnat någonstans. Det var första gången på närmare tretusen år, som hon var så här långt söderut. Nå, hon fick kanske se från en högre position.

Hiram lyfte sitt spjut och slöt ögonen. Hon kände hur marken försvann under henne. Strax kände hon hur hon stannade upp och hon öppnade ögonen. Hon stod på absolut ingenting. Långt under henne såg hon den gulbruna sanden. Hon skuggade ögonen med handen med hon långsamt roterade i luften. Hon fick se en stad en bit söderut. Där skulle hon kunna fråga var i Soma hon befann sig.

Hon skulle just sänka ner sig till marken igen, en flygande människa skulle se konstigt ut. Men hindrade sig och vände blicken strax öster om staden. Det var ett stort dammoln som steg mot himlen. Eld kastades högt upp i luften. Det pågick en strid utanför staden. Hon hade inte tid att gå ner på marken. Hon fick flyga dit.

Hiram lutade sig framåt och sköt iväg genom luften. Spjutet höll hon vinklat framåt. Ju närmare hon kom ju tydligare såg hon de stridande. Det var kanske femtonhundra soldater till häst som stred mot närmare tvåtusen demoner. Det syntes klart att soldaterna snart skulle förlora. På stadens murar stod människor som såg ner mot striden. Hiram grymtade irriterat. En stad full med människor som snart skulle slaktas av demonerna. Hon var tvungen att göra något.

Hiram svepte med sin fria hand i luften. En vägg av eld delade människorna från de flesta demonerna. Hon knöt sin hand. De få demoner som var på människornas sida spetsades av tjocka spjut av sten som kom från marken. Människorna stirrade förbluffat på elden och spjuten. Men de tog tillfället i akt och red undan från striden. Nu hade människorna på stadsmuren fått syn på henne och pekade upp i skyn. Hon fnös och väggen av eld försvann. Med groteska vrål började monstren jaga människorna.

Hiram riktade sitt spjut mot marken och for snabbt ner mot den. Svärdsklingan drevs ner i jorden när hon landade och gick ner på knä. En våg for iväg under marken mot demonerna. De två första leden kastades upp i luften och hon förgjorde dem med mer eld.

Hon reste sig upp och drog sitt spjut ur marken. Hon hörde männen bakom henne flämta till. Hon skakade lätt på huvudet och den långa invecklade flätan svängde fram och lade sig över hennes axel. Hon såg bistert mot demonerna som tvekande tog några steg mot henne.

"Jag är Hiram!" röt hon och riktade sitt spjut mot dem. "Jag är väktaren av Dödens dal och en av Dödens krigare! Frukta mig, ty jag fruktar ingen! Där Döden går till strid dit går jag! Frukta mig ty jag är Hiram, Dödsängeln!"

Med ett vrål kastade sig demonerna mot henne. Med ett bistert flin sprang hon de till mötes. Hon var en av Dödens krigare. Döden hade kallat till krig och hon hade svarat. Dödsängeln hade kommit till Soma!

1

Liana vände sig om för att studera slagfältet. Överallt låg det döda demoner, men ingenstans såg hon några döda drakriddare. Visserligen såg hon några som gick stödda mot någon annan och haltade bort. Tirasine lindade in en drakriddares huvud. Hon själv blödde från ett sår i armen.

Mira hade suttit av och stod på marken bredvid Samare. Helerskan undersökte ett djupt sår i Samares framben. Draken såg inte mot helerskan utan såg sig hela tiden vaksamt omkring. En av de vilda drakarna kom fram till honom. Liana var inte säker, med hon tyckte sig känna igen dvärgdraken. Den var mindre än Samare, men såg upp på honom som om de vore jämlikar. Nästan. Samare stötte lätt sin panna mot den mindre. Den gjorde ett läte, Liana trodde att den skrattade till, och såg ner på Mira.

Det var inte den misstänksamma blick som de vilda brukade ge människor. Den puffade lätt helerskan på armen. Det var som om den såg henne som en av dem. Mira log mot den och stötte sin panna mot den, precis som Samare gjort. Flera av de vilda drakarna gick förbi Samare och Mira innan de lyfte från marken. Liana såg att alla var mindre än Samare.

Överste Manros nickade vänligt mot henne när han gick förbi.

"Amdorianerna har sjuttio döda och strax över trehundra skadade", rapporterade han. "Moskierna strax över hundra döda och tvåhundra skadade. Drakryttarna har tjugotvå döda drakryttare och femton döda drakar. Deras helare tar just nu hand om de skadade. Soma..."

"Dogbra!"

Liana hoppade till. Även Diriska blinkade förvånat till vid utropet. En stor mörkhyad man kom vandrandes mot dem. Han hade axellångt gråsvart hår och ett välansat skägg som var mer grått än svart. Hans mörka ögon var trötta, men beslutsamma. Det var en man som var van att befalla. Hans mörka ansikte klövs i ett bländade leende.

"Åsneröv!" ropade Drashin och höjde en hand till hälsning. Liana blinkade till.

"Vid alla gudar vad glad jag är att äntligen få se dig", sa mannen och grep tag i generalens underarm. "Vi har fört förlorande strider hela tiden. Drashin, vi förlorar mer män än vi dödar demoner."

"Hur stora förluster har du, Salaam?" undrade Drashin dröjande.

Diriska gav Liana en snabb blick innan hon studerade mannen framför sig. Salaam bugade lätt mot henne innan han vände mot Drashin igen.

"Vi har förlorat närmare hundratusen soldater sedan striderna började", sa han trött. "Alla städerna i öster är förlorade, nomaderna har övergett sina normala områden. Dem har till och med sökt skydd i städerna."

"Hur ser resultatet ut för er efter den här striden?"

"Jag har nästan sextusen döda och fyrahundra skadade." Salaam suckade. "Det är knappt att Miras helare klarar av att hela de som måste helas. Vi har nästan femtiotusen soldater runt om i riket som försöker pressa tillbaka demonerna, men det är vi som pressas tillbaka!"

"Vi förlorade inga krigare i denna lilla batalj", brummade Rasham där han kom gåendes. "Det måste vara för att vi stred med er. Det var ett intressant samarbete."

"Det måste vi göra om fler gånger", skrockade Frash och klappade Krashak på axeln. "Det var uppfriskande att få strida med goda krigare."

Salaam spärrade förvånat upp ögonen när han fick se de tre klipptrollen. Drashin nickade sakta och vände sig mot Diriska. Innan han hann säga något såg Liana hur två unga kvinnor sprang fram till honom och grep tag i varsin arm.

"Drashin!" utbrast dem båda med tårarna rinnandes ner för kinderna. "Varför gjorde de så här mot oss? Varför skickade de oss hit? Vi har aldrig gjort dem något."

Drashin stirrade förbluffat på de båda kvinnorna som gråtandes kramade om hans armar. Båda var ungefär lika långa som Liana, med långa svarta hår. Båda verkade vara ungefär lika gamla som henne själv. Den ena bar en svart klänning med silver blixtrar broderade över klänningens framdel och armar. Hennes hår föll fritt ner till hennes skuldror. Den andra bar en blå klänning med röda armar och blad i gult runt livet och fållen. Hennes hår hölls samman av ett band i rött.

"Jali?" sa Drashin förvånat och såg på kvinnan i den blå klänningen. Han vred huvudet och såg på den andra. "Aylia?"

Kvinnorna begravde ansiktena mot hans armar och grät ännu högre. Diriska och Mira skyndade fram till honom och tog dem om axlarna. Med svårighet lyckades de lirka kvinnornas krampaktiga grepp om Drashins armar. När de inte längre höll i honom sjönk dem två ihop i sanden och höll gråtandes om varandra.

"Plötsligt var de bara mitt på slagfältet", sa Salaam dröjande och betraktade dem två kvinnorna. "Mitt bland mina soldater. Det var endast tack vare att ni blåste i era horn som vi kunde dra dem ut ur striden, Drashin."

Liana stirrade på dem två kvinnorna. De hade bara dykt upp från ingenstans? Hon sneglade på Drashin som fick en arg glimt i ögonen.

"Jag såg dem i tronsalen i Terabelle", sa han lågt. "När jag och Mira skickade en sista rapport hem. Jag kan inte tro att dem skulle kunna göra något sådant mot någon."

Liana undrade vilka han menade med 'dem'. Men han verkade förstått vilka kvinnorna pratat om. Hon såg mot kvinnorna igen som blev tröstade av Mira och Diriska. Mira såg upp på Drashin och nickade bistert. Hon verkade också förstå vilka kvinnorna talade om. Drashin vände sig mot Salaam igen och visade med en hand mot Diriska.

"Detta är Diriska, Salaam", sa han. "Diriska, detta är furst Salaam Najdjin, Somas högste militära ledare, endast under kungen själv. Skulle du kunna följa med honom och hjälpa till med att hela de sårade. Mira och de andra kommer behöva din hjälp."

"Som ni önskar, general", sa Diriska med en osäker blick mot Salaam och böjde lätt på nacken. Hon lade en hand på dem två kvinnornas axlar. "Jag tar med mig flickorna här som hjälp. De behöver något annat att tänka på."

Drashin nickade kort och såg på kvinnorna med en sammanbiten min. Liana trodde inte att han tyckte om att se dem två där. Diriska såg osäkert mot Salaam igen.

"Ingen fara, mor Diriska", sa Farsh lugnande och klappade henne lätt på axeln. "Alla är vi vänner här. Vi kan följa med er om ni så önskar."

Salaam bugade åter mot Diriska och visade med en hand att följa honom. Liana såg hur draken såg sig om över axeln mot Drashin när hon gick därifrån. De två kvinnorna gick tätt intill varandra och såg mot Drashin med rödgråtna ögon. Mira gick bredvid Salaam och samtalade lågt med honom. De tre klipptrollen höjde handen mot Krashak och gick iväg tillsammans med de fem. Liana undrade om det verkligen lugnade Diriska att ha med sig klipptrollen, även om de redan visste om hennes hemlighet.

"Sergeant Darik", ropade Drashin bistert och vinkade till sig henne. Hon skyndade sig fram till honom.

"Har vi några döda vilda drakar eller drakriddare, Krashak?" frågade han.

"Inga alls", svarade Krashak med en lätt förvånad ton. "Skadade ja, men inga döda."

"Se om du kan få drakarna att ta sig till någon helare", beordrade generalen. "Drakriddarna som är skadade får ta utav den blå drycken. Endast de allvarligaste skadade får söka sig till en helare."

"Mira har helat drakarna", sa Liana försiktigt. "De sökte sig självmant till henne, och enbart henne. Det finns inga vilda kvar längre, de har alla gett sig iväg."

Drashin nickade och vände sig mot henne.

"Sergeant, börja samla ihop skvadronen", sa han. "Krashak och Alram hjälper till. Jag behöver tala till dem. Kalla *inte* på Diriska."

Liana rynkade undrande på pannan, men slog sin knutna hand mot bröstet, bugade lätt och skyndade iväg. Krashak hade bara snabbt sett på generalen innan han och Alram också skyndade iväg.

Snart stod samtliga trehundrasextiofem drakriddarna framför Drashin. Krashak och Alram stod ett steg framför dem andra, men därefter fanns det ingen ordning på hur dem stod. Liana fann sig stå mellan en kapten och en majorslöjtnant i främre ledet. Drashin såg på dem alla med händerna bakom ryggen.

"Väl stridit", sa han. "Ni har gjort er värda att vara Dödens skvadron. Det finns förbättringar, men jag är nöjd. Framöver vill jag att ni skall strida i grupper. Alldeles för ofta såg jag drakriddare som stred ensam. Ha alltid någon med er, se till att någon täcker era ryggar. Ensamma är vi starka, tillsammans är vi oövervinnerliga!"

"Ensamma är vi starka", repeterade alla med hög röst, "tillsammans är vi oövervinnerliga!"

Liana såg hur han såg ut över krigarna med ett skevt leende.

"När vi sprang mot striden vet jag att ni alla såg samma sak", sa han och lade armarna i kors över bröstet. "Ni vet alla att vi inte har tillräckligt med magiker bland oss att kunna kalla fram över femtio nomra spjut. Likväl fylldes himlen med nästan det dubbla. Jag är säker på att ingen av er kallade fram några. Dessutom skulle ni inte ha någon kraft kvar för att kunna kalla fram eldklot och blixtar bland fienden."

"Men general", sa kaptenen bredvid Liana, han hette Faran Jasare, "Vem kan ha kallat fram dem då?"

"Faran!" sa Alram skarpt över axeln.

"Vi har en drake i skvadronen", sa Drashin utan att röra en min.

Liana hörde flera förbluffat mumla sinsemellan. Själv bet hon ihop käkarna och stirrade på honom.

"General", sa Tirasine och tog ett steg fram. "Ingen av de vise är här med oss. Dessutom vet vi allihop att du aldrig skulle låta någon av dem ansluta sig till Dödens skvadron."

"Sant", sa Drashin lugnt. "Jag skulle aldrig låta någon av de tre ansluta sig. Jag sparkar dem mycket heller ut för ett stup än att låta de bli en del av vår skvadron. Men det är inte en av de tre. Några av er känner draken ganska väl, en av er bättre än någon annan."

Drakriddarna såg förvirrat på varandra. Liana suckade och tog ett steg framåt.

"Ursäkta, general", sa hon. "Men vad har du för planer för henne? Du sa att du skulle vänta, sedan berättar du för alla. Risken är lika stor om alla vet att hon flyr. Att hon blir ensam igen."

"Hon?" frågade Tirasine och stirrade på henne.

Nu stirrade alla drakriddarna på Liana, men hon såg stadigt på Drashin. Hon kände hur hennes kinder hettade till, men rörde sig inte. Han bara såg på henne med huvudet på sned.

"Menar ni att..." sa Kalar med låg röst.

"Det är Diriska som är draken", sa Sareas och steg fram till Liana. Han lade en hand på hennes axel. "Om ni sa till Liana att ni skulle vänta, general. Varför berättar ni detta för oss? Om detta skulle kunna få henne att fly... Jag såg själv hur rädd hon var när jag fick reda på det. Jag såg hur skräcken steg inom henne när överste Do'shank talade om för henne att han vetat det i två år."

Drashin höjde ena ögonbrynet och sneglade mot Krashak. Klipptrollet tittade lugnt rakt fram och stoppade sin pipa i munnen. Varken han eller Alram hade rört sig eller visat någon överraskning när Drashin börjat prata om draken. Liana undrade hur mycket Alram visste.

"Jag sa att jag skulle vänta på att hon är redo", sa han och vände sina gröna ögon mot Liana igen. "Jag har lovat henne det, och jag håller alltid mitt ord. Även om jag redan vet att Diriska *är* en drake, kommer jag att invänta tills hon själv säger det till mig.

Orsaken till att jag samlat allihop och berättar det för er. Jag vill att ni ska göra det samma. Behandla henne som om ni inte vet. För er och alla andra skall hon vara Diriska, helerska för Dödens skvadron. Hade jag inte berättat hade ni börjat fundera vad som skapat alla nomra spjuten, eldkloten och blixtarna. Ni hade snart kommit på att det måste varit hon, och då skulle ni börja ställa frågor till henne som hon inte är redo att svara på."

"Det skulle få henne att fly med säkerhet", sa Liana och sänkte blicken. "Diriska har alltid varit avvaktande och rädd för människor. Min familj var de enda som hon någonsin litade på under tusen år. Hon höll sig alltid undan från soldater."

"Därför skall vi inte föra detta vidare", sa Drashin. "Diriskas verkliga identitet stannar hos skvadronen. Sprid inte ut den bland de andra. Detta är inget som berör dem. Vi är Dödens skvadron och detta är en angelägenhet för oss. När Diriska är redo kommer hon att vända sig till oss. Det ska inte vara tvärtom. Diriska är en del av oss. Hon är Dödens skvadron precis som jag, Krashak, Alram och alla ni. Hon vill inte bli behandlad annorlunda. Därför begär jag detta av er."

Liana blinkade till när han plötsligt skrattade till.

"Jag tror att Mira sa det till mig i Terabelle", sa han. "Diriska är Diriska, inget annat. Då så, förbered för att marschera mot Karash. Vi har gjort vad vi ska här. Utgå!"

Som en man slog samtliga sina knutna nävar mot bröstet. Liana såg hur Drashin vände blicken mot de somiska soldaterna och började gå åt det hållet. Hon undrade om han var på väg att söka upp Diriska. Han hade inte gett dem en direkt order, och hon undrade om hon skulle säga något till Diriska. Men innan hon hann göra något lade Faran en hand på hennes axel.

"Har hon verkligen levt med din familj i tusen år?" frågade han.

Hon såg upp på honom. Flera av drakriddarna hade samlats runt henne. Dem mumlade sinsemellan, men såg stadigt på henne.

"Jag växte upp med henne", sa Liana försiktigt. "Enligt familjehistorien skall hon kommit till vår familj för ungefär tusen år sedan. Då min förfader Sarek Darik bjöd in henne att leva med hans familj."

"Ni hörde generalens order", sa Sareas barskt. "Gör er redo att börja gå. Och kom ihåg att inte ställa några frågor till Diriska."

"Majorkapten", sa de övriga och skyndade motvilligt iväg.

"Vi som alltid varit runt Drashin kommer att göra som han säger", sa Kalar och kom fram till Liana och Sareas. "De andra kan vara lite osäkra vad de ska göra ännu."

"De kommer att göra som generalen säger", sa en kaptenslöjtnant och stannade till vid dem. "Det kommer Alram och Krashak se till att de gör."

"Mantera", sa Sareas med ett skratt. "Så mycket har jag nog aldrig hört dig säga på en och samma gång."

"Kanske är det för att vi fått en drake i skvadronen", sa Mantera lugnt och vände sig mot Liana. "Jag finner det... intressant. Skall bli intressant att få träffa henne ordentligt senare. När hon är redo att tala med oss."

Han nickade kort mot alverna och klappade Liana på axeln innan han skyndade ikapp överste Manros. Liana stirrade förbluffat efter honom. De andra drakriddarna hade velat veta mer från Liana, men han hade bara sagt att han såg fram emot när Diriska vågade möta dem som den hon var.

"Mantera Krams", sa Kalar och såg efter honom. "Han brukar aldrig vara långt efter Alram."

"Och så mycket pratar han knappt på en månad", sa Sareas med ett skratt. "Han måste verkligen vara upphetsad över nyheten. Kom nu, Liana, vi gör oss redo att resa. Vi har hästar så vi kan lika gärna använda dem fram till Karash. Men där efter blir det nog att gå."

Liana stönade inom bords. Hon hade vant sig att rida långa sträckor nu. Tanken att behöva gå runt i den här hettan lockade henne inte. Tirasine gick förbi henne och tryckte en vattenflaska i hennes händer. Liana drack tacksamt. Drakriddaren hade fått tag i en svart hatt som nu vilade på hennes huvud. I handen höll hon en andra. Hon såg tvekande ner på den innan hon satte den på Lianas huvud. Den tog bort en aning av värmen från solen.

Strax kom Drashin och Diriska vandrandes tillbaka tillsammans med de två unga kvinnorna. Drashin och Diriska samtalade lågt medan de andra två gick med blickarna framför sina fötter. Liana tittade ner i marken för att dölja ett leende. Diriska hade ena armen om Drashins arm, nästan som om hon lät honom leda henne tillbaka till sin häst. De tre klipptrollen vandrade förbi de fyra mot sina egna krigare, som hade samlats runt sina riddjur.

Krashak och Alram gick generalen till mötes. Diriska gjorde en ansats att släppa Drashins arm, men lät den ligga kvar. Drakriddarna bytte några ord. Sedan började Alram ge order, genom mycket svordomar och smeknamn, till de andra drakriddarna att börja gå.

Kollumen med drakriddare passerade Drashin och Diriska. Drakriddarna vred på huvudet och slog sina nävar mot bröstet när de gick förbi generalen och draken. Liana såg hur Diriska ställde sig med Drashin mellan sig och krigarna och hur hennes blick vaksamt följde dem. Liana suckade och undrade om draken någonsin skulle våga stå upp mot drakriddarna.

Drashin klappade henne lugnande på handen, men hans blick var riktad mot drakriddarna. När de gått förbi tecknade han åt Liana och de andra att sitta upp. Krashak satt redan på sin stora häst och hade Diriskas och Drashins hästar efter sig. Drashin tog emot tyglarna till dem båda. Han inväntade tills Diriska satt upp och hjälpte kvinnan med den blåa klänningen upp bakom henne. Sedan vände han sig till sin egna häst, satt upp och hjälpte den andra kvinnan upp bakom sig.

Diriska tog genast sin plats på hans högra sida och Krashak red upp på hans vänstra. Dem började genast rida efter de övriga i skvadronen. Liana såg hur Diriska gång på gång var på väg att vända sig mot Drashin. Generalen pratade lågt till kvinnan bakom sig, för lågt för att Liana skulle kunna höra vad de sa.

Sareas red fram till Diriska och räckte över en mörkblå hatt. Hon tog tacksamt emot den och satte den på huvudet. Hon drog lite i brättet för att få undan solen från ögonen. Han räckte över en svart hatt också, likadan som de andra drakriddarnas.

"Till generalen", sa han när hon tittade frågande på honom.

Hon såg kort efter honom när han föll tillbaka bakom dem igen. Liana såg hur hon studerade den svarta hatten. Hon höll den mot Drashin, men han såg inte mot den, utan fortsatte att prata lågt med kvinnan bakom sig. Hon tvekade kort, men satte den sedan på hans huvud. Han vred blicken mot henne och tittade förvånat på henne. Hon log strålande mot honom. Han lyfte handen mot hatten och drog en aning i brättet. Han flinade mot henne. Diriska slog nästan blygt ner blicken och Liana log mot hennes rygg. Det kanske inte skulle dröja länge förrän draken började berätta om sitt förflutna för den man som hon fruktade mest.

2

Diriska såg sig omkring bland folket som stod kantade längs gatan. Alla var mörkhyade, både män och kvinnor. Alla tittade nyfiket på drakriddarna som vandrade förbi dem. Drashin red bredvid henne med Aylia bakom sig. Jali höll hårt om henne där hon satt bakom Diriska. Ibland hördes det små snyftanden från henne.

Vuxna män och kvinnor pekade mot Drashin och viskade upphetsat till barnen. Vissa pekade även mot Diriska. Hon snappade upp några ord här och där. Drashin som kommit för att rädda dem. Drashin och hans krigare som skulle jaga ut demonerna ur Soma. Det hon hörde om sig själv försökte hon ignorera, men hon kände ändå rodnaden på sina kinder. Hans älskarinna? Hans kvinna?

Drashin såg undrande på henne. Hon hade knappt pratat med honom under deras resa från slagfältet till Karash. Hon hade varit upptagen med att försöka prata uppmuntrande till Jali bakom sig och han med Aylia.

"Bara värmen", sa hon och log matt. "Jag är inte van vid denna värmen."

Han nickade förstående och torkade själv pannan med en näsduk.

"Det blir snart svalare", sa han och räckte över en vattenflaska till henne. "När natten kommer blir det kallare. Mycket kallare."

Diriska undrade vad han menade. Hon skulle välkomna svalkan när den kom. Överste Manros kom ikapp dem och slog handen mot bröstet som hälsning. Han nickade kort mot Diriska innan han vände sig mot Drashin.

"Vi har fått några baracker vid soldaternas inkvartering, general", sa han. "Jag för dit drakriddarna, skall jag ta med mig Krashak och dem som följde med er?"

"Det blir bra, Alram", svarade Drashin. "Se till att amdorianerna och moskierna blir inkvarterade också. Med demonerna ute i öknen vill jag inte ha några läger utanför murarna. Vi behöver alla soldater vid liv så länge som möjligt."

"Ska bli, general", sa Alram. "Och ni? Kommer ni också?"

"Jag skall till palatset. Diriska..."

"Jag följer med dig", avbröt hon honom.

"Vi också", sa Aylia hetsigt och höll hårdare om honom. "Jag lämnar dig inte!"

Diriska kände hur Jali kramade hårdare om henne och begravde ansiktet i hennes rygg. Hon klappade lugnande den unga kvinnan på handen.

"Om ni ursäktar", sa Alram och dolde ett leende med en bugning.

Drashin såg efter honom när han skyndade iväg och började leda iväg drakriddarna. Diriska såg sig snabbt över axeln. Hon såg Liana titta efter dem när hon försvann runt ett hörn. Drashin vände sig åter framåt, men såg på henne ur ögonvrån.

"Så ni följer med mig", sa han utan att röra en min.

"Någon måste se efter dig", sa Diriska leende och lade en hand på hans ben. "Vem vet vad som kan vara ute efter dig i palatset."

Han skrattade kort och kramade om hennes hand med sin. Hon drog tillbaka handen och plockade lite med tyglarna till hästen. Sanningen var att det skrämde henne en aning att vara så nära alla dessa drakriddare. Soldaterna som hon hade rest med hade hon börjat vänja sig med. Till och med de somiska soldaterna skrämde henne inte så mycket. Men drakriddarna...

Dessa legendariske krigare som, utan att bry sig om sina egna liv, kastade sig in i striden mot demonerna. Där eldklot och blixtrar föll ner mitt bland dem stred dem. Dödade allt som kom i deras väg. De skulle kanske kunna döda henne också. Drashin skrämde henne en aning också, men hon kände sig ändå mer trygg hos honom.

Mira slöt upp bredvid dem ridandes på Samare. Hennes hjälm hängde vid hennes bälte. Drakrytterskan blev ännu mer uttittad än Drashin och Diriska tillsammans. Trots att det varit drakryttare i Karash i nästan en månad, så var åsynen av helerskan och draken något utöver det vanliga.

Alla drakarna var stora som hästar, men vägde kanske två- trehundra kilo mer. Men Diriska hade märkt efter striden att Samare var större än någon annan dvärgdrake. Hon gav draken en snabb blick. Han lufsade på bredvid dem utan att bry sig om henne. Hans gråa skin gjorde att det vita ärret på hans kind nästan lyste.

"Han är ganska stor", sa Diriska, förvånad över att höra sin egna röst. "Han verkar större än de andra."

"Samare är den störste av dem", sa Mira stolt och klappade tillgivet draken på huvudet. "Det är därför han ibland kallas för drakarnas kung."

Draken knorrade av hennes beröring och gav Diriska en kort blick.

”En dvärgdrake uppvuxen i en by väger mellan sjuhundra och sju-
hundrafemtio kilo”, sa Drashin lika mycket till Diriska som de två bakom
deras ryggar. ”En vild drake kan väga upp till åttahundra kilo. Men Sa-
mare här. Han väger nästan niohundra kilo, och det är bara muskler. Du
har sett honom slåss. Den som kom på ordet monster måste ha haft Sa-
mare i tanken.”

Samare gjorde ett frustande och gav Drashin en lätt irriterad blick.

”Du *är* ett monster, Samare”, sa generalen med ett skratt.

”Samare anfaller nästan alltid med full fart från luften”, sa Mira och gav
Drashin en mörk blick. ”Hade han varit klenare hade han brutit alla benen
vid en sådan krasch. Nu krossar han sina fiender samtidigt som han kan
fortsätta att slåss mot allt omkring sig.”

Diriska mindes hur Samare hade kraschat ner bland demonerna un-
der det sista bakhållet innan Soma. Han hade säkerligen dödat tio-femton
demoner vid bara nedslaget och ytterligare tio i det kaos som han skap-
ade runt sig med sina klor, sin käft och sin eld. Samare var inte ett mons-
ter, han var en levande naturkatastrof. Diriska trodde att dvärgdraken en-
kelt skulle kunna utplåna en grupp på hundra demoner helt själv så som
han stred.

”Men det är bra att ha honom med sig”, sa Drashin och knackade dra-
ken i huvudet.

Samare ruskade på sig och skrockade. Diriska var säker på att han
redan såg fram emot nästa strid. Hon sköt bort draken i sitt sinne och
vände blicken rakt fram. Gatan öppnade sig till ett stort torg. Det fanns
stånd överallt och handlare ropade ut sina varor med höga röster. Det
fanns en bred gång mellan stånden som ledde upp till palatsets grindar.
Dem tre red vidare och passerade en staty föreställande tre män.

Diriska såg på den. En satt på huk framför de andra två. Även om an-
siktena inte riktigt stämde kunde hon se likheten i dem. Hon mindes sitt
möte med de tre männen för tvåhundra år sedan.

”Tre dogbras”, viskade hon. ”Ni blev legender tillslut, mina vänner.”

Hon kände hur Jali rörde sig bakom sig och såg sig över axeln. Kvin-
nan stirrade förbluffat på henne med sina stora bruna ögon. Diriska för-
sökte komma på något att säga, men Jali gömde ansiktet igen. Diriska
vände blicken framåt igen med en grymtning. Hade hon sagt för mycket?

”Mira”, sa Drashin plötsligt, stannade upp och vände sig mot statyn.
”Påminn mig att jag måste passera Dödens dal på vägen hem.”

”Varför ska du bege dig dit?” frågade Mira misstänksamt.

"Det finns tre andar som jag måste samtala med." Han manade på hästen igen och vred blicken bort från statyn. "Esham, Mushin och Oshan har varit döda i tvåhundra år. Lik förbannat vägrar dem tre idioterna att gå vidare. Dem väntar på något säger dem."

Diriska försökte låta bli att stirra på honom. Dem tre fanns kvar i Dödens dal? Dem hade väntat i tvåhundra år där? 'Vi kommer att ses igen' hade Oshan sagt. 'När han har gjort dig till sin och du honom till din, så ska vi träffas igen.' Vad hade han menat med detta? Hon lyfte blicken och såg bort mot palatset.

Framme vid grinden stod furst Salaam och väntade på dem. Han bugade djupt för både Mira och Diriska. Han väntade tålmodigt medan de satt av. Sedan greppade han Drashins underarm.

"Dogbra", sa han, "det är gott att se dig i staden igen."

"Åsneröv", sa Drashin och fick en smäll i huvudet av Mira.

"Tilltalar du verkligen fursten på det sättet, Drashin", morrade hon och vände sig mot fursten. "Ni får ursäkta honom, ers nåd. Ibland är han oerhört otrevlig."

"Det är ingen fara, ers nåd Mira", sa Salaam med ett skratt. "Han har kallat mig det i många år nu. Hur var det nu du sa första gången, general?"

"Din förbannade jävla åsneröv", sa Drashin utan att röra en min. "Ska du ha ihjäl oss allihop? Tror det är sex år sedan nu."

"Dessutom kallar jag honom för dogbra. Så jag tror att det är jämt."

"Vad är en dogbra?" frågade Diriska försiktigt, trotts att hon redan visste. 'Till och med lejon är rädda för dogbran' hade Esham sagt innan de tre lämnat henne och Estan.

"Det är en ödla", sa Drashin kort. "Vad för ödla vägrar han tala om."

Mira skrattade till och tog den arm som Salaam erbjöd henne. Den mörke mannen böjde sig ner mot henne där de gick framför Drashin och Diriska och pratade lågt till henne. Mira skrattade ännu en gång och såg på Drashin med glittrande ögon. Generalen grymtade bara.

"Är det något som stör dig, Drashin?" frågade Diriska tyst.

"Bara att Mira och Salaam kommer så bra överens", sa han lika tyst och erbjöd henne armen. "Det bådar inte gott för mig."

"Jag ska ta hand om er, min general", sa Diriska och lade sin hand lätt på hans arm.

Hon skrattade åt hans förvånade min. Både Mira och Salaam såg sig om på henne och hon skrattade igen. Aylia och Jali gick tätt efter henne och generalen. Diriska hörde hur Jali viskade till Aylia och kände deras blickar mot hennes rygg. Hon tvingade kvar sitt leende, men inom sig kände hon en viss oro. Jali visste vilka dem tre på statyn var och hört Diriskas ord. Det var hon säker på.

Salaam ledde dem genom palatset till tronsalen. En kammartjänare tog emot dem och skyndade sig in för att förkunna vilka som kom. Sedan klev Salaam in med Mira vid sin sida och Drashin och Diriska strax efter.

Diriska grep hårdare tag om Drashins arm och såg sig försiktigt om. Det var fullt med män och kvinnor i salen. Alla män bar samma böjda svärd som Salaam hade vid sin sida. Samtliga såg på de nykomna, såg på henne. Drashin klappade henne lugnande på handen och hon slappnade av en aning. Men hela tiden såg hon misstänksamt på männen med svärd.

Kungen reste sig från sin tron och kom emot dem med öppna armar.

"General Drashin!" utbrast han. "Äntligen har ni anlänt till Soma!"

Diriska studerade mannen som kom emot dem. Endast en lite krans med grått hår fanns kvar på hans huvud. På hans huvud vilade en krona av guld och rubiner. Han var klädd helt i grönt bort sett från hans långa mantel som var vit, med broderier i guld. Även han bar svärd och Diriska kände en viss panik när mannen kom närmare. Hon grep hårdare om Drashins arm igen.

"Lite till och du kommer bryta min arm, Diriska", mumlade han lågt till henne och klappade lugnande hennes hand. "Ingen kommer att göra dig något här."

Hon svalde oroligt, men lättade på sitt grepp om hans arm. Han gav henne ett snabbt leende och släppte hennes arm helt. Hon kände en viss oro att inte få hålla i honom. Drashin grep vänskapligt om kungens arm.

"Ers majestät", sa han hjärtligt. "Det är gott att se att ni mår bra. Vi har kommit så snart vi kunnat. Jag hoppas att ni haft användning för skvadronen."

"Överste Manros är en mycket intressant person", sa kungen och skrattade kort. "Jag minns inte när någon kallade mig för pojk senast. Speciellt inte någon som skulle kunna vara min egen son."

"Han säger så till alla", sa Drashin och flinade. "Lamas, hur illa är det egentligen ställt i Soma? Salaam ville inte ge något direkt svar på frågan."

Kungen såg på Salaam som borstade bort lite damm från ena axeln. Sedan såg han sig omkring på männen och kvinnorna i rummet.

"Audiensen är över för idag", förkunnade han högt. "Var vänliga och lämna oss. Jag vill tala med Salaam och generalen i enrum."

Ett skrapande av fötter och frasande av kjolar hördes när alla bugade eller neg djupt för kungen. Sedan skyndade alla ut ur tronsalen. Vissa gav Mira, Diriska och de två unga kvinnorna nyfikna blickar. Mira ignorerade dem fullständigt. Diriska såg på den andra kvinnan och försökte verka lika lugn och avslappnad som henne. Men varje blick från människorna kändes som spjut riktade mot henne. Hon grep hårt i den blå kjolen. Hon kände en viss tröst av att de två unga kvinnorna sökte sig närmare henne, även de oroliga över så många okända beväpnade människor.

Så snart salen var tom kom tjänare med vin till dem. Diriska fick syn på en flicka som stod bredvid tronen. Lika mörk i hyn som de båda somiska männen och med långt vackert, svart hår som hölls tillbaka av ett gulddiadem. Det var en vacker flicka. Diriska såg hur Drashin stelnade till och fick en vaksam min. Han såg rakt mot flickan utan att blinka.

Flickan gick fram mot honom och stannade några steg från honom. Blicken i hennes mörka ögon var hård och en aning högfärdig. Drashin tvekade en aning innan han bugade kort med en vaksam blick mot flickan.

"Ers höghet", sa han. "Ni ser ut att må bra."

Prinsessan såg bara på honom. När han rätade på sig gav hon honom en hård örfil. Diriska stirrade förbluffat på henne.

"Shiina!" utbrast kung Lamas.

Prinsessan ignorerade sin far och gav Diriska en värderande blick innan hon vände dem ryggen och lämnade tronsalen med snabba steg. Diriska såg efter henne kort innan hon vände blicken åter mot Drashin. Han såg bara efter prinsessan och gned sig om kinden.

"Jag ber om ursäkt, Drashin", sa Lamas upprört. "Jag vet verkligen inte vad som farit i henne."

"Vad har du nu gjort?" sa Mira barsk och satte händerna i sidorna.

"Det är ingen fara, Lamas", sa Drashin och gav Salaam en snabb blick. "Hon har inte glömt, eller hur? Har hon hållit det inne i alla dessa år?"

"Ett tag hade hon faktiskt planer på att skära halsen av dig", sa Salaam och skrattade till. "Vissa dagar visste hon inte om hon skulle göra dig till sin make eller hänga dig."

"Du *har* gjort något mot den flickan", sa Mira och grep tag i hans krage.

Diriska kände ett styng av svartsjuka. Prinsessan ta honom som make? Hon slätade ut tyget i kjolen och gav Drashin en sträng blick. Han tog tag i Miras handled och försökte få henne att släppa hans skjorta. Hans gröna ögon lämnade aldrig helerskans bruna.

"Mira, snälla", sa Salaam, "låt mig förklara. Det var några år sedan när Drashin och hans krigare kom ner till Soma. Vi hade fått ett litet problem längs östra bergen. En av grottorna hade öppnats och demoner lyckades ta sig ut. Inte många, tacka gudarna. Prinsessan blev kidnappad, så vi två tillsammans med trehundra av mina soldater for iväg för att rädda henne. Endast vi två och prinsessan kom tillbaka. Vi sprang med henne genom grottornas tunnlar. Vi turades om att bära henne på ryggen."

Diriska såg hur ett igenkännande glimt tändes i Miras ögon.

"Du bar henne på ryggen", sa Diriska försiktigt.

Drashin nickade bara utan att ta blicken från Mira. Mira stirrade tillbaka.

"Jag bar henne givetvis som det bör en prinsessa", sa Salaam lugnt och visade med att gripa tag om sina egna handleder. "Så här så att hon satt på mina armar. Men Drashin…"

"Du gjorde som du alltid gör, eller hur", sa Mira med en farlig ton på rösten.

"Fast grepp om baksidan av hennes lår", sa Drashin med en nick. "Ingen har klagat på det hittills."

"Därför att om de gör det så nyper du dem", sa helerskan mellan sammanbitna tänder. "Jag vet, du har gjort det mot mig också!"

Diriska hoppade till vid ljudet av kung Lamas skratt. Hon hade väntat sig att han skulle explodera av raseri. Men han bara skrattade och dunkade Salaam i ryggen. Fursten bara flinade stort.

"Så det är därför Shiina blir så uttryckslös i ansiktet så snart Drashin förs på tal", skrattade han.

Mira släppte Drashins krage med en suck och skakade på huvudet. Hon gav Diriska en sur blick. Drashin bara flinade. Diriska skakade lätt på huvudet och dolde ett leende med handen.

"Kom", sa Lamas och log brett. "Låt oss svalka oss med vin och prata gamla minnen."

"Jag beklagar, ers majestät," sa Mira allvarsamt och gav Drashin en sista vass blick. "Men generalen behöver få en klar bild över hur landet ser ut. Minnen kan vi prata om senare. Om det blir något senare."

Drashin nickade allvarligt och Lamas min blev med ens allvarlig. Kungen visade med sin fria hand mot ett flertal tjocka kuddar som låg i ett hörn. När dem satte sig ner satte sig Mira nogsamt mittemellan Drashin och Diriska. Generalen gav henne bara en road blick innan han vände sin uppmärksamhet mot Lamas och Salaam. Aylia och Jali tvekade bara kort innan de satte sig intill Diriska.

Diriska lade en hand på helerskans axel. Den andra kvinnan klappade bara frånvarande på den. Snart var även Diriska uppslukad i Lamas och Salaams förklaring i hur man upptäckte demonernas närvaro och hur dem hela tiden ökade i antal. Drashins blick blev hela tiden mörkare och han såg bistert ner i sitt vin.

"Så i stort sett hela östra Soma är förlorat", muttrade Drashin när de två pratat klart och såg på kartan som lagts på golvet framför dem. "Det betyder att vi inte kan tvinga tillbaka dem ner i grottorna."

"Vårt enda hopp är att besegra dem ovan jord", sa Lamas med en suck.

"Men vi för ett krig som vi håller på att förlora", fyllde Salaam i. "Kanske med dig och dina krigare kan vi pressa tillbaka dem."

Diriska smuttade på sitt vin och betraktade Drashin över bägarens kant. Han hade en bekymrad rynka i pannan. Hon hade aldrig sett honom bekymrad innan. Irriterad var han ofta, arg hade hon sett honom. Glad var också ett sällsynt humör han hade, men bekymrad hade han aldrig varit innan. Att se honom bekymrad var ungefär att se en annan man slita sitt hår av vanmakt.

"Inte ens med alla drakriddare kommer vi kunna pressa tillbaka demonerna", sa Mira dystert. "Troligtvis inte ens med drakarnas hjälp."

Miras blick gled mot Diriska, men hon slet genast bort den igen och stirrade sammanbitet ner på kartan. Diriska gjorde allt för att försöka inte röra en min. Drashin blinkade till och lyfte blicken mot Diriska. Hon undrade varför. Han vek också snabbt bort den igen. Hon hörde Aylia och Jali gny till vid nämnandet av drakarna.

"Det finns kanske hundratusen demoner som svärmar i öster", sa Salaam bistert och slog sin knutna hand mot låret. "Kanske till och med mer."

"Inte ens Ma'sharos'tian kan hjälpa oss att mota bort så många", sa Drashin bittert. "Jag har aldrig varit med om så många demoner på en och samma plats. Labyrinten är stor, men jag har aldrig hört talas om att det skulle finnas mer än kanske tiotusen eller tjugotusen i den samtidigt."

Diriska dolde en grimas bakom bägaren. Hon visste mycket lite om Labyrinten. Drashin hade inte velat prata om den. Det enda han hade sagt var att det var första steget att kunna ta sig ner till Helvetet, där Shayola härskade. Men det lilla som hon hade hört om den, så verkade det vara en fruktansvärd plats. En plats som demoner härskade över.

"Så vad ska vi göra?" undrade Lamas uppgivet. "Den ena staden efter den andra faller i öster. Inga nomadläger har överlevt mer än en natt där borta. Nomaderna söker sig till och med till städerna för att söka skydd. Det har aldrig hänt i Somas historia. Drashin, vad ska vi göra? Hur kan vi rädda landet?"

Drashin ställde försiktigt ner sin bägare och gned händerna i ansiktet. Han stannade med fingertopparna över näsan och stirrade stint ner på kartan. Med en irriterade grymtning gömde han ansiktet i händerna.

"Landet är förlorat", sa Diriska lågt.

De två somiska männen stirrade bestört på henne. Det var första gången hon talade. Mira slöt sina ögon och sänkte dystert huvudet. Diriska såg bara mot Drashin. Han bara nickade. Han drog ner händerna över munnen igen och stirrade dystert ner på kartan. Diriska sträckte sig bakom Mira och lade en försiktig hand på hans axel. Drashin suckade och slöt ögonen.

"Frågan är inte hur vi ska rädda landet", sa han utan att öppna ögonen. "Diriska har rätt. Landet är förlorat, så vi måste rädda det som räddas kan."

Han öppnade ögonen igen, klappade lätt Diriska på handen och såg kung Lamas i ögonen.

"Frågan vi ska ställa oss är hur vi kan rädda Somas folk", sa han. "Kan vi rädda folket, så kan vi bygga upp det som är förlorat."

De båda männen mittemot dem nickade sakta. Diriska kunde inte låta bli att känna medlidande för dem. De båda hade stridit hårt för att rädda sitt land. Nu när de trodde att deras räddning kommit, så fick de reda på att de redan hade förlorat. Diriska kände en viss skuld, Esham, Mushin och Oshan hade offrat sina liv för att rädda Fakari för tvåhundra år sedan. Men hon kunde inte återgälda deras offer.

"Vi tog inte det här hotet på allvar", sa Drashin och böjde på nacken.

Mira såg bara som hastigast på honom innan hon också böjde på sin nacke. Diriska tvekade bara kort innan hon gjorde likadant.

"Vi trodde att det bara var en list för att locka bort oss från Amdoria, som de gjorde för två år sedan", sa Drashin utan att se upp. "Inte kunde vi tro att det skulle vara så här illa. Förlåt oss, hade vi vetat…"

"Snälla", sa kungen, "lyft era huvuden. Ni har inget att ursäkta. Vi skickade bud efter er redan efter den första kontakten med demonerna. Då var det fortfarande inte så många som rörde sig ovan jord. Hade vi väntat så här länge att skicka bud…"

"Så hade ni kommit till ett öde land som härskades av demonerna", sa Salaam buttert. "Inte ens vi själva trodde att det skulle bli så här illa. Ni kom till vår undsättning, min vän. Det är allt vi kan begära."

Diriska lyfte sin blick och såg på de två männen. Båda verkade känna av alla gråa håren på deras huvuden. Trötta och sorgsna såg dem ner på kartan. Drashin lyfte sin bägare igen och smuttade på vinet.

"Skicka bud till alla städer som ännu inte fallit", sa Drashin plötsligt. "Säg åt folket att fly till grannländerna. Om det är för långt till gränsen få dem att komma till Karash."

Diriska stirrade förbluffat på honom.

"Varför hit?" frågade Aylia hetsigt. "Det kommer att bli en dödsfälla för alla i staden när demonerna kommer hit."

"Lamas", sa Drashin bara, "det finns tunnlar under staden, eller hur?"

"Det finns några som leder till några berg strax norr om staden", sa Lamas sakta. "Det har alltid varit en säkerhets åtgärd, om staden skulle bli ockuperad."

Diriska undrade vad Drashin hade för plan. Han studerade kartan.

"Vi kommer att göra små angrepp och minska ner deras trupper", sa han. "Allt för att försöka sinka dem och för att de inte ska finna tunnlarna. När vi fått dem att omringa staden skall vi försvara den. Hålla dem där de är så länge vi kan. Under tiden skall stadens befolkning fly genom tunnlarna, till bergen. Sedan ska de börja ta sig norrut."

"Du kommer sprida ut mitt folk med vinden", sa Lamas sammanbitet.

"Asharak och Trasher har kommit underfund med att Soma är viktigt", sa Drashin och såg stadigt Lamas i ögonen. "Länderna runt er är alla era allierade, kallar ni till krig kommer dem. Vi behöver Salaam vid liv i kriget mot Asharak. Vi behöver vindens lejon och Somas lejon."

Diriska gav Salaam en nyfiken blick. Vindens lejon? Han log dystert mot Drashin och skakade lätt på huvudet.

"Du får det att låta så enkelt", sa han lugnt.

"Vi ska besegra Asharak", sa Drashin. "Vi måste besegra honom för de åtta världarnas framtid. Vad kommer att hindra honom när han tagit över den här världen? Han kommer att kunna invadera vilken värld han vill senare. Varken Shayola eller Harmsna har lyft ett finger mot honom. De bryr sig inte så länge han inte vänder sig mot deras domäner. Det kommer de få ångra, för till slut är han så stark att inte ens om de slår sig ihop kommer de kunna besegra honom."

"Så tänker du leta reda på honom" sa Lamas upprymt. "Du tänker möta honom."

"Nej, det tänker han inte", sa Mira lugnt.

Diriska såg först på helerskan och sedan på Drashin. Han var hennes enda hopp om att få hämnd för sin förlorade familj. Och nu säger Mira att han inte kommer att leta reda på Asharak.

"Varför?" frågade hon med tonlös röst.

"Han tänker inte möta honom", sa Mira och gav henne en medlidande blick. "Han tänker leta upp honom, men inte ställa sig öga mot öga med honom."

Diriska sträckte sig mot Drashin. Hon ignorerade Miras ogillande grymtning. Hon grep desperat tag i hans arm.

"Varför?" frågade hon igen.

Hon kände hur tårarna bildades i sina ögon, men hon stirrade bedjande på honom. Drashin såg ner på hennes arm och sedan lyfte han blicken och mötte hennes ögon.

"Därför att jag kommer att dö om jag möter honom", sa han stilla och torkade varsamt bort en tår från hennes kind.

"Dessutom har vi funnit en profetia" sa Mira och gav honom en vass blick.

Hon flyttade på sig så hon slapp sitta mellan dem två och placerade sig på hans andra sida.

"En profetia?" Diriska stirrade in i hans gröna ögon.

"'Ty hon skall fly från hans hand och med den galne och den mänskliga draken skall hon komma till drakarnas land'", sa Drashin. "'Där skall hon finna Döden och han skall ta henne till sig och lära henne. Så skall den fallnes härar angripa lejonens land och sprida förödelse. Hon skall skynda till lejonens hjälp och stå som en av Dödens krigare. Ty Döden skall leda henne till den fallne dock skall han ej stå upp mot honom, ty då skall Döden falla. Ty hon skall som Dödens kämpe möta den fallne och kämpa om världarnas framtid.'"

Diriska stirrade oförstående på honom. Han log sorgset mot henne.

"Drakarnas land är Amdoria", förklarade Mira och granskade sin bägare. "Lejonens land måste vara Soma. Vi visste inte vad den delen betydde, men nu förstår vi. Samtliga drakriddare som kom genom passet var en medlem av Dödens skvadron. Även du Diriska. Dock tog han inte emot dig och lärde dig något."

"Så den som ska möta Asharak är en av Dödens skvadron", sa Lamas fundersamt. "En kvinna låter det som. Det borde vara Tirasine. En kvinna som är upplärd av en drakriddare."

"Tirasine är inte upplärd av Döden", sa Mira med en fnysning.

"Upplärd av Döden?" viskade Diriska och lutade sig närmare Drashin. "Vad...?"

"Han kallas ibland för Döden", sa Jali sakta. "Namnet Drashin betyder faktiskt 'Död' på ett mycket gammalt språk."

Diriska började förstå innebörden i texten som han citerade.

"Det är Liana som ska möta Asharak", sa Drashin och nickade. "Förlåt mig för att jag inte berättade det för dig."

Hon blinkade och försökte samla tankarna. Hon hade hela tiden trott att han skulle stå mot Asharak. Att han skulle föra hennes och Lianas hämnd, mot den man som var ansvarig för deras familjs död. Det fanns en beklagande glimt i hans gröna ögon. Innerst inne ville han inte att Liana skulle stå upp mot den fallne ängeln. Han ville inte att Diriska skulle känna mer smärta om Liana misslyckades och dog.

Hon drog sig långsamt bort från honom. Det glimtade till i hans ögon, så snabbt att hon nästan missade det. Sedan blev dem lika hårda som han haft innan. Han vände sig mot Salaam och kungen. Hade det varit... beklagande?

"Det finns en ung drakriddare bland Dödens skvadron", förklarade han bistert. "Hennes namn är Liana Darik. Hon lämnade Terabelle som lärling och anlände till Soma som en drakriddare."

Både Salaam och Lamas såg förbluffat på honom. Deras blickar gled mot Diriska och Mira som båda nickade. Diriska sakta och tvekande, Mira bestämt. Aylia och Jali flämtade förbluffat till.

"När Asharak skövlade Fakari för två år sedan", fortsatte Drashin, "lyckades Liana fly får hans soldater tillsammans med mig, Tirasine och Samare. Tillsammans tog vi oss till Amdoria, där reste hon vidare med

Mira och Samare till Terabelle. Efter slaget om staden tog Dödens skvadron henne till lärling. Den första någonsin som fick åtta mästare."

"Så denna flickan ska möta Asharak", mumlade Lamas fascinerad.

"Hon må vara en drakriddare", sa Salaam och lutade sig mot Drashin. "Men hon är bara barnet. Jag har sett henne."

"Hon är ung", instämde Drashin. "Men hon *är* en drakriddare. Hon är dessutom en medlem av Dödens skvadron. Men du har rätt. Hon är ung. Hon är ännu inte redo att möta Asharak."

Diriska hade hela sin uppmärksamhet på honom. Det lät nästan som om han även pratade med henne trots att han hela tiden såg på de båda mörkhyade männen framför sig.

"Det är därför jag kommer att hålla henne nära mig. Jag kommer att fortsätta att träna henne, och jag kommer att använda hela skvadron för hennes träning."

"Alla trehundrasextio krigarna?" undrade Mira förbluffat.

Drashin vände blicken mot helerskan och gav henne ett stort leende. Han gav Diriska en snabb nick innan han tog till orda igen.

"Dödens Skvadron har trehundrasextiosex drakriddare, Mira", förklarade han och lyfte ett finger. "Vi har trehundratolv dvärgdrakar, Samare inräknad. Sedan är det Diriska, kanske den mäktigaste magikern som lever."

Både Diriska och Mira ryckte till vid hans ord. Aylia hoppade till bredvid Diriska och Jali stirrade vantroget på henne. De fyra såg snabbt på varandra innan de åter såg på Drashin. Han höll tre fingrar framför sig och hans flin blev bredare. Så rätade han ut ett fjärde finger.

"Totalt finns det sexhundraåttio krigare i Dödens skvadron", sa han.

Diriska blinkade förvånat och började räkna. Hon såg samma förvirrade min i Miras ansikte som hon själv måste ha. Lamas läppar rörde sig när han försökte få ihop Drashins siffror.

"Jag får det inte att gå ihop", sa Salaam med ett kort skratt. "Du säger sexhundraåttio krigare. Jag får det till sexhundrasjuttionio. Eller räknar du Mira här också som en av Dödens skvadron."

"Jag är inte en del av hans skvadron", morrade Mira och stirrade stint på Drashin. "Vem är den sista medlemmen, Drashin? Vem är det som du har gömt för oss?"

Diriska vred på huvudet mot dörren när en knackning hördes. En tjänare kom in och gick fram till kungen. Han lämnade över ett ihop vikt papper och backade bugandes ut ur salen igen.

Lamas vekt upp det och läste det. Sedan blinkade han och läste det igen. Han lyfte blicken och stirrade på Drashin som lugnt betraktade honom. Kungen räckte över meddelandet till Salaam som nyfiket läste det. Han spärrade upp ögonen och gapade.

"Utplånade tvåtusen demoner!" utbrast han och lyfte blicken mot Drashin.

Diriska blinkade till och stirrade undrande först på Salaam och sedan på Drashin. Generalen såg bara på honom med ett litet flin. Så mindes hon vad Krashak hade sagt alldeles innan dem red in i Soma. Mira tog pappret ur furstens hand och studerade det.

"En ensam kvinna", mumlade hon, "utplånade tvåtusen demoner och ledde sedan Goshas befolkning söderut. Hon skall ha burit en klädedräkt med blå byxor och röd tunika, båda dekorerade med gula rankor, samt ett gult bälte. Över bröstet fanns en underlig symbol."

Hennes blick gled hastigast mot Diriskas egna kläder. Den röda kjolen hade även den gula rankor över sig, det blå överdelen hade armarna fulla med dem. Och det gula bältet med dem långa banden. Diriska drog försiktigt med handen över det gula märket över bröstet. Det var samma horn och sten som fanns på Drashins kishara.

Ännu en knackning hördes och ytterligare två tjänare skyndade in med fler meddelanden. Lamas tog emot dem och läste de snabbt. Hans ögon var så stora när han läste att Diriska trodde att han skulle tappa dem.

"Fyra tusen?" viskade han klentroget. "En ensam kvinna utplånade fyra tusen demoner vid Ohan."

"Samma kvinna dödade tvåtusen demoner vid Ehsra!" utbrast Salaam och stirrade på Drashin. "Vad är detta för kvinna? Hennes märke på kläderna...?"

"Vingarna och skallen", sa Drashin plötsligt och slöt ögonen med ett leende. "Eller hur?"

"Du vet vem det är", sa Mira och gav honom en mörk blick.

"Det är den sista medlemmen av Dödens skvadron", sa han lugnt och möte Miras blick. "Hon har äntligen kommit. Jag var nästan rädd att jag skulle tvingas hämta henne."

"Vem är denna kvinna?" undrade Lamas och stirrade ner på meddelandena. "Hur kan hon utplåna så stora arméer av demoner? Inte ens sextusen av mina soldater skulle klara av det."

Diriska mindes plötsligt något för två år sedan. En kvinna som kommit till Terabelle för att träffa Drashin. Hon hade avslöjat Asharaks verkliga identitet. Men hon hade varit en väktare. En före detta ärkeängel. Inte kunde väl...

"Hon är Hiram", sa Drashin och mötte Lamas blick. "Hon är väktare över Dödens dal. Man skulle kunna säga att hon är min personliga ängel."

"Vad pratar du om?" undrade Mira barskt.

"Döden har kallat till krig och hon har svarat", sa Drashin utan att ta blicken från kungen.

"Må gudarna var med oss", viskade Jali upphetsat.

"Dödsängeln har kommit till Soma", viskade Aylia och stirrade på Drashin med stora ögon.

<u>3</u>

Han majestät hade envisats att få veta mer om Hiram och erbjöd dem både rum och middag. Drashin hade tackat ja efter en kort nick från Diriska. Mira hade tackat artigt, men lämnat dem för att sluta upp med de andra drakryttarna. Aylia och Jali följde med Mira tillbaka till barackerna. Mira lovade att ta hand om dem och se om de kunde lära sig strida med något vapen och öva på sin magi.

Prinsessan hade närvarat vid middagen. Diriska tyckte att hon hade varit mycket vacker och beundrade den vackra silverfärgade klänningen. Drashin hade först varit lite vaksam mot henne. Men när hon lett mot honom och talat vänligt med honom hade han slappnat av en aning. Dock hade han hela tiden sneglat misstänksamt på henne.

Kungen hade gett dem en stor svit med två sovrum. Drashin hade mumlat något om att ta ett bad och försvunnit iväg tillsammans med Salaam och Lamas. Diriska hade stannat ensam kvar i deras rum. Det stod en stor skål med fukt och en bägare med kylt vin på det stora bordet. Hon satt i den stora bekväma soffan och såg förstrött ut genom den öppna balkong dörren.

Det hade börjat skymma och det var inte lika varmt längre. Drashin hade nämnt att det skulle bli mycket kallt på natten. Hon kunde inte förstå hur det kunde bli så. När det var en så stekande hetta på dagen.

Diriska reste sig och gick ut på balkongen. Det hördes musik från staden nedanför. Människorna flydde för sina liv och gömde sig innanför stadens murar. Men ännu hade inte hoppet lämnat dem. Dem hade inte kommit till samma slutsats som Drashin gjort. Hon tänkte tillbaka på hennes senaste och enda besök i staden för tvåhundra år sedan. När hon för första gången någonsin lämnade gården i Fakari och reste till ett annat land. Då hade mött kung Isham och berättat om dem tre männens öde för honom.

Hon hörde hur dörren öppnades och med en suck vände hon sig om. Drashin steg genom rummet mot det ena sovrummet. Han försvann in i det, men kom strax ut igen. Han lät blicken glida genom rummet tills han fick se henne. Med ett litet leende kom han ut till henne.

"Det är en vacker kväll", sa han och såg ut över staden.

Hon vände sig om och studerade honom i ögonvrån. Han hade rakat sig och håret hade blivit mycket längre sedan de lämnat Terabelle. Det var fortfarande an aning fuktigt efter hans bad. Han hade inte på sig läderbandet runt pannan. En del av luggen hängde ner över hans ögon. Hon kunde inte motstå känslan utan strök undan håret från hans ansikte. Han blinkade till och såg på henne. Hon log upp mot honom.

"Det börjar bli långt", sa hon bara.

"Kanske dags att klippa det", höll han med och besvarade hennes leende. "Men det får göras senare. Nu har vi ett folk att rädda."

Diriska bet ihop käkarna och började plocka med hans skjorta. Den satt ordentligt, men hon kände att hon behövde använda händerna till något. Han tog hennes händer varsamt i sina. Hon såg upp i hans ansikte igen. En orolig glimt fanns i hans ögon.

"Är du fortfarande rädd?" frågade han försiktigt.

"Alla dessa människor med vapen", sa hon och nickade. "Det är så många. Drakriddare, soldater, klipptroll, till och med drakryttarna skrämmer mig. Du skrämmer mig."

Hon ångrade att hon sagt så när han gjorde en plågad min, men han log snabbt igen. Han lyfte ena handen och strök den mot hennes kind.

"Du behöver inte frukta vare sig drakriddarna eller mig, Diriska", sa han ömt. "Ingen av oss skulle skada dig. Vi har alla svurit eden. Vi offrar våra liv för att du ska få leva. Inte heller drakryttarna är några som du ska frukta. De andra soldaterna skulle aldrig vända sig emot drakriddare, och absolut inte när de även har drakryttare med sig. Klipptroll är alltid vänliga och lojala, du har inget att frukta från dem."

Diriska såg på honom. Hon kände glädjen över hans ord, men det var fortfarande inte nog. Vad var det hon ville att han skulle säg henne? Han hade börjat agera lite annorlunda mot henne sedan dem kom till Soma. Efter striden hade han, inte avvikande, men han hade inte hållit sig så nära henne som hon ville. Inte så som han gjort innan dem kom till Soma. Då hade han varit lite mer öppen mot henne. Det var nästan som om han redan visste om hennes hemlighet.

"Jag vill inte att du ska offra dig", sa hon stilla och lade sin hand mot hans kind. "Jag vill att du ska leva. Jag vill att du ska… veta."

Hon svalde hårt och stirrade in i hans gröna ögon. Han log mot henne och kysste hennes hand.

"Jag finns här hos dig när du är redo", sa han.

Det var samma ord som när hon hade svurit sig till hans skvadron, till honom. Det lät nästan att han hade all tid i världen att vänta.

"Men…" började hon men han avbröt henne.

"Dessutom har vi andra saker att bekymra oss för nu", sa han och vände som om från henne med en suck. "Sov Diriska, Imorgon skall vi ge oss ut i öknen, för att se hur många vi kan rädda."

Han gick in det ena sovrummet och stängde dörren efter sig. Diriska stod på balkongen och såg efter honom. Hon höll sin hand mot sin kind, där hans hand hade varit. Varför kände hon så här? Mot en människa?

"Jag är en drake", viskade hon tyst och torkade snabbt bort en tår. "Drashin, jag är en drake."

Hur kunde det vara så svårt för henne att säga dem fyra orden till honom? Han hade sagt att hon inte skulle bli bortstött. Han hade sagt att han inte skulle lämna henne ensam. Så varför var hon så rädd att säga det till honom? Varför var hon så rädd att han verkligen skulle lämna henne?

Hon gick till det andra sovrummet. När hon lade handen mot dörrhandtaget vände hon sig om och såg mot dörren in till hans. Hon torkade bort ännu en tår.

"Jag är en drake", snyftade hon lågt och gick in i sovrummet.

Drashin hade ställt sig vid fönstret och såg ut över staden. Han stod med armen mot fönsterkarmen och lutade huvudet trött mot den. Han försökte tänka på vad som han hade framför sig. Denna näst intill omöjliga uppgift. Hur skulle dem kunna rädda ett helt lands befolkning? Hur många bodde i Soma? Fem miljoner? Sex? Hur många var inte redan döda?

Imorgon skulle dem marschera ut igen. Ingen vila i krig. När dem skulle komma tillbaka till Karash visste han inte. Dem måste vandra mot öster för att se om det fanns städer vars befolkning dem kunde rädda.

Dem skulle lämna en styrka på tiotusen somiska soldater i staden. Salaam skulle rida med moskierna, åttatusen somer samt hundra drakryttare, med Jarom och Sira som ledare. Mira skulle ta befäl över amdorianerna, ytterligare åttatusen somer och resterande hundratjugo drakryttare. Klipptrollen skulle också dela upp sig. Gosh och Ramen skulle vandra med Salaam och Taur med Mira. Drashin skulle tåga ut med Dödens skvadron och marschera planlöst över öknen. Dem skulle bli en mobilstyrka som lätt skulle röra sig mellan dem två stora arméerna.

Trehundrasextiosex drakriddare och trehundratolv vilda drakar. Det var mycket sannolikt att Samare skulle vandra med Drashin. Mira hade antytt det. Draken tillhörde ju hans skvadron. Dessutom skulle Drashin och dem andra söka sig till strider och Samare skulle aldrig missa en strid.

Han undrade förstrött var någonstans Hiram var. Hon hade slutligen kommit till Soma. Hon hade tagit god tid på sig. Visserligen hade hon kommit på samma dag som han. Det hade nog bara skilt några få timmar från det drakriddarna hade gått in i strid och Hiram anlänt. Att hon ensam hade utplånat tre arméer och närmare åttatusen demoner var bevis nog på att hon var stark.

Trehundrasextiosex drakriddare, trehundratolv dvärgdrakar och en ängel. Drashin tog ett djupt andetag. Sedan hade han henne. Utan att tänka på det vred han på huvudet och såg mot dörren till salongen. När han hade sagt den mäktigaste magiker som nu lever hade det inte varit en överdrift. Han trodde inte ens någon av de tre kunde göra så mycket som hon gjort i dagens strid.

Frånvarande undrade han om hon var lika gammal som dem. Men det kändes inte viktigt. Han vände sig mot fönstret igen och lutade huvudet mot armen. Hon såg inte ut att vara äldre än honom. Han mindes första gången han såg henne. Då hade hon sett äldre ut. Den gången hade dem bara stirrat på varandra. Men känslan av att funnit något viktigt hade funnits kvar hos honom i alla åren.

När han sedan sett henne igen för två år sedan var hon plötsligt yngre. Ansiktet hade bara haft små likheter från den första gången, men hennes ögon hade varit samma. Det hade gjort honom överraskad när han fick se henne. Känslan av att åter funnit det viktiga hade vuxit sig större när han fick se henne. Han hade sett samma glimt i hennes ögon, att hon funnit något, blandad med rädslan för honom.

Det gjorde Drashin lite sorgsen. Diriska kände en sådan rädsla för honom. Trots att hon varit tillsammans med honom varje dag sedan dem lämnade Terabelle. Trots att hon nu var en medlem av Dödens skvadron. Fanns fortfarande den rädslan i hennes ögon. Hennes vackra blå ögon.

"Sov, Diriska", viskade han. "Sov, min vackra drake."

Han vände blicken mot östra porten igen och studerade natthimlen. Långt borta såg han en väldig pelare av eld stiga mot himlen. Hiram var i strid i natt.

Hiram drev sitt spjut i halsen på den stora tauren och med ett kraftigt hugg med sitt svärd delade hon en marulak på mitten. Hon drog ur spjutet ur taurens hals och lät den döda demonen falla till marken. Hon andades tungt och såg på de få återstående demonerna som rusade mot henne. Det hade varit närmare tretusen demoner i den här gruppen.

Runt henne låg döda demoner och människor i högar. Hiram hade kommit försent för att kunna rädda människorna. Den siste av dem hade dött strax efter hon anlänt. Det lilla lägret stod i lågor och bland de lemlästade kropparna låg män och kvinnor, gamla och barn.

"Kom till mig, ni helvetetes tjänare", morrade hon och satte svärdet i skidan. "Kom till er död."

En mindre demon kastade sig efter henne med utspärrade klor. Med en fnysning svingade hon sitt spjut. Svärdsklingan som utgjorde dess spets gled lätt genom demonens kropp. Hon tog ett dansande steg åt sidan för att inte bli träffad av kroppen.

Hon lyfte sin hand mot dem sista tjugo demonerna. Mörkret började besvära henne och hon visste att hon var tvungen att avsluta detta nu. Ringarna för nomra spjut bildades framför henne. Demonerna stannade förskräckta till och stirrade på henne. Dem förstod att deras död var nära nu. Tjugo ringar skapades, en för varje demon. Det hade antagligen räckt med bara fyra eller fem, men Hiram var irriterad.

"Dags att dö", sa hon med ett flin och släppte lös spjuten.

Innan ens spjuten av ljus hade nått fram till sina mål vände hon demonerna ryggen. Slängde upp spjutet över axeln och började gå därifrån. Den heta vågen från explosionen bakom henne fick de långa banden på hennes gula skärp att fladdra framför henne och hennes hår att piska.

Hiram drog frånvarande handen genom det lösa håret. Hon mindes inte riktigt när hennes fläta hade blivit upplöst, men hon brydde sig inte om det. Hon gäspade och gned ena ögat med sin fria hand. Åh, så trött hon var nu. Hon behövde sova.

Hon vände sig mot väster och tittade ut i mörkret. Alla demoner hon hittills hade mött hade alla kommit från öster. Kunde det fortfarande finns platser i Soma som var säkra? Städer som ännu inte hade fallit? Hon undrade var Drashin fanns någonstans nu. Troligen i huvudstaden, vad hette den nu igen?

Hon gäspade igen och såg sig hastigt över axeln. Det brann lite fortfarande, men elden skulle snart försvinna. Mörkret skulle strax lägga sig över det utplånade lägret.

Hon skakade en aning sorgset på huvudet innan hon lyfte från marken. Hon skulle inte ha en möjlighet att kunna begrava alla de döda. Om det fanns demoner i närheten skulle säkerligen ljudet från striden locka dem dit. Om inte striden, så skulle i alla fall nomra spjuten locka dit dem. Hon var för trött för att strida nu.

Hiram lämnade lägret och for söderut. Hon visste inte varför, men demonerna var helt ointresserade av länderna söder om Soma. Så hon tänkte söka sig till bergen där och gömma sig under natten. Där skulle hon säkerligen kunna få sova lite i lugn och ro.

Det tog henne kanske en timma att komma till bergen. Hiram skulle precis landa när hon fick syn på små ljusprickar på marken bara en liten bit längre fram. Nyfiket flög hon närmare. Tyst gled hon över det lilla lägret som var där nere. Hon såg kvinnor och barn som tysta satt runt eldarna. Här och där såg hon några män som vaksamt spanade ut i mörkret och fingrade på sina svärd. Flyktingar.

Hiram gled tillbaka en bit innan hon tyst landade. Hon stod och funderade om hon skulle undvika människorna. Så beslutade hon sig för att göra dem sällskap. Åtminstone för natten. Med tysta steg vandrade hon mot eldarna som doldes av klipporna.

En låg vissling hördes och Hiram kunde höra hur kvinnor oroligt ropade efter sina barn. Hon skakade på huvudet, men stannade inte. Kanske var det tur för dem att hon dök upp i natt. Hon sände iväg en tanke över den närmaste delen av öknen. Inga demoner fanns i närheten.

”Vem där?” hördes en man ropa efter henne. ”Man eller demon?”

”Om jag varit en demon hade jag aldrig svarat dig”, ropade Hiram tillbaka och stannade. ”Dessutom hade jag rusat mot ert läger vid det här laget och kanske till och med dödat er alla.”

”En kvinna?” flämtade mannen och reste sig upp från sitt gömställe. ”Är du ensam? Hur har du klarat dig?”

Hiram kunde inte se hur han såg ut i mörkret. Han lät ganska ung, men så var ju alla människor unga jämfört med henne. Hon stötte spjutets ände i marken med en duns och lutade sig mot det. Så väldigt trött hon var.

”Jag klarar mig väldigt bra ensam, min vän”, svarade hon lugnt. ”Jag söker efter några vänner. Dock tror jag inte att jag kommer att hitta dem i natt.”

”Om dina vänner befinner sig i dem här delarna av Soma är de säkerligen döda nu”, sa mannen sorgset. ”Jag beklagar.”

"Döda är dem ej", sa Hiram med ett skratt. "Jag skulle veta om dem var det. Dessutom dödar man inte min general så enkelt. Oavsett om du är en man eller demon."

"General?"

Hiram lyfte spjutet över sin axel igen och började gå mot honom. Han backade osäkert undan. När hon kom fram till honom lade hon en hand på hans axel.

"Det finns inga demoner i vår närhet, min vän"; sa hon vänligt. "Jag har även skapat skydd runt den här åsen så vi kan sova lugnt. Om demoner skulle komma kommer jag att vakna och förinta dem. Skall vi inte sätta oss vid en eld och värma oss?"

Utan att vänta på svar gick hon förbi honom och in i det lilla lägret. När hon kom in i ljuset såg hon sig omkring. Kvinnorna höll barnen nära sig och stirrade oroligt mot henne. Fler män kom in i eldarnas sken. Hiram suckade. Det fanns mer kvinnor och barn här än det fanns män. Hon visste att de försökte att fly undan demonerna, men skulle de bli funna skulle dem alla dö. Männen var knappt mer än pojkar, den äldste hon såg var kanske tjugofem.

"Det kanske var bra att jag fann er", viskade hon och skakade trött på huvudet.

"Vem är ni?" frågade en yngre kvinna som höll om två små barn. "Jag har aldrig sett er här innan."

"Shanya!" utbrast mannen bakom Hirams rygg.

"Lugn, pojke", sa Hiram och höjde handen. "Jag ska besvara flickans fråga alldeles strax."

Hiram såg på kvinnan. Hennes hy var mörk, nästan svart, precis som alla andra från Soma. Dem mörka ögonen såg stadigt på Hiram. rädda ögon. Hiram såg på dem andra, män och kvinnor. Alla såg på henne med samma rädda ögon. Hon suckade igen och gick fram till den närmaste elden. Där satte hon sig ner med korslagda ben och spjutet över benen.

"Skall du svara på min fråga?" frågade kvinnan, Shanya.

Utan att säga något stoppade Hiram handen i bältespungen. Hon plockade fram en liten kruka i lera och ställde den jämte henne. Försiktigt lossade hon på korken och stoppade ner tre fingrar. Hon tog ur lite av sanden som fanns där i.

Ur ögonvrån såg hon en äldre kvinna som ställde sig några steg från henne. Hon stod stödd på en knotig käpp. Kvinnans hår var nästan vitt och dem svarta ögonen var trötta, men beslutsamma. Det var något hos kvinnan som fick det att pirra i huden på Hiram. Ängeln kunde inte låta bli att le. Det var en av Somas berömda visa kvinnor som stod där.

Hiram såg åter mot elden och viskade några ord innan hon kastade sanden i lågorna. Förskräckta ropa hördes runt henne när lågorna växte och blev blå. Den visa kvinnan rörde inte en min. Hiram höjde händerna mot lågorna.

"Visa mig honom", sa hon till elden. "Visa mig Döden."

Höga flämtningar och skrapande fötter hördes runt henne men hon ignorerade dem. Den visa kvinnan höjde bara blicken en aning för att se in i elden.

De blå lågorna växte ytterligare och en skimrande blid kom fram. Tystnade runt henne gick nästan att ta på, men hela Hirams uppmärksamhet var på de sju personerna som satt på mjuka kuddar runt en karta. Två av männen hade den mörka hyn som alla somiska män hade. Två av kvinnorna var Mira och Diriska, den tredje mannen var Drashin. De två yngre kvinnorna kände Hiram inte igen.

"En drakriddare", sa den visa kvinnan plötsligt och fler flämtningar hördes. "En general måste det vara, om han kan sitta så lugnt tillsammans med kung Lamas och furst Salaam."

Hiram skrockade och gjorde en gest mot elden.

"Vad pratar du om?" hördes plötsligt Miras röst.

"Döden har kallat till krig och hon har svarat", svarade Drashin lugnt.

"Må gudarna vara med oss", viskade en av dem unga kvinnorna.

"Dödsängeln har kommit till Soma", viskade den andra.

Skrattande lät Hiram elden sjunka ner och bli som vanligt igen. Han visste att hon hade kommit till Soma. Han visste att hon fanns ute i öknen och stred. Drashin slutade aldrig att överraska henne.

"Jag har kommit till Soma, general", skrattade Hiram. "Du kallade och jag har kommit."

Människorna backade undan från henne, alla utom den gamla kvinnan som bara betraktade henne. Det fick Hiram att skratta ännu högre.

"Vem är du?" viskade manen som mött henne utanför lägret.

"Hon är dödsängeln", svarade den gamla och satte sig mittemot Hiram.

Hiram torkade tårarna, ännu skrockande. Sedan såg hon på kvinnan på andra sidan elden. Den visa kvinnan.

"Du är Manala Horash", sa Hiram. "En vis kvinna."

”Du vet vem jag är?” frågan till trots fanns det ingen förvåning i hennes röst.

”Jag vet vem alla är”, sa Hiram och stoppade undan den lilla krukan igen. ”Jag är ju trots allt dödsängeln.”

”Har du kommit för oss?” frågade Manala fortfarande lika lugnt.

”Jag kommer för ingen. Alla kommer till mig tillslut.” Hiram tvekade en aning. ”Det är i alla fall vad han säger.”

”Han?”

”Drashin.” Ett upphetsat sorl gick bland de unga männen. ”Drashin säger att alla kommer till dalen förr eller senare. Vi behöver inte leta reda på några. Vi bara tar emot er och ger er en viss tröst.”

Manala bara såg på henne från andra sidan elden. Kvinnan hade trott att Hiram var där för att hämta dem. Var det därför kvinnan var så lugn? Hade hon accepterat att hon kanske skulle dö här i bergen?

”Varför är demonerna här?” frågade den gamla kvinnan.

”Varför de är här, vet jag inte”, svarade Hiram och såg fundersamt upp mot den mörka himlen. ”Jag vet dock att Shayola inte är inblandad. Han minns knappt att Soma finns. Dessutom, om det varit Shayola, så hade han inte låtit demonerna härja fritt. Det är någon annan som har öppnat alla grottorna.”

”Du vet vem.”

”Hans namn är Asharak. Han var en gång för länge sedan en av ärkeänglarna. Men han startade ett uppror i Himmelriket och blev förvisad. Jag fullbordade förvisningen.”

Fler närmade sig deras eld för att lyssna på samtalet. Hiram såg sig helt kort omkring innan hon plockade fram ett äpple ur en ficka. Hon tog en tugga och såg på Manala igen.

”Asharak försvann och jag kunde inte finna honom igen”, fortsatte Hiram lugnt. ”Fram till för två år sedan. Då han dök upp i Narkia och lade riket under sig. Med en enorm här vandrade han norrut med dem och krossade allt i sin väg. Narkiernas mål var Amdoria och att locka drakriddarna ut ur Terabelle. Det lyckades och Asharak gick till anfall mot Terabelle med sin riktiga armé. En armé med demoner som marscherade söderut.”

”Jag har hört talas om den striden”, sa den unge mannen som hon stött på utanför lägret. ”Men drakriddarna kom tillbaka till staden.”

’ ”Sant, unge Haran”, sa Hiram och såg sig över axeln. Hon log mot hans förvånade min när hon sa hans namn. ”Drakriddarna lyckades ta sig tillbaka till staden i tid. Bara minuter innan dvärgdrakarna anlände kastade sig drakriddarna in i strid mot demonerna. När jag anlände till staden var striden redan över.

Asharak flydde och gömde sig. I två år har han varit gömd utan att visa några tecken på att röra sig. Tills nu. Nu har han beslutat att slå till mot Soma."

Oroliga mumlanden hördes runt henne. Hon bet ännu en gång i äpplet och såg lugnt på kvinnan på andra sidan elden. Manala mötte hennes blick lika lugnt. Den gamla kvinnan överrumplades inte så lätt.

"Varför är då du här, dödsängel?" frågade kvinnan.

Hiram log stort mot henne och hon ryggade undan från leendet. Kvinnan var visst inte så orubblig ändå. Hiram kände hur hennes leende blev ännu större.

"General Drashin har kallat hela sin skvadron till krig", svarade hon vänligt. "Döden har äntligen kallat på hela skvadronen. Drakriddarna har svarat på hans kallelse. Dvärgdrakarna har svarat honom, även dem som ännu inte har svurit sig till honom har svarat på hans kall."

"Dem som ännu inte svurit sig till honom?" undrade Haran och satte sig vid elden. Han rättade till sitt krökta svärd så han enkelt skulle komma åt det om det skulle behövas. "Vad menar du?"

Hiram sneglade på honom och bet av änden av äpplet.

"General Drashin, även kallad Döden av en del, har kommit till Soma", sa Hiram lugnt. "Med honom kom Dödens skvadron för att ta upp kampen mot den fallne ängeln Asharak. Hur mycket han förstår ännu, vet jag inte. Men de som gick in i den första striden med honom, oavsett om dem har svurit sig till honom än eller inte, är en del av skvadronen."

"En del av skvadronen" mumlade Manala framför henne. Den gamla kvinnans ögon lämnade aldrig Hirams. "En av Dödens krigare."

Hiram log stort och såg frånvarande in i elden. Ma'sharos'tian hade för länge sedan sagt till henne att hon var den första. Hon hade inte förstått då. Hon hade varit så fokuserad på striden mot Ka'shar och hur hon skulle få Asmaji att lägga märke till henne. Men nu förstod hon.

Hon var den första av Dödens krigare som visade sig. Krashak hade varit den andre. Sedan hade dem dykt upp allihop, Drashin själv låg i dvala i samma kropp som Marish, men när han äntligen vaknade så hade även Döden kommit. Diriska hade var den sista att visa sig. Hiram undrade fortfarande vad det var för en kvinna som anslutit sig till Drashin, men snart skulle hon få reda på det.

De andra i deras sällskap. Nå, klipptrollen hade kanske inte svurit sig till honom ännu, men det skulle inte dröja länge. Dem två flickorna som var med honom i palatset var också en del av allt. Till och med Mira, hur mycket helerskan än kämpade emot, så var hon en del av skvadronen. Dödens skvadron var nu komplett.

"Allt jag behöver göra nu", sa Hiram lågt och såg in i elden. "Är att hitta honom och ansluta mig till honom." Sedan var det Diriska." Vem är du, syster?"

4

Tidigt på morgonen anslöt sig Diriska och Drashin till drakriddarna vid barackerna. Diriska höll i tyglarna till sin häst och såg frågande på Drashin där han stod utan häst.

"Vi kommer att gå, Diriska", sa han bestämt. "En drakriddare är värdelös från en hästrygg. Vi rider endast om vi ska resa långa sträckor."

"Skall jag också gå?" frågade hon osäkert, men han ryckte bara på axlarna.

"Du kommer inte att delta inne i striderna utan i dess utkanter", sa han utan att titta på henne. "Du kan gå om du vill, rid om du vill. Drakriddarna marscherar."

Diriska gav honom en tveksam blick innan hon räckte över tyglarna till en stalldräng. Om han skulle gå så skulle hon det också. Drashin gav henne en snabb road blick innan han åter såg på drakriddarna som i maklig takt ställde sig i led. Diriska förstod inte hur dem rangordnade varandra. Krashak och Alram Manros stod längst fram i sina roller som överstar, men resten stod i oordnade led med en kapten jämte en löjtnant och sedan en major. Liana stod i fjärde ledet och samtalade lugnt med Meeko, Ranin och en tredje drakriddare som Diriska trodde var en fänrik. Hon kliade sig förvirrat bakom örat. Det var en underlig skara krigare som hon kommit i lag med. Två saker hade de alla gemensamt. Alla bar på en svart hatt med långa brätten. Samt att allas högra hand hade en stålhandske och över vänster bröst satt en liten stålplatta. Även Drashin och de båda överstarna hade hattarna, stålhandsken och plattan. Det var endast Diriska som bar en mörkblå hatt.

"Varför är det bara min hatt som är blå?" frågade hon sakta.

"Därför att svart klär dig inte, Diriska", svarade Drashin med ett leende.

Snart var alla samlade och stod i fyra krokiga led. Diriska hade aldrig sett något liknande innan. Alla andra soldater som hon sett marschera hade alltid gått i raka led och trampat taktfast i marken. Hon undrade hur dessa krigare skulle se ut när de marscherade. När Drashin var nöjd ställde han sig mittemellan Krashak och Alram. Diriska tvekade bara kort innan hon ställde sig mellan honom och Krashak på hans vänstra sida.

"Överste, om jag får be", sa Drashin bara.

54

Alram såg mot Krashak som nickade kort. Sedan rätade han sig och tog ett djupt andetag.

"Framåt marsch, era ankfotade, glosögda, fårtarmade krigare!" vrålade Alram så att Diriska hoppade till. "Mot gravens mörker och gryningens ljus, framåt marsch Dödens skvadron!"

"Hoja!" vrålade trehundrasextio strupar och började gå framåt.

Diriska följde med i steget och såg ogillande mot Alram. Hon kanske skulle behöva prata med Drashin om denne mans språk. Drashin själv skakade lätt på huvudet och flinade. Krashak mumlade gillande för sig själv och Alram såg lugnt rakt framför sig. Diriska försökte samla sig en aning och såg framför sig. Försökte att se lika självsäker ut som drakriddarna intill henne.

Hon lyssnade på ljudet av deras fotsteg. Det lät precis som om dem bara var ute och promenerade, ingen takt som vanliga soldater hade. Längs med gatan stod folk i dubbla led för att se dem tåga förbi. Diriska misstänkte att det var en besvikelse att se så loja soldater marschera fram.

Plötsligt hörde hon ett metalliskt ljud till vänster om sig. Hon vred på huvudet och såg på Krashak. Han slog sin bepansrade näve mot stålplattan på bröstet. I takt med att han slog handen mot bröstet satte han ner foten. Strax började Drashin och Alram också slå mot sina plattor och föll in i samma takt. Diriska föll förundrat in i deras steg. I takt med sina slag mot bröstet stegade dem fyra längst fram i ledet. Snart började samma metalliska rytm höras bakom henne och hon såg sig försiktigt om.

Samtliga drakriddare hade nu blicken riktad rakt fram, slog sin bepansrade hand mot bröstet och marscherade i takt. Diriska undrade om det var det här som dem var tvungna att göra för att marschera i takt. Hon vände sig framåt igen och sneglade på Drashin. Hans blick var fokuserad på något framför honom. Ljudet från slagen blev nästan musikalisk där dem gick. Fler och fler människor samlades för att se dem marschera.

Så började de tre krigarna bredvid henne att humma. Hon lyssnade noga för att se om hon kunde känna igen melodin. Hummandet och slagen smälte samman till en melodi. Resten av drakriddarna hummade med och det överröstade ljudet från människornas prat omkring dem.

Sedan började någon att sjunga. Det var en sång som Diriska aldrig hört innan. En man sjöng om att lämna sin familj. En annan röst sjöng en ny vers. Denna gång var det om en älskade som han lämnat och inte återvänt till. De tre bredvid henne var ännu tysta och marscherade på. Hon försökte stänga ute sången. Hela tiden blev texten sorgligare. En gammal vän, en son, en dotter... Hela tiden var det någon som sångaren höll kär som han lämnade. Det lät nästan som om nästa sångare försökte komma med en ännu sorgligare vers än den förre.

Men när sångaren kom till dem sista fyra raderna i varje vers sjöng alla drakriddare med:

> "Ack jag fruktade ej svärd eller båge.
> Ack jag fruktade ej man eller demon.
> Ty min vän var Döden och han stred med mig.
> Ack ja, Döden är min vän."

Plötsligt höjdes samtliga drakriddare sina röster, även de två överstarna och Drashin, och sjöng klart och tydligt:

> "Känn fruktan man, ty nu går Döden och hans krigare till strid.
> Känn fruktan ängel, ty Döden och hans krigare är ute efter blod.
> Känn fruktan gud, ty Döden och hans krigare känner ingen fruktan.
> Känn fruktan demon, ty Döden och hans krigare marscherar nu.
> Känn fruktan djävul, ty nu kommer Döden och hans krigare för er.
> Vi går till strid och är ute efter blod.
> Vi känner ingen fruktan och vi marscherar nu.
> Frukta djävul och gud, ty vi kommer för er.
> Kom bröder och systrar, tillsammans vi går.
> Kom bröder, till strid vi går.
> Kom systrar, hämndens tid är kommen.
> Känn ingen fruktan för svärd eller eld.
> Känn ingen fruktan för demon eller djävul.
> Ty vi är Dödens krigare, bröder som systrar.
> Ty vi är Dödens krigare och han går med oss till strid.
> Ty vi är Dödens krigare och han är vår vän.
> Ack ja, Döden är vår vän."

Folkmassan som stod längs med gatan stod tysta och stirrade vantroget på dem när dem marscherade sjungandes förbi. När Alla började sjunga tog till och med en del ett steg tillbaka från drakriddarna. Innan krigarna hade avslutat sin sång passerade dem östra porten. Den stängdes snabbt efter dem sista drakriddarna.

Diriska såg sig om över axeln och såg staden sakta försvinna bakom dem. Hon undrade om dem skulle komma tillbaka igen allihop, eller om dem alla skulle dö ute i öknen idag. Hon vände blicken framåt igen och spanade mot nästa sanddyn. Hon bet beslutsamt ihop käkarna. Nej, hon skulle göra allt hon kunde för att föra alla tillbaka bakom murens skydd.

Under en timmes marscherande hördes inget annat än mumlet bakom Diriska där drakriddarna småpratade med varandra. Ibland hördes spridda skratt, men utöver det hördes inget.

"Krashak, skicka ut spejare", sa Drashin tillslut. "Jag vill veta vad som finns där ute."

Krashak grymtade till svar och försvann snabbt bak i leden. Strax försvann tjugo drakriddare parvis i språngmarsch iväg över sanddynorna i alla riktningar. Det dröjde inte länge förrän de två som försvunnit österut kom skyndades tillbaka. Diriska såg att det var Meeko och Ranin.

"Det kommer några från öster, general", rapporterade Ranin och slog sin näve mot stålplattan.

"Fiender?" frågade Drashin och rätade på sig.

"Knappast troligt", sa Meeko med ett flin. "Så vida inte Samare bytt sida."

Drashin grymtade till, flinade och gjorde ett tecken till Alram. Översten lyfte sitt mässingshorn och blåste tre korta signaler. Strax kom spanarna tillbaka och rätade sig in i leden. Diriska undrade var Drashin hade för planer.

Han lyfte båda sina händer och gjorde en skarp gest åt båda sidorna. Diriska såg sig om över axeln. Genast spred drakriddarna ut sig och bildade ett brett led. Endast sex rader djupt. Fortfarande gick generalen, överstarna och Diriska två steg framför de andra. Liana gick nu längst fram alldeles bakom Diriska. Hon gav draken ett snabbt leende innan hon såg lika uttryckslöst framför sig som de andra drakriddarna.

Diriska vände sig mot Drashin. Trodde han att Samare skulle angripa dem? Inget i hans ansikte avslöjade vad generalen tänkte.

Dem passerade över en sanddyn och Diriska stirrade förbluffat framför sig. Där kom samtliga vilda dvärgdrakarna i ett exakt likadant led som Drakriddarna. Vandrandes på marken, inte flygandes. Några steg framför de övriga gick Samare och en något mindre drake.

Drashin slog hårt mot stålplattan. Drakriddarna gjorde genast en ny formering bakom honom. De samlade ihop sig igen i flera grupper om femton med flera stora hål i leden. Diriska såg hur Samare reste sig upp på bakbenen. Gjorde en svepande gest med sin kloförsedda hand och gjorde ett strupljud. Genast grupperade sig drakarna och flög upp i luften. Endast Samare och draken med honom vandrade vidare på marken. Diriska följde drakarnas flygning över dem, och överraskades när de landade mitt bland leden och fyllde upp luckorna. Tre drakar i varje lucka. Varken drakriddare eller drakar tog någon större notis om varandra. Diriska hur några nickade respektfullt, drakriddare som drake, men inget annat.

Samare tog plats bredvid Alram och föll in i deras marsch. Den mindre draken puffade bara lite på Krashak och klipptrollet steg åt sidan med en kort bugning. Den grymtade uppskattande och tog sin plats mellan Diriska och honom. Den gav henne en nyfiken blick. Diriska såg att det var en hona.

”Jag är Narika”, sa hon plötsligt. ”Samares syster. Är du verkligen en drakmoder?”

Diriska såg försiktigt på Drashin i ögonvrån.

”Jag vet inte om du kan kalla mig moder”, viskade hon till Narika. ”Jag är jag. Här är jag bara Diriska.”

”Så han vet inte ännu?” undrade Narika med en nick mot Drashin.

”Nej”, svarade hon.

”Samare sa till mig att det kunde vara så. Han sa att du är rädd för honom. Varför är du rädd?”

Diriska tvekade och sneglade mot Drashin igen. Han samtalade lågt med Alram.

”Jag vill inte bli ensam igen”, viskade Diriska. ”Mina vänner från katastrofen är borta. Familjen som tog mig till sig är borta. Dem togs från mig. Om han får reda på vad jag är… Jag är rädd att han skall stöta bort mig. Kanske till och med försöka döda mig.”

”Han skulle inte göra något sådant”, fnös Narika och puffade försiktigt på hennes klänning. ”Inte nu när du gjort dig till hans. De tre skulle han aldrig välkomna till sina krigare, men dig tog han emot. Han tog emot dig för att bli en av hans krigare, en av oss andra. Men du gav honom mer, du gav honom hela dig för att bli hans och endast hans.”

Diriska kunde inte låta bli att stirra förbluffat på draken bredvid henne. Den gav henne en kort blick och ett kort skratt. Den ställde sig upp på bakbenen och gick vidare ledigt bredvid henne och knackade med en klo mot sin stora näsa.

"Du har lärt dig att dölja din riktiga doft", sa hon och sjönk ner på alla fyra igen. "Genom att ta till dig av allt runt dig gömmer du dig för alla tänkbara faror. Samare berättade detta för mig. Hur jag vet att du gjort dig till hans? Utav alla drakriddare här så finns det bara en doft som du drar till dig. Endast en som du söker dig till. Din doft är nu en blandning av honom och dig själv, nästan mer av honom än dig. Du hade gjort ditt val redan innan han tog dig till sig. Jag misstänker att du hade gjort ditt val redan den första gång du såg honom. Hur hade du reagerat om jag valt att ställa mig mellan dig och honom?"

Diriska vände blicken mot sina fötter. Hon såg på Drashin i ögonvrån. Han hade bara som hastigast vänt på huvudet när Narika ställt sig upp, men sedan åter vänt sig mot Alram.

Vad menade den lilla draken? Hade hon verkligen gett sig själv till honom? Mer än de andra? Hur skulle hon reagerat om draken ställt sig mellan henne och Drashin? Hon behövde inte fundera länge på det sista. Hon hade blivit rasande, antagligen till och med rutit åt den mindre draken.

Hon betraktade den blåa kjolen. Över delen var röd idag, med de gula rankorna längs med armarna och det gula märket med hornen och stenen över vänster bröst. Hon rörde lätt vid det. Det gula bältet gick om hennes midja och dess långa band hängde ner för höger ben som en spegelbild av drakriddarnas kishara. I ändarna fanns samma märke som på hennes bröst, men i blått. När han sagt att det var skvadronens färger hade hon envist sagt att det var hans. Det var så som hon såg det. Blått, rött och gult. Det var hans färger och hon hade givit sig själv till honom.

Nu gick det upp för henne vad hon hade gjort. Hon hade gett sig själv till honom, både sinne och själ. Hon var hans nu, ingen annans. Hon vände sin blick mot honom och stirrade på honom.

Först såg Drashin bara rakt fram med en fundersam min och nickade stilla när Alram sa något. Sedan blinkade han till och vred huvudet mot Diriska. En frågande glimt tändes i hans gröna ögon. Så gick dem flera steg framåt. Blå ögon stirrade in i gröna. När han öppnade munnen för att säga något slet Diriska hastigt bort blicken från honom. Han förblev tyst. Hon såg i ögonvrån hur han fick en undrande min och vände blicken österut igen.

Diriska hörde Krashak skrocka på andra sidan av dvärgdraken och gav honom en skarp blick. Klipptrollet lade en väldig näve på Narikas rygg. Drakens skinn rörde sig vid hans beröring och hennes ögon smalnade en aning, men hon gjorde inget.

"Hon sade något till dig, eller hur?", sa han och gav Diriska ett bländande leende. "Hon fick dig att börja fundera över något."

Diriska såg försiktigt mot Drashin innan hon lutade sig närmare Krashak över Narikas rygg.

"Hur har ni gett er till honom?" frågade hon.

"Vi är hans krigare", sa Krashak och gav henne undrande blick. "Vi går dit som han säger, slåss där han befaller oss att slåss. Där emellan är vi våra egna. Han lägger sig inte i vad vi tycker och gör i vanliga fall. Han brukar säga att vi får göra vad vi vill, så länge han inte drabbas av det."

Narika skrockade, nickade och gav Diriska en menande blick. Diriska nickade sakta. De hade gett honom sina vapen att använda. Han hade gjort dem till sina vapen. Men hon hade gett honom allt.

Första gången hon såg honom... Hon mindes den gången. Rykten om drakriddare i Balden hade fått Horak, Darek och Diriska att ta sig till byn. Då hade Diriska, sedan två hundra år tillbaka, använt sig av en kvinnlig gestalt i yngre medelåldern, runt fyrtiofem års åldern. Att se så unga människor vara några av de legendariska drakriddarna hade varit lite av en chock för henne. Men åsynen av honom hade skakat om hela hennes värld.

Han och Horak hade stött på varandra, varav den äldre ramlat mot marken. Drashin hade gripit om sin dolk, men sedan hjälpt den äldre mannen upp. När Diriska kommit fram och skulle ge honom en skarp tillrättavisning hade deras blickar mötts och hon blivit alldeles stum. Han, inte mer än tjugotre, hade med en enda blick vänt hela hennes värld upp och ner. Horak hade sagt att hon betett sig underlig på vägen hem.

Väl hemma vid gården igen hade hon suttit i timmar framför spegeln i sitt rum och bara stirrat på sig själv. På morgonen efter hade hon chockat hela familjen med sin nya skepnad. Istället för en kvinna i fyrtiofem års åldern hade hon förvandlat sig till en kvinna på tjugofem. Hon hade till och med lyckats göra sitt hår annorlunda. Från den dagen hade det haft en glänsande blå färg istället för den matta blå.

Drakriddarna hade försvunnit bara någon dag senare och hon mindes fortfarande den besvikelse hon känt då. Hon hade inte förstått varför hon känt så. Hon borde känt lättnad över att dem lämnat byn. Men känslan att förlorat något var så stor att hon låst in sig på sitt rum i flera dagar.

Diriska funderade på vad Narika hade sagt. Hade hon verkligen redan för första gången dem sågs gjort sig till hans, utan att veta om det. Nej, det var omöjligt.

Men så hade dem kommit tillbaka till Balden för två år sedan. När hon hade sett Lindramas hade hon bara känt misstänksamhet, men när han dök upp... Hade hon känt hopp? Det hade dessutom varit första gången hon hört honom prata. När han sett henne hade en förvirrad glimt tänts i hans ögon. Han kände igen henne, men för honom måste hon sett annorlunda ut då hennes kropp var yngre.

"Samare", sa Drashin plötsligt högt. "Tror du att dina drakar skulle gå med på att bära en spanare?"

Diriska såg mot den ärrade draken på andra sidan om Alram. Han gav Diriska en snabb blick och knorrade en aning. Sedan nickade han.

"Det skall gå bra", sa han.

"Skulle du kunna be tjugo av dem?" bad Drashin. "Det blir lättare att finna fiender från luften i stället för att vandra planlöst omkring."

Samare grymtade till svar och vek av en aning för att välja ut sina krigare.

"Krashak, välj ut tjugo magiker för spaning. Jag vill kunna se på himlen var demonerna finns."

Klipptrollet grymtade till svar och försvann han också. Diriska undrade om drakarna verkligen skulle godta en ryttare. Hon kunde höra hur Samare röt åt sina utvalda och dolde ett leende. Han skulle se till att dem tog en ryttare. Strax lyfte tjugo drakar med varsin magiker på ryggen och försvann åt alla håll. Samare och Krashak kom tillbaka till täten och de vandrade vidare österut.

"Det fina med att vandra runt så här", sa Alram med ett skratt och lyfte ansiktet mot himlen, "är ju att man får njuta av solen så mycket."

Krashak skrattade högt. Även Narika skrattade och tittade bort mot honom. Drashin sneglade mot Diriska och log mot henne. Hon log tillbaka. Ja, hon hade gjort sig till hans, till både sinne och själ. Men hon ångrade inget. Hon tillhörde honom nu, hon brydde sig inte om när hon hade beslutat det. Det viktiga nu var att inte låta honom stöta bort henne. Än vågade hon inte säga det högt till honom, men snart måste hon säga orden som hon så gärna ville säga honom. *Jag är en drake.*

<u>5</u>

Liana undrade hur länge de hade vandrat i öknen nu. Det var flera timmar sedan som Karash försvunnit bakom dem. Hela tiden vandrade dem österut. Hon hade blivit förvånad när de vilda drakarna kommit och anslutit sig till dem. Nästan i ett slag hade deras grupp fördubblats. Hon gick tillsammans med Tirasine, Mantera och tolv andra drakriddare. Direkt till höger om henne gick det en drakhona och två lite större hanar.

Honan hade tidigt gjort klart att hanarna inte kom nära Liana. Hon hade sniffat nyfiket på drakriddaren och hade flera gånger under deras marsch vänt sina klara gula ögon mot henne. Antagligen hade hon uppfattat Diriskas doft från Liana.

Den ena hanen kikade försiktigt under hakan på honan och studerade Liana. Den sa något till honan på drakarnas språk. Honan hade svarat på samma språk och nickat mot Diriska. Den andre hanen tog försiktigt några steg fram, men efter en snabb blick på draken som vandrade bredvid Diriska backade han in i ledet igen. Han knorrade grubblande och såg snabbt mot draken framför.

Liana undrade hur han kunde ha en så stor respekt för den betydligt mindre draken framför honom. Hon studerade den. Den skilde sig inte så mycket från dem övriga. Samma gråbruna skinn. Ungefär lika stor som honan som gick bredvid Liana. Men sättet som den verkade prata stilla med Diriska. Det visade att den verkade stå högt i rang. Den talade med Diriska nästan som en jämlike. Liana tyckte att hon kände igen draken.

”Det är Narika”, sa Tirasine lågt och lutade sig mot henne. ”Samares syster. Hon brukar leda sin familj när inte Samare är där.”

”Vad jag hört är hon nästan lika stark som han”, sa Mantera lika lågt. ”Om inte så är hon i alla fall en av de smartaste drakarna som finns.”

Liana hade uppfattat Mantera Krams som en lågmäld och fåordig person. Hon hade inte hört honom säga så här mycket på en och samma gång sedan Drashin avslöjat Diriskas identitet. Tirasine nickade.

”Ingen av de vilda skulle gå upp emot henne i en kamp”, höll hon med. ”Även om de skulle klara av att besegra Narika, så skulle Samare leta upp dem. Ingen är stark nog att besegra Samare. Till och med de tre drakarna från Draktand är försiktiga runt Samare.”

Drakhonan bredvid Liana puttade på henne med huvudet. När Liana vände sig mot henne reste hon sig på bakbenen och höll upp en klo från vardera hand.

"Samare", sa hon och höjde den en. "Narika." Hon höjde den andra och förde dem mot varandra. Sedan sa hon något på drakarnas språk. Liana stirrade frågande på hennes båda klor. Draken verkade se en aning förbryllad ut och sjönk fundersamt ner på alla fyra igen.

"Jag tror", sa Tirasine, tog av sig sin svarta hatt och fläktade sig med den. "Att hon menar att Samare och Narika är mycket nära varandra. Trots att Samare valt att leva i en människoby."

Draken nickade och gav Tirasine en uppskattande blick. Drakriddaren böjde lätt på nacken och satte tillbaka hatten på huvudet.

Liana studerade Diriska och draken som gick framför dem. Diriska kastade hela tiden ett vakande öga mot Drashin innan hon svarade draken. Diriska visste inte att Drashin redan kände till hennes hemlighet. Liana önskade att hon kunde berätta det för henne, men hon hade ingen möjlighet. Dessutom hade Drashin sagt att ingen skulle prata om det. Diriska måste få den tid hon behövde för att tala om det själv. Även om skvadronen redan visste.

Det hade varit flera drakriddare som gett draken storögda blickar och varit nära att buga djupt för henne. Speciellt de yngre drakriddarna. Att ha en av jättedrakarna i truppen hade höjt allas moral. Att det dessutom var en som ingen annan kände till och att hon var en del av Dödens skvadron hade till och med fått de äldre att flina stort. Ingen hade sett något konstigt med att hon gick längst fram tillsammans med Drashin och överstarna. Även om en del av de äldre gärna velat få prata med henne.

Liana visste att Diriska höll ett vaksamt öga på alla drakriddarna. Hon litade inte helt på dem, och var fortfarande orolig att de skulle angripa henne. Liana trodde att det var den största orsaken för att hon höll sig så nära Drashin.

Hon mindes hur Diriska för fem år sedan plötsligt hade ändrat på sitt utseende. Draken hade agerat som om hon alltid sett ut så, men enligt Horak, Lianas farfar, hade hon tagit bort över tjugo år från sitt utseende. Hennes farfar hade nämnt att de mött en man i byn som hade fått Diriska att uppföra sig konstigt på vägen hem till gården och hela den kvällen. Innan hon hann fundera mer på det, exploderade ett eldklot på himlen sydost om dem. Liana vände överraskat blicken dit.

"Alram kalla tillbaka spanarna", beordrade Drashin med hög röst.

Översten lyfte sitt horn av mässing och blåste tre korta stötar i det. Strax kom samtliga spanare tillbaka. Den från sydost kom lite efter de andra. Draken landade strax framför krigarna och spanaren hoppade av dess rygg. När dem kom närmare såg Liana att det var Sareas. Han såg stadigt Drashin i ögonen innan han slog handen mot bröstet och bugade kort.

"Ungefär tiotusen demoner marscherar strax sydost om oss", rapporterade han. "Det är inga som strider mot dem. Deras mål verkar finnas någonstans söder om oss."

"Ingen såg dig?" undrade Drashin barskt.

"Ingen vet att vi är på väg, general", svarade alven och flinade.

Drashin nickade och tecknade åt honom och draken att falla in i leden. Han vände sig mot Diriska.

"Jag vill att du befinner dig så långt bak i leden du bara kan", sa han. "Jag vill inte ha dig mitt i striderna."

"Men det är tiotusen demoner", protesterade Diriska och mötte stadigt hans blick.

"Det är därför jag vill ha dig långt bak", envisades generalen. "Jag vill att du ska göra det första angreppet. Slå till med full kraft och döda så många du kan. Vänta på Krashaks signal. Du kommer ihåg den?"

Diriska nickade tveksamt och såg oroligt på honom. Alram skrattade till.

"Låt oss få ha lite roligt också, flicka", skrattade han.

Samare föll in i hans skratt och slog i sanden med sina kraftiga klor.

Diriska grimaserade över hans ord, men nickade igen. Hon gav Drashin en ogillande min.

"Jag ska göra som du säger, general", hon lade all sin irritation i hans titel.

"Tack", sa han och lade sin hand lätt på hennes arm. Han höjde rösten så alla hörde honom. "Förbered för strid! Vi vänder mot sydost! Samare, ta till luften med dina drakar! Idag skall vi visa vilka som kommit till Soma!"

Med ett rytande tog sig Samare upp i luften. Drakarna följde med honom. Honan bredvid Liana gav henne en sista blick och puffade lätt på henne innan hon lyfte. Liana såg efter henne. Drakriddarna svängde sina led mot sydost och stängde luckorna som blivit när drakarna lämnade.

Så snart alla kommit i ordning lyfte Drashin sin hand och pekade rakt fram. Alla föll tysta in i en lätt språngmarsch. Liana förvånades en aning av att Diriska höll jämna steg bredvid Drashin. Det skuggade ovanför deras huvuden och Liana såg upp. Med Samare och Narika i spetsen, rakt ovanför Drashin och Diriska, höll drakarna samma fart som drakriddarna. De flög inte särskilt högt ovanför riddarna och ibland kunde Liana känna vinddraget från deras långsamma vingslag. Drakarnas klor öppnades och stängdes hela tiden, nästan som om de redan kunde känna hur demonernas kroppar slets itu av dem.

"Varför flyger de inte i förväg?" undrade hon högt.

"De är en del av skvadronen", svarade Ranin som slutit upp jämte henne. "Drashin har bara förberett för strid. Han har beordrat Diriska att göra första anfallet. Drakarna har hört det och kommer att invänta hennes drag. Vi är alla Dödens skvadron, människa, alv, dvärg, klipptroll och drake. Vi går in i strid tillsammans."

"Ensam är vi starka", sa Tirasine. "Tillsammans är vi oövervinnerliga."

Orden upprepades runt dem. Liana gjorde det samma. Hon mindes vad de hade sjungit: 'Kom bröder och systrar tillsammans vi går.'

De sprang över en sanddyn och Liana gapade vid synen hon såg. Demonerna marscherade inte, de myllrade framför dem. Så snart de passerat över sanddynen fick demonerna syn på dem. Som en vände de sig mot drakriddarna och drakarna och började springa mot dem.

Drashin klappade Diriska två gånger på hennes axel och hon saktade motvilligt ner. Liana såg hennes bistra min när hon passerade henne. Den blå hatten skuggade hennes ansikte en aning. Alla andra bar svarta hattar.

"Dödens skvadron framåt språngmarsch!" röt Drashin.

Alla ökade farten. En efter en började krigarna dra sina vapen.

"Dödens skvadron ett led!"

Nu ökade flera av dem farten för att komma ikapp de andra. Dem bildade ett enda brett led. Fortfarande bildade Drashin, Alram och Krashak ett eget bara något steg framför de andra. Drakarna ovanför deras huvuden ökade farten med dem. Vissa hade började vråla upphetsat efter fienden.

Liana såg hur Krashak lyften upp sitt horn ovanför huvudet. Genast dök hundratals av dem gyllene ringarna upp i skyn framför dem. Diriska hade börjat samla ihop för nomra spjut. Liana hörde hur flera mumlade uppskattande runt henne. Trots att det bara var någon dag sedan som de blivit överraskade av Diriskas kraft såg de redan fram emot att få se det igen.

"Överste Do'shank!" röt Drashin. "Låt hornet ljuda! Släpp lös henne!"

Krashak förde hornet till sina läppar och blåste. Liana kunde nästan ta på förväntningen som låg i luften bland drakriddarna och drakarna. Den dova tonen från hornet ekade över öknen. Dem gyllene ringarna började glänsa och Dödens drake släppte lös sin kraft mot demonerna.

Diriska var inte nöjd med att bli lämnad så långt borta. Hon sände iväg små signaler åt alla håll. Det var bäst att se att hon inte blev angripen när de andra inte var i närheten. Men det fanns inte något hotfullt åt något annat håll än det framför dem. Hon riktade uppmärksamheten mot drakriddarna och drakarna som stormade fram mot demonerna.

Hon såg hur Krashak höjde sitt horn ovanför huvudet. Hon började kalla samman nomra spjuten. Han hade sagt åt henne att anfalla med fullkraft. Hon slöt ögonen och koncentrerade sig. När hon öppnade ögonen igen hade hon fyllt himlen runt demonerna med dem gyllene ringarna. Nästan femhundra stycken. Hon skulle nog kunna kalla på en del till, men drakriddarna skulle kanske behöva helas efter striden.

Plötsligt hörde hon hans röst eka där borta. "Överste Do'shank! Låt hornet ljuda! Släpp lös henne!"

Hon rynkade förbryllat pannan. Släpp lös henne? Visste han? Innan hon hann fundera mer hördes den dova tonen från Krashaks horn. Hon rynkade bistert pannan. Nu skulle *dem* få se vad *hon* kunde göra. Hon höjde den knuta handen och ringarna började glöda. Hon öppnade den hastigt och släppte lös all kraft som hon samlat i ringarna.

En efter en for ljusspjuten iväg mot sina mål. Explosionerna ekade över öknen och eldmolnen steg högre och högre upp i skyn. Hon höjde sin andra hand när hon öppnade den for spjuten ut ännu snabbare. Hon orsakade fullständigt kaos bland demonerna. Med en snabb rörelse sänke hon händerna. Dem sista tvåhundra nomra spjuten for iväg samtidigt. Explosionen var öronbedövande och eldklotet som bildades steg högt upp i himlen.

Diriska kunde nästan se hur sten och kroppar flög. De flesta borde blivit fullkomligt utplånade. Den sista explosionen borde inte lämnat mycket kvar av demonerna. Ett väldigt dammoln dolde demonerna för henne och drakriddarna. Med en fnysning svepte hon bort det. Endast några få hundra, av tiotusen, demoner stapplade förvirrat runt framför de framrusande drakriddarna och drakarna. Demonerna hade inte en chans och striden var över på ett ögonblick.

Krashaks horn ljöd igen och Diriska vandrade lugnt mot stridsplatsen. Ett eldklot lyfte till himlen åt söder med hon ännu gick. Ännu en strid pågick där borta. Hon undrade frånvarande vilken grupp det var. Miras eller Salaams? Ännu ett eldklot, större än det första, lyfte till himlen rakt öster om dem. Det fick Diriska att rycka till en aning. Det var större än någon mänsklig magiker kunde skapa. Hon fick hålla ett öga på vad som hände österut. Tänk om demonerna också visste hur man skapade nomra spjuten.

När hon nådde fram till drakriddarna och drakarna stod alla i en enda stor klunga. Drakarna ställde sig upp på bakbenen när dem såg henne. Dem flyttade sig så hon hade fri väg fram till Drashin. När hon passerade höjde alla sina knutna händer mot skyn.

"Shosha! Shosha!" ropade dem. "Shosha!"

Hon såg förvirrat på allihop. Drake som drakriddare ropade dem, hyllade henne där hon gick. Drashin log bara mot henne när hon kom fram till honom. Han bugade lätt mot henne.

"Välkommen tillbaka, Shosha", sa han och blinkade med ena ögat mot henne.

"Vad betyder 'Shosha'?" undrade hon medan drakriddarna började ställa sig iordning bakom dem igen.

"Vet inte exakt", sa Drashin och gned sig om hakan. "Vissa påstår att det betyder 'Eldbringare'. Andra att det ska vara 'Bringare av förödelse'."

Han tog hennes hand och klappade den lugnande när han såg hennes förskräckta min. Bringare av förödelse?

"Jag skulle nog fördra 'Eldbringare'", sa han med ett skratt. "Det där med förödelse är inte riktigt du."

Diriska nickade försiktigt. Hon såg sig om för att se vad hon gjort. Marken var svedd och överallt låg det förvridna, brända och lemlästade kroppar. Mitt bland dem döda demonerna fanns en stor svart grop. Där hade hennes sista tvåhundra nomra spjut träffat. Inget fanns kvar där dem landat. Hon rös till vid synen. Att hennes magi kunde göra så mycket skada hade hon aldrig trott.

Så snart alla drakriddare och drakar var iordning bakom dem, kom Alram och Krashak fram till henne och generalen.

"Åt vilket håll, general?" undrade Alram och spanade först åt öster och sedan mot söder.

"Vad sägs om söder", föreslog Drashin och började gå med Diriska vid sin sida. "Krashak vill du vara så vänlig och mana på dem?"

"Framåt marsch, era fårtarmade blötdjur till krigare!" brölade klipptrollet. "Mot gravens mörker och gryningens ljus, framåt Dödens skvadron!"

"Hoja!" svarade drakriddarna och drakarna i ett och började marschera.

Diriska grymtade. Hon kanske fick ta både Alram och Krashak åt sidan för ett litet samtal. Drashin bara lugnt promenerade vidare. Hon gav honom en tankfull blick. Kanske han också skulle behöva höra vad hon hade att säga om alla dessa smeknamn. Snart slöt Samare och Narika upp med dem fyra längst fram. Drashin såg mot Samare och gjorde ett tecken med handen mot draken. Han såg bara hastigt mot generalen innan han lyfte huvudet mot skyn.

"Spanare framåt!" röt han på drakarnas språk.

Genast lämnade tjugo drakar leden, lad sig ner på marken för att låta drakriddare klättra upp på deras ryggar. Sedan lyfte dem från marken och försvann åt alla håll. Letandes efter en ny strid för Döden och hans krigare.

Hiram satt på en stor sten och dinglade förstrött med ena benet. Hennes långa spjut vilade mot stenen. Hon hade utplånat ytterligare en grupp med demoner. Det kan inte varit mer än kanske tretusen i den här gruppen. Hon undrade om det verkligen inte fanns några större grupper som vandrade runt i den här förbannade öknen.

Hon kallade fram en svart hatt ur tomma luften och började fläkta sig med den. Hon såg på människorna som försiktigt närmade sig henne. Det var en liten grupp flyktingar som kommit från en närliggande stad. Inte mer än hundrafemtio personer. De var flesta kvinnor och barn. De hade blivit ett enkelt byte för demonerna om hon inte råkat komma just då.

Hennes blick riktades mot norr. Ett litet moln av damm kom emot dem. Ryttare, demoner sprang inte såvida de inte hade ett byte framför sig. Kanske skulle hon kunna sända flyktingarna med dem. Snart var ryttarna synliga för blotta ögat. Hiram gled ner från stenen, grep sitt spjut, satte hatten på huvudet, lade andra handen mot svärdshjaltet och vände sig sedan mot ryttarna och väntade in dem. Flyktingarna stirrade först på henne och sedan på ryttarna.

Ryttarna stannade kanske femtiosteg framför henne. Hon lade huvudet på sned och betraktade dem nyfiket. Somas röda baner med det gröna lejonet svajade lojt i vinden. Ett annat baner, grönt med två krökta svärd under en palm i svart, vajade intill det. Det var visst en furste och hans följe. Hon granskade soldaterna. Endast tvåhundra beridna soldater. Hon grymtade irriterat, önskade de att dö?

Tre ryttare red fram mot henne. Två av dem höll i varsin lans med en stålspets på minst en fot. Den tredje red mitt emellan de båda och bar endast det krökta svärdet som var vanligt i Soma. Han verkade vara ledaren för dessa unga dårar.

Han var lång, även om han inte var lika lång som Hiram, och mörkhyad som alla somiska invånare. Han bar ett par mörkt blå byxor och var nedstoppade i de svarta stövlarnas skaft. En vitskjorta skymtades bakom den gröna rocken som slutade strax ovanför knäna. Hiram såg ingen rustning av något slag, men misstänkte att en ringbrynja gömdes under rocken. Hjälmen var öppen fram till och formad som en skål över huvudet, med ett långt nackskydd. På toppen stack en kort pigg upp. Två mörka ögon stirrade på henne från det mörka ansiktet.

"Vem för befälet här?" frågade mannen med högfärdig röst. "Svara, kvinna!"

Hiram såg lugnt på honom. Hon släppte svärdets hjalt och stoppade handen i den lilla väskan hon hade vid sidan. Hon plockade upp ett äpple och tog ett stort bett i det. Hon kände sig en aning hungrig.

Morrande lät mannen hästen ta ett steg mot henne. Hon lyfte bara spjutet och riktade det mot hans bröst. Hon tog ännu ett bett från äpplet och tittade forskande på honom.

"Ers nåd", sa en av hans följeslagare. "Hon bär färgerna för Dödens skvadron."

Hon sneglade ner på sina kläder. Dem blå byxorna och den röda tunikan var dammiga från öknens sand. Hon hade rört sig fram och tillbaka över öknen sedan hon kom dit dagen innan. Enda gången som hon stannat längre på en plats var när hon spenderade natten med den visa kvinnan Manala och hennes följe. Hon kastade det halvätna äpplet över axeln och slog bort lite av dammet från sina kläder. Det blev bara värre. Hon behövde ett bad.

"Vem är ni?" frågade fursten och lutade sig framåt. "Vem är det som för befälet här?"

"Jag är den jag är", svarade Hiram förstrött. "Jag bestämmer över mig själv. Vem som bestämmer bland dem vet jag inte. Inte bryr jag mig om det heller. Dem behöver komma i säkerhet. Jag skulle tro att huvudstaden är det bästa alternativet just nu. Skulle ni kunna ta dem med er?"

"Vem tror ni att ni är, kvinna?" röt fursten åt henne.

"Ni är ändå för få för att kunna strida mot demonerna", sa hon lugnt. Så ung och oerfaren han var, denne furste.

"Vet ni vem jag är?" fräste han.

"Ni är Jashal Farsh", sa Hiram och lade sitt spjut över axeln. "Son till den avlidne fursten Baran Farsh. Jag vet mycket väl vem du är, pojke. Jag känner till alla som lever alla som är döda."

Hon vände sig om och såg fundersamt mot väster. Det var där den största eldklotet hade kommit ifrån. Kunde general Drashin vara där borta? Hon började promenera västerut.

"Vem är ni?" hörde hon Jashal ropa efter henne. "Vem tror du att du är som kan ge mig order?"

"Jag är en av hans krigare", ropade Hiram över axeln. "Jag är Hiram av Dödens skvadron. Jag är dödsängeln."

Hon hörde flämtningarna bakom sig och skrattade kort. Med ett litet hopp lyfte hon från marken och for i väg i skyn. Hon måste hitta Drashin. Hon ville veta mer om den där kvinnan, Diriska, som var med honom. Hon ville veta vad hon var för något.

Hiram hade inte hunnit långt innan något fångade hennes blick. En liten bit mot nordväst pågick en strid. Hon funderade kort vad hon skulle göra innan hon bestämde sig. Med tanke på explosionerna så var det en större strid. Hon vände ditåt för att ansluta. Med ett bistert leende for hon genom luften. Äntligen skulle hon få vara med om en större strid i den här förbannade öknen.

<u>6</u>

Salaam red mellan Frash och Dram som ledigt vandrade bredvid hästen. Frash hade dragit sitt stora svärd och bar det över axeln. Dram bollade lojt med sin ena yxa samtidigt som han läste i en bok. Salaam kunde inte låta bli att beundra dessa båda jättar.

Spridda bland soldaterna vandrade drygt tvåhundra femtio klipptroll. Alla i muntra samtal, antingen med varandra, på sitt egna språk, eller med människorna. De två överstarna från Mosker red respektfullt strax bakom honom och de två klipptrollen.

"Pojk", sa Frash och tittade på Dram över hästen, "tappa inte yxan på foten när du har näsan i boken."

"Ingen fara, Frash", sa Dram frånvarande. "Jag kan göra detta i sömnen. Dessutom är jag äldre än dig."

"Sex år är ingenting", sa Frash lugnt. "Jag har mer erfarenhet av strider är du. Du läser ju bara dina böcker."

"Mina herrar", sa Salaam försiktigt. Han hade dålig erfarenhet att hantera klipptroll.

"Böcker är avkopplande", sa Dram lika lugnt. "Du borde pröva att läsa någon gång."

De två fortsatte att lugnt munhuggas med varandra. Aldrig förolämpade dem varandra utan samtalade helt lugnt. Salaam stängde ute ljudet av deras röster så gott han kunde.

Dram och Frash var från två olika klaner. Salaam hade hört att klipptrollens klaner sällan gick till krig tillsammans, så han hade blivit överraskad när Drashin dykt upp med krigare från *tre* klaner. Gosh och Ramen vandrade tillsammans med honom, medan Taur vandrade med Mira. Dem hade delat upp drakryttarna mellan Salaams trupper och Miras. Han hade hundra drakryttare till sitt förfogande och han använde dem som spanare.

Dem hade lämnat Karash tidigt på morgonen, före Drashin och Dödens skvadron. Hela tiden hade dem rört sig åt nordost. Mira hade vänt mot sydost, medan Drashin skulle gå mot öst. Drashin visste inte var ängeln Hiram fanns, men han hade gissat någonstans österut. Generalen hade hoppats finna henne under dagen.

En eldpelare, nästan rakt söder om dem, fick de båda klipptrollen att tystna och vrida blickarna ditåt. Strax kom en till och ännu en. Dem var inte stora, det borde vara Mira som hamnat i strid. Salaam bad tyst att helerskan skulle klara sig.

Ännu fler eldpelare slog upp, denna gång åt öster. Dessa var mycket större än dem från söder. Salaam stirrade andlöst på dem. Frash och Dram skrockade muntert.

"Hon håller verkligen inte tillbaka, Dram", sa Frash gned sin breda näsa.

"En intressant varelse", sa Dram och log stort. "Tänk att hon gömt sig i alla dessa år."

"Hon?" Salaam kände sig förvirrad. Österut betydde Drashin och Dödens skvadron. Men inte ens han kunde ha magiker som var så starka bland sina krigare.

"Diriska", sa Frash och såg upp på honom. "Hon är verkligen starkare än någon annan jag någonsin sett."

"Diriska?" mumlade Salaam och såg österut.

Drashin hade bara presenterat henne helt kort. 'Världens mäktigaste magiker' hade han sagt. Både Mira och Diriska hade rykt till vid hans ord och stirrat på honom. Nästan som om de undrat vad han visste. Salaam fingrade på hjaltet till svärdet.

Kvinnan med det blå håret hade verkat orolig över alla beväpnade männen runt henne. Dock inte mot Drashin eller Mira. Det var något hos henne som fick hans tankar att vandra till en gammal legend som fanns i Soma.

För ungefär tvåhundra år sedan skall en flicka med blått hår och blå ögon dykt upp vid kung Ishams hov. Hon hade kommit tillsammans med en man och pojke. Med sig hade dem haft general Ashlams svärd och en otrolig historia om tre män. Historien om tre somiska soldater som varit de enda överlevande av tjugotusen man. Tre män som kallat sig för dogbra, en skam för Soma. Kunde denna Diriska vara en avlägsen släkting till denna flicka?

"Spanare", sa Dram och stoppade undan sin bok.

Salaam rycktes upp ur sina tankar och lyfte blicken mot himlen. Dem sex drakarna som han skickat iväg som spanare var på väg tillbaka. Deras ledare gestikulerade med sitt långa spjut och de övriga fem försvann till sina poster. Själv sjönk han ner i en långsam spiral för att sedan landa strax framför Salaam och de två klipptrollen.

Jarom styrde sin drake, Varsk, med hjälp av knäna och den vandrade lugnt fram till Salaam.

"Ers nåd", sa Jarom och böjde lätt på nacken. "Vi har kanske sjutusen demoner på väg rakt mot oss i detta nu."

"Sjutusen!" utbrast Salaam. "Det är en av de största ansamlingar som vi stött på hittills."

"Det blir en hård strid", sa Farsh och vägde sitt stora svärd i handen. "Klarar du av det, Dram?"

"Det blir inga problem", fnös Dram och drog sin andra yxa. "Som en promenad genom öknen."

Salaam försökte räkna ut deras chanser att besegra demonerna. Dem hade lite drygt elvatusen femhundra krigare. Kanske skulle en del klara sig, men han hade svårt att tro det. Han suckade och drog sitt svärd.

"Uppgiften var ju att försöka minska deras antal så gott vi kunde", sa han. "Även om vi dör i denna striden skall vi ta dem med oss!"

De båda klipptrollen jämte honom skrattade och Jarom skakade på huvudet. Drakryttarens hjälm, formade efter drakens huvud, dolde hans ansikte. Han höjde sitt spjut i luften.

"Drakryttare till luften!" röt han. "Förbered er för strid!"

Som en steg samtliga drakar till skyn och lade sig strax ovanför huvudet på soldaterna. Salaam lyfte sin knutna hand och det långa ledet ställde upp sig på vardera sida om honom. Sedan började man åter att röra sig framåt.

Det dröjde inte länge innan man fick se demonerna komma myllrande mot dem. Deras fiender stannade förvånat till när dem fick se människorna. Salaam gav dem ingen tid att reagera utan lyfte sitt horn till läpparna och blåste till anfall.

Med ett öronbedövande vrål stormade soldaterna fram. Nästan genast for eldklot iväg från drakryttarnas magiker. Hans egna magiker var inte långt efter och blixtrar och eld landade bland demonerna. Detta var kanske inte ett sätt som Salaam normalt skulle strida på, men så länge dem kunde minska ner antalet demoner innan dem drabbade samman ökade deras chanser att överleva.

Demonernas första förvåning försvann och med höga tjut efter blod rusade dem mot Salaam och hans soldater. Salaam högg vilt med sitt svärd när hans häst dundrade in bland monstren. I ögonvrån såg han hur Dram klöv huvudet på en demon samtidigt som han drev den andra yxans vassa pigg i bröstet på en andra. På hans andra sida svingade Frash sitt tvåhandssvärd med bister min och klöv den ena demonen efter den andra.

Salaam kunde höra dödsskriken blanda sig med vrålen från demonerna och soldaternas olika strids rop.

"För Mosker och silverliljan!"

"Soma och det röda lejonet!"

Klipptrollen ropade sina stridsrop på sitt egna språk. Överallt runt dem föll demoner och människor döda till marken. En del hästar sprang utan ryttare och trampade ner flera demoner innan dem överrumplades och dödades.

Salaam drev sitt svärd i halsen på en demon och kände hur hoppet sakta började lämna honom. Dem hade kanske lyckats döda femhundra demoner innan dem red in bland dem. Men det var ändå för många. Detta var en strid som dem inte skulle överleva.

Plötsligt for en vägg av blixtrar ner bara några steg framför honom och soldaterna. Den dödade alla demoner som fanns i närheten av den. Innan den sista blixten dog ut landade kanske ett dussin eldklot bland demonerna och skapade en tom yta. Allt överraskade demonerna lika mycket som människorna och dem stridande drog sig snabbt undan från varandra.

Så landade ett långt spjut i marken bara tre steg från Salaam och en figur tog till marken och gick ner på knä. Han stirrade förbluffat på figuren när den rätade på sig och såg på honom med ett flin. Det var en kvinna! Hon var mycket vacker, hennes ljusa hud var nästan vit och hennes stora ögon var bruna. Hennes långa bruna hår var uppsatt i en invecklad fläta som låg över hennes axel. Hon bar blå byxor och en röd tunika, båda fulla med gula rankor. Över hennes vänstra bröst fanns en symbol av en skalle och två vingar. Om midjan hade hon ett gult bälte med långa ändar, liknande det Diriska bar. Hon drog snabbt spjutet ur marken, snurrade det vilt i händerna och riktade det sedan mot honom. En lång svärdsklinga utgjorde dess spets.

"Jag är Hiram!" röt kvinnan sedan spärrade hon förvånat upp ögonen. "Människor? Inte demoner?"

"Demonerna är bakom er, frun", sa Frash flämtande. "Hiram? Var har jag hört det namnet innan?"

Kvinnan vred på och såg sig över axeln. Hon skrattade till och vände sig om.

"Där är ni ju", skrattade hon och snurrade sitt spjut igen. "Jag är Hiram av Dödens skvadron!" Hon stannade spjutet och rörde vänster handen sakta framför sig. Tio gyllenen ringar bildades framför henne. Hon kallade på nomra spjut! "Frukta mig, ty jag fruktar ingen! Frukta mig, ty jag är dödsängeln!"

Med en avmätt gest skickade hon iväg ljusspjuten. Salaam gapade. Alla gånger som han sett någon skicka iväg nomra spjut hade dem alltid varit samlade. Men kvinnan, Hiram, spred ut dem och lät dem skapa stora hål i massan framför dem.

Kvinnan skrattade igen och såg på soldaterna över axeln.

"Vill ni vara med?" frågade hon innan hon kastade sig mot demonerna.

Salaam visste inte vad han skulle göra. Han stod lika förstenad som de andra soldaterna. Frash och Dram växlade bara en snabb blick innan dem också kastade sig in i striden. Samtliga klipptroll rusade fram under höga tjut på sitt språk. Tillsammans med Hiram drev klipptrollen demonerna tillbaka, men dem skulle snart bli överrumplade.

"Soma och det röda lejonet!"

Ropet fick Salaam att rycka till. Han vred på huvudet och såg hur Isham, hans son, tillsammans med flera hundra av soldaterna rusade framåt. Salaam kände hur stoltheten växte inom sig när han såg sin son rusa fram. Han höjde sitt egna svärd.

"Soma och det röda lejonet!" vrålade han och kastade sig in i striden.

"Mosker och silver liljan!"

Salaam drev sin häst framåt in i horden av demoner. Han svingade sitt svärd med all den skicklighet som han hade skaffat sig under alla år. Demonerna föll runt honom. Han fann sig strida sida vid sida med Hiram som skrattande svingade och stötte med sitt spjut. Ibland skickade hon iväg ett klot av eld som slukade tiotals demoner på en enda gång.

Frash kom hoppandes genom luften med sitt svärd ovanför huvudet. När han landade strax framför Salaam och Hiram klöv han två demoner samtidigt, från huvudet och ner. Med en kraftig sving klöv han ytterligare fyra som kom inom hans närhet.

En demon med mule och röda ögon sträckte sina klor efter klipptrollet, men innan den fick tag i honom träffade en yxa den i mulen och den flög iväg. Dram dök upp i Salaams synfält. Med en väldig bepansrad hand krossade han ansiktet på en demon samtidigt som han skar upp ett djupt sår i halsen på en annan med sin andra yxa.

En vägg av eld skapades och pressade tillbaka demonerna. De demoner som inte lyckades komma undan elden dog tjutandes i lågorna.

Salaam och de två klipptrollen vid hans sida stannade upp och stirrade flämtande på elden. Kvinnan som stridit med dem gick skrattandes fram mot elden. Hon lyfte handen och den flyttade sig ytterligare några steg bort från soldaterna.

"Skall vi avsluta det här nu, barn?" ropade hon över axeln med ett skratt.

Hon sänkte handen och eldväggen försvann. Demonerna stirrade blodtörstigt mot henne, men vågade inte gå till anfall. Salaam tittade mot dem och suckade. Det var säkerligen tre eller fyratusen demoner kvar. Han såg sig om mot sina soldater och blinkade till. Om inte hans ögon spelade honom ett spratt så var dem fortfarande mer än dubbelt så många än demonerna. Hur var det möjligt? Hur hade dem kunnat stå emot så här?

"Har ni lärt er känna fruktan, demoner?" skrattade kvinnan och började snurra sitt spjut. "Känner ni fruktan för en av Dödens krigare? Eller har ni förstått att det inte bara är jag här?"

Frash och Dram gick fram och ställde sig på varsin sida om henne. Salaam kunde bara titta när klipptrollen steg fram en efter en och sällade sig till henne. Hennes skratt blev högre och det ringde som klockor i hans öron.

Salaam såg ner i ansiktet på en av krigarna som passerade honom. Han ryggade nästan undan för den glöd som fanns i hans ögon. Vad var detta? En del gick med stora flin fram. Snart stod dem där framme allihop. Tvåhundra femtio klipptroll och en ensam kvinna mot tusentals demoner. Likväl backade demonerna undan. Fruktan sken i deras groteska ansikten och en visshet om att deras död var i antågande.

Hiram vände sig om och såg på Salaam med ett stort leende. "Se nu vad Dödens skvadron kan göra, lille man", sa hon

"Dödens skvadron?" viskade Salaam.

Mer hann han inte fundera förrän hon åter skickade eld och blixtrar mot demonerna. Klipptrollen lyfte sina vapen och rusade mot demonerna igen.

"Framåt Dödens Skvadron!" röt Hiram och rusade fram. "Mot gravens mörker och gryningens ljus!"

Med ett ordlöst vrål drabbade klipptrollen samman med demonerna. Salaam stirrade klentroget på scenen framför sig. Utan att backa, utan att tveka gick dessa krigare fram mot en fiende som borde slitit dem i stycken inom bara några ögonblick. Likväl var det demonerna som backade. Explosioner hördes från Hirams eldklot och kaskader med jord, sten och kroppar kastades upp i luften. Salaam insåg snabbt att demonerna snart skulle vara omintetgjorda, han undrade frånvarande hur många av klipptrollen som skulle stupa här idag.

"Vad är hon?" viskade han.

"Hon är Hiram", sa Jarom. Drakryttaren kom upp jämte Salaam på Varsk. Han hade tagit v sig sin hjälm och höll den i sina händer. "Hon är väktaren över dödens dal."

"Väktare?"

"Det är det enda jag vet om henne." Jarom skakade trött på huvudet och såg bistert på striden framför sig. "Mira försökte lista ut lite mer om henne för några år sedan. Men utan resultat. Varför hon är här kan jag inte svara på. Men hon verkar leta efter någon, eller något."

"Hiram", sa Salaam tyst. "Drashin talade om henne igår kväll. En medlem av Dödens skvadron. Hans egna ängel, dödsängeln."

"Då ni vet mer än jag", sa Jarom lugnt. "Kanske inte så konstigt, då ni träffar general Drashin oftare än jag."

En väldig explosion som kastade en het vind över soldaterna skapades. Salaam höjde handen för ögonen och hostade i dammet som bildades. När dammet lagt sig stirrade han över förödelsen framför sig.

Inga demoner syntes till någonstans. Klipptrollen vandrade lugnt tillbaka till leden och samtalade muntert med varandra. Nästan som om de inte varit i strid alldeles nyss. Farsh och Dram stod och samtalade kort med kvinnan innan dem vände tillbaka dem med.

Salaam tvekade innan han tog av sig hjälmen och gled ur sadeln. Med tveksamma steg gick han mot henne. Kvinnan med den långa flätan såg inte på honom utan betraktade stridsfältet. Hon lutade sig mot sitt långa spjut. Hon vände sig inte mot honom förrän han harklade sig.

"Mitt namn är Salaam Najdjin", sa han och bugade sig lätt mot henne. "Jag tackar ödmjukast för att ni kom till vår undsättning."

"Jag är Hiram", svarade hon bara och såg på honom.

Salaam tvekade igen. Hur kunde en enda kvinna kunna få honom att tveka så här? "Ah, varför har ni kommit? Vad för er hit till Soma?"

"Du har redan träffat honom", sa Hiram och log. "Nog borde väl den käre generalen sagt något." När Salaam tvekade igen skrattade hon.

”Drashin, menar jag. Han har kallat till strid och jag har kommit för att ansluta mig till honom. Dödens skvadron är just nu utspridd över öknen. Han går med drakriddarna och drakarna. Här finner jag några av mina kamrater tillsammans med er, furst Salaam Najdjin av Soma. Det måste betyda att Mira Mashok har resten hos sig.”

”Kamrater? Resten?” Salaam förstod inte.

”Du behöver inte oroa dig, dödlige”, sa Hiram och log vänligt. ”De må inte ha svurit sig till honom ännu. Men våra klanbröder som kom genom Hamapasset är en del av Dödens skvadron. Så även några fler.”

Det sista så lågt att Salaam knappt hörde det. Han vände sig om och såg på Frash och Dram. Dem båda flinade stort mot honom. Så detta var en del av Dödens skvadron?

”Vet han om dessa?” undrade han tyst.

”Tveksamt”, sa Hiram och vände honom ryggen. ”Han verkar tro att endast dem som svurit sig till honom är en del av skvadronen. De kommer att svära sig till honom snart. Då kommer hela världen få reda på att Döden har skaffat sig en liten armé.” Hon flinade över axeln mot honom.

”Vart skall ni gå nu?” frågade Salaam. ”Vi skulle kunna behöva dig i kommande strider.”

”Det finns inte så många stora grupperingar med demoner här”, sa kvinnan och tog ett skutt upp i luften. ”Jag ska leta reda på generalen. Det är där mina tjänster kommer att behövas. På återseende, furst Salaam Najdjin av Soma.”

Innan Salaam kunde säga mer försvann hon iväg genom luften mot sydost. Han tittade efter henne och funderade på vad hon sagt. Han ryckte till när en väldig hand lade sig på hans axel. Han vände sig om och såg på Frash. Jätten flinade mot honom.

”Var bara lugn, furst Salaam Najdjin av Soma”, sa han. ”Vi kommer inte att lämna dig för att dö här ute i öknen. Vad sägs om att vandra vidare?”

Salaam nickade och svalde lätt. Glöden i klipptrollets ögon var som en eld. Frashs flin blev större och Salaam svalde igen. När han såg bort mot Dram såg han samma glöd i hans ögon och nästan ett identiskt flin. Vad var detta? Denna glöd hade inte funnits hos dem när de lämnade Karash. Var detta ett tecken på att Dödens krigare vandrade mitt bland dem?

Salaam skyndade tillbaka till sin häst och satt upp. Han tecknade tyst åt soldaterna att fortsätta. Medan han red hörde han ett mumlande från Frash och Dram. Han hörde samma mummel direkt bakom sig och vred sig om i sadeln. Nu gick samtliga klipptroll i de främsta leden. Alla hade samma glöd i sina ögon, alla hade samma flin i sina ansikten. Salaam såg hur hans soldater sneglade oroligt mot klipptrollen där de gick fram.

Dödens skvadron vandrade i väg efter ännu en strid. Drashin var ganska nöjd med hur allt hade gått hittills. Diriska hade krossat nästan allt motstånd innan drakriddarna och drakarna hunnit ända fram. Dem få överlevande demonerna som funnits kvar, hade varit så omtumlade att dem inte kunnat ge något motstånd. Det hade varit en enda slakt från skvadronens sida.

Drashin gav Diriska en snabb blick ur ögonvrån. Hon promenerade mumlandes för sig själv bredvid honom. Hon verkade inte speciellt trött ännu. Han misstänkte att hon inte hade använt hela sin kraft i något av angreppen, men han klagade inte. Det var fortfarande bara början av slaget om Soma. Dem måste rädda så mycket dem bara kunde.

Diriska upptäckte att han såg på henne och gav honom ett strålande leende. Han log tillbaka. Han undrade tyst om hon förstod hur mycket hon avslöjade genom att släppa lös så mycket kraft. Vartenda anfall som hon gjorde avslöjade att hon inte var mänsklig. Varje anfall bara skrek att det var en drake som styrde magin.

Kanske skulle han bara berätta för henne att han redan visste. Bespara henne all den ängslan som hon bar inom sig. Visa henne att hon inte behövde vara rädd längre. Att han redan visste och att han inte skulle stöta bort henne.

Spanaren som flugit söderut kom tillbaka med hög hastighet. Drashin höjde näven och samtliga stannade. Draken hann knappt landa innan riddaren med ett smidigt skutt hoppade av dess rygg. Han kom skyndades fram mot Drashin och dem andra i främre ledet. Draken gav bara drakriddaren en snabb blick innan den skyndade fram till Samare. Fyra eldpelare syntes längre fram. Det var en strid framför dem. Strax kom ljudet från explosionen till dem. Inte så långt bort heller.

"Soldater och drakryttare i strid mot tusentals demoner, general", sa Mantera och slog näven mot bröstet. "Vi flög inte nära nog för att se väl. Men jag tror det är amdorianska soldater där framme. Det är troligen Miras grupp."

Drashin såg hur det ryckte i Samares ben. Draken stirrade bistert mot syd. Han ville ner dit och hitta Mira. Drashin nickade.

"Bra gjort, kaptenslöjtnant", sa han. "Fall in i ledet. Alram kalla tillbaka dem övriga."

Alram lyfte sitt mässingshorn och blåste tre korta stötar. Strax kom dem andra spanarna tillbaka och tog plats i leden. Drashin vände sig mot Diriska.

"Den här gången går jag med er", sa hon snabbt innan han hann öppna munnen.

"Det är för farligt", började han.

"Jag lämnar dig inte den här gången", sa hon envist. "Du kommer behöva mig där. Jag kan göra mer nytta närmare striden."

Han såg henne i ögonen. Hennes blå ögon såg orubbligt in i hans. Han grinade illa, men nickade till sist.

"Som du vill", sa han buttert.

Han hörde Krashak och Alram skrocka för sig själva. Även Samare och Narika gav honom roade blickar. Han bet ihop käkarna och muttrade när hon gav honom ännu ett av sina vackra leende. Aldrig förr hade han böjt sig för en annans vilja.

"Dödens skvadron", röt han, "gör er redo för strid!"

"Hoja!"

Även Diriska höjde sin röst. När dem marscherade eller skickade ut spejare, lät han Krashak och Alram ge order. Hur dem båda delade upp vem som gav vilken order brydde han sig inte om. Men så snart dem skulle till strid så var det han som bestämde allt.

Drakarna lyfte genast från marken och svävade lågt över drakriddarnas huvuden. Samare och Narika gled alldeles ovanför honom och Diriska. Dem verkade anse att det var dem två som stod högst i rang. Samare ovanför Drashin och Narika ovanför Diriska. Drashin före Diriska. Han visste inte riktigt vad han skulle säga om det. Han visste inte själv var Diriska skulle placeras i rangordningen inom skvadronen. Hon tog inga order från någon annan än honom. Inte för att varken Krashak eller Alram försökte göra det. Nå det fick bli ett senare problem.

"Dödens skvadron, framåt marsch!"

Som en man stampade drakriddarna ner första steget. Rytmen kom genast. I perfekt harmoni tog dem stegen framåt mot strid. Drashin undrade hur det hela egentligen såg ut där dem kom marscherandes. Det borde vara en speciell syn. Innan dem började gå upp för första sanddynen slog han ut armarna. Drakriddarna spred ut sig tills det var sex led bakom honom. Sextio krigare i varje led. Han behövde inte titta efter för att veta att drakarna följde drakriddarnas exempel.

"Magiker i tredje ledet!"

När dem kom upp över krönet fick Drashin syn på striden. Amdorias vita baner med den röda draken fladdrade mitt i striden. Somas gröna baner med det röda lejonet lika så. Det var ett fullkomligt kaos där nere. Från öster kom en liten samling ryttare med Somas gröna baner fladdrande i vinden.

"Det är tiotusentals demoner där nere", viskade Diriska förskräckt. "Hur klara dem att hålla emot?"

"Vi behöver få deras uppmärksamhet", sa Alram sammanbitet.

"Vi kan inte skicka in något i den där massan förrän vi lyckats dela på dem", höll Krashak med.

"Så här gör vi", sa Drashin. "Alram när jag säger till stöter du tre gånger i ditt horn. Krashak var redo med ditt."

Dem båda överstarna nickade och drog fram hornen. Drashin vände sig mot Diriska som bistert tittade mot striden framför dem.

"Diriska", sa han. "Det här vill jag att du ska göra."

Det hade varit en trevlig liten strid som hon varit med om. Dock inte så mycket motstånd som Hiram hade hoppats på. De somiska och moskiska soldaterna hade kämpat väl. Klipptrollen hade också kämpat för sina liv innan hon kommit fram till dem och lett dem till deras öden. Dem hade slutligen förstått vad dem var och accepterat det.

Hiram landade på en stor sten och försökte speja ut över landskapet. Allt hon såg var den förbannade sanden. Sten och sand så långt ögat räckte. Strax öster om henne fick hon syn på en liten grupp som rörde sig söderut. Hon tog till luften igen och flög ditåt.

När hon kom närmare såg hon att det var en liten grupp demoner. Inte mer än några hundra. Det var den minsta grupp som hon hittills sett. Med en fnysning omringade hon gruppen med eld. Hon betraktade dem en stund där dem förbluffade stirrade på elden. Sedan gjorde hon gest med handen och elden spred sig mot demonerna. Under höga tjut dog dem av elden.

Ett väldigt klot av eld fångade Hirams uppmärksamhet. Så dem var någonstans söder om henne. Troligen skulle hon inte hinna fram till dem den här gången heller. Hon vände ryggen till elden och for iväg genom luften mot eldklotet.

Efter en liten stund tog Hiram till marken igen. hon studerade marken närmast henne. Det var här det senaste eldklotet hade dykt upp. Ett massivt hål visade var det hade slagit ner. Hon undrade vilken kraft som hade släppts loss här. Runt henne låg döda demoner överallt, utom vid hålet. Hon misstänkte att vad som än hade slagit ner här hade utplånat allt som fanns i dess absoluta närhet.

Hon vandrade bort från kratern och studerade vidare marken. Där fann hon spår efter män och drakar. Så dem hade varit här. Drashin och resten av skvadronen. Hon kunde inte vara så långt efter dem.

Hon rätade på sig, lutade sig mot sitt spjut, lade handen på svärdshjaltet och såg söderut. Vad fanns där borta som lockade honom så? Ett stort moln av eld reste sig mot himlen inte långt söderut.

Hiram log och lyfte från marken. Hon riktade spjutet framåt och for fram genom luften nära marken. Hon hade funnit dem. Äntligen skulle hon få strida med honom.

När hon kom närmare höll hon på att tappa hakan. Så många demoner. Tjugo, nej kanske till och med så många som trettiotusen fanns där nere. Hon såg hur Drashins grupp marscherade rakt mot horden. Hon var för långt borta för att kunna kasta något speciellt. Men kanske kunde hon ge människorna och klipptrollen lite andrum.

På det här avståndet var hon tvingad att mumla fram formeln. Nästan genast efter att hon sagt sista ordet, steg eldväggen upp mellan demonerna och människorna. Lite tid för att omgruppera och andas.

7

”Ge dem allt ni har!” vrålade Mira och stötte spjutet i bröstet på en demon med tre ögon.

Det hördes explosioner både till höger och vänster om henne när magikerna kastade sina eldklot. Men horden av demoner verkade inte minska. Jämte henne gjorde Sirska vad han kunde för att hålla dem borta från henne. Men han var oerfaren i strid och skräcken lyste i hans ögon. Draken var endast fyrtio år och detta var hans första riktiga strid. Hon önskade att Samare var där med henne. Han var erfaren och hade hållit demonerna borta från henne. Nu fick hon kämpa i närstrid hela tiden och hade inte en chans att kasta några formler.

Ett horn från öster fick henne att snabbt se upp. Det kom en grupp ryttare, kanske tvåhundra, i full fart mot dem. Det var inte mycket, men Mira uppskattade all förstärkning hon kunde få just nu. De höll på att förlora den här striden.

Någon lyckades skapa en vägg av eld mellan dem själva och demonerna. Mira backade tacksamt undan och drog Sirska efter sig. Hon skapade en vägg av eld för att leda ryttarna till sig i stället för att låta dem storma oskyddade in bland demonerna.

Dem gjorde en vid sväng och rundade demonerna. Mira klev upp i sadeln på Sirskas rygg. Ryttarna gjorde ytterligare en tvär sväng och red rakt mot henne. Deras ledare stannade bara några få steg framför henne.

”Vem är ledare för den här armén, kvinna?” röt han.

Mira blinkade förvånat. Aldrig hade hon stött på någon ohövlighet från dem somiska männen. Men mannen framför henne utstrålade nästan ren fientlighet mot henne.

”Jag är Mira Mashok”, sa hon försiktigt. ”Jag för befälet över den här armén.”

Hon hörde flera av männen som frustade förvånat. Några spottade till och med på marken framför henne. Hon bet ihop käkarna för att inte säga något dumt. Det här verkade vara några ungtuppar som hon fått på halsen.

”En kvinna?” röt mannen framför henne rasande. ”Hur kan en kvinna leda en här?”

"Jag gavs befälet för armén här av kung Lamas av Soma", sa Mira sammanbitet. "Furst Salaam leder en annan och general Drashin av drakriddarna en tredje."

Ett sorl hördes bland ryttarna. Men mannen framför henne bara fnös.

"Har den gamle token blivit helt galen", fräste han. "Låta utlänningar föra befäl inom Somas gränser! Jag tar genast över befälet, kvinna!"

Sirska kurade ihop sig en aning vid hans barska röst. Mira drev knäna hårt in i hans sidor. Mannen framför dem gjorde draken orolig och osäker. Mira morrade irriterat. Samare hade aldrig tillåtit någon säga detta till Mira.

Men innan Mira hann svara mannen kom överste Sarasha springandes. Hans uniform var trasig och hans ringbrynja och den vita rocken täckta av blod. Svetten rann ner för hans bleka ansikte när han flämtande stannade framför Mira.

"Mor Mashok", flämtade han. "Vi har lyckats retirera och ställt upp oss igen. Men jag vet inte om vi kommer klara en anstormning till. De är för många."

"Vi måste, överste Sarasha", sa Mira och såg oroligt mot eldväggen. Den började sakta men säkert minska i styrka. "Vi måste."

"Det är så här det går när kvinnor ska göra en mans syssla", morrade den mörkhyade mannen.

Sarasha gav honom en mörk blick. Mira var högt uppskattad bland amdorianerna. En förolämpning mot henne var en förolämpning mot Amdoria, enligt dem. Hans hand grep hårt i svärdshjaltet.

"Sarasha", sa Mira och ignorerade den andre mannens ilskna blick. "Förbered för ett nytt angrepp från demonerna. Vi måste hålla ut. Jag är säker på att antingen Salaam eller Drashin är på väg till oss. Jag hoppas att det blir Drashin som kommer först."

Sarasha böjde på nacken mot henne och skulle precis vända sig om när hans blick fastnade på något som kom norrifrån. Med ett darrande finger och ett fånigt leende, pekade översten norrut.

Mira vred på huvudet. En enorm gyllene ring bildades på himlen och nästan genast for det största nomra spjut hon någonsin sett iväg mot demonerna. Med ett öronbedövande dån exploderade marken mitt bland fienden. Mira kände tryckvågen komma över henne. Kroppsdelar från demonerna regnade över dem. Hon tappade kontrollen över Sirska som skräckslaget kastade sig mot marken. Med all sin styrka tvingade Mira upp draken på fötter igen. Ryttarna framför henne hade alla fallit av sina hästar och stirrade skräckslaget om kring sig. Deras ledare kom upp på fötter och vred huvudet mot norr, där nomra spjutet kommit ifrån.

Mira följde hans blick och gav ifrån sig ett tjut av lycka. Hon hörde hur soldaterna bakom henne föll in i hennes jubel. Någonstans bland soldaterna hördes Rashams bullriga skratt. Dem hade kommit. Ett svart hav kom vandrandes mot dem, med en enda liten blå fläck i sig. Luften direkt ovanför det var alldeles svart av svävande skuggor. Ett mässingshorn ljöd tre snabba toner. Det var Alram Manros signal. Han annonserade att Dödens skvadron hade anlänt.

Mira såg hur figuren i den blå hatten, Diriska, höjde sin hand i luften. Nya gyllenringar bildades på himlen. Hundratals av dem. Hon såg fascinerat på dem innan hon insåg vad som skulle hända. Hon röt åt soldaterna att förbereda sig på det värsta. Sedan kom det dova ljudet från Krashaks horn, och Diriska släppte lös sin fulla kraft.

Mira trodde hon endast skulle släppa lös nomra spjuten, men nu visade Diriska vad hon verkligen kunde göra. Spjuten for iväg tio och tio mot demonhorden. Bland spjuten lät hon eldklot stora som hästar flyga genom luften och blå och lila blixtar föll ner bland fienden. Mira kunde bara stirra gapande på det helvete som kvinnan släppte lös.

Panik och förvirring utbröt bland demonerna. Vid varje explosion från nomra spjuten eller eldkloten flög kroppar och sten högt upp i luften. Demonerna slets i ut och kastades överallt över slagfältet. Hundratals av dem lyckades komma till så pass sans så att dem började rusa mot den nya fienden i norr. Dem vrålade av hat och törsten av blod.

Mira vände blicken mot Dödens skvadron igen. Dem hade nu börjat springa demonerna till mötes. Mira trodde att Diriska skulle stanna i bakgrunden som hon gjort under deras första strid, men till hennes förvåning rusade kvinnan med resten av drakriddarna. Sida vid sida med Drashin. Hon kunde se framför sig hur hans högra hand hade börjat glöda med sitt blåa sken. Han tänkte ge dem en sista order inför striden.

"Dödens skvadron, utplåna!" vrålade Drashin.

"Sar Ma'sharos'tian ki Niorta!" vrålade drakriddarna till svar. "Ki Niorta!"

'För Ma'sharos'tian intill döden! Intill Döden!' Drakriddarnas uråldriga stridsrop. Dvärgdrakarna ovanför deras huvuden vrålade till svar. Mira kände en ännu större glädje när hon fick se Samare i täten för drakarna. Han var tillbaka hos henne igen.

"Samare!" vrålade Drashin. "För dina drakar till strid!"

Med ett vrål ökade Samare farten och tog dem andra drakarna med sig. Dem dök smidigt ner framför drakriddarna och följde markens linjer mot dem annalkande demonerna. Mira mindes hur det hade känts när Samare hade fört henne till deras första strid här i Soma. Han hade fört henne dit på samma sätt. Flugit fortare med henne än han någonsin gjort. Hon kände en längtan att få göra det igen. Att få gå till strid med honom. Att bli ett med honom igen.

Drakarna brakade samman med demonerna. Striden var kort och fruktansvärd. Mira såg hur Samare utan att sakta in slog i marken mitt bland fienden. Krossade allt i hans väg. Hon kände en viss oro att se honom slå till marken så, men visste att det var så han gjorde. Dem andra drakarna slog inte i marken på samma sätt, men lyckade ändå röra upp mycket sten och sand när dem slog ner på demonerna. Samare virvlade runt som en stormvind och dödade allt som kom i hans väg.

När han plötsligt inte hade några fiender runt sig såg han sig omkring. Han fick syn på Mira och började gå bort mot henne. Det rann blod över hela hans kropp och det vita ärret på hans kind var helt täckt av blod. En arm hängde ut ur hans mungipa.

"Sarasha", sa Mira utan att ta blicken från Samare och gled ur sadeln på Sirska. "Du för befälet över soldaterna och drakryttarna."

"Mor Mashok?" sa översten förvirrat.

Den mörkhyade mannen drog sitt krökta svärd och ställde sig mellan Mira och Samare. Drakens ögon smalnade en aning. Han spottade ut armen ur munnen. Mira hörde hans väldiga morrande när han närmade sig den skräckslagne mannen framför Mira. Med ett väldigt vrål röt draken mannen rakt i ansiktet innan han enkelt knuffade undan mannen med en blodig klo. Hans bruna ögon borrade sig in i Miras. En inbjudan fanns i dem. En inbjudan att bli ett i striden med honom. Ett med familjen.

Mira höjde handen mot drakens kind och lade sin panna mot hans.

"Jag ska med far", sa hon och såg på Sarasha över axeln. "Jag ska med familjen till strid."

Hon skrattade åt hans förvirrade blick. Hon visste att Samare såg henne som sin unge, och hon såg honom som en far. Trots att dem inte var av samma sort. Men Samare var hennes far och hans familj var hennes familj. Hon såg på Sirska, som såg på Samare med beundran i blicken och log mot honom.

"Tack, Sirska", sa hon vänligt. "En dag kommer du att bli en stor krigare. Se och lär av Samare."

Hon klättrade upp på Samares rygg och han bar snabbt iväg henne till den väntande familjen. Narika krossade skallen på den sista demonen och vände sina bruna ögon mot henne. Honan tjattrade glatt och stångade lätt sin panna mot Miras. Mira log strålande mot henne. Alla drakarna välkomnade henne hem till familjen. Samare knorrade stolt och vände sig mot demonhorden igen.

Diriska hade slutat kasta eld och blixtar mot dem nu. Sakta började förvirringen lägga sig. Eldväggarna var snart borta, men det brydde sig inte Mira om. Hon grep hårt om sitt spjut och lade sig utefter Samares rygg. Hon slog skaftet mot hans framben. Hon var redo.

Samare gav henne en snabb blick över axel. Hon nickade mot honom. Hon kände hur han drog in luft i sina väldiga lungor. Sedan vrålade han, och Mira föll in i hans vrål. Drakriddarna kom upp jämsides med drakarna och som en gick dem till angrepp. Mira var ett med Samare. Hon var ett med familjen, men ännu större, hon var ett med skvadronen och nu gick dem till anfall.

Diriska visste inte om hon skulle vara förvånad eller ej över att Mira nu satt på Samares rygg. Tillsammans rusade dem mot demonerna sida vid sida, drake och drakriddare. Hon sneglade mot Drashin vid hennes sida. Hela hans uppmärksamhet var nu på fienden framför dem. Plötsliga ljusglimtar runt henne fick henne att se sig över axeln. En efter en började drakriddarna kalla fram sina rustningar. Hon vred på huvudet och fann att Drashin hade på sig sin silvriga rustning med hjälmen formad till ett människokranium.

Hon hann inte fundera mer på det för just då drabbade dem samman med demonerna. Hon duckade smidigt för ett svärd, grep tag i sin angripares ena ben. Hon drog den med sig några steg innan hon stannade upp. Drog den förbluffade demonen till sig och slet halsen av den. Hon vände sig om höjde handen och lät nästa angripare slukas av ett eldklot.

Hon fick se tre drakriddare som blev tillbaka pressade av tio demoner. Hon framkallade en vägg av eld mellan riddarna och demonerna och lät sedan blixtar regna ner över demonerna. En explosion bakom hennes rygg tvingade ner henne på knä. Hon såg demonen som hoppade efter hennes rygg över axeln. Innan hon hann göra något kom en väldig yxa och klöv demonen på mitten.

En väldig krigare i svart rustning kom i hennes synfält. Hjälmen var formad till ett stort tjurhuvud med två korta horn över huvudet. Det satt till och med en ring i dess nos! Krigaren räckte en väldig näve mot henne.

"Kan ni stå, drake Diriska?" frågade drakriddaren med Krashaks röst.

Hon tog tacksamt emot hans hand och tog sig upp på fötter igen. Hon fick se två demoner komma bakom klipptrollet och satte eld på dem båda med en snabb gest. Han nickade till tack och såg sig om.

"Om vi kunde släcka eldväggarna så kunde soldaterna komma till vår hjälp", sa han och såg sig om. "Detta är lite för mycket för oss."

"Låt mig ta hand om det", sa Diriska och skyndade iväg i vimlet av demoner och drakriddare.

Hon fann den vägg som skiljde demonerna med Miras trupper. Hon dödade alla demonerna framför den med eld och blixtar. Sedan släckte hon eldväggen. Genast stormade de amdorianska och somiska soldaterna fram under vilda tjut, som fick demonerna att stanna upp och vända sig förvirrat om. Soldaterna kom med full kraft in i demonernas ryggar. Det tog ett tag innan dem lyckades vända sig för att kunna göra något motstånd, men redan hade tusentals av dem dött.

Ett klipptroll kom flygandes genom luften med sin stora hammare över huvudet och den svarta kilten fladdrandes runt benen. Han landade framför Diriska och krossade skallen på en demon med stora horn. Han vände sitt flinande ansikte mot henne och nickade muntert. Rasham svingade hammaren igen och fyra demoner flög i vida bågar bort från honom. Diriska ryste till. Det hade varit en underlig glöd i klipptrollets ögon.

En plötslig explosion till vänster fick henne att vända uppmärksamheten dithåt. Hon fick se Drashin i sin silverrustning stå ostadigt på benen och skaka på huvudet. Ännu en explosion strax framför honom slungade iväg honom genom luften. Han landade inte långt från Diriska och blev stilla.

Med ett förtvivlat tjut rusade hon mot honom. Demoner kastade sig över honom, men hon förintade dem alla med eldklot och blixtar. Hon kastade sig ner på knä vid honom och vände honom försiktigt på rygg. Det var omöjligt att se om han andades i rustningen. Den flimrade inte till eller försvann så hon kunde inte veta om han var död eller levde. Tårarna rann ner för hennes kinder och hon lade sin kind mot hjälmen.

Hon såg upp och såg fyra demoner stirra blodtörstigt på henne. Hon kände vreden stiga inom sig. Diriska lade försiktigt ner Drashin på marken igen och reste sig.

Med bister blick stirrade hon på demonerna. Dem tog ett steg bort från henne, men kastade sig sedan mot henne. Hon tog ett djupt andetag och med ett vrål sprutade hon ut sin eld. Hon förintade dem fyra omedelbart. Ytterligare tre kom mot henne till höger. Hon snurrade smidigt runt, grep en i halsen, förvandlade nästa till aska med sin eld och slet upp buken på den tredje med en svepande rörelse med vänster handen. Hon lät sina naglar växa till klor på högerhanden innan hon med vänster hand slog demonen hårt i bröstet. Kraften i slaget slungade besten långt bort från henne och generalen. Kvar i handen höll hon halva halsen.

Hon drog in mer luft i sina lungor och sprutade sin eld i en vid cirkel runt henne och Drashin. Hennes enda mål nu var att försvara honom till sista blodsdroppen. De demoner som inte lyckades kasta sig undan hennes eld förintades omedelbart. Hon cirkulerade sakta runt Drashins livlösa kropp och såg på demonerna som samlades runt henne. Ingenstans såg hon någon hjälp som var på väg. Demonerna hade skickligt spärrat alla vägar för att någon undsättning skulle kunna komma.

Så tog demonerna sats och anföll från alla håll. Förtvivlat insåg Diriska att hon inte skulle kunna rädda både sig själv och Drashin. Dem skulle båda dö här om ingen kom.

Plötsligt slog ett långt spjut ner bakom henne och demonerna där uppslukades av gröna blixtrar. Strax efter spjutet landade en kvinna i blå byxor, röd tunika och ett gult bälte. Hennes bruna hår var uppsatt i en mycket invecklad fläta och svängde vilt när hon vred huvudet fram och tillbaka. Hon grep tag i spjutet med båda händerna och drog det ur marken. Diriska utplånade demonerna framför sig genom att spruta sin eld.

"Äntligen hittar jag er och så visar det sig att du är en av dem", sa kvinnan med ett skratt. "Så han har gått och skaffat sig en drake."

"Han vet inte vad jag är ännu", sa Diriska bistert och såg på kvinnan över axeln.

Drashin låg mittemellan dem. Diriska kastade en orolig blick ner på honom. Var han död eller levde han? Kvinnan verkade förstå vad hon tänkte.

"Han är bara medvetslös", sa hon med en snabb blick ner på Drashin. "Annars hade jag fått kontrollen över hela dalen nu."

"Är du säker?" frågade Diriska och såg stint på henne.

"Oh ja, så mycket av dalens kontroll har han gett mig. Nu ser vi till och håller honom vid liv, drake Diriska. Så han kan leda oss vidare i det här kriget."

Diriska nickade bistert och vände sig mot demonerna på sin sida. Hennes fingernaglar hade förvandlats till vassa klor och det steg rök ut ur hennes mun.

"Låt oss göra slut på det här, ängel Hiram", sa hon med en morrning.

"Kom, syster", skrattade Hiram och snurrade sitt spjut. "Låt oss visa människorna, alverna, dvärgarna, klipptrollen och dvärgdrakarna vad dödsängel och Dödens drake kan göra."

Ett glädjelöst leende dök upp i Diriskas ansikte. Hon var Dödens drake, nu skulle världen få se vad hon kunde göra. Nu var det slut med att gömma sig. Med ett vrål som överröstade allt runt omkring dem framkallade hon nomra spjut, blixtar, eldklot, eldväggar, spjut av sten och sprutade eld. I ögonvrån såg hon hur Hiram slungade eld och blixtrar från sina händer, fick marken att rämna under demonernas fötter och framkallade stora stenar som krossade dem.

Drashin låg medvetslös mellan dem, men dem förintade allt som försökte komma nära. Diriska och Hiram rörde sig knapp medan dem dödade demonerna runt omkring sig. Diriska kände vreden koka inom sig. Dem hade försökt att ta honom ifrån henne, så som dem gjort med hennes familj. Nu skulle de få känna på hennes vrede. Nu insåg hon vad hon verkligen hade gjort den kvällen när hon svor sig till honom. Hon hade gett honom sitt sinne och sin själ. Han hade mottagit dem och gjort henne till sin utan att veta om det. Han hade gjort henne till sin drake. Hon hade blivit Dödens drake. Hon vrålade igen och slungade sin fulla kraft mot sin hatade fiende.

8

Mira svingade sitt spjut och skar halsen av en demon med ett öga. Samtidigt krossade Samare en annan demons huvud med sina käkar och slet itu en tredje. Han blåste sin eld och brände ytterligare fyra till aska.

Mira visste inte när den yngre draken dykt upp vid Samares sida, men Sirska stred tappert. Han måste tagit Mira på ordet när hon sagt att han skulle studera Samare. Den yngre draken studerade den äldres varje steg och rörelse.

Mira kunde känna munterheten från Samare när han sett Sirska dyka upp. Flera av dem vilda hade gett den unge draken nyfikna blickar och skrockat åt honom där han stred. Hela tiden två steg från Samare.

Ett vrål ekade över slagfältet och Mira kände hur Samare stelnade till av förvåning. Hon såg sig gapande omkring. Mira hade aldrig hört något liknande innan. Samare steg till luften omedelbart och spanade omkring. Mira var inte beredd på den plötsliga stigningen och tappade nästan sitt spjut när hon desperat slängde sig om hans hals.

Mira fick syn på källan till vrålet samtidigt som Samare. Dem båda såg snabbt på varandra innan dem åter vände blicken mot den ring som fanns mitt bland demonerna. Hon såg en kvinna med blå byxor och röd tunika stå på ena sidan av en livlös figur i silver och Diriska, i sin blåa och röda klänning på den andra.

Mira stirrade förbluffat på Diriska. Kvinnan vrålade ut all sin vrede mot demonerna runt henne. Det gick inte att ta fel på det vrålet. Det var en drakes vrål. Mira kunde bara gapade. Den kraft som Diriska släppte lös mot demonerna var enorm. Nomra spjut, eldklot, blixtar... hon släppte lös allt hon hade mot dem. Den kraft som Mira sett henne släppa mot demonerna under drakriddarnas anfall var inget jämfört med det hon nu kastade mot sina fiender.

Den andra kvinnan var inte svag, men hennes angrepp var ingenting mot vad Diriska gjorde. Mira var övertygad om att det bara var ledarna för Helvetet, Himmelriket och Ma'sharos'tian som hade större kraft än Diriska. Dem tre drakarna från draktand skulle aldrig komma i närheten av denna kraft. Och den fanns i händerna på Drashin.

Den andra kvinnan, Mira var säker på att det var ängeln Hiram, frammanade stenar som krossade demoner. Hon brände dem med eldpelare och blixtrar. Hon försökte göra samma saker som Diriska, men draken växlade mellan sina formler och angrepp så snabbt att det knappt gick att följa henne. Mira rynkade pannan. Om Diriska var där nere och stred med ett sådant frukanssvärd vrede. Då måste det vara Drashin som låg på marken mellan dem båda kvinnorna.

"Samare", vrålade hon i drakens öra. "Vi måste ner dit!"

Han slet blicken från dem båda kvinnorna och såg frågande på henne.

"Det är Drashin som ligger där! Vi måste ner till honom!"

Han grymtade förvånat, men for genast iväg mot den ring som fanns runt Hiram och Diriska. När han närmade sig ställde sig Mira upp på huk på hans rygg. Då han passerade rakt över Drashin hoppade hon.

Hon kände en plötslig smärta i ena foten och skrek till när hon slog i marken. Hon rullade runt på marken i flera varv innan hon lyckades få stopp. Hon stirrade upp och såg tre demoner som blodtörstigt sträckte sig efter henne. Hon grep efter sitt spjut, men fann det inte. Med ett litet skrik lyfte hon armen. Genast landade fyra eldklot bland demonerna framför henne och ett tjugotal förintades på ett ögonblick.

Hon såg sig om över axeln och såg på Diriska. Dem blå ögonen sken av vrede och hat. Munnen var förvriden av ilska. Hon drog efter andan och blåste ut eld genom sin mun. Hon rörde huvudet långsamt i sidled. Hennes eld var så het att det inte blev något kvar av demonerna som träffades.

Mira tog sig upp på fötter, men föll ner på knä med ett skrik. Hon hade skadat foten vid landningen. Hon hade varit oförsiktig i sin brådska att komma fram till Drashin. Diriska vände sin blick mot henne igen. Men när inga demoner var nära vände hon bort den igen.

Mira bet ihop käkarna och kröp bort mot mannen i silverrustningen som låg på marken. Runt henne hördes det explosioner och skrik när demonerna dog för drakens och ängelns magi. Mer för drakens än ängelns.

När Mira kom fram till Drashin såg hon mot Diriska igen. Outtröttlig slungade hon eld och död omkring sig. Helerskan vände blicken mot Hiram. Ängeln andades tungt, ansträngningen började bli för mycket för henne. Helerska kunde inte göra något för henne. Hon måste se vad hon kunde göra för Drashin nu.

Ett vrål hördes från luften och Samare störtade ner bland demonerna framför Hiram. Ängeln gjorde en förvånad grymtning och slutade att kasta sina eldklot och blixtar. Mira såg det fullständiga kaos som Samare skapade. Kroppar och sten for iväg över allt. Draken sprutade sin eld och den virvlade i massan då han själv vred och snurrade runt där inne. Strax efter störtade ännu en drake ner bland demonerna framför dem. Ängeln tog tillfället i akt och såg sig över axeln på Mira.

"Kan du göra något för honom?" frågade hon och flämtade. "Hur mycket tid behöver du?"

Mira såg på den groteska hjälmen. Hur kunde han komma på idén att den skulle se ut som ett kranium? Hon grep tag i sin andra hand och slog allt vad hon kunde mot hjälmens panna. Diriska vred på huvudet vid ljudet och gav henne en farlig blick. Mira ignorerade henne och slog en gång till. Det brukade fungera att göra så här. Hon slog en tredje gång och hjälmen flimrade till och försvann.

Lättnaden hon först kände försvann när hon såg blodet från hans näsa, mun och öron. Hon vred på huvudet när hon hörde Diriska kvida. Kvinnans ögon var fixerade vid Drashins ansikte. Panik växlade med sorg och ilska i hennes ansikte. Mira hade aldrig förr sett något liknande hos någon. Så kastade hon bak huvudet och vrålade med sina lungors fulla kraft. Mira slog händerna för öronen vid ljudet.

Eldklot och blixtar slog ner överallt runt dem. Mira kände hur Hiram kastade sig över henne och Drashin. Med ett vrål kom Samare och ställde sig skyndade över dem tre. Ännu en skugga höjde sig över dem och Mira såg upp. Sirska hade sällat sig till dem och titta oroligt ner mot henne. Hon klappade den unge draken vänligt på dess kind och log mot den. Han lärde sig snabbt. Diriska vrålade bakom honom.

"Vi måste få henne att sluta!" vrålade Mira till Hiram.

"Hur då?" vrålade ängeln tillbaka. "Hon har blivit halvt galen!"

Mira tänkte febrilt och såg ner på Drashin. Hans ögon var slutna och det såg nästan ut som om han sov. Hon lade sin kind mot han mun och näsa. Han andades, om än svagt. Han levde fortfarande. Hon slog hårt mot hans rustning. Den flimrade till och försvann. Den vita skjortan låg klistrad mot hans bröst. Hon såg sig om på drakarna runt henne.

Explosionerna från Diriskas angrepp på demonerna ökade i styrka. Vad kunde få henne att lugna ner sig? Ännu ett vrål kom från Diriska. Mira hörde dånet när hon blåste sin eld. Drashin låg medvetslös under Mira, dessutom var han orsaken till Diriskas ilska. Vad? Så kom hon på en sak. Mira grep tag i kragen till Hirams tunika och spände ögonen i ängelns bruna ögon.

"Det finns en drakriddare som heter Liana Darik!" skrek Mira för att överösta oväsendet. "Hitta henne! Det kan vara vår enda chans att få Diriska att lugna sig."

Hiram stirrade oförstående på henne, men började sakta resa på sig.

"Skynda ängel! Innan draken tappar det helt och börjar döda oss också!"

Ängeln nickade och skyndade iväg. Spjutet lämnade hon kvar på marken. Istället drog hon sitt svärd och högg sig en väg genom demonerna. Mira såg snabbt på Samare och Sirska. Den yngre draken stirrade panikartat på Mira och Drashin. Samare röt ursinnigt på drakarnas språk till Diriska, men lyckades inte få något gensvar. Ännu ett vrål kom från den blåhåriga kvinnan.

Mira vände sig mot Drashin igen och lade sina händer mot hans huvud. Mumlandes började hon söka genom hans kropp för att se vilka skador han hade. Tre brutna revben på högersida, två på vänster. Högra lungan var punkterad, hjärtat var fortfarande helt, det var bra. Vänster ben var brutet och vänster arm också. Hon sände sitt sökande till hans huvud. Troligen hade han fått en hjärnskakning också. Men han levde, om än knappt.

Mira tecknade åt Sirska att maka lite på sig. Motvilligt flyttade sig draken. Mira såg mot Diriska som stod med ryggen mot henne.

"Diriska!" vrålade hon.

Draken vrålade igen och kastade sina eldklot runt sig. Demonerna försökte inte komma åt henne eller dem på marken längre. Dem försökte fly undan från drakens vrede. Överallt dog demoner av eld, sten eller blixtrar. Överallt kastades sand, sten och kroppar högt upp i luften. Oväsendet var fruktansvärt. Mira kunde se hur desperata drakriddare, soldater, drakryttare och drakar kastade sig år sidan för att inte själva bli träffade. Diriska hade snart tappat kontrollen över vad hon gjorde. Mira måste få kontakt med henne.

"Diriska!" vrålade hon igen.

Nästan som i trance vände kvinnan framför henne sig om. Tårar strömmade ner för hennes vackra ansikte. Mira hade aldrig sett dem blå ögonen vara så sorgsna innan. Kvidande sträckte hon fram en hand mot mannen på marken.

"Diriska! Han lever! Han lever!"

Draken slöt sina ögon och lyfte ansiktet mot skyn. Ännu ett vrål kom från hennes läppar och nya eldklot landade bland dem flyende demonerna.

”Diriska! Du måste lugna dig! Han lever, Diriska!”

Plötsligt rusade en drakriddare in mellan Diriska och Mira och slog ut med armarna. Den blå rustningen var matt av damm och missfärgad av blod. Hjälmen hade formen som en tillplattad drakes huvud. Mira stirrade förbluffat på drakriddaren. Hon ryckte förvånat till när en drakriddare med svart rustning och tjurhuvud till hjälm gick ner på knä bredvid henne. Sedan kom även Hiram och sjönk ner på hennes andra sida.

”Jag hittade dem båda tillsammans.” ropade Hiram över oljudet. ”Visste inte om det var rätt först. Men så nämnde Krashak henne vid namn.”

”Vi kom så fort vi kunde.” vrålade Krashak och lät sin hjälm försvinna. ”Det är en massaker där ute. Inga, varken från Dödens skvadron eller dina soldater, strider just nu. Vi försöker bara komma i säkerhet! Vad är det som händer?”

”Diriska håller på att tappa kontrollen!” skrek Mira desperat. ”Jag får ingen kontakt med henne. Så länge han ligger här utan att hon vet att han lever så kommer hon fortsätta.”

”Jag sa åt henne att han lever”, sa Hiram och skakade på huvudet. ”Det gjorde jag så snart jag kommit hit. Men så snart du fick bort hjälmen och hon såg blodet gick hon bärsärk.”

Krashak såg upp mot drakriddaren framför draken. Mira tittade också bort mot dem två. Ännu ett vrål kom från den otröstliga draken och ännu fler explosioner hördes över slagfältet.

”Måtte hon kunna få henne att komma till sans”, sa klipptrollet.

Mira hoppades det också. För allas skull. Hon såg ner mot Drashin igen. Nu måste hon göra var hon kunde för att rädda hans liv. Om han dog nu, skulle inte ens Liana Darik kunna lugna ner Diriska. Hur kunde han få en drake att bli så här? Bakom henne vrålade Diriska ut sin vrede och sorg.

Liana flämtade och stirrade stint på Diriska. Hennes äldsta vän stirrade oseende upp i himlen, tårarna strömmade ner för hennes kinder. Hon vågade sig en blick över axeln. Mira, Krashak och Hiram såg ner mot Drashin som låg medvetslös på marken. Samare stirrade bistert mot Diriska och en mindre drake såg oroligt fram och tillbaka. Hiram hade sagt att han levde, men var svårt skadad. Diriska kved sorgset mot himlen. Liana såg mot henne igen.

"Diriska, sluta!" röt hon till draken. "Detta är inte du, Diriska!"

Draken sänkte blicken och stirrade stint på henne. Det fanns en kort igenkännande glimt i hennes ögon, men hon rynkade förbryllat pannan när hon tittade på Liana. Hennes blick gled mot mannen på marken och ansiktet förvreds av sorg igen. Fler explosioner hördes, flera blixtar föll ner från himlen och skriken från döende demoner ekade runt dem. Diriska vrålade mot himlen ännu en gång.

"Diriska, du måste sluta!" ropade Liana.

Än en gång vreds blicken mot Liana. Dem rödgråtna ögonen stirrade förbryllat på henne. Varför kände hon inte igen henne? En misstänksam glimt tändes i ögonen och draken tog ett steg mot henne. En röd blixt slog ner bara ett steg till höger om Liana.

"Diriska, vad gör du? Det är jag!"

Med en ilsken min höjde Diriska sin högra hand mot henne. Varför? Så flämtade hon till. Hjälmen! Diriska hade aldrig sett hur hennes rustning sett ut. Förskräckt försökte Liana komma på hur hon gjorde för att få den att försvinna. Diriska tog ännu ett steg mot henne. Ännu en blixt slog ner, nu till vänster om Liana. Liana tog motvilligt ett steg tillbaka. Hur skulle hon kunna stoppa draken framför henne?

"Koncentrera dig, Liana Darik!" ropade Krashak bakom henne. "Samla ditt sinne och du kommer få kontroll över din rustning."

Diriska stannade upp och stirrade på henne. Liana såg hur draken formade hennes namn med läpparna. Hoppet tändes inom henne och hon började koncentrera sig på sin rustning. Hjälmen, hon måste få bort hjälmen så att Diriska fick se hennes ansikte. Det flimrade till inför hennes ögon och hjälmen försvann. Hon såg snabbt ner och såg att resten av rustningen också var borta. Nu hade hon åter på sig sin röda skjorta och svarta byxor. På huvudet hade hon sin svarta hatt.

Flämtande såg hon upp i Diriskas ansikte. Draken stirrade först bara oförstående på henne. Liana såg hur drakens blåa ögon sakta fick en igenkännande glimt. Förskräckt förde hon handen till sin mun. Nya tårar började falla ner för hennes kind när hon förstod vad hon nästan gjort.

"Åh, Liana", grät draken och föll ner på knä. "Förlåt mig, Liana. Snälla förlåt mig."

Lättad skyndade Liana fram till henne och sjönk ner framför henne. Hon slog armarna om och draken som gömt ansiktet i händerna och grät stort.

"Det är ingen fara, Diriska", viskade hon ner i hennes hår. "Vi lever allihop. Demonerna har flytt. Vi kan alla gå tillbaka till staden igen."

"Men han..." snyftade Diriska ner i sina händer. "Allt blod... Han..."

"Ängel Hiram säger att han lever. Mira är hos honom just nu."

Liana såg sig om mot dem andra. Krashak satt med korsade ben och pustade i sanden och drog handen genom den korta kammen av svart hår på hans huvud Hans svarta rustning var borta och han var åter klädd i grön skjorta och sin svarta kilt. Hiram stod på alla fyra och flämtade ner i marken. Samare satt på marken bredvid Krashak, höll i sin svans och stirrade bistert mot Liana och Diriska. En aningen mindre drake satt ett steg åt sidan från Samare och studerade den större med stort intresse. Mira låg med huvudet mot Drashins bröst. Hon lyfte det, satte händerna mot hans kinder och lade sin panna mot hans.

"Om du dör, din oxe", röt hon till honom. "Så skall jag dra dig tillbaka i öronen, så jag kan ta livet av dig! Du ska inte dö idag! Hör du det? Ta dig samman och kom tillbaka! Vi behöver dig! Broder, hon behöver dig."

Liana såg hur helerskans kinder blev våta av tårar. Drashin låg stilla. Hon kände hur Diriska rörde sig. Hon släppte draken som långsamt tog sig upp på fötter. Liana reste sig upp och såg vaksamt på henne.

Diriska gick med staplande steg bort mot Drashin. Hon föll tungt ner på knä intill honom och såg tomt ner på honom. Mira såg upp och torkade snabbt sina kinder. Mira lade en medlidsam hand på hennes axel. Diriska såg bara snabbt upp på helerskan innan hennes blick åter gick till mannen på marken.

Liana gick fram till Krashak och satte sig ner med en suck. Översten lade sin väldiga näve på hennes axel. Han nickade uppskattande mot henne.

"Du gjorde bra ifrån dig idag", sa han trött. "Du kan mycket väl ha räddat oss alla."

"Jag gjorde bara det jag var tvungen att göra, överste", sa Liana tyst.

"Det är vad en drakriddare alltid gör, sergeant", svarade klipptrollet och suckade. "Det är vad vi alltid gör."

Dem såg tysta på Mira och Diriska. Helerskan tvekade kort innan hon tog tag i Drashins hand. Diriska följde hennes rörelser med blicken. Mira tog Diriskas med sin andra hand och förde sedan generalens och drakens händer till varandra.

"Han lever, drake Diriska", sa Mira ömt. "Jag har helat alla hans inre skador. Men jag kan inte väcka honom. Just nu sover han. Nu kan vi bara vänta och hoppas att jag inte kom försent."

Diriska förde hans hand mot sin kind och såg sorgset ner på honom. Mira såg som hastigast ner mot honom innan hon försiktigt reste sig upp. Med ett skrik föll hon ner på marken igen. Samare for genast upp med en morrning och skyndade fram till henne. Liana och Krashak var honom i hälarna. Hiram såg upp mot helerskan.

"Är du skadad?" undrade Krashak och gick ner på knä.

"Jag skadade foten när jag landade innan", sa Mira sammanbitet och grep tag i Samares utsträckta arm. "Jag är inte säker, men den kan vara bruten."

Hiram kröp fram till henne och lade en försiktig hand mot hennes ankel. Ängeln suckade trött och såg helerskan i ögonen.

"Jag är inte stark inom helandet, Mira", sa hon sakta. "Och jag har inte någon kraft kvar. Jag är helt slut."

Mira nickade och klappade henne tacksamt på handen. Utan ett ord, och utan att ta blicken från honom, sträckte sig Diriska sig över Drashin. Hon lade sin fria hand mot Miras ben. Liana såg hur Mira rös till, sedan tog Diriska bort handen igen. Draken suckade tungt.

"Tack", viskade Mira.

"Du kanske räddade honom", svarade draken trött. "Det var det sista jag hade. Nu… måste jag vila."

Med en tung suck sjönk hon ner och lade sitt huvud mot Drashins bröst. Liana såg på sin vän. Hon hörde Hiram stöna när ängeln tog sig upp på fötter. Hon vände sig om och betraktade henne nyfiket. Hon var klädd i en röd tunika som var instoppad i ett par blå byxor. Längs med benen och ärmarna gick gula rankor. Över vänster bröst fanns två vingar med en människoskalle i gult. Hon hade ett liknande gult bälte som Diriska bar.

Hiram såg inte mot henne utan såg sig om i förödelsen runt deras lilla cirkel. Mira och Krashak gjorde det samma. Liana blinkade och såg nu för första gången vad som fanns runt henne. Högar av döda demoner låg runt dem. Kroppar som slitits itu. Brända kroppar. Överallt låg dem. Aldrig närmare än tio steg från mannen som låg på marken. Hon såg förbluffat mot Diriska. Hade hon gjort allt det här?

"Jag gjorde endast en bråkdel av det här", sa Hiram lågt.

"Hon anföll demonerna över hela slagfältet", sa Krashak lika lågt. "Det måste skett ungefär från det Mira lyckades få bort hans hjälm. Innan dess verkade det hela vara koncentrerat hit."

"Hon gjorde allt det här, och först nu är hon trött", viskade Mira och såg respektfullt mot den sovande kvinnan.

"Hon var trött långt innan", sa Liana, dem andra vände sig mot henne. "När jag lyckades få första kontakten, var hon på bristningsgränsen. Hon skulle snart ha kollapsat av utmattning om jag inte lyckades stoppa henne. När hon helade Miras fot… Det var det sista hon klarade av."

Hon vände sig om och såg på Diriska som sov mot Drashins bröst. Draken skulle sova länge. Kanske under hela deras marsch tillbaka till Karash. Det var slut med dagens strider.

"Låt oss få fram två bårar", sa Krashak och vände sig om. "Jag samlar ihop drakriddarna. Mira, du kan väl samla ihop soldaterna. Det är ju ändå du som för befäl över dem."

Liana skyndade efter honom. Hiram stannade kvar vid Diriska och Drashin. Hon var för trött för att gå någon längre sträcka ändå.

Det dröjde inte länge innan alla var samlade igen. Drakriddarna hade åter igen klarat sig allihop. Även om det var flera som blivit skadade, men helarna bland drakryttarna helade alla som behövde. Ingen av dem vilda drakarna hade heller fått sätta livet till i striden. Utav Miras dryga tiotusen soldater var över tretusen döda och närmare tretusen skadade.

Mira hade letat upp en häst åt Hiram som tacksamt kravlade sig upp i sadeln. Sedan hade hon trött slutit upp med Dödens skvadron. Diriska och Drashin låg på varsin bår, som bars bland drakriddarna. Samare gick på ena sidan om Drashin och Narika på Diriskas andra.

Mira hade delat upp dem beridna soldaterna så dem flankerade Dödens skvadron. Dem vände mot nordväst och staden Karash. Liana såg hur flera av dem amdorianska och somiska soldaterna till häst såg mot Drashin och Diriska på sina bårar. Fler såg mot kvinnan än mannen. Vad Diriska hade gjort spreds som en löpeld bland soldaterna som såg på henne med skräckblandad vördnad. Men ingen av dem tilläts komma nära, varken henne eller generalen. Fyra led av drakriddare och två av drakar omringade bårarna. Och runt drakarna bildade Rasham och hans krigare från Taur klanen en ogenomtränglig mur. Dödens skvadron skulle försvara dem båda till sista man. Dem skulle försvara Döden och hans drake till varje pris.

Liana hörde hur någon framför henne började slå mot stålplattan över bröstet. Genast följde flera dennes exempel och snart ekade ljudet av stål mot stål över öknen. Strax började hummandet från nästan tusen strupar. Man, klipptroll och drake hummade ordlöst medan dem vandrade mot Somas huvudstad.

Soldaterna såg osäkert på skvadronen och klipptrollen där de hummandes gick mellan dem. Med bistra ansikten tågade Dödens skvadron fram genom Somas ökenlandskap. Hummandes vandrade Dödens krigare framåt. Mitt bland dem låg Döden och hans drake på varsin bår.

9

Diriska slog upp ögonen och stirrade förvånat upp i det mörka taket. Hon låg i sängen i sitt rum i palatset. Hur hade hon kommit dit? Det sista hon mindes var hur hon helat Miras fot. Sedan hade hon lagt ner huvudet mot Drashins bröst och somnat.

"Drashin", viskade hon och satte sig upp med ett dämpat stön.

Hela striden var som en rörig dimma för henne. Hon mindes hur hon sett honom falla till marken. Hur han legat livlös i sin rustning. Hiram som dykt upp från ingenstans och sagt att han fortfarande levde. Sedan hade Mira ramlat ner från himlen, fått bort hans hjälm och rustning. Då hade Diriska sett blodet från hans mun, näsa och öron. Där efter var allt tomt. Det enda hon mindes var sorg och vrede. Sorg över att kanske förlorat honom och vrede mot dem som gjort honom detta. Hon hade släppt lös hela sin kraft mot demonerna. Anfallit dem över allt.

Hon hade vaga minnen av att både Mira och Samare ropat åt henne. Försökt att få henne att lugna ner sig. Men hon hade varit så arg, aldrig förr hade hon känt en sådan vrede. Men det var först när Liana kommit och hon sett hennes ansikte som hon kommit till sans igen. Det var först då hon kände hur trött hon var. Hon hade gått fram till Drashin där han legat och Mira hade försäkrat att hon helat hans skador, men inte visste om han skulle överleva.

Diriska svängde benen över sängkanten och satte ner fötterna på det förvånansvärt kalla golvet. Hon såg ner. Någon hade klätt av henne klänningen och nu satt hon enbart i linnesärken. Hon undrade trött vem det kunde varit. Hon reste sig upp och föll genast tillbaka ner i sängen.

Hon hörde dämpade röster från salongen. Hon reste sig upp igen och gick stödd mot sängen mot dörren. Hon lade örat mot den och lyssnade. Det lät som en kvinna som bestämt grälade med två män. Hon tryckte örat hårdare mot dörren. Ingen av männen hade Drashins röst. Kvinnan... Det lät som om det var Mira. Ännu en kvinna sa något. Hiram?

Hon såg ner på särken igen. Så här kunde hon inte gå ut. Hon undrade om hon skulle framkalla klänningen med magi när hon fick syn på stolen bredvid sängen. Där hängde en klänning med röd kjol och blå topp. Hon gick sakta bort till stolen. Om hon hade gått för fort hade hon ramlat igen. Hon drog på sig klänningen och knäppte den bakom ryggen.

Hennes hand gled över märket över vänster bröst. Hornen och stenen i gult. Hans märke. Hon fick syn på det gula bältet som låg prydligt ihop vikt på stolen. Hon tog det och stirrade på dess ändar. Samma märke som på hennes bröst fanns där i blått. Hon knöt bältet runt midjan och lät dess ändar hänga ner för höger sida.

Hon var tvungen att gripa tag i stolen när hon skulle vända sig. Det var mörkt i rummet så hon gick fram till fönstret och drog undan gardinerna. Himlen var mörk utanför. Det var redan natt. Hur länge hade hon sovit?

Hon vände sig försiktigt och gick mot dörren. Hon öppnade den och gick ut i salongen. Hon såg hur Mira var på väg att stänga dörren mot korridoren. Hiram satt i en av fåtöljerna med höger benet över armstödet och en bägare i handen.

"Jag bryr mig inte om vem ni är", sa Mira bestämt. "Kung eller inte, just nu är det jag som bestämmer i detta rum. Inga besökare."

"Men, mor Mashok...", protesterade Lamas.

"Ers majestät", sa Salaam. "Hennes nåd Mira har rätt. Vi kan inte bara gå in till dem. Vi vet inte när dem kommer att vakna. Vi måste börja organisera försvaret av staden."

"Men..." envisades Lamas.

"Överstarna Do'shank och Manros väntar på er tillsammans med den amdorianske och den moskiska översten", fortsatte Salaam och drog iväg kungen. "Tills generalen och draken vaknar får vi hålla oss till dem."

Diriska ryckte ofrivilligt till. Visste alla om det? Mira stängde dörren med en suck. Muttrandes vände hon sig om och ryckte till när hon fick se Diriska stå där. En vaksam glimt tändes i helerskans bruna ögon. Diriska kunde inte låta bli att känna sig illa till mods. Hiram vred på huvudet och betraktade henne bara.

"Hur känner du dig?" frågade Mira försiktigt.

"Bara lite trött", sa Diriska och tvingade fram ett leende. "När kom vi tillbaka?"

"Vi kom till staden för tre timmar sedan", sa Hiram medan helerskan visade mot den stora soffan.

Diriska gick försiktigt till den och satte sig ner med en tacksam suck. Tre timmar, då kunde hon inte sovit så länge.

"Vi marscherade i sex timmar innan vi kom fram", fortsatte Mira med en kort blick mot ängeln i fåtöljen. "Du har sovit i nästan tio timmar, Diriska. Vad kommer du ihåg?"

"Inte mycket", erkände hon skamset. "Mest känslor. Sorg och ilska. En fruktansvärd vrede som brände inom mig."

Mira hällde upp lite vin i en bägare och räckte den till Diriska. Hon tog emot den, men drack inget. Hon såg skamset ner i bägaren. Mira grymtade och hällde upp vin till sig själv. Hon ställde ner kannan och lutade sig tillbaka. Hiram fnös bara och drack av sitt vin.

"Han har inte vaknat någon gång under hela resan tillbaka", sa Mira stilla. "Jag vet ännu inte om jag kom försent."

"Han lever", sa Hiram kort. "Jag skulle veta i samma ögonblick han dör. Då skulle hela dalen hamna i min ägo."

Diriska slöt ögonen och tog ett djupt andetag. Med en darrande hand förde hon bärgaren till läpparna. När hon sänkte den igen öppnade hon ögonen. Hon ville inte tänka på det.

Hiram satte sig ordentligt och lade en lätt hand på hennes knä. "Men jag tänker inte acceptera dalen ännu, drake Diriska", sa hon vänligt. "Han ska få stå ut med den ett tag till."

"Du gjorde ett ordentligt intryck i striden", sa Mira plötsligt.

Diriska ryckte till och vände blicken på henne. Helerskan såg bara lugnt på henne med sina stora bruna ögon. Hiram grymtade och lutade sig tillbaka i fåtöljen igen.

"Jag har aldrig sett något liknande innan", sa helerskan. "Då har jag ändå sett Liandrams, Asmaji och Sultan strida. Ingen av dem har någonsin kommit i närheten av den kraft du släppte lös. Dem skulle aldrig kunna göra det du gjorde."

Diriska sänkte sin blick mot vinet igen. Hon sa inget.

"Vi vet inte hur många demoner som lyckades fly", fortsatte Mira lugnt. "femtusen, kanske så många som tiotusen. Men det dödades kanske mellan trettio och fyrtiotusen demoner i den striden. Du dödade nästan allihopa själv. Alla våra allierade slutade slåss för att kasta sig i säkerhet när du släppte lös all din kraft okontrollerat. Det är ett under att du inte dödade några av dem."

"Förlåt mig", viskade Diriska skamset. "Hur många vet?"

"Alla", sa Hiram med ett kort skratt. "Du kan omöjligt hålla det hemligt längre."

"Hur mycket Drashin vet kan vi inte svara på", sa Mira med en vass blick mot ängeln. "Men du borde berätta för honom så snart han vaknar. Du kan inte vänta längre. Om inte du berättar så kommer någon annan att säga det av misstag."

Diriska slöt ögonen och drog djupt efter andan. Dagen som hon så länge fruktat hade slutligen kommit för henne. Hur skulle han reagera när hon berättade? Hon kände Miras hand på sin och öppnade ögonen. Helerskan såg henne stadig i ögonen. Det fanns medlidande i dem bruna ögonen.

"Även om han vet något", sa hon lågt, "vilket jag faktiskt misstänker att han gör. Så har han väntat på dig. På att du skall vara redo att säga något."

Diriska stirrade på henne stumt. Han visste? Men valt att inte säga något? Han väntade på henne? Motvilligt vände hon blicken mot hans sovrum. Hon kom plötsligt ihåg vad han sagt till henne den kvällen han tog emot henne till Dödens skvadron.

"Han är väldigt uppmärksam på sin omgivning, Diriska", sa Hiram och hällde upp mer vin till sig. "Jag var med honom en gång vid Erath, strax söder om Fakari. Trotts att han satt med ryggen till en fiendegrupp, visste han exakt hur många dem var och vad dem gjorde."

"Han sa att han skulle vänta", viskade Diriska. "Han skulle vänta tills jag var redo."

Mira tog Diriskas bägare från henne och ställde den och sin på bordet framför dem. Sedan reste hon sig. Hon räckte fram en hand mot henne. Diriska stirrade först bara på handen innan hon lade sin hand i den. Mira hjälpte henne upp på fötter. Knäna höll på att vika sig, men Diriska tvingade sig att stå upp. Hon såg mot Hiram som med en avmätt gest visade att hon kunde gå. Mira ledde henne mot hans dörr. Hon gav draken ett snabbt vänligt leende och öppnade försiktigt dörren.

Det var mörkt i rummet. Diriska hörde hans lugna andetag. Dem lät nästan som åska i hennes öron. Hon kunde se honom i ljuset från salongen. Mira ledde henne fram till en stol som stod bredvid sängen och hon satte sig tungt. Aldrig tog hon blicken från sängen. Mira tände ett litet ljus på bordet på andra sidan av sängen.

Diriska stirrade på hans lugna ansikte. Hon mindes blodet från hans mun, näsa och öron. Men nu var hans ansikte rent. Inga tecken på att han var skadad syntes. Det såg helt enkelt ut som om han sov. Det tunna täcket var uppdraget ändå upp till hans haka. Försiktigt lade hon handen mot hans kind.

"Detta är nästan som den gången Drashin stod vid prinsessan Marins sjuksäng för tre år sedan", viskade Mira. "Han bar henne nästan femton mil för att finna mig. Han var själv svårt skadad, men han vägrade att bli helad. 'Mitt liv för hennes' sa han när jag försökte hela honom. I tre dagar stod han där, utan att sova, utan att äta. När hon äntligen vaknade kollapsade han. Marin vakade vid hans sida i fyra dagar." Hon lade en mjuk hand på Diriskas axel. "Jag lämnar dig ensam en stund, Diriska."

Diriska tog aldrig blicken från Drashins ansikte. Mira stängde tyst dörren efter sig. Diriska lade sin andra hand ovanför täcket mot hans bröst. Hon kunde inte låta bli att le när hon kände hur det rörde sig. Hon strök försiktigt hans hår från pannan.

"Det börjar bli långt", viskade hon.

Hon lutade sig över honom och kysste hans panna. Hon lade ner huvudet intill hans och kämpade för att hålla undan tårarna.

"Snälla vakna", viskade hon snyftande. "Jag har något jag vill berätta för dig. Sälla vakna, Drashin. Jag måste få berätta för dig."

Han låg stilla och andades sömnens lugna rytm. Hon satt så med huvudet tätt intill hans och viskade till honom. Bad honom att vakna. Hela tiden snyftandes. Men han rörde sig inte.

Efter en stund reste hon sig upp. Hon gned ögonen och torkade dem våta kinderna. Hon hade bestämt sig. Hon skulle ta hans plats tills han vaknade. Tillsammans med Krashak, Alram och Hiram skulle hon leda Dödens skvadron tills han var tillbaka hos dem.

När hon lämnade rummet stod Mira framför dörren till balkongen och stirrade frånvarande ut över staden. I handen höll helerskan en bägare med vin. Hiram satt fortfarande i fåtöljen, men hade ställt bägaren på bordet. Vid ljudet av dörren som stängdes vände sig de två om och såg på Diriska.

"Var finner jag Krashak Do'shank och Alram Manros?" undrade hon.

"Vad tänker du göra?" frågade Mira misstänksamt.

"Jag tänker leda dem", sa Diriska bestämt. "Tills han vaknar igen."

Mira stirrade bara på henne. Så nickade hon sakta. Hiram skrattade mjukt och reste sig upp.

"Dem brukar vara kinkiga på vem som försöker ge dem order", sa Mira sakta och ställde ifrån sig bägaren. "Men jag tror faktiskt att dem skulle godta dig i hans ställe. Om du lyckas övertyga Krashak Do'shank och Alram Manros. Jag ska föra dig till dem."

"Dem två kommer inte att klaga", sa Hiram muntert. "Samare kanske skulle bli svårare att övertala. Eller mig." Hiram skrattade till när Mira såg bistert på henne. "Klipptrollen önskar tala med honom så snart han vaknar. Rasham, Frash och Dram är väldigt ivriga att få göra det."

Mira gick muttrandes före de två andra ut ur sviten. Hiram krokade sin arm i Diriskas och skrattade över helerskans irriterade min. Alldeles utanför dörren stod fyra drakriddare på vakt. Dem rätade genast på sig när dem steg ut ur rummet. Dem bugade mot Mira och lite djupare mot Diriska och Hiram.

"Ingen får komma in i rummet utan vår tillåtelse", sa Mira skarpt. "Min eller Diriskas." Mira kastade ett öga på Hiram. "Eller Hirams:"

"Ja, mor Mashok", sa dem fyra i mun på varandra och bugade. "Drake Diriska. Ängel Hiram"

Diriska rykte till som hastigast och stirrade stint på drakriddarna. Dem log stort mot henne och bugade och slog sina knutna nävar mot bröstet för henne. Dem brydde sig inte om vad hon var för något. Hon var en av dem. En av Dödens skvadron.

Mira ledde Diriska och Hiram mot tronsalen. Dem mötte prinsessan Shiina på vägen som neg djupt för Diriska. När hon rätade på sig såg hon på henne med skräckblandad vördnad i blicken. Hon ryckte till när Diriska fnös. Enfaldiga flicka, hon ville inte ha den här uppmärksamheten.

Väl framme vid dörren fick dem kort vänta medan kammarherren smet före och anmälde deras ankomst. Sedan ledde Mira in de andra genom dörren. Dem sex männen där inne bugade mot henne, ängeln och helerskan när dem kom fram till dem. Diriska såg nyfiket ner på bordet. En karta över staden låg på bordet.

"Drake Diriska, det känns bra att se er igen", sa Krashak med ett leende.

"Gott att ni är på benen igen, flicka", sa Alram med lika stort leende som klipptrollet. Hiram skrattade till.

"Det är en ära att ni vill närvara, visa", sa kung Lamas.

"Jag är *inte* en av de tre", sa Diriska vasst och gav honom en kall blick. "Jag har inga planer på att *någonsin* bli någon av dem."

Drakriddarna såg flinande ner på kartan. De andra männen såg förvirrat på varandra. Hiram skrattade högt och slog sig på låret. Mira såg ogillande på ängeln som fortfarande hade sin arm i Diriskas.

"Det är sant", sa Krashak stilla.

"Pojken skulle aldrig låta någon av dem komma i närheten av att bli en av oss", sa Alram och petade på kartan. "Han tog emot flickan utan att tveka har jag hört."

Diriska gav honom en sträng blick och han såg på henne med ett flin. Mira suckade och lade en hand på henne arm.

"Han kallar alla för pojkar eller flickor, Diriska", sa hon lågt till henne. "Det är bara att stå ut med det."

"Verkligen?" sa Hiram muntert och lutade sig mot Alram. "Även mig?"

Alram blinkade till och stirrade förbluffat på ängeln fram honom. Hiram log så stort mot honom att han helt tappade fattningen och hans mun rörde sig hela tiden utan att få fram några ord. Ängeln rätade på sig med en överdriven suck och klappade honom på kinden.

Diriska skakade bara på huvudet. Hon spände blicken i dem sex männen framför sig. Hon öppnade munnen för att säga något, men avbröts av att dörren for upp och en ung man klampade ilsket in.

Hon hörde hur Mira morrade ilsket när hon såg honom. Hiram såg helt kort på mannen innan hon ignorerade honom helt. Diriska studerade honom. Han var lika mörk i hyn som alla somiska män. Hans mörka ögon tycktes nästan blixtra när han såg på personerna i rummet. Det svarta håret räckte honom till strax under öronen och ansiktet var renrakat. När han fick se Mira och Hiram fick han en ännu argare min. När hans blick föll på Diriska spratt han till en aning och stirrade på henne med en rädd glimt i ögonen. Diriska bara såg strängt på honom.

"Jashal!" röt Salaam. "Vad menas med detta? Hur understår det dig att komma hit oanmäld och oinbjuden?"

Den unge mannen slet blicken från Diriska och stirrade hånfullt på Salaam.

"Ni låter utlänningar härja fritt i vårat rike", fräste han. "Kvinnor som för befäl av våra styrkor! Ni vanhedrar vårt folk!"

Krashak och Alram ställde sig om varsin sida om Diriska, Hiram och Mira, med händerna bakom ryggen. Ingen av dem rörde en min. Diriska såg på honom och kände hur ilskan började bubbla inom henne. Mira lade en hand på hennes arm igen. Hon såg på helerskan, vars bruna ögon stirrade irriterat mot denne Jashal. Hiram släppte hennes arm och satte händerna i sidorna.

"Dem är här för att hans majestät har bett om deras hjälp!" röt Salaam åt honom. "Den som saknar heder här är du, pojke! Hur vågar du vanhedra din far som offrade sitt liv för Soma? Var har du varit när vårt rike lider? Var har du varit när vi måste slåss för våra liv?"

Jashal ryggade undan för var fråga som Salaam kastade mot honom. Diriska såg Lamas ogillande blick mot pojken. Detta var en man som inte stod högt hos kronan, även om hans far en gång gjort det.

"Din far var en av dem första som dog när demonerna anföll", sa kungen lågt. "Han var en nära vän till mig och jag sörjer hans död. Under dem tre månaderna som gått har ingen sett dig någonstans där det varit strider. Du har ridit runt med dina tvåhundra ryttare till ingen nytta. Du har ridit runt och sagt att du ska jaga slöddret ur landet. Men likväl finns du aldrig där striderna är."

Jashals mun rörde sig, men han fick inte fram något ljud. Diriska fnös och vände sig mot kungen.

"Ni kan låta pojken försvara staden framför murarna om ni så önskar", sa hon bistert. "Vad jag har hört här så är han inget annat än en man som klagar mer än vad han gör nytta. En sådan man har vi ingen användning för. Vad vi behöver är krigare."

"Ni är en skam för Soma!" vrålade Jashal ilsket. "Ni är dogbra!"

"Till och med lejon fruktar dogbran", sa Diriska lugnt och vände sig mot honom.

Jashal ryckte till och stirrade på henne. Lamas och Salaam såg frågande på henne. Hon log kallt mot den unge, mörkhyade mannen.

"En somisk soldat sa det till mig för mycket länge sedan", sa hon. "När han och två kamrater räddade mig och Estan från sachaserna. Deras namn var Esham, Mushin och Oshan."

"Det är du som var den lilla flickan i legenderna", viskade Salaam.

Diriska nickade, lyfte handen och gjorde en försiktig rörelse. Männen i rummet flämtade till när tre mörkhyade män dök upp framför dem. Mira och Hiram betraktade de tre nyfiket.

Mushin, med sitt axellånga hår och korta skägg, slog näven i en osynlig vägg.

"Jag föddes som lejon", röt han. "Jag lever som lejon, jag dör som lejon!"

Oshan skakade lätt på sitt kala huvud och rättade till den smutsiga skjortan. "Vi är de enda överlevande av armén, Mushin", sa han dystert. "Vi flydde från slagfältet. Även om vi skulle lyckas ta oss hem har vi ingen heder kvar. Vi är en skam för Soma. Vi är dogbra."

Den unge Esham satt på en låda med sina två svärd lutade mot ena axeln och stirrade ner i marken. Sedan såg han upp på sina två kamrater.

"Även lejon fruktar dogbra", sa han lågt.

De båda andra såg först på uttryckslöst på honom. Sedan skrattade Mushin glädjelöst och lyfte sitt spjut.

"Nå", sa han, "ska vi se vad tre dogbra kan göra mot åtta hundra sachaser?"

Diriska lät handen sjunka och de tre männen försvann. "De tre dog den dagen", sa hon lugnt. "Med sig i döden tog dem över åttahundra fiendesoldater. Att kalla dogbra en skam för Soma, är att smutsa ner minnet av tre män som räddade ett helt rike från sachaserna."

Jashal stirrade förvirrat på henne och sedan på platsen som de tre männen varit på. Med en fnysning vände sig Diriska mot kung Lamas.

"Skulle ni vara vänlig att föra ut den här ursäkten till man", bad hon honom med ett vänligt leende. "Vi har viktiga saker att diskutera."

Kungen tecknade åt Salaam att föra ut Jashal ur tronsalen. Den amdorianske och den moskiske överstarna stirrade först på henne och sedan på Salaam som muttrande släpade ut den yngre mannen. Den somiska generalen doftade av tillfredställelse, inte rädsla. Han var nästan som en äldre variant av Drashin. Inte konstigt att Drashin tyckte bra om mannen. Diriska såg ursäktande på Mira som bara nickade sakta. Hiram såg fundersamt på henne. Sedan vände hon sig mot Krashak och Alram som gav henne nyfikna blickar. Ingen rädsla kom från dem. Varken i deras doft eller deras ögon.

"Kommer skvadronen att godta mig som deras ledare fram tills general Drashin vaknar igen?" frågade hon och ignorerade Miras muttrande.

De båda överstarna blinkade förvånat mot henne och såg sedan på varandra. Sedan ryckte dem samfällt på axlarna och vände sig mot henne igen.

"Det skulle den göra", sa Alram. "Jag tror att vi redan har sett dig som den som står efter honom i rangordningen. Drakarna verkar ha placerat dig efter honom, med tanke på att Samare flyger över honom och Narika över dig."

"Dessutom", sa Krashak och knöt sina stora händer, "om det skulle vara någon som skulle motsäga sig det hela så kan jag alltid prata honom till rätta."

"Åh", sa Hiram med ett flin och stångade pannan mot klipptrollets. "Till och med mig. Jag har inte brottats med en duglig motståndare på åratal."

Krashak flinade tillbaka och mötte lugnt ängelns ögon. De grep om varandras underarmar och stod så en stund. Sedan skrattade de två kort och släppte.

"Tack", sa Diriska, log och böjde lätt på nacken. "Givetvis kommer jag att ha er nära för råd."

De båda överstarna nickade allvarligt mot henne. Hon kunde lita på dem båda. Hon hörde Mira sucka bakom sig och såg på henne över axeln. Helerskan skakade på huvudet med ett stelt leende. Hiram ryckte bara på axlarna. Diriska kunde inte låta bli att undra vem som skulle gå segrande mellan Krashak och Hiram.

"En icke drakriddare som leder en av deras skvadroner", sa Mira med ett glädjelöst skratt. "De tre kommer aldrig någonsin tro mig när jag berättar det. Ha! Det är knappt så att jag tror det och jag står framför er."

"Någon gång skall vara den första", sa Krashak med en axelryckning.

"Allt har sin första gång", sa Alram bara och vände sig åter mot kartan.

Kungen, furst Salaam och de två andra överstarna såg osäkert på de sex framför sig. Krashak visade med en gest tillbaka mot kartan. Han bjöd in Diriska mellan sig själv och Alram. Mira ställde sig på andra sidan av klipptrollet och Hiram på Alrams andra.

"Låt mig förklara situationen för er, vis... ah... drake Diriska", sa Lamas osäkert. "Samtliga städer utom Karash är nu tomma på människor. De som inte tagit sin tillflykt till huvudstaden har flytt till våra grannländer. Jag tror att vi har närmare trehundrafemtio tusen människor innan för murarna nu."

"Demonerna är tre dagar ifrån staden", fyllde Salaam in och pekade på fyra punkter på kartan. "Dem kommer från alla håll så att fly genom stadens portar är omöjligt."

"Ni nämnde att det finns tunnlar under staden", sa Diriska och studerade kartan.

"Jag avskyr tunnlar", stönade Hiram, men Diriska ignorerade henne.

"Vi har kanske tio till tjugo ingångar till tunnlarna utspridda över staden", sa Lamas och pekade på flera stora punkter. "Men vi behöver tid att få in folk i dem."

"Med över trehundratusen människor innanför murarna kommer vi behöva minst en vecka", suckade Salaam.

"Vi kan inte börja forsla ut folk ur staden innan den är omringade och vi låst demonerna vid murarna", sa Alram fundersamt.

"En vecka blir svårt", sa Sarasha tveksamt. "Kanske till och med omöjligt."

"Men kan vi göra det?" frågade Diriska och såg upp på männen runt henne. "Kan vi försvara staden i en vecka för att rädda folket?"

"Många befäl är stolta över att kunna göra stora anfall och döda sina fiender på så vis", sa Krashak och gav Salaam en menande blick. Fursten bara rykte på axlarna. "Drakriddare där emot vill skapa ett försvar. Vi är kända som några av världens bästa försvarare, Drashin kanske som den bäste. Jag kommer ihåg hur vi, bara vi åtta, försvarade en liten by i fyra dagar mot trehundra demoner."

"Varför kallade han inte på mig?" suckade Hiram. "Jag hade gärna varit med då."

Diriska gav ängeln en vass blick. Var hon en fullkomlig galning? Ängeln bara flinade stort mot henne.

"En stad är något större än en by, Krashak" sa Mira beskt. "Dessutom så kommer vi ha fiender åt alla håll här. Men jag tror att Drashin hade älskat möjligheten att få försvara en stad på det här viset. Om det finns någon som kan utföra underverk i ett hopplöst läge så *är* det general Drashin."

"Vi kommer att försvara staden i en vecka", sa Alram bestämt och lade en hand på Diriskas axel. "Vi ska skapa ett försvar som till och med pojken kommer vara nöjd över. Med dig som leder oss, Diriska."

Hon nickade bistert och studerade kartan.

"Under den första dagen börjar vi fylla tunnlarna med folk", sa hon och spände ögonen i Lamas. "Den andra dagen börjar dem att fly under striderna. Nattetid skall allt vara stilla. Det kan finnas folk i tunnlarna, men ingen får vandra genom dem. På en vecka skall vi ha tömt staden. Demonerna kommer att inta en tom stad när dem slutligen lyckas ta sig över murarna."

10

Diriska gick uppe på stadens mur och såg ner på havet av demoner. Det var tusentals, hundratusentals, av dem där nere. Dem borde blivit ner sprungna redan första dagen, men på något sätt hade dem lyckats hålla ut i tre dagar. Demonerna hade byggt katapulter som slungade stora stenar mot murarna, men Diriska och Hiram hade stoppat och hade slungat tillbaka alla stenar igen. I tre dagar hade Diriska lett försvaret och varje dag förstördes katapulterna, varje dag kom det nya.

Hon och ängeln vandrade hela tiden runt på muren. Aldrig var de på samma plats utan hela tiden på varsin sida om staden.

Ännu en stor sten kom flygandes genom luften. Med en gest med vänster handen stoppade Diriska den och skickade tillbaka den. Med ett brak krossades katapulten som slungat stenen och demonerna närmast den spetsades av vassa träpålar eller krossades av stenen. Varje gång en sten skickades tillbaka dog mellan tio och tjugo demoner.

Bågskyttar skickade en strid ström av pilar och tusentals demoner dog av deras pilar. Men det fanns ingen ände på demonerna. Mira hade ansvar över magikerna som inte tillhörde Dödens skvadron, och med jämna mellanrum skickades stora eldklot eller blixtrar från staden och ner bland fienden.

Alram gick bredvid henne idag. Mannen gick och tittade intresserat ner på demonerna. Så fort en stor sten kom och vände tvärt flinade han stort.

"Hur går det med evakueringen?" frågade Diriska, viftade med handen och skickade tillbaka ännu en sten.

"Vi har nog lyckats skicka i väg kanske hundratusen genom tunnlarna", rapporterade han och följde stenens bana genom luften. "Fortsätter det så här är staden tom inom några dagar."

"Kommer vi att klara det då? Kommer vi kunna hålla ut i flera dagar till?"

"Så länge ni och Hiram orkar", sa Alram. "Så kommer vi att strida. Även om ni skulle falla utmattade ner just i detta nu så skall vi göra allt vi kan för att hålla dem utanför staden. Vi skall klara det, Diriska."

Hon nickade med en suck och vände blicken mot palatset.

"Ännu inget tecken på att han ska vakna?"

"Inget på sex dagar", suckade draken och vände sig om igen.

Ännu en sten kom flygandes. Hon rynkade irriterat på pannan. Stenen stannade, vände och krossade katapulten. Hon var trött på dem irriterande stenkastarmaskinerna nu. Hon höjde sin högra hand. Runt hela staden bildades ringarna för nomra spjuten. Hon sänkte den igen och trehundra eldspjut for iväg. Hon vände bort blicken och vandrade vidare över muren. Hon behövde inte se var dem landade.

Explosionerna ekade mellan husväggarna. Hon visste att varje katapult nu var förintad. Det skulle ta en dag innan nya katapulter kom fram. Nu slapp dem stenarna i alla fall. Hon undrade förstrött hur många demoner hon kunde dödat i det angreppet. Tiotusen? Fler? Nå, hur som helst nu var hennes anledning till att vara på muren borta.

Långt borta kunde hon höra Hiram skrika efter henne och svära över henne. Ängeln tyckte inte alltid om att Diriska förstörde alla katapulterna på en gång.

"Jag går tillbaka till palatset, Alram", sa hon och såg ut över demonerna en sista gång. "Du kan ta över befälet tills Krashak kommer. Han borde vilat färdigt snart."

Alram böjde lätt på nacken. Båda överstarna hade sett förvånat på henne när hon beordrat att de alltid hade halva skvadronen vilandes och den ene översten med dem. Men dem hade snart sett hur effektivt det varit. Så nu vilade alltid ena gruppen i ungefär fem timmar innan den tog över vaktandet av staden. På så sätt hade hon alltid utvilade drakriddare vi muren. Salaam hade studerat hur de gjorde och redan efter första dagen hade han tagit efter drakriddarnas beteende. Fem timmar vila, fem timmar vid muren.

Det var sällsynt att Diriska lämnade muren. Hon hade bara gjort det vid två tillfällen tidigare, och då bara för att snabbt titta till Drashin i sin säng. Hon började bli orolig, även Mira var orolig. Skulle han aldrig vakna mer? Hiram envisades fortfarande att lugnt påstå att allt var bra med honom. Men även hon hade ibland en fundersam rynka i pannan. I sex dagar hade han nu legat i sängen utan minsta tecken att vakna. Diriska suckade tungt och skyndade sig ner för muren.

Alram och Krashak verkade dock ha ganska roligt. Det var första gången någonsin som de båda skulle få försvara en hel stad och de gick verkligen helhjärtat in för uppgiften. Hon hade skällt på de båda när de stormat ut genom östra porten med skvadronen, drakriddare, drakar och klipptroll, och härjat mitt bland demonerna. Två nätter hade dem gjort det, båda gångerna hade hon varit frånvarande. De två hade bara oskyldigt sett på henne och sedan pekat, utan att titta, på en stackars amdoriansk soldat och gett honom skulden. Det hade varit samma soldat vid båda gångerna.

Nå dagtid skulle de väl ändå inte hitta på något. Diriska tänkte se till att hon var tillbaka på muren igen till kvällen. Hon tänkte inte låta dem storma ut en tredje gång.

Diriska passerade flickorna Aylia och Jali där de satt vid en eld. Båda flickorna hade varit uppe hos Drashin och suttit vid hans säng några timmar. Men de sista två dagarna hade endast Jali varit uppe i palatset en gång. Båda hade varsitt spjut som drakryttarna bar liggandes på marken jämte sig. Diriska saktade in på stegen och såg på deras dystra ansikten. Jali stirrade tomt in i elden medan Aylia verkade vara mer fundersam.

"Jag fick kontakt med den högsta för några dagar sedan", sa Jali plötsligt.

"Förklarade du vad som hänt?" frågade Aylia utan att lyfta blicken från elden.

"Hon sa att jag aldrig skulle sätta min fot i Dran'Kar igen", snyftade Jali. "Att jag var en skam för riket. Hon vill tala med dig så snart som möjligt."

Aylia lyfte blicken och stirrade på sin vän. "Inte sätta din fot..." viskade hon.

Diriska hörde inte resten av deras samtal utan skyndade vidare. Hon kom att tänka på Jalis sista besök hos Drashin. Flickan hade suttit inne hos honom, hållit i hans hand och gråtit. Nu förstod hon varför. Flickan hade blivit utstött av sina egna.

Hon skyndade sig genom gatorna. Hon hade den blå hatten på sitt huvud, exakt samma stil som drakriddarnas svarta. Soldater saluterade henne när hon passerade och män och kvinnor bugade och neg för henne. Alla visste vem hon var nu. Det gick inte att hålla något hemligt längre. Den blå hatten betydde att Dödens skvadrons drake gick där. Vördnad och hopp syntes i människornas ögon när de såg henne.

När hon kom till palatset tittade hon in till kung Lamas för att tala om hur det gick uppe på muren. Han tog gladeligen emot hennes rapport. Det fanns flera budbärare som sprang fram och tillbaka mellan palatset och murarna.

Sedan skyndade hon vidare till sin och Drashins svit. Hon klev in och en tjänsteflicka neg djupt för henne.

"Något nytt?" frågade Diriska kort.

"Nej, ers nåd", svarade den mörka flickan, "han har ännu inte vaknat."

Diriska grymtade och skickade iväg henne. Det var den enda tjänsteflicka som tjänade i deras svit. Diriska hade inte gått med på några fler. När Diriska inte var i rummen skulle flickan vara i salongen eller hennes sovrum, göra vad som behövdes. Hon gick enbart in i Drashins rum för att snabbt se till honom. Kanske vädra en aning. Men så snart Diriska kom tillbaka lämnade hon och kom inte igen förrän efter Diriska lämnat rummen.

Diriska väntade bara tills dörren stängts bakom flickans rygg innan hon tyst öppnade dörren och slank in till honom. Gardinerna var från dragna och rummet lystes upp ordentligt. Hon öppnade ena fönstret. Dova explosioner hördes från striderna vid murarna. Men inte så högt att dem borde störa honom.

Hon vände sig om och såg på Drashin som låg stilla i sängen. Tyst satte hon sig på stolen och tog hans hand i sin och lade den andra mot hans kind. Han rörde sig inte. Han hade samma lugna andning som han alltid hade. Det var som om han sov. Hon bet ihop käkarna och såg sorgset på honom. Hon visste inte vad hon kunde göra för honom. Hon visste inte vad som behövdes för att han skulle vakna. Hon lade pannan mot hans.

"Vi behöver dig", viskade hon till honom. "Vi behöver dig vid murarna. Vi har hållit ut i tre dagar nu. Skall vi klara mycket till behöver vi dig. Du måste vakna nu."

Inte en muskel rörde sig på honom. Hon suckade uppgivet och kysste hans panna.

"Jag behöver dig, Drashin", viskade hon dystert.

Hon lade ner hans hand igen och rättade till täcket. Hon gick till fönstret och stängde det igen. Hon vände sig mot honom igen. Han såg fridfull ut där han låg. Hon började frukta att han aldrig skulle vakna igen.

Hon snyftade och torkade snabbt bort tårarna som var på väg. Hon hade inte tid att gråta nu. Hon hade en stad att försvara. Hon började gå mot dörren. Hon lade handen på dörren, men hindrade sig plötsligt.

Hade hon hört ett ljud? Sakta vände hon sig om och såg på Drashin. Han låg på samma sätt som innan. Men något verkade ändå annorlunda. Hon skyndade fram till honom och sjönk ner vid hans sida.

"Drashin?" viskade Diriska lågt.

Ett lågt jämmer kom från hans läppar. Hoppet tändes i hennes bröst. Det var första livstecknet på sex dagar. Hon lade sin hand mot hans kind igen.

"Jag är här, Drashin", viskade hon. "Jag finns här hos dig. Snälla kom tillbaka till oss. Vi behöver dig mer än någonsin nu. Jag behöver dig hos mig, Drashin."

Jämrandet blev en aning högre och han rörde lätt på huvudet. Sedan tystnade han och blev stilla igen. Diriska stirrade på hans ansikte. Kunde han vara på väg att vakna? Hon hoppades det. Det skulle öka moralen hos krigarna om de visste att han var vaken igen. Bara att han visade tecken på liv skulle få dem att strida hårdare och hålla ut de dagar som behövdes.

Diriska stod på knä bredvid sängen tills det började skymma. Men inga fler tecken kom från honom. Han andades lugnt och stadigt. Men hon hade sett honom röra sig, hon hade hört honom. Hon kastade en blick mot fönstret, hon var tvungen att lämna honom nu. Hon lutade sig över honom och kysste hans panna igen.

"Jag måste få berätta", viskade hon till honom. "Snälla, vakna. Jag behöver dig, Drashin."

Med en suck reste hon sig upp och skyndade ut genom dörren. Hon passerade tjänsteflickan som tjänade i deras rum och gav henne direktiv att genast skicka bud till henne om något skulle hända under natten. Medan flickan ännu neg skyndade hon vidare genom palatset. Hon behövdes vid muren i natt. Hon kände på sig att något skulle hända där. Något viktigt.

Mala såg länge efter kvinnan med det blåa håret. Hon hade varit ängslig när hon blivit beordrad att tjäna henne och den medvetslöse mannen. Diriska, draken. Men hon hade varit vänlig mot henne. Dem pratade inte mycket och hon hade fått strikta direktiv angående mannen.

Mala visste inte mycket om honom. Bara hans namn, Drashin. Hon skulle alldeles strax gå till deras rum. Först var hon tvungen att lämna dem här lakanen hos hennes höghet. Hon hoppades att prinsessan inte var i sina rum. Hon frågade alltid ut henne om Diriskas och Drashins förhållande till varandra. Hon visste inget om det och hade ingen önskan att ta reda på något. Tänk om draken skulle bli arg på henne och förinta henne med sin eld.

Hon skyndade vidare mot prinsessans gemak. Hon knackade försynt på dörren. När ingen svarade öppnade hon försiktigt och gled in. Med en suck av lättnad såg hon att det inte fanns någon där. Hon skyndade sig in i sängkammaren och bytte snabbt lakan. Sedan skyndade hon därifrån.

Hon gick genast ner för korridorerna för att lämna dem gamla lakanen till tvätten. Sedan började hon skyndsamt gå genom korridorerna mot drakens och drakriddarens rum.

Inte långt från rummen mötte hon en ganska lång man helt insvept i svart. Hon skymtade något rött under den svarta manteln vid högra benet. Men hon tänkte inte så mycket på det. Hon skulle precis knacka på dörren när hon kom ihåg att det inte var någon vaken där.

Hon öppnade försiktigt och klev in. Genast fick hon en känsla av att allt inte var som det brukade. Hennes blick föll på dörren som ledde in till mannens rum. Det stod lite på glänt. Så brukade det inte se ut. Hennes nåd Diriska såg alltid till att dörren var ordentligt stängd.

Hon kom ihåg mannen som hon mött på vägen till rummet. Hade det inte stuckit upp hjalten till två svärd över hans axlar? Oroligt skyndade hon sig in i rummet. Rädd för att se det som hon fruktade.

Hon öppnade dörren och stirrade gapande på sängen i rummet. Tom! Täcket var kastat åt sidan. Garderoben var öppen och kläder var framkastade på sängen.

Mannen som hon mött i korridoren... Kunde det ha varit...

Diriska såg strängt på de båda överstarna framför sig.

"Ni hade tänkt ge er ut i natt igen", sa hon skarpt till dem.

"Det var hans idé", sa dem båda och pekade på den stakars amdorianske soldaten. Det var samma soldat som tidigare nätter.

"Sluta skylla på mig!" klagade soldaten. "Jag har inte gjort något!"

"Låt dem hållas", skrattade Hiram. "Alla vill ha lite roligt ibland."

Diriska viftade irriterat iväg soldaten. Hon undrade om Drashin någonsin behövde stå ut med något sådant. Nå, det var tur att hon bestämt sig för att vara här ikväll. Det hördes rop ovanifrån. Hon tecknade åt dem båda att följa med henne. De följde lydigt efter med oskyldiga leenden. De var vuxna män som betedde sig som små pojkar. Vid alla gudar, Krashak var nästan *åttio* år! Skrockande följde Hiram efter.

"Vad händer?" frågade Diriska rappt när hon kom upp.

"Jag tror de försöker komma nära muren med stegar, Diriska", sa Liana och pekade. "Det är första gången de försöker detta."

Mira kom gåendes och gnuggade sömnigt ögonen. Hon gäspade stort och såg ner på demonerna. Hon gav Diriska en snabb blick.

"Skall vi låta Samare och hans drakar flyga en sväng runt staden?" frågade hon.

Diriska nickade kort och sände iväg Liana med ordern. Hon vände sig mot helerskan.

"När fick du sova senast, Mira?" frågade hon.

"Jag vaknade precis", sa Mira och skrattade till. "Jag har sovit i fyra timmar nu. Jag ska nog kunna hålla mig vaken över natten innan jag lägger mig för att sova igen. Jag skickade Sira och hennes grupp till sängs alldeles nyss."

Diriska vände sig mot de annalkande demonerna. Hon började fundera om hon själv skulle förvandla dem till ett hav av eld. Då svepte Samare och hundra av hans vilda drakar förbi tätt ovanför marken. De sprutade sin eld och brände allt i sin väg till aska. Tre varv runt staden flög dem innan de svängde runt och försvann innanför murarna igen.

Diriska misstänkte att de lade sig för att sova igen. Det var sällan några vilda drakar vakna. De hade enbart tre eller fyra som satt vakt runt de andra tills det var dags för dem att göra en flygräd. Det var Diriskas mest utvilade krigare. Hennes sista försvarslinje om murarna skulle falla. Samare var den enda som hon aldrig sett sova.

"Krashak", sa hon bistert, "kalla upp samtliga bågskyttar och armborstskyttar. Vi låter demonerna känna lite stål innan elden slocknar där nere. Döda så många som möjligt."

Klipptrollet slog näven mot bröstet och började ropa ut order. Diriska ställde sig mitt ovanför den östraporten och spanade ner mot demonerna. De båda överstarna ställde sig på varsin sida om henne. Båda med varsitt armborst. Krashak bar på det största armborstet hon någonsin hade sett. Han fick två stora koger med pilar burna till sig. Alram hade två vid sin sida också.

Några fler klipptroll kom lufsandes med stora armborst. Dem verkade fördra dessa vapen före bågar. Krashak gestikulerade och ropade order på deras egna språk. Mira klappade Diriska på armen och lämnade henne ensam på muren.

Diriska fick en känsla av att någon betraktade henne, men skakade av sig den. Demonerna som stormade muren var viktigare. Hiram stod lutad mot sitt långa spjut och spanade ner för muren. Ett leende var på hennes läppar.

Diriska höjde sin hand i luften. Hiram lyfte på huvudet och såg sig om. Hennes ögon blev en aning större och leendet växte till ett flin. Diriska undrade vad hon såg.

"Bågskyttar redo!" röt Diriska.

Krashak brölade på klipptrollens språk och lyfte sitt armborst. Ordern spred sig över muren. Ett underligt blått sken dök upp vid spetsen av varje pil. Diriska blinkade till. Vad var detta? Ett mummel hördes från de förvånade drakriddarna. Hiram kastade bak huvudet och skrattade. Diriskas hand darrade en aning. Vad var det som hände?

"Du är sen", skrattade ängeln.

"Dödens skvadron!" röt en bekant röst bakom henne. "Eld!"

Som en avfyrades pilarna ner mot demonerna. Nästan genast satt en ny pil vid skyttens sträng och avfyrades i nästa ögonblick. Diriska vände sig förbluffat om och stirrade på mannen med den svarta manteln.

Han höll sin högra hand framför sig och den omgärdades av ett blått sken. Samma blåa sken som fanns på alla pilarna. Han steg fram om lade handen lätt på hennes axel och lade sin panna mot hennes. Han log vänligt mot henne.

"Drashin", viskade hon och rörde vid hans kind.

"Jag är tillbaka", sa han bara och vände sig sedan mot krigarna vid muren. "Hiram, varför står du där och slöar? Ge dem eld!"

"Ja, ja", skrattade ängeln och grep tag i Diriskas arm. "Kom syster. Låt oss visa generalen vad vi kan göra."

Diriska försökte protestera, men Hiram drog bestämt med sig henne till murens kant. Där ställde de sig och såg ner på horden framför muren. Hiram pekade med sitt spjut mot mitten av den myllrande massan. Diriska såg vart hon pekade och nickade bistert.

Samtidigt lyfte de sina händer och såg stadig mot demonerna. Diriska visste inte vad Hiram tänkte göra, men själv skapade hon stora stenar i sitt sinne. Sedan fick hon dem att uppenbaras högt över demonerna och lät de falla. Hiram gjorde stora eldklot som med väldiga dån exploderade överallt bland demonerna. Med en fnysning gjorde Diriska en svepande rörelse med handen och ytterligare en mur av eld skapades längre ut. Hiram skrattade och lade sitt spjut över axeln.

"Vad annars kunde man vänta sig", sa hon muntert.

Bågskyttarna drog sig tillbaka och Drashin steg fram mellan dem båda. Han satte sig på huk och såg ner mot den närmaste eldmuren.

"Samare och dvärgdrakarna skapade den", sa Krashak lugnt.

"Kan någon skicka efter Samare?" sa Drashin fundersamt över axeln. "Om han sover så sparka på honom och säg att jag vill fråga honom en sak."

Han rörde sig inte när Alram skyndade iväg. Krashak såg bara hastigt på Diriska. Hon stirrade ner mot Drashin bredvid sig. Hon kunde knappt tro att han var där vid muren.

"Det är gott att se dig igen", sa Krashak och Diriska ryckte till.

"Jag är tillbaka", sa Drashin bara. "Hur länge var jag borta?"

"Sex dagar ungefär", sa Krashak och rev sig i skäggstubben på kinden. "Demonerna dök upp för tre dagar sedan och har omringat staden. Diriska har lett försvaret och leder Dödens skvadron i din frånvaro."

Drashin ryckte till, vände sig om och såg på Diriska. Hon mötte stadigt hans blick. Det fanns något gillande i den och han log mot henne. Hon slog blygt ner blicken. Skrockande vände han sig om igen. Samare kom klampandes upp för trappan. Han höll Alram i ena benet och såg buttert på Drashin. Diriska såg Alrams stora leende.

"Jag kunde inte motstå chansen att få sparka på honom", sa han lyckligt. "Det var det roligaste jag gjort på länge."

Med en lång suck sänkte dvärgdraken ner översten till marken. Han gav Diriska en förebådande blick. Hon ryckte på axlarna och pekade på Drashin. Draken gick muttrande fram till generalen. Hiram gick bort till Alram och beklagade att hon inte fick sparka på draken.

"Så du är vaken nu", sa han kort på drakarnas språk. "Det var på tiden. Du kan inte sova bort hela dagarna. Då missar du alla de roliga slagen."

Diriska smackade irriterat med tungan. Draken var verkligen galen. Han såg fram emot varje dag med strider. Drashin klappade med handen mot drakens framben.

"Ledsen för det, Samare", sa han. "Ska skärpa mig. Hur länge brinner en sådan där eld? En timma? Två?"

Samare såg ner för muren. Sedan höll han upp tre klor.

"Vi skulle kanske lyckas göra så den brinner i fyra", sa han och lyfte ett fjärde.

"Tre räcker gott och väl", sa Drashin och reste sig. "Du kan väl se till att blåsa lite mer liv i den och sedan en gång till om tre timmar."

Draken såg på honom, nickade och sedan gick han iväg igen.

"Bra, då kan vi sova lite allihop med bara några få vakter på murarna. Krashak, se till att vi har trehundra man, drakriddare och soldater som patrullerar muren. Resten ska sova."

Krashak och Alram slog sina knytnävar mot bröstet och bugade mot honom. Han vände sig om hoppade ner för den låga kanten.

"Åh, ja just det", sa han och vände sig mot de båda överstarna. "Inga nattliga räder utanför murarna, förstått."

Överstarna pekade genast på den stakars soldaten som råkade passera dem.

"Det var hans idé, general!"

"Jag har inte gjort något!" ropade soldaten till dem.

"Jag vet", sa Drashin och vände sig mot Diriska. "Det är alltid Armins fel. Det säger ni alltid."

Soldaten protesterade med hög röst till dem båda drakriddarna. Dem försökte lugna ner honom genom att klappa honom vänskapligt i ryggen. Diriska såg på dem tre, soldaten som klagade på dem båda överstarna och de två andra som skrattande dunkade honom i ryggen.

"Skall vi gå?" frågade Drashin och erbjöd henne sin arm.

Hon lade sin arm på hans efter en kort tvekan. Tillsammans gick de ner för muren. Flera drakriddare lyfte handen mot dem till hälsning och flinade stort när dem såg Drashin igen. Tirasine och Liana skrattade högt när de fick se honom. Norek och Meeko tittade upp från sitt parti kort och vinkade mot de båda. Ranin kom gåendes med Kalar och Sareas, alla tre bugade kort mot Diriska och dunkade vänskapligt Drashin på axeln.

De passerade den lilla grupp av drakryttare som var vakna och Mira tittade upp från att lägga om ett sår på en drake. Hon gav Diriska ett stort leende och Drashin en allvarlig nick. Han svarade henne med samma allvarliga nick.

Diriska och Drashin vandrade genom gatorna mot palatset. Flera soldater höjde sina knutna nävar mot luften.

"Ers nåd Diriska!" ropade några och hon ryckte ofrivilligt till. "General Drashin!"

Hon sneglade försiktigt på Drashin. Hans leende blev en aning bredare när han hörde soldaterna. Hon kände en viss nervositet över vad han kunde tänka när han hörde deras rop. Men ännu hade ingen ropat 'drake Diriska' som dem gjorde ibland.

Hon tog ett djupt andetag och öppnade munnen.

"Jag vet", sa Drashin lågt innan hon hann säga något.

"Vad?" frågade hon och stirrade på honom.

"Jag vet vad du är för något, Diriska", sa han och såg henne i ögonen.

"Hur länge...?" hon svalde resten av frågan.

"Jag fick mina misstankar när du blev en av skvadronen. Stenen i handen reagerade på ett sätt som den aldrig hade gjort innan. Men det var när vi kom in i Soma som jag verkligen förstod. Det var när du släppte lös all den kraften mot demonerna. Då förstod jag vad du var. Du talade om vad du var genom att släppa loss all den kraften."

Diriska försökte dra undan sin arm från hans, men han lade sin andra hand på den, släppte aldrig henne ögon med blicken.

"Jag kommer inte att lämna dig ensam, Diriska", sa han vänligt. "Ingen i skvadronen kommer att låta dig känna dig ensam något mer."

Diriska slog ner blicken och såg på sina fötter där de gick.

"Är det bara för att du säger det?" sa hon lågt.

Drashin skrattade kort. "Nej, det är för att de är som de är. En medlem av Dödens skvadron är som en familjemedlem. Vi håller ihop och skyddar varandra. Vi kanske har våra små gräl mellan varandra, men när det verkligen gäller så står vi alltid tillsammans."

En familj. Han såg skvadronen som en familj. Och hon var en del av den. Diriska lyfte blicken och såg mot palatset som närmade sig. I ögonvrån fick hon se Aylia se efter dem två. Flickan höll krampaktigt i spjutet och verkade brottas med sig själv. Jali syntes ingenstans.

"Jag träffade Jali på vägen hit", sa Drashin plötsligt.

Diriska blinkade till, men kom ihåg vad Hiram sagt för några dagar sedan.

"Du såg Aylia nyss heller hur", sa hon lågt.

"Jali berättade att häxornas högsta förvisat henne från Dran'Kar och Spökriket", fortsatte Drashin.

"Jag hörde henne nämna det för Aylia tidigare idag. Vad var det hon ville?"

Drashin svarade inte utan gick tyst vidare. Dem kom till palatset och möttes helt kort av kungen och prinsessan. Båda uttryckte sin glädje över att se honom på fötter igen. De ursäktade sig och vände mot sina rum. Diriska sneglade över axeln och såg hur Aylia försiktigt tittade fram runt ett hörn. Hon undrade vad flickan hade i sinnet.

Diriska visste att de båda unga häxorna och Liana kom bra överens och verkade tycka bra om varandra. De tre var ofta i sällskap om inte Liana behövdes vid muren. Aylia och Jali hade ännu inte varit där uppe.

När de kom fram till sin svit höll Drashin upp dörren för henne. En kvinna reste sig från en av fåtöljerna och Diriska blinkade till. Det var Jali, inte tjänsteflickan, som väntade på dem.

11

Jali neg kort för dem båda. Drashin grymtade ogillande.

"Jag sa att du inte behöver göra så där, Jali", sa han.

"Ja, general", sa flickan och neg igen. "Förlåt mig, general."

Drashin skakade suckande på huvudet. Diriska höll tillbaka ett leende och såg fundersamt på flickan. Varför var hon här? Hennes långa mörka hår hölls tillbaka av ett rött band. Den blå klänningen var smutsig och fransig i fållen. Ett gult bälte var knutet runt hennes midja med långa ändar som hängde ner för högra benet, en kopia på Diriskas och Hirams. Diriska skymtade något blått på ena änden. Över hennes vänstra bröst fanns samma horn och sten som Diriska hade.

"Du har svurit dig till skvadronen", sa Diriska tyst.

"Jag har ingenstans att ta vägen", snyftade Jali. "Min mor och far är döda sedan flera år. Spökriket och häxorna är det enda hem jag någonsin haft. Och nu får jag inte ens komma tillbaka. Dem kastade ut mig. Salmera hotade till och med att döda mig om jag kom tillbaka."

Diriska gick fram till flickan och slog armarna om henne och lade kinden mot hennes hår. Jali tvekade innan hon lade armarna om henne och började gråta.

"Jag hade svårt att tro det först själv", sa Drashin lågt vid dörren. "Men Salmera är känd för att ta oförklarliga beslut. Hon anser tydligen att på grund av att Aylia och Jali blev hit skickade av de tre så har de två misslyckats med sitt uppdrag."

En försiktig knackning hördes på dörren. Diriska såg mot Drashin som tecknade åt henne att ta med Jali till sitt rum. Han hade ett litet leende på läpparna. Medan hon ledde den ännu snyftande flickan mot rummet skyndade sig Drashin till fåtöljen och satte sig.

Diriska stängde inte dörren helt utan lämnade en lite glipa så hon kunde lyssna. Hon stannade jämte dörren, men Jali satte sig uppgivet på sängkanten. Diriskas ögon lämnade inte flickan. Hon visste redan vem som kom till dem.

"Kom in, Aylia", sa Drashin lugnt.

Jali ryckte till och lyfte huvudet. Diriska tecknade åt henne att vara tyst. Sedan lutade hon huvudet närmare glipan för att kunna höra bättre. Dörren öppnades och tvekande steg hördes när Aylia steg in. Diriska vred en aning på huvudet, när dörren stängdes, och kikade ut genom springan.

Även Aylias mörka klänning var smutsig och fransig. Silver blixtarna som fanns på den syntes knappt för all smuts. Hennes svarta hår hängde fritt ner till axlarna. Hon bar ännu spjutet i ett fast grepp i ena handen.

"Hur...?" började hon, men Drashin tystade henne genom att lyfta handen.

"Jag såg hur du följde efter mig och Diriska tillbaka till palatset", sa han lugnt. "Jag undrade varför du inte ropade efter mig, eller Diriska. Vem av oss var det du ville prata med?"

"Jag ville tala med dig, general", sa hon tvekande.

Diriska klandrade henne inte. Drashin såg på henne med stadig blick och uttryckslöst ansikte. Det gick inte se vad han tänkte. Diriska undrade vad flicka ville honom.

"Vad vill du mig?" sa Drashin, fortfarande lika lugnt. Diriska trodde att han redan visste.

"Det gäller Jali", sa Aylia.

Jali for upp på fötter och kom fram till dörren. Diriska tecknade åt henne att vara tyst och inte gå ut. Motvilligt stannade flickan kvar vid dörren, men stirrade ut genom den lilla glipan. När Diriska var säker på att hon inte skulle gå ut, vände hon åter uppmärksamheten mot flickan framför Drashin.

"Jali?" undrade Drashin med ett litet leende. "Vad är det med henne? Har det hänt henne något?"

Aylia tvekade och såg ner mot sina fötter.

"Min mor... Salmera har förvisat henne från Spökriket. Hon anser att det är Jalis fel att vi hamnade här i Soma, mitt bland striderna med demonerna. Den högsta vägrar lyssna på någon förklaring. Hon har redan bestämt sig."

"Jali blev förvisad för att de tre från Draktand skickade hit ner er", sa Drashin lugnt.

Aylia nickade hetsigt och torkade bort några tårar. Diriska fick kämpa för att inte morra högt. De tre hade gått för långt. Det var dags att någon tog ner dem från deras höga hästar. Jali gnydde till bredvid henne och hon lade en tröstande hand på hennes axel.

"Vad är det du vill att jag ska göra åt det?" frågade Drashin. "Jag sitter här just nu och kan inte göra något mot de tre. Jag och Mira använde den enda kristallen vi fick av Ma'sharos'tian morgonen innan vi red genom Hamapasset. Vi kan inte ta kontakt med någon utanför staden."

Aylia vände sig om och ställde försiktigt spjutet mot väggen. Sedan tog hon ett djupt andetag innan hon vände sig mot Drashin igen. Hon bugade plötsligt djupt för Drashin och stod sedan så.

"Snälla, jag ber dig", sa hon desperat. "Ta henne till dig, gör henne till en del av din skvadron. Ge henne en plats att tillhöra."

Jali flämtade till bredvid Diriska, men drakens uppmärksamhet var helt mot flickan i den svarta klänningen. Hon hade en känsla av att Aylia inte berättat allt ännu. Drashin verkade också tänka så, för han satt endast tyst i fåtöljen och betraktade kvinnan framför sig.

Aylia rörde sig inte utan stod fortfarande nästan dubbelvikt och med slutna ögon. När Drashin fortfarande sagt något på en stund öppnade hon långsamt ögonen och höjde huvudet en aning. Diriska såg hur han lade huvudet på sned och betraktade kvinnan.

"Varför säger du inget?" frågade Aylia tillslut. "Varför sitter du bara där?"

Aylia rätade på sig och gick fram till honom. Han satte armbågen mot fåtöljens armstöd och lade hakan i handen. Han såg på henne med ett litet leende. Diriska kunde inte låta bli att le. Hon visste vad han väntade på. Aylia sjönk ner på knä framför honom och lade händerna i hans knä.

"Säg något!" krävde hon. "Varför är du tyst? Varför vill du inte ta Jali till din skvadron? Varför skjuter du undan henne? Hon har aldrig gjort dig något. Hon avgudar dig!"

Jali rörde sig och Diriska lade en hand på hennes axel. När flickan tittade upp på henne skakade hon på huvudet. Dem kunde inte lägga sig i detta. Utanför sovrummet lade Aylia sitt huvud i Drashins knä och började gråta.

"Varför?" snyftade hon.

"Det är inte bara Jali som blev bannlyst", sa Drashin lågt. "Eller hur?"

Aylia ryckte till, men lyfte inte huvudet. Hon skakade på huvudet och snyftade. Diriska bet ihop käkarna. Bortstött av sin egen mor.

Drashin suckade och gnuggade ögonen. Han verkade trött. Diriska kämpade emot lusten att gå till honom och lägga honom i sängen igen. Han hade precis vaknat efter att varit medvetslös så länge. Det började tära på honom nu.

"Ändå begär du att jag ska ta din vän till skvadronen", sa han trött.

"Snälla", viskade flickan ner i hans knä. "Lämna henne inte ensam. Hon kan göra nytta för er i striderna som kommer. Hon är stark."

Drashin såg tyst ner på henne. Sedan lyfte han blicken och såg mot sovrumsdörren som Diriska och Jali stod bakom. Diriska öppnade dörren försiktigt för att inte göra några ljud. Sedan steg hon ut med Jali framför sig. Aylia lyfte huvudet och stirrade på Drashins ansikte.

"Varför säger du inget?" Frågade hon igen. "Varför vänder du henne ryggen?"

"Han har inte vänt mig ryggen, Aylia", sa Jali tyst och såg mot sin vän.

Aylia stelnade till och vände långsamt sitt tårfyllda ansikte mot Diriska och Jali. Hennes stora ögon blev ännu större när hon fick se de två.

"Jali?"

"Han har redan tagit mig till skvadronen", sa Jali och rörde vid märket över hennes vänstra bröst. "Han gjorde det på vägen till muren. Han lyssnade på mig när jag berättade om min bannlysning. Han lyssnade på min önskan att få bli en del av Dödens skvadron." Hon torkade sina kinder och log sedan mot Aylia. "Jag är Dödens skvadron."

"Men varför sa du inget?" viskade Aylia och vände sig mot Drashin. "Vad väntade du på?"

Diriska gick fram till Drashin och ställde sig bakom honom. Hon lade en hand på hans axel och såg på Aylia med ett vänligt leende. Flickan vände sina bruna ögon mot henne och stirrade på henne. En vaksamhet fanns i dem. Varken Aylia eller Jali hade visat någon större överraskning när det blivit känt att Diriska var en drake. De båda hade enbart visat vaksamhet mot henne.

"Därför att han väntar på dig, Aylia", sa Diriska vänligt.

Flickan ryckte till och stirrade först på henne och sedan honom. Diriska log stort mot henne. Drashin satt bara och såg på henne.

"Mig?"

Drashin sträckte på sig och muttrade något om sängen. Diriska satte sig i soffan och såg uppmärksamt på honom. Han visade inget i ansiktet, men ögonen var en aning trötta. Han borde verkligen sova.

"Din mor har kastat ut dig från häxornas högsta krets", sa Drashin lugnt. "Hon har bannlyst dig från Spökriket, till och med hotat att döda dig om du trotsar henne."

Varje ord fick Aylia att rycka till och hennes ögon blev ännu större. Diriska såg sammanbitet mot Drashin. Han tecknade åt henne att vara tyst. Hon fnös och såg åter på flickan som satt på knä framför generalen.

"Du har fått precis samma behandling av Salmera som Jali fick", fortsatte Drashin. "Likväl ber du mig att inkludera *henne*, inte dig själv, i skvadronen. Allt för att hon inte skall bli lämnad ensam.

Det Jali säger är sant. Jag stötte på henne när jag var på väg till muren. När jag frågade efter nyheter om vad som hänt medan jag varit medvetslös, så berättade hon att hon blivit bannlyst från riket och hotad till livet om hon någonsin kom tillbaka. Därefter bad hon att få svära sig till skvadron, hon krävde det nästan.

Jag hade vägrat henne det om det inte hade varit för något som Ma'sharos'tian läste för mig för ett år sedan. 'De skall komma från riket och sluta sig till honom i kampen mot den fallne.' Varken jag eller han förstod vilka 'de' var eller vad som menades med 'riket'.

Drashin lutade sig tillbaka i fåtöljen. "När Jali berättade vad som hänt henne frågade jag om även du hade blivit bannlyst. Hon visste inte, men jag hade mina misstankar att det var så. När du sa Salmera istället för att hålla fast vid mor, förstod jag att jag hade rätt. Dessutom förstod jag vad 'riket' menades i texten."

"Spökriket", sa Diriska långsamt och han nickade. "När ni talar om det brukar ni enbart kalla det för 'riket'. Speciellt om ni talar med varandra."

Jali nickade tyst. Diriska klappade i soffan bredvid sig. Jali tvekade först innan hon satte sig bredvid draken. Diriska log vänligt mot henne innan hon åter såg mot Aylia och fortfarande stirrade på Drashin.

Aylia slöt ögonen, vände ansiktet mot golvet och tog ett djupt andetag. "Riket har alltid varit mitt hem", sa hon med gråten i halsen. "Det har alltid varit min trygghet. Även om Nariff försökte ödelägga Dran'Kar för åtta år sedan, var jag aldrig rädd. Trotts att en av hans generaler, Na´sarás, nästan lyckades ta sig innanför murarna. Endast tack vare Lasoras, lyckades man stoppa honom."

"Na´sarás?" undrade Diriska förvirrat. "Lasoras?"

"Det var två djävular som deltog i kriget mot Nariff", sa Drashin och viftade avfärdande med handen. "Na´sarás stod på Nariffs sida och Lasoras på vår sida. Lasoras kom först av alla till Dran'Kar den dagen. Alla försökte döda honom, både stadens försvarare och Na´sarás trupper, men han stod emot dem alla. Det sägs att han verkligen levde upp till sitt namn den dagen. Lasoras, den galne."

Aylia nickade, fortfarande med slutna ögon och ansiktet ner mot golvet. "Lasoras räddade Dran'Kar den dagen. Han ställde sig mitt i norra porten och svingade sin stora yxa. När budet om djävulen som stred mot sina likar vid porten kom till borgens salar, blev det panik. Men jag kände aldrig rädsla. Dran'Kar var mitt hem, det var allt jag kände till.

Trots att en hord av demoner och smådjävlar befann sig utanför murarna och försökte ta sig in var jag aldrig rädd. För i porten stod Lasoras och skyddade oss. Trots att vi var fiender, skyddade han oss. Han skyddade mitt hem." Hennes röst stockade sig och tårar började rinna ner för hennes kinder. "Nu får jag aldrig komma hem. Jag har förlorat allt. Salmera ville inte acceptera min förklaring. Hon kallade mig svag, att jag drog skam över riket."

Diriska tvingade sig att sitta kvar i soffan. Hon lade en försiktig hand på Jalis ben för att flickan inte skulle resa sig. Drashin kliade sig på kinden medan han betraktade Aylia framför sig. Han såg kvickt mot Diriska innan han lutade sig framåt och lade handen med skärvan från Tigerns Öga på Aylias huvud. Flickan öppnade ögonen, men stirrade bara ner i golvet.

"Vad är din önskan, Aylia As'Laynai?" frågade han lågt. "Vad vill du jag ska göra?"

Diriska log där hon satt. Det var detta som han väntat på. Att få ställa dem här frågorna till Aylia. 'Vad är din önskan?' Flickan stirrade ner i golvet. Hennes läppar rörde sig, men hon fick inte fram något ljud. Sedan lyfte hon på huvudet för att möta Drashins blick. Hans hand vilade ännu på hennes huvud.

"Jag..." Aylia tvekade och kastade en snabb blick mot Jali och Diriska. Hon vände blicken tillbaka mot Drashin igen. "Jag vill... bli emottagen av dig", viskade hon. "Jag vill bli en del av Dödens skvadron, jag vill ha en plats att höra hemma."

Drashin log stort mot henne. Diriska lutade sig tillbaka med en lättad suck. Hon lyssnade bara med ett halvt öra när Aylia svor sig till Drashin och Dödens skvadron. Hon slöt ögonen och kände hur alla spänningar från den senaste veckan rann av henne. Hon kände hur någon såg på henne.

"En silvermarker för dina tankar, Jali Olinark", sa hon tyst och öppnade ögonen.

Flickan bredvid henne ryckte till. Hon såg snabbt mot Drashin och Aylia som höll på med eden. Sedan lutade hon sig försiktigt närmare draken.

"Ni känner till vad de tre andra drakarna gjorde mot oss", viskade Jali.

"De tre kommer att bli uppläxade så snart vi kommer hem igen", sa Diriska bistert. "De har ridit på sina höga hästar allt för länge och glömt bort allt vad hyfs heter. Jag skall ta hand om dem, ska du se."

"Du är inte som dem", sa Jali och såg ner i knät.

"Jag levde tusen år på en gård, Jali. Innan det levde jag ensam i en grotta, gömde mig från alla som jag trodde skulle kunna skada mig. Om det inte hade varit för Sarek, så hade jag troligen stannat i min grotta. Då hade jag aldrig träffat någon av er, eller sett hur de tre levde mitt bland människorna. Hur dem kråmat sig när människor sett upp till dem och sökt deras råd.

I tusen år levde jag på gården som Liana är född på. I tusen år tog jag hand om den familjen som om den vore mina egna barn. De dyrkade mig aldrig utan såg mig som en familjemedlem. Någon som tog hand om dem när de blev sjuka, som vårdade dem under deras sista tid i livet. För dem var jag en älskad familjemedlem som alltid var med dem. Det var allt jag ville ha.

Men ibland var saknaden efter mina fränder mycket stor. När jag fann att det verkligen fanns fler drakar där ute, var jag överlycklig. Jag var inte ensam längre. Jag fann inte så många dvärgdrakar på min resa, Samare och Varsk var de enda som jag mötte. Men jag avslöjade mig aldrig för dem.

När jag slutligen upptäckte att Asmaji, Sultan och Lindramas var stora drakar, som jag, blev jag en aning besviken." Diriska tog ett djupt andetag och såg upp i taket. Drashin och Aylia var fortfarande inte helt färdiga. Diriska slöt ögonen och fortsatte. "Tänk att de tre bröderna som jag en gång hört talas som verkligen hade överlevt uppe vid gränsen till islandet. Men när jag såg dem, tittade de bara på mig som om jag knappt var värd något. Jag var bara en vanlig människa för dem.

Drashin gav mig en svit i riddarhuset. Drakriddarna kanske lyfte på ögonbrynen och var en aning förvånade först, men snart brydde dem sig inte. På bara någon vecka hade dem alla accepterat att jag bodde där och alla var vänliga mot mig. Flera av drakriddarnas fruar såg alltid till att hälsa på mig om de kom till staden eller befann sig i huset. Ingen såg något konstigt med att jag bodde mitt bland drakriddarna.

Utom de tre från Draktand. De motsatt sig det hela, försökte hela tiden få Asama att kasta ut mig. Asama sa varje gång att han skulle ta upp det med Drashin, vilket fick de tre att rygga undan. Men dem gav aldrig upp. Krashak sa till mig en gång att de tre hade till och med gått till Ma'sharos'tian för att få bort mig från huset."

Diriska öppnade ögonen och såg på Jali bredvid henne. Flickan stirrade på henne med sina stora bruna ögon. Draken log mot henne.

"Ma'sharos'tian verkade inte bry sig om vem som bor i huset tillsammans med drakriddarna", sa Diriska. "Krashak hade blivit nerkallad till hans grottor eftersom Drashin inte var där. Så länge jag inte utgjorde ett hot mot drakriddarna och folket i Terabelle så fick jag stanna. Det var vad Ma'sharos'tian hade sagt till översten. Han hade till och med verkat road över de tre drakarnas ovilja mot mig. Själv hade jag inte mött honom ännu.

Första gången jag mötte honom var den dagen då den svarta legionen och Drashins lilla grupp slogs samman och blev Dödens skvadron. Det enda jag kände från honom var en nyfikenhet. En nyfikenhet om vem jag var, vad jag var. Han visste redan vid vårt första möte att jag inte var mänsklig, men ändå sa han inget. Han visste dock inte vad jag var, det fick han reda på först när Liana upphöjdes.

Men de tre vet ännu inget. De ska inte få veta förrän jag kommer tillbaka till Terabelle. Och då ska jag se till att de tre för alltid ska veta sin plats."

Drashin tog bort sin hand från Aylias huvud och lutade sig tillbaka i fåtöljen. Han nickade mot Aylia som långsamt reste sig upp. Hon slätade till sin svarta klänning, hennes hand stannade som hastigast vid märket som bildats vid hennes vänstra bröst. Hornen och stenen i gult stack ut i den svarta klänning. Sedan neg hon djupt för Drashin.

"Mitt spjut och min magi är er att använda, general Drashin", sa hon högtidligt.

Drashin gav ifrån sig ett kort skratt. Diriska gav honom en sträng blick. Sedan vände hon sig åter mot Jali.

"De tre kommer att få stå till svars för vad de gjort er", sa hon. "Jag kommer personligen se till att Ma'sharos'tian också får reda på vad de gjort. De kommer inte att gå ostraffade från detta."

Hon såg i ögonvrån att Drashin nickade. Jali böjde tacksamt på nacken och Aylia bugade kort mot henne. Diriska vred på huvudet när Drashin reste sig ur fåtöljen. Han stod stödd mot armstödet och såg ut genom fönstret. Mörkret hade sänkt sig helt nu.

"Det är sent", sa han. "Aylia, Jali, ni kan stanna här i natt. Jag vill inte att ni går ensamma tillbaka i mörkret."

De båda unga kvinnorna började genast protestera, men tystnade när Diriska reste sig upp. Hon log mot dem båda.

"Min säng är stor nog för er två", sa hon.

"Diriska kan sova i min", sa Drashin. "Jag tar soffan i natt." Han höjde handen när Diriska och de andra två började protestera. "Det är en order. Jag är er general och ni är nu alla tre en del av Dödens skvadron. Jag är trött på den där sängen."

Drashin brydde sig inte om deras protester, utan visade med ena handen mot sovrummen. Diriska såg på honom när han lade sig ner på rygg i soffan, med ena armen bakom huvudet och den andra vilandes på magen. Det dröjde inte länge förrän han sov.

Med en suck föste Diriska in de båda unga kvinnorna i sitt sovrum och sa år dem att sova. Efter att stängt dörren såg hon bara som hastigast mot den sovande generalen innan hon gick mot hans sovrum.

"Du gjorde ett bra arbete som höll ihop skvadronen, Diriska", sa Drashin bakom hennes rygg. "Tack, drake Diriska. Jag ser fram emot att fortsätta vårt arbete tillsammans."

Det var sällsynt att Drashin gav beröm. Det krävdes alltid något extra. Men så hade hon haft hjälp av både Krashak och Alram. De båda överstarna hade förklarat allt för resten av skvadronen vad som gällde och alla hade godtagit det. Ingen hade lagt någon större vikt av vem som ledde dem. Tydligen hade de redan sett henne som en alternativ ledare, efter Drashin.

Diriska stängde dörren och log. Hon klädde snabbt av sig klänningen och bäddade ner sig i sängen. Hon suckade lyckligt innan hon somnade. Han hade äntligen vaknat igen.

12

Nu när Drashin var tillbaka tog han över huvudbefälet över stadens försvar. Han, Diriska och Hiram turades om att stå vid murarna och se över deras försvar. Medan en var vid muren vilade de två andra, eller satt i råd med kungen och Salaam. Det var Salaam som ledde arbetet att tömma staden på människor.

Det var en ren händelse att Liana var närvarande vid ett möte, fyra dagar senare, mellan kungen och de två generalerna. Hon stod lite vid sidan av det bord som dem tre männen stod lutade över och studerade kartorna. Tillsammans med henne stod Jali och Aylia. Hon lyssnade inte så noga på samtalet utan studerade istället intresserat rummet dem stod i. Det var fullt med bokhyllor jäms med väggarna, fyllda med böcker och rullar. Det fanns bara en stor dörr ut från rummet. Jali och Aylia såg uppmärksamt på männen runt bordet.

Liana tyckte bra om de båda unga kvinnorna. Jali var bara två år äldre än henne själv medan Aylia var ett år yngre. Liana hade blivit förvånad över att höra att de båda hade svurit sig till skvadronen samma kväll som Drashin hade vaknat. Över deras vänstra bröst på deras klänningar fanns skvadronens horn och sten i gult. Aylia fortfarande sin svarta klänning med silverblixtrarana och Jali sin blåa med röda ärmar. Båda hade det gula bältet, i ändarna hade dem hornen och stenen i blått.

Rasham och klipptrollen hade svurit sig till skvadronen dagen efter. Drashin hade försökt att övertala dem, men de var orubbliga. Drashin var orolig över hur deras klanhövdingar skulle reagera om han tog in klipptroll i skvadronen. Men de tre ledarna för Taur, Ramen och Gosh hade bara viftat undan frågan och sagt åt honom att inte oroa sig över det.

"Hur många människor finns kvar i staden?" frågade Drashin fundersamt.

"Vi kanske har trettiotusen kvar att evakuera", sa Salaam. "Det tog lite längre tid än planerat. Men förhoppningsvis är det bara soldater kvar i staden i morgon."

Drashin nickade nöjt.

"Det är ingen risk för att demonerna upptäcker folket?" frågade Lamas oroligt. "Det är långt att gå till Hamapasset från staden."

"Jag har skickat spanare mot passet", sa Salaam och böjde hövligt på nacken. "Det verkar som om att demonerna helt koncentrerar sig på huvudstaden Det finns inget mellan passet och de berg där folket kommer ut ur tunnlarna."

Dörren öppnades försiktigt och Liana vände bort blicken från de tre männen. En ung kvinna kom in. Hon såg ännu mörkare ut i den ljusa klänningen hon bar och det diamantprydda diadem som satt på hennes huvud. Det långa svarta håret föll fritt ner för hennes rygg. Hon gav Liana en kort blick när hon ställde sig bredvid henne. Liana böjde lätt på nacken mot henne och vände sig sedan åter mot männen. Drashin sätt att stelna till visade att han noterat nykomlingen trots att han stod med ryggen till dörren. Ingen av de andra två männen visade något.

"Hur mycket tid kommer ni behöva för att få ut era krigare, Drashin?" frågade Salaam.

"Jag tänker nog stanna lite till i Karash", sa Drashin frånvarande. "Vi behöver hålla demonerna kvar vid staden så länge vi kan"

Liana undrade vad han hade för planer. Hon undrade om hon skulle fråga Diriska om dem. Men hon trodde inte att hon skulle avslöja något för henne. Draken hade sett så otroligt lycklig ut de senaste dagarna. Som om alla hennes sorger hade lyft från hennes axlar. Liana behövde inte fråga för att veta att hon äntligen hade pratat med Drashin och att han försäkrat att han inte skulle skicka iväg henne.

"Så ni tillhör honom också", sa den mörkhyade kvinnan plötsligt med låg röst.

Liana och hennes två vänner ryckte till och stirrade oförstående på henne. Kvinnan himlade med ögonen och gjorde en gest mot kisharan som hängde längs Lianas ben.

"Vi är en del av han skvadron, ja", sa Liana försiktigt. "Jag är Liana Darik. Löjtnant av drakriddarna."

När Drashin hade hört om hur hon agerat i striden där han skadats och under försvaret så hade han befordrat henne till löjtnant. Han hade sagt till henne att han var stolt över henne och hoppades att hon skulle fortsätta på samma väg.

"Aylia As'Laynai", sa Aylia och visade med handen mot Jali. "Detta är Jali Olinark."

Ända sedan Liana lärde känna de två hade det oftast varit Aylia som pratade. Så hade det varit redan innan de hade tågat ut i öknen för snart två veckor sedan. Jali böjde lätt på nacken.

"Jag förstår", sa kvinnan avmätt. "Jag är Shiina, prinsessa av Soma."

"Förlåt mig, ers höghet", sa Liana och bugade mot henne, Aylia och Jali neg helt kort. "Det var inte mening att vara så ohövlig mot er."

Prinsessan viftade undan hennes ursäkt med handen och såg på Drashins rygg. Liana tyckte nästan att det var en rovfågels blick. Hon undrade vad hon ville generalen.

”Vad är hans förhållande till den där kvinnan?” sa hon plötsligt. ”Denna Diriska?”

”Han är ledare för Dödens skvadron och hon står direkt efter honom i befälsordningen”, sa Liana omedelbart.

”Före överste Do'shank och överste Manros? Före ängeln Hiram?”

”Ja, ers höghet.”

”Och utanför denna skvadronen? Vad är dem då?”

”Jag skulle nog säga att dem är goda vänner”, sa Liana en aning förvirrat och såg undrande på Aylia och Jali, de såg lika förvirrade ut som hon kände sig. Hon undrade varför prinsessan var så intresserad av Drashin och Diriska.

”Vänner”, sa prinsessan fundersamt och betraktade generalens rygg.

”Det finns inte mycket vi kan göra just nu”, sa Salaam precis och rätade på sig. ”Vi ser till att tunnlarna hålls gömda i bergen. Och vi kommer vänta på er där.”

”Jag kommer vara bland de sista som flyr staden, general”, sa kung Lamas och gned sig om hakan.

”Absolut, ers majestät”, sa Drashin och bugade lätt. ”Men vi kommer att vara de som stannar längst i staden. Jag vill bara ha tillräckligt med soldater för att kunna täcka murarna.”

”Jag kan ge dig femtusen soldater”, sa Salaam. ”Mer kan jag inte riskera att förlora.”

”Jag skall ge dig varenda en tillbaka, gamle gosse.”

Den äldre generalen fnös, men flinade tillbaka. Dem vände sig mot dem fyra kvinnorna. Lamas sken upp när han såg sin dotter. Salaam och Drashin bugade hövligt, även om den yngre hade en misstänksam glimt i ögonen.

”Generaler”, sa prinsessan och neg för dem. ”Far, jag är redo att lämna staden. Men jag önskar fara med dig.”

”Givetvis”, sa han och log stort mot henne. ”Kom Shiina, vi kommer lämna staden om en dag. Hjälp mig att göra färdigt det sista för vår avfärd.”

Kungen lämnade rummet tillsammans med sin dotter. Prinsessan såg sig om över axeln och gav Liana och hennes vänner en sista nyfiken blick. När dörren stängdes bakom deras ryggar fnös Drashin.

”Hon har fortfarande kopplet hårt draget om hans hals ser jag”, muttrade han.

”Hon har honom lindad runt fingret”, sa Salaam med ett skratt. ”Kom ihåg att det är det enda barnet han har. Det är Somas framtid och hon har börjat leta efter en make.”

"Nå, stryk mig på den listan", sa Drashin och lade buttert armarna i kors. "Jag har annat för mig. Samt att jag har redan en prinsessa att passa och det räcker gott och väl. Hon ger mig tillräckligt med problem som det är ibland."

"Jag är säker på att hennes höghet Marin av Amdoria inte uppskattar att ni säger så om henne", skrockade den mörkhyade mannen.

"Hon bara skrattar åt mig när jag säger det. Skrattar, klappar mig på kinden och säger att mitt liv skulle bli så tråkigt utan henne."

Salaam skrattade högt och dunkade den yngre mannen i ryggen. Liana såg bistert på Drashin. Marin var hennes vän och hon tyckte inte om att man pratade illa om hennes vänner. Drashin skrockade bara åt hennes min. Aylia och Jali bytte undrande blickar med varandra. De hade aldrig träffat prinsessan Marin.

"Kom, flickor", sa Drashin och öppnade dörren. "Det är dags att vi går till muren."

De lämnade palatset sida vid sida och gick på de folktomma gatorna. Alla var nere i de källare som hade ingångarna till tunnlarna. Det fanns bara soldater på gatorna nu och de höll sig hela tiden nära murarna. Drakriddarna hade placerat sig vid östra porten, amdorianerna tillsammans med kanske tre tusen somiska soldater var vid den norra, moskierna fanns vid den södra med tre tusen somiska och vid den västra fanns åttatusen somiska soldater. Mira höll sina drakryttare rörliga, hela tiden flög de runt staden strax ovanför muren. De vilda drakarna höll sig hela tiden åt sidan, nära drakriddarna. Drashin lät dem göra vida utsvävningar under nätterna för att hålla liv i elden runt muren. På dagen sov dem för det mesta. Ibland hände det att någon av dem kom upp på muren och tittade nyfiket ner på demonerna under dagen.

Överste Do'shank och överste Manros försökte alltid hitta på nya sätt att kunna ta sig ut ur porten, gärna nattetid, och gå i närstrid mot demonerna. Varje gång Drashin eller Diriska fick tag på dem skyllde de på den stackars amdorianske soldaten, Armin. Han var en av få amdorianer som alltid höll sig i närheten av drakriddarna. De fungerade i regel som budbärare. Just Armin verkade komma bra överens med alla drakriddarna och en av få som faktiskt kunde få för sig att skälla på dem.

De kom fram till östra portens område. Hon såg Krashak och Alram sitta på varsin tunna med just Armin mellan sig. De tre pratade och skrattade tillsammans, med varsitt krus i handen. De lyfte samfällt krusen i luften för att hälsa på dem. Drashin nickade bara kort och fortsatte. Liana såg på honom i ögonvrån.

"En silvermarker för dina tankar, löjtnant", sa han plötsligt.

"Du tycker verkligen att prinsessan Marin är en börda, general", sa Liana och vände blicken mot sina fötter.

"Du tänker på det jag sa till Salaam", mumlade han och skakade på huvudet.

"Jag tycker inte om det du sa om henne", sa Liana trotsigt och såg på honom. "Hon är min vän."

"Självklart är hon det", sa han och lade en hand på hennes axel. "Hon var lite upprörd när jag talade om för henne att du skulle följa med oss ner hit. Hon bråkade en hel del med mig om det faktiskt."

Liana blinkade till. Det visste hon inte.

"Prinsessan bråkade med er?" sa Aylia försiktigt.

"Hon krävde till och med att hon skulle följa med. Men det satte både jag och Makar stopp för. Kungen fick låsa in henne till slut. Förhoppningsvis är hon inte så arg längre när vi kommer hem igen."

"Det kunde blivit problematiskt om hon var med", sa Liana sakta.

"Jag hade inte kunnat koncentrera mig på både henne och försvaret av Soma. Hon har gett mig mycket problem förr, men detta hade troligen blivit min död." När Liana öppnade munnen för att säga emot lyfte han handen och tystade henne. "Men hon har rätt också. Mitt liv hade varit tråkigt utan henne. Jag är ledare för hennes personliga livvakt, som nu även du är medlem i. Vi har skrattat mycket ihop också. Jag har kastat mig rakt in i faror som jag inte annars skulle gjort för hennes skull. Aldrig ångrat något.

En gång bar jag hennes livlösa kropp i nästan femton mil, innan jag fann Mira så hon kunde hela henne. I tre dagar stod jag vid hennes säng, orörlig, bara såg på henne, väntade på att hon skulle vakna. När hon slutligen gjorde det kollapsade jag av utmattning. Hon tog hand om mig när jag låg nerbäddad. Det tog fyra dagar innan jag kunde lämna sängen. Hela tiden satt hon där hos mig."

De tre unga kvinnorna lyssnade uppmärksamt på hans berättelse. Hur han och Krashak lyckades få tillbaka Marin från rövare som kidnappat henne. Hur Kalar och Sareas nästan dött när dem dragit ut henne från någon demons grotta. Tirasine som med bruten arm och med en pil i benet, tillsammans med Norek och Meeko, flytt med henne från en brinnande stad. Ranin som tagit prinsessan på ryggen och hoppat rakt ner i en flod för att komma undan jagande troll. Hur dem allihop hade riskerat sina liv bara för att henne föra henne till säkerhet.

"Så ja, hon har gett oss problem", sa Drashin när de gick uppför trappan till murens topp. "Må vara att våra liv varit tråkiga utan henne."

Liana såg Diriska stå och se ut över demonhorden som myllrade nedanför muren. Generalen styrde genast stegen mot draken. Tirasine, Meeko och Ranin stod med draken. De vände sig om, alla fyra, när de hörde deras röster. Diriska sken upp när hon såg dem.

"Men ångrar jag att jag någonsin träffade henne?" sa Drashin och nickade med ett leende mot Diriska. "Nej. Hon må ha varit tjatig, tvingat mig springa mig halvt till döds, fått en halvt ton med sten över mig, tusentals pilar skjutna mot mig. Kanske till och med dött en gång eller två."

Diriska såg oroligt på honom och gav Liana en frågande blick. Drakriddarna bredvid honom nickade bara. De förstod genast vad han pratade om.

"Jag är rätt säker att hon kommer ge oss mer problem", fortsatte han. "Det räknar jag med. Men jag kommer att stå vid hennes sida, det kommer vi alla göra. Jag kommer att kasta mig framför det som hotar henne. Jag kommer att bära henne ut ur farorna, med risk för mitt eget liv. Jag kommer vaka över henne som jag alltid gjort."

Drashin vände sig mot Liana och hennes vänner och gav dem ett bländade leende.

"Prinsessan Marin må göra våra liv mer spännande än vi önskar", sa han. "Men vi älskar henne ändå och kommer inte att lämna henne. Inte förrän den dag då hon hittar en make."

"Då blir hon hans problem", sa Ranin och skrattade.

Drakriddarna skrattade och klappade Liana på axeln. Hon såg förvirrad ut. De kunde klaga på allt som dem tvingades göra för Marin. Klaga på att hon medförde en massa problem för dem. Men likväl gjorde de allt gladeligen. Följde henne vart hon än gick och drog henne därifrån om fara hotade.

Diriska dolde ett leende med handen och skakade försiktigt på huvudet. Hon vände sig mot Drashin och de gick tillsammans mot murens kant.

"Har dem inget gjort på hela morgonen?" frågade han undrande.

"Eldarna slocknade för kanske två timmar sedan", sa Diriska och såg ut över demonhorden. "Jag har inte hört något från de andra portarna, men med tanke på att allt är så tyst."

Drashin stirrade fundersamt ner mot massan. Liana gick försiktigt fram och tittade ner. Nästan så långt ögat nådde såg hon en myllrande svart massa. Tvåhundra steg från muren började den. Inga katapulter syntes till idag. Aylia och Jali ställde sig på varsin sida om henne.

"Tirasine, Meeko, Ranin" ropade Drashin över axeln. "Ge er av till de andra portarna. Rapportera vad som händer där borta. Se om ni kan hitta Hiram. Skicka hit henne."

De tre drakriddarna slog näven mot bröstet och rusade iväg. Tirasine försvann ner för trappen som Liana och Drashin kommit upp för. Krashak och Alram kom promenerandes upp och såg kort efter den springandes kvinnan. De hade fortfarande krusen i händerna samt bar varsitt extra. De båda nickade muntert mot Liana och de två andra kvinnorna och räckte sedan varsitt krus till Diriska och Drashin.

"Vatten", sa Alram när Drashin såg frågande på honom. "Vissa traditioner måste hållas."

"Traditioner?" frågade Diriska och drack lite. Hon rös uppskattat. "Kallt."

"Ingen alkohol inför strider med demoner", sa Drashin kort.

"En bra tradition", sa Diriska och gav generalen ett snabbt leende.

Han grymtade bara till svar och Diriska skrattade sitt klingande skratt. Liana log mot de båda. Ända sedan Diriska vågat berätta för Drashin hade de båda njutit mycket mer av varandras sällskap verkade det som. Speciellt nu när de sällan var tillsammans. Drashin såg snabbt mot Liana. Han skrattade kort lade handen på hennes huvud och ruskade om det lite. Nästan precis som hennes far hade gjort när hon var liten.

"Alram", sa han. "Kan du kalla hit Mira och Samare?"

Översten nickade genast och gick mot trappan. Han ropade efter en springare medan han försvann ner. Drashin vände blicken åter ner mot demonerna och lyfte kruset till munnen. Diriska gav honom en orolig blick.

"Du tror att något skall hända?" undrade Krashak.

"Att dem inte gör något", sa Drashin sakta. "Det ger mig en olustig känsla. De planerar något."

Liana såg ut över havet av demoner. Hon fick också känslan av att något var på väg mot dem. Något som fanns bland demonerna. Fotsteg fick henne att se sig om. Klädd i sin röda tunika, blåa byxor och det gula skärpet kom Hiram gäspandes upp för trappen till dem. Svärdet satt vid hennes sida och hon använde det långa spjutet som vandringsstav. Det långa bruna håret var uppsatt i en invecklad fläta som nästan nådde henne ner till midjan. Luggen hölls undan av ett tunt vitt band. Hennes bruna ögon var grumliga av lite sömn och hon såg trött på Drashin och Diriska.

"Vad är det som är så viktigt att jag inte får sova?" muttrade hon surt. "Jag har inte fått sova ordentligt på flera dagar."

Liana bugade kort mot henne medan Aylia och Jali neg. Ängeln nickade kort till svar.

"Jag är rädd för att ingen av oss kommer få mycket vila idag, Hiram", sa Drashin fundersamt.

"Demonerna är lugna", sa Diriska och gav ängeln en medlidsam blick. "För lugna enligt honom."

Hiram kom fram till dem och såg ut över horden. Tröttheten i hennes ansikte gick över till en fundersam min. Liana såg hur hon studerade demonerna framför muren.

"Drashin har rätt, Diriska", sa Hiram till slut. "Detta är inte hur demoner brukar agera. De borde ha kastat sig mot murarna så snart elden slocknat."

Liana såg först på ängeln och sedan draken. De båda hade svurit sig till Drashin och Dödens skvadron. Dock med varsin anledning. På båda syntes det på deras kläder. Hiram hade alltid haft den röda tunika och de blå byxorna, båda fulla med rankor av gult. Över vänster bröst fanns två vingar med en människoskalle mellan sig. Drakriddarna sa att det var symbolen för Dödsängeln. Det gula skärpet var nästan exakt likadant som Diriskas, med den lilla skillnaden att på Hirams fanns vingarna och döskallen på den ena änden och hornen och stenen på den andra i blått.

Diriska växlade alltid mellan två olika kombinationer av sina klänningar. Antingen med blå kjol och röd topp eller röd kjol och blå topp. Överdelens armar var alltid fulla med rankor av gult, medan kjolen var osmyckad. Över vänster bröst fanns hornen och stenen i gult, samma som fanns på Drashins kishara. Det gula bältet hade hornen och stenen på båda ändarna i blått. Liana visste inte varför Diriska hade valt att ha samma symbol som Drashin. Hon hade aldrig vågat fråga heller. Drashin själv verkade inte lägga mycket tid på att undra över det. Idag bar hon den blåa kjolen med röd topp.

"Dem kan vara trötta efter så många dagars stridande", sa Diriska tveksamt.

"Demoner blir inte trötta på samma sätt som vi, drake", sa Hiram och kvävde en gäspning. "Jag och du kan kanske klara oss längre utan vila och sömn, men de mänskliga raserna måste få sin vila. Om inte så kommer dem att kollapsa. Till och med vår käre general här måste vila ibland."

Hon lade vänskapligt armen om Drashins axlar. Diriska gjorde en irriterad min och gav ängeln en farlig blick. Liana blinkade till. Var det svartsjuka? Hon hörde hur Jali trampade med fötterna jämte henne. Drashin grymtade bara och stirrade intensivt ner mot demonerna. Hiram skrattade till och gav Diriska en menande blick.

"Du kan inte stå här i dagar i sträck, Drashin", sa ängeln och tog bort armen. "Detta är inte en sjuksäng som prinsessan ligger i. Detta är ett slagfält. Även du behöver vila ibland."

Drashin nickade bara tyst och korsade armarna över bröstet. Diriska gav Hiram en sista irriterad blick innan hon också såg ut över demonerna. Liana hoppades att de två inte skulle börja bråka. Hiram flinade bara och blinkade mot Liana. Ängeln verkade tycka att det var roligt att reta draken.

Strax kom Mira, Samare och, till Lianas förvåning, Narika upp på murkrönet. Även Mira gäspade stort och gnuggade sina ögon. Hon log vänligt mot Liana, Aylia och Jali och nickade artigt mot Diriska och Hiram. När hon kom fram till Drashin gav hon honom en smäll i bakhuvudet. Han tog sig om huvudet och stirrade oförstående på henne.

"Det är för att du väcker mig, din drummel", sa Mira och gäspade igen. "Vissa av oss har inte sovit på hela natten."

Samare och Narika skrockade och sa något till Diriska som skrattade till. Hiram såg misstänksamt på de tre drakarna. Drashin gav dem tre bara en kort blick innan han vände sig mot Mira igen.

"Jag är väldigt ledsen att störa din sömn, Mira", sa Drashin ursäktande och visade med en hand över muren. "Men vi kan ha problem."

Mira gav honom en misstänksam blick och såg som hastigast på Diriska och Hiram innan hon gick fram till murens kant. Hon stirrade ut över demonerna med sammanbiten min. Samare och Narika ställde sig på varsin sida om henne. De två drakarna pratade lågt sinsemellan medan de spanade.

Liana ryckte till när Krashak plötsligt grymtade till. Han stirrade ner i sitt krus och såg sedan på henne. Han vände det upp och ner, och ställde bort det.

Alram kom tillbaka uppför trappan igen. Armin kom med honom. Den amdorianske soldaten bugade kort mot de unga kvinnorna och Krashak och ställde sig sedan nära trappan för att vänta.

Meeko och Ranin kom springandes tillbaka och rapporterade att det var lika lugnt vid norra och södra porten. Strax kom Tirasine, samma sak vid den västra. Den tryckande stämningen bland Drashin, Mira, drakarna och ängeln gick nästan att ta på. Alla sex stirrade ut över demonerna.

Plötsligt spände sig Samare och sträckte ut sin hals. Narika gjorde det samma och vinklade huvudet fram och tillbaka. Samare vände sig mot sin syster och sa något. Hon nickade och försvann genast ner för trappan. Samare gav demonerna en sista bister blick innan han vände sig mot Diriska. Han pratade snabbt på drakarnas språk, sedan puffade han på Mira innan han också försvann från muren.

"Vad såg han?" frågade Drashin bistert.

"Han såg spindlar", sa Diriska tvekande. "De skickar spindlar mot oss."

"Så det var vad dem väntade på", andades Hiram förskräck.

Liana kände sig lika förundrad som Diriska såg ut. Draken stirrade på Drashin. Liana hörde hur både Aylia och Jali mumlade oroligt sinsemellan. Även om de två var ungefär lika gamla som henne verkade dem känna till mycket som Liana inte gjorde.

"Vad menade han med spindlar?" undrade Liana högt.

Utan att svara henne vände sig Drashin mot Krashak och Alram.

"Skicka genast bud till de andra portarna", beordrade han. "Väck alla magiker, få upp alla bågskyttar på muren tillsammans med dem. Vårt primära mål är nachaserna! Döda alla spindlar, dem får inte börja klättra på muren!"

De båda överstarna började genast springa iväg mot trappan, Armin var redan på väg ner. Meeko, Ranin och Tirasine hade rusat iväg så fort spindlarna nämnts. Liana stirrade förvirrat på Drashin. Nachaser? Var det inte spindlar som kom emot dem? Han vände sig mot Mira.

"Få upp alla drakryttare du kan i luften", sa han. "Beblanda er med Samares grupp. Flyg så långt ut över demonerna ni vågar, sprid er eld över dem. Försök döda spindlarna innan de kommer ut ur massan."

Mira nickade sammanbitet och sprang iväg nerför trapporna.

"Vad är spindlar för något?" frågade Diriska desperat. "Varför är ni så rädda för dem?"

"Hiram", fortsatte Drashin utan att bry sig om Diriska, "du för befäl över magikerna vid västra porten. Du vet vad som måste göras."

"Genast, general", sa Hiram allvarligt.

Hon lyfte från marken och flög i riktning mot den västra porten. Liana stirrade efter henne. Vad var det som kunde få en ängel att bli så nervös? Vad i hela världen kunde få general Drashin, den farligast mannen i världen, att beordra en sådan desperat handling? Vad var en spindel?

"Drashin!" utbrast Diriska desperat. "Vad är en spindel?"

"En nachaser är nästan vad det låter som", sa Drashin bistert och vände sig mot draken. "Den ser ut som en spindel, stort som ett får. Otroligt farlig redan i trånga utrymmen. Ute i det fria, ovan jord, nästan omöjlig att döda utan magiker. Bara marulaker, demonvargar, är farligare."

Han vände blicken ut mot demonerna. Diriska såg först skräckslaget på honom innan hon också vände blicken mot fienden. Liana gick fram till de båda. Hon såg upp i drakens ansikte. Hon stirrade sammanbitet rakt fram. Liana tog tag i hennes hand och kramade den. Draken såg ner på henne.

"Vi kommer att klara det", sa Liana tröstande. "Vi kommer komma här ifrån levande."

"Hämta din båge, löjtnant Liana Darik", sa Drashin bistert utan att vända sig om. "Du kommer behöva den. Aylia, Jali. Se om ni kan hitta något som kan hjälpa er i försvaret."

Hon släppte Diriskas hand och bugade kort mot honom innan hon rusade ner för trappan tillsammans med de andra två. Redan var drakriddarnas magiker på väg upp. Med bistra ansikten skyndade de sig upp på muren. De skulle göra allt för att hålla nachaserna bortanför murarna.

I luften hade dvärgdrakarna börjat cirkulera. Hon såg Samares väldiga kropp flyga fram och tillbaka mellan drakryttarna och dem vilda. Det verkade inte som om Mira satt på honom just nu. Med gester och rytanden blandade han ihop dem båda grupperna. De tama ryckte ofrivilligt till en aning när någon av de vilda kom lite för nära, men ryttarna styrde dem skickligt.

Liana mötte Sareas och Kalar på vägen ner. Den senare kastade en båge mot henne och tecknade åt henne att följa med upp igen. Tillsammans skyndade de tre upp mot muren igen. Aylia och Jali fortsatte nerför trappan för att finna sina spjut.

Diriska såg efter flickorna som sprang nerför trappan. Sedan vände hon blicken mot Drashin igen. Han såg oroligt ner mot demonerna. Han hade aldrig sett orolig ut när han stått mot demoner innan. Hon lade försiktigt sin hand på hans. Han vände blicken mot henne. Hans gröna ögon lyste av oro, oro över att hon skulle bli skadad. Hon log mot honom och lade sin panna mot hans.

"Så länge du är med mig fruktar jag inget", sa hon tyst. "Jag skall stå vid din sida."

"Tänk att det är du som försöker trösta mig och inte tvärt om", sa han med ett lågt skratt.

Hon skrattade till, såg hastigt mot trappan, och gav honom en lätt kyss på kinden. Han såg på henne med ett frågande leende och hon skrattade igen. När de första drakriddarna började komma upp tog hon bort handen från hans och vände sig mot demonerna igen.

Nu började det röra sig mitt bland den stora massan. Något verkade komma mot dem, dock inte så snabbt. Hon undrade varför.

"Spindlar är inte så snabba, tacka gudarna för det", sa Drashin bistert. "Klättra gör de snabbt, men på marken är de långsamma och klumpiga."

Drakriddarna ställde upp sig på varsin sida om de båda. Krashak dök upp på Drashins vänstra sida med sitt väldiga armborst, Alram på hennes högra. Flera klipptroll ställde sig med liknande armborst som Krashak och stirrade med bistra miner ner mot demonerna. Bakom dem radade sig resten av klipptrollen upp redo med sina vapen om några spindlar skulle ta sig upp ovanför muren. På deras högra bröst var totemet för deras klan broderat och på det vänstra fanns hornen och stenen. Alla var en del av Dödens skvadron nu. Över tolvhundra krigare och drakar.

Diriska såg hur Drashin plockade fram en liten gyllene vissla ur sin ficka. Hon hade sett honom använda den en gång tidigare för två år sedan. Då hade han kallat på Samare med den. När han förde den till munnen slog hon händerna för öronen. Det skar lite i dem när han blåste. När han sänkte den igen tog hon bort händerna. Samare kom svepandes ovanför dem. Efter honom kom både vilda drakar och tama, med sina ryttare på ryggen. Mira satt på ryggen på en yngre drake, Sirska. Han flög alldeles bakom Samare och följde den större, äldre drakens varje rörelse.

"Samare!" röt Drashin. "Ge dem din eld!"

Med ett rytande som ekade över den tomma staden gick Samare till anfall. Över femhundra drakar och nästan två hundra människor for fram genom luften. Med en ofattbar hastighet flög dem demonerna till mötes. Ensam i täten flög den väldige Samare, bakom honom kom Narika och Mira på Sirska. Därefter kom de andra vilda och tama blandade med varandra, sex i bredd. Diriska såg hur några demoner höjde bågar mot luften.

"Magiker!" ropade hon. "Bränn deras bågar!"

Genast for eldklot från muren mot demonernas bågskyttar. Hon skickade själv ner hundra tals små klot. Under fruktansvärda tjut dog demonerna av deras eld. Samare flög förbi dem. Hundra steg längre in i massan började han blåsa sin eld. Alla drakarna följde hans exempel och Mira och de magiker som var med henne på drakarna slungade eldklot och blixtrar. I en vid båge svängde drakarna söder ut och brände en bred gata genom demonerna. Runt hela staden flög dem.

Drashin stirrade bara ner mot havet av monster framför dem. Tusentals av demoner brändes till döds där nedanför. Han lyfte sin hand och alla bågskyttarna gjorde sig redo. Han såg mot Diriska.

"Skulle du vilja skicka lite nomra spjut runt staden?" frågade han.

Hon böjde lätt på nacken och kallade fram de gylleneringarna. Hon höll sin hand kvar i luften och avvaktade. Hon ville inte råka träffa Samare och de andra drakarna med spjuten. Med den andra handen tecknade hon åt drakriddarnas magiker att skicka ner ännu en omgång med eldklot.

Hon såg Samare komma runt muren norrifrån. Fortfarande sprutade drakarna sin eld framför sig. Samare såg bara kort mot Drashin, som signalerade åt honom att ta ett varv till. Så snart sista draken passerade började hon släppa iväg nomra spjuten. Ett efter ett for dem iväg, hela tiden direkt efter den sista draken. Där eldspjutet slog ner exploderade marken och slungade hundratals demoner åt alla håll. Stora svarta hål bildades, men som snabbt slöts igen av nya demoner. Diriska fnös. Detta var bara en bråkdel av vad hon kunde göra och likväl trodde fienden att hon snart skulle vara trött. Hon skulle precis kalla fram en ny omgång nomra spjut när Drashin lade sin hand på hennes.

"Gör er redo!" ropade han. "Alram, kan jag låna ditt horn?"

Alram räckte över sitt mässingshorn till generalen. Diriska såg uppmärksamt på honom. Han höll upp hornet framför ansiktet.

"Diriska", sa han lugnt. "Kalla tillbaka Samare så snart han full gjort varvet. De överlevande spindlarna kommer strax att komma fram ur massan."

Hon nickade och spanade efter dvärgdraken som skulle komma från norr. Han dök strax upp igen. Fortfarande sprutade alla drakarna sin eld. Hon kände medlidande för dem. Det måste vara tröttsamt för de små att blåsa eld så länge. Hon höjde handen och vinkade mot draken. När han lyfte huvudet gav hon tecken att han skulle in över muren igen.

Samare ledde drakarna först i en vid båge österut. Spred sin eld över massan av demoner, spred död omkring sig. Sedan vände de och skyndade in över muren. De flög mycket nära drakriddarna som stod på den. Diriska följde dem med blicken när dem passerade ovanför deras huvuden. Sirska hängde trött med sitt huvud, Mira klappade honom uppmuntrande på halsen. Det var flera som hängde med trötta huvuden. Narika tappade lite höjd och var nära att krascha ner i några drakriddare innan hon lyckade komma upp igen. Samare var den ende som nästan inte såg trött ut alls, men när han passerade ovanför Diriska hörde hon hur han andades tungt.

Han gav sina drakar order att vila på marken och förbereda sig för det värsta. Mira hoppade smidigt över från Sirska till Samare. Sedan landade han på muren strax bakom drakriddarna. Mira gled ner från hans rygg och skyndade fram till Diriska och Drashin. Diriska såg hastigt på draken som nickade uppskattande mot henne. Mira andades även hon tungt och lutade sig mot sitt spjut.

"Bra gjort, Mira", sa Drashin utan att röra sig. "Du också, Samare."

"Mer än så kan vi inte göra just nu", pustade Mira. "Men vi lyckades nog döda mellan trettio och fyrtiotusen demoner. Med dina nomra spjut, Diriska, kanske så mycket som femtiotusen."

"Men ännu är inte faran över", sa Diriska sammanbitet och gav Drashin en snabb blick.

"Nu kommer nachaserna!" ropade Alram plötsligt.

Diriska vände blicken mot marken. Väldiga spindlar kravlade fram bland demonerna och tog sig klumpigt fram över marken. Hon stirrade vantroget på dem. Drashin förde hornet till sina läppar och blåste. Den höga tonen ekade över staden och genast svarade horn från dem andra portarna.

"Döda spindlarna!" röt Krashak och avfyrade sitt väldiga armborst. "Låt dem inte komma till muren!"

Pil efter pil for över murens kant. Minst fyra pilar träffade varje mål. En efter en föll dem väldiga spindlarna ihop, men det var så många av den. En spindel träffades av en väldig pil från Krashak och den naglades fast i marken. Diriska stirrade förskräckt på scenen framför sig.

Plötsligt exploderade marken framför tre spindlar. Kraften slet de tre i stycken och delarna regnade ner över demonerna bakom. Diriska såg sig om förvånat. Mira hade lyft sitt spjut och pekade ner mot monstren. Blå blixtrar sköt ut från spjutet. Helerskan lyfte andra handen och skickade ner eldklot.

"Magiker!" röt Drashin. "Ge dem eld!"

Diriska vände blicken mot marken igen. Överallt exploderade marken nu. Spindlarna dog i en ännu snabbare takt nu. Men fler strömmade fram genom massorna av demoner. Hon spanade ner för att finna egna mål, men explosionerna var överallt. Till slut bestämde hon sig. Hon lyfte båda händerna mot skyn. Hon kallade fram hundratals blixtrar som slog ner i dem främre leden av demoner. Hon lät klot av eld bildas mitt bland dem. Marken rämnade vid deras fötter och öppnades. Hundratals demoner föll skrikandes ner i sprickorna som hon skapade och krossades till döds när hon lät dem slutas igen.

Hon slöt ögonen och sände försiktigt ut sitt sinne. Snart fann hon en narchaser och genast sökte hon reda på fler. Hon fann dem, tiotusentals av dem. Allihop var på väg mot muren. Dem skulle aldrig kunna hålla stånd mot så många. Utan att öppna ögonen började hon mumla på sitt uråldriga språk. Hon hörde hur explosionerna runt henne sakta dog ut, men hon var så inne i sitt förberedande.

Svagt hörde hon hur Drashin ropa ut order. De måste fortsätta skjuta! Fortsätt kasta eldklot! Döda spindlarna! Diriska höll fast vid den sista. Spindlarna var den stora faran just nu. De måste dödas, det var hon eller dem. Hon öppnade ögonen och stirrade stint ner mot marken. Döda alla spindlar!

"*Hanaho!*" vrålade hon och slog ut med armarna.

Alla slutade kasta eldklot och skjuta pilar. Niohundra par ögon vändes mot henne. Niohundra personer som undrade vad hon gjort. Hennes vrål ekade över staden och öknen. Överallt runt staden tystnade allt. Nedför dem stannade spindlarna upp.

Så kom ett fasanfullt tjut bland demonerna. Diriska såg ner på spindlarna närmast. Dem lyfte sina kloförsedda framben mot sina huvuden och tjöt vilt. Sedan exploderade dem. Först en och en, men sedan i en allt snabbare takt. Diriska kunde känna dem dö. Snart var alla spindlar döda och tystnade lade sig över öknen.

"Det var det jävligaste jag någonsin sett", viskade Alram andlöst.

"Tänk på ditt språk", sa Diriska och gav honom en lätt klapp på huvudet.

"Ja, frun."

Drashin skrattade och tog hennes hand. Hon log förvirrat mot honom Överallt började krigarna jubla och höjde sina vapen i luften. Hon såg sig förbluffat om på allihop. Mira slog armarna om Alram och gav honom en kyss på kinden. Krashak kastade sitt armborst över axeln och grep hennes axel med sin andra väldige näve. Över hela muren jublade folk.

"Diriska!" vrålade dem och viftade med bågar och stavar. "Diriska! Diriska!"

"Du räddade oss allihop, drake Diriska", sa Drashin och skrattade.

Hon log osäkert mot honom. Han brukade sällan kalla henne det. Endast när Salaam eller Lamas var med. Aldrig med de andra drakriddarna i närheten, speciellt inte om Mira var med. Hon sneglade mot helerskan som lagt armen om Krashaks midja. Krashak själv hade lyft upp Tirasine i en björnkram. Liana, Aylia och Jali slog armarna om varandra. Rasham skrattade sitt bullriga skratt och hade lagt om armen runt Drams axlar. Frash hötte med näven mot demonerna och skrek mot dem på klipptrollens språk.

Ett vrål från demonerna nedanför muren fick alla att vända blicken neråt. Pilar sköts mot dem och spjut kastades. Diriska gjorde en svepande rörelse och allt stoppades flera steg från muren. Hon drog tillbaka handen, knöt den och sköt snabbt ut med den igen, samtidigt som hon öppnade den.

En gigantisk nomra ring skapades och hon släppte iväg spjutet. Det var nästan lika stort som en mindre lada. När det landade långt in bland demonerna var explosionen enorm. Kroppar och sten kastades åt alla håll. Eldmolnet steg högt över staden. Hon såg upp som hastigast och skapade likadana ringar vid dem andra portarna och släppte lös kraften i spjuten. Hon behövde inte se var dem landade.

Hon såg ner på myllret igen. Ett enormt svart hål fanns där spjutet landat. De demoner som varit vid den direkta nedslagsplatsen hade förintats. Överallt runt hålet låg orörliga kroppar, sönderslitna kroppar. Alla krigarna stirrade tysta ner på förödelsen. Hon vacklade till en aning och vände sig mot Drashin. Han såg förbluffat henne i ögonen.

”Detta är min kraft”, sa hon och log matt mot honom. ”Det är vad jag kan göra, min general.”

Hon kände sig tung i huvudet och vacklade till ännu en gång.

”Diriska!” ropade Drashin.

Det svartnade för hennes ögon och hon kände hur hon föll. Hon kände hur någon fångade upp henne och hur hennes namn ropades. Sakta föll hon i dvala.

”Detta är min kraft, min general”, viskade hon. ”Den ger jag till dig.”

13

Diriska slog upp ögonen och stirrade förvånat upp i taket. Hon låg i sin säng i sitt rum. Hon undrade hur hon hade kommit hit? Det sista hon mindes var att hon stått på muren och skickat iväg fyra gigantiska nomra spjut. De fyra spjuten borde inte ha gjort att hon svimmat av. Vad hade hon gjort innan det?

Hon satte sig upp och tog sig för huvudet med ett stön. Det gjorde ont. Var det den gångna veckans desperata kamp som nu gjorde sig påmind? Nej, det trodde hon inte.

Hon såg sig om. Gardinerna var fråndragna, det var mörkt ute. Hur länge hade hon sovit? På en stol bredvid sängen låg hennes klänning. Hon svängde benen över sängkanten. Hon begravde ansiktet i händerna och svajade en aning. Hon var så trött.

Bestämt reste hon sig och gick ostadigt fram till fönstret. Där borta kunde hon se konturen av muren. Hon kunde se hur himlen bortanför den lystes upp av eldarna som Samare och hans drakar skapade. En ny ring av eld som skyddade dem mot nattliga räder. Hon undrade förstrött om Krashak och Alram planerade nya räder mot demonerna, och att dem skulle lägga all skuld på stakars Armin.

Hon hörde dämpade röster från salongen. På ostadiga ben gick hon fram till stolen och drog på sig klänningen. Hon tittade snabbt ner på den. I dunklet såg hon att den var samma som hon haft uppe på muren. Hon koncentrerade sig och slog lätt på den. Genast ändrades klänningen och rött och blått bytte plats.

Hon svajade till en aning och fick gripa tag i stolen. Hon var inte riktigt återställd ännu. Så hon fick vara försiktig med magin. Hon tog upp det gula bältet och knöt det runt midjan. Hon höll i banden och rörde lätt vid de blå hornen och stenen. Hon log ömt och lät banden falla ner längs hennes högra sida.

Försiktigt gick hon bort mot dörren. Hon lyssnade på rösterna. Det lät som Mira och Drashin. Hon hörde inte vad dem pratade om, det var alldeles för lågt. Hon tog ett djupt andetag och öppnade dörren.

Mira satt i den ena fåtöljen och smuttade på en kopp te. Drashin låg på rygg i den stora soffan, ena benet ovanför det andra och kastade en liten boll i luften. Han fångade den och kastade den igen. I den andra fåtöljen hade Liana somnat med fötterna under sig och armstödet som kudde. Aylia och Jali sov i den mindre soffan.

När Diriska klev ut ur sovrummet, fångade Drashin bollen en sista gång och reste sig smidigt upp. Han såg oroligt på henne. Mira ställde ner sin kopp på bordet och reste sig också.

"Det känns skönt att ni är på benen igen, drake Diriska", sa Mira vänligt och böjde på nacken.

"Snälla, Mira", sa Diriska med ett matt leende. "Bara Diriska om jag får be."

"Du skrämde oss en aning på muren, Diriska", sa Drashin och gick fram till henne.

Hon log mot honom och tog lättat hans arm. Han ledde henne till soffan och hon satte sig ner med en suck. Mira hällde upp en kopp te och räckte den till henne. Hon tog emot den med ett leende och såg mot Liana och de två andra flickorna.

"Dem vägrade lämna dig", sa Drashin och såg mot flickan. "Jag hade inte hjärta att skicka iväg dem. Dessutom, efter dina sista nomra spjut, kom inga fler angrepp mot staden."

Diriska sträckte sig mot Liana och smekte henne ömt över håret. Hon rörde sig en aning, men vaknade inte. Hon vände sig mot Drashin.

"Hur länge har jag varit borta?" undrade hon.

"Kanske tio timmar", sa Mira och satte sig ner igen. "Elva på sin höjd."

Diriska flämtade till och undrade hur mycket skada som demonerna hade kunnat göra om de bestämt sig för att anfalla efter att hon svimmat. Drashin verkade veta vad hon tänkte, för han lade sin hand på hennes ben, när han satte sig bredvid henne, och log vänligt mot henne.

"Så snart du föll ihop", berättade han, "kom Hiram tillbaka till östra porten. Tyvärr var drakarna så trötta att dem inte kunde starta några eldar. Men hon var tillräckligt stark så hon skapade en eld runt staden som varade i nästan sex timmar. Där efter kunde Samare och de andra underhålla den resten av dagen. Hiram har hållit ställningarna i ditt ställe resten av dagen."

"Har hon inte sovit något?" undrade Diriska.

"Vi har skickat i väg henne då och då så hon ska kunna vila", sa Mira. "Hon har faktiskt ordnat med en liten sovplats ovanpå muren. Så hon har nära om något skulle inträffa."

Diriska nickade sakta. Hon visste inte riktigt vad hon skulle tycka om ängel. Hon verkade väldigt förtjust i att reta Diriska, speciellt om Drashin var i närheten. Dock när det var allvar så lade ängeln all uppmärksamhet på sin uppgift. Drashin verkade ännu en gång veta vad hon tänkte.

"Hiram är lite av en retsticka ibland", sa han med ett kort skratt. "Det är bara att ignorera henne för det mesta eller ge igen med samma mynt. Även om hon inte visar det, så känner hon stor skuld över det som hänt.

Om hon hade dödat Asharak för tiotusen år sedan, skulle inget av det här ha hänt. Hon ser hela det här kriget som hennes fel."

Diriska såg ner i sin kopp. Det kunde vara sant. Om Hiram hade dödat Asharak istället för att förvisa honom från Himmelriket. Då skulle hela familjen Darik varit vid liv. Diriska hade inte behövt se lilla Nalas uppskurna hals. Liana hade aldrig begett sig till Amdoria och Terabelle. Hon hade aldrig blivit en drakriddare som stred för sitt liv nere i Soma öken. Hon såg på flickan som sov i fåtöljen bredvid henne. Diriska smekte flickans hår igen. Hon hade aldrig träffat dem som hon nu såg som sina vänner.

Diriska vände blicken mot Drashin och Mira. Han böjde sig fram och tog en kopp. Han räckte den mot Mira som, efter en kort blick på honom, hällde upp te i den. Diriska hade aldrig heller mött Mira, kvinnan som var uppväxt med de stora drakarna och som såg Samare som sin far.

Diriska såg på Drashin. Hon hade aldrig mött honom. Om Hiram hade dödat Asharak… Då hade Diriska aldrig mött Drashin. Aldrig rest med honom genom Spökriket. Aldrig fått spendera någon tid med honom i Terabelle. Aldrig fått resa med honom till Soma. Hon kände ett tryck mot bröstet. Hon hade aldrig funnit det som hade saknats henne. Hon hade aldrig fått veta att något hade saknats henne.

Liana stönade till och rörde sig en aning. Diriska vände blicken mot henne och log mot flickan. Hon slog sömnigt upp ögonen. Hon satte sig upp med en gäspning och gnuggade sömnen ur ögonen.

"Sovit gott?" undrade Drashin och smakade på teet.

"Diriska!" utbrast Liana och slog armarna om draken. "Jag blev så orolig när du föll ihop. Är allt bra?"

"Jag mår bra, vännen", sa Diriska lugnande och smekte hennes hår. "Bara lite trött."

Aylia och Jali vaknade av Lianas rop och satte sig upp i soffan. De båda gnuggade ögonen och gäspade stort.

"Mira sa ju att allt var bra med henne", sa Drashin och flinade.

"Det var bara utmattning", sa Mira. Hon gav Drashin en vass blick och Liana ett varmt leende. "Först det som dödade alla nachaser och sedan de där enorma nomra spjuten. Det var första gången som jag hört dig frammana något genom ord, Diriska. Vad *var* det du gjorde?"

Diriska rynkade pannan och tänkte efter. Vad *hade* hon gjort med alla spindlarna? Hon såg hur Jali och Aylia ivrigt lutade sig närmare för att höra bättre.

"Först sökte jag reda på dem alla", sa hon sakta. "Det var så många och vi hade aldrig kunnat döda dem alla, så som ni sköt med pilar och med er magi. Så jag, hur ska jag förklara det, sprängde dem alla på en gång. Var de än fanns där nere så placerade jag något inom dem och sprängde dem."

"Hanaho?" sa Drashin fundersamt. "Det måste vara en väldigt stark formel."

"Jag skulle aldrig kunna göra något liknande", sa Mira och lutade sig fram. De båda yngre kvinnorna skakade också på huvudet. Om Mira, som var starkare än båda de andra, inte kunde göra det så skulle inte de heller klara det.

"Det skulle ingen av era magiker kunna", sa Diriska och skakade på huvudet. "Man måste finna det man vill förgöra och sedan koncentrera sig fullständigt på det. Ni skulle inte ha någon kraft kvar efter sökandet."

Liana satte sig ordentligt i fåtöljen igen. Mira hällde upp en kopp te till och gav henne den. Liana böjde lätt på nacken när hon tog emot den. Aylia och Jali fick varsin kopp och de gav Mira varsitt försiktigt leende.

"Hur som helst så räddade du oss, Diriska", sa Drashin och ställde ner sin tomma kopp. "Staden är i stort sett tom nu. Endast kungen, prinsessan och några få tjänare i palatset är kvar och dem ger sig av tidigt i morgon. Vi lämnar också palatset i morgon Diriska. Vi kommer sova med resten av drakriddarna vid muren."

"Hur länge stannar vi i staden?" frågade Diriska.

"Salaam kommer tillbaka kort i morgon", svarade han. "Jag har några frågor till honom angående staden. Sedan skall jag prata med Sareas och de andra magikerna. Vi kommer nog inte kunna använda så många av dem i fortsättningen."

"Vad planerar du?" frågade Mira misstänksamt.

"Du kommer få se", sa han bara och flinade mot henne. "Från och med i morgon kommer vi att försvara en tom stad. Hur länge vet jag inte. Förhoppningsvis inte så länge. Men vi ska hålla demonerna utanför murarna så länge vi bara kan."

Mira fortsatte att försöka få fram vad Drashin planerade i nästan en timma innan han med bestämd röst sa att Diriska behövde vila mer. Draken hängde trött med huvudet mot hans axel. Än hade hon inte somnat, men det var inte långt borta. Mira gick muttrandes ut på balkongen och visslade. Hon vinkade till sig flickorna när Samare och Sirska kom flygandes. Den större draken nickade bara uppskattande mot Diriska innan han flög iväg igen med helerskan och den unga drakriddaren. Sirska böjde högtidligt på nacken mot henne innan han följde efter Samare med de andra.

Diriska suckade trött när Drashin reste sig upp. Hon tog tacksamt emot hans hand och lät sig ledas in i sitt sovrum. Han gav henne en orolig blick. Hon log matt mot honom och lade handen mot hans kind. Hon satte sig i sängen och tackade honom. Han tvekade kort innan han bugade mot henne och lämnade rummet.

Hon hörde hur han ställde bort kopparna innan dörren till hans rum stängdes tyst. Hon reste sig upp och gick fram mot fönstret. Imorgon skulle de inte sova ensamma längre utan ha minst trehundra krigare runt sig hela tiden. Hon undrade trött vad han hade för planer för staden. För demonerna utanför muren.

Hon kom ihåg vad han sagt om Hiram. Utan Hiram hade hon aldrig träffat Drashin. Men han hade kommit till Balden långt innan Asharak dykt upp. Då hade han varit i krig med någon annan. Var det Marish han hade krigat mot då? Men hade han verkligen kommit tillbaka till Balden om inte Asharak senare dykt upp? Om inte Narkia invaderat Fakari, hade han verkligen brytt sig om att återvända? Diriska ville inte veta svaren på de frågorna. Nu var nu, och hon ville inte vara utan den tid hon haft med honom.

Hon gäspade stort, knöt upp bältet och knäppte upp klänningens knappar. Hon lät den bara falla till golvet. Brydde sig inte om var den hamnade. Hon stod i linnesärken och såg bort mot muren. Kanske femtio drakar flög förbi strax utanför den och blåste ut sin eld. Fyllde på eldmuren utanför.

Hon vände sig från fönstret och gick mot dörren. Utan att tänka lämnade hon sitt sovrum och gick rakt över salongen till hans dörr. Hon lade tvekande handen på handtaget. Hon tog ett djupt andetag, öppnade dörren och gick in.

Drashin stod med bar överkropp vid fönstret och spanade mot muren. Han vred bara som hastigast huvudet mot henne innan han åter såg på muren. Han stod med ena armen mot fönsterkarmen, med huvudet lutandes mot den. Den andra handen hade han i sidan. Diriska gick fram och ställde sig bredvid honom.

"Tolv år som drakriddare", sa han buttert, "och aldrig har jag varit med om något liknande. Inte ens Krashak, som varit Drakriddare i över femtio år har varit med om något som det här. Och han var med i kriget mot, sachaserna, dem Röda."

Diriska såg på honom. Han hade en bekymrad rynka i pannan, men ögonen var hårda som sten. Hon vände sig mot muren igen. Drakarna flög förbi ännu ett varv och lyste upp den. Hon tyckte sig se en skugga som stod uppe på muren. En drake som stod på två ben och studerade marken nedanför, Samare misstänkte hon.

"Detta är bara början", viskade hon dystert.

"Ja", suckade han. "Men vi har räddat folket av Soma. Ju fler demoner vi kan döda här, ju färre har Asharak till sitt förfogande. Han kan inte kalla på hur många som helst. Någonstans måste Shayola stoppa honom."

Diriska suckade trött och höll om hans arm. Hon lutade huvudet mot hans axel. Hon var så trött.

"Du behöver sova, Diriska Darik", sa Drashin och ledde henne till sängen.

Hon mumlade bara när han bäddade ner henne. Hon var för trött för att protestera. När han vände sig om för att lämna rummet grep hon tag i hans hand.

"Jag vill inte vara ensam", mumlade Diriska. "Jag vill inte..."

Drashin tvekade kort innan han lade sig ner intill henne i sängen. Sömnigt kurade hon ihop sig bredvid honom och höll hårt i hans arm.

"Jag älskar dig", mumlade hon och somnade.

Ma'sharos'tian låg i sin stora grotta under Terabelle. Det hade inte kommit några bud om hur det gick för drakriddarna nere i Soma. Sista meddelande han fått var att Drashin hade anlänt till ökenriket. Där efter var allt tyst. Han undrade hur det gick för dem. Han var en aning orolig.

För första gången någonsin hade en drakriddare upphöjts när denne inte vandrat ner till honom. Liana Darik. Han såg stor potential hos den flickan. Drashin hade varit ett måste när han kom till Amdoria och blev en drakriddare. Han hade blivit den mäktigaste drakriddaren på nästan fyra-hundra år, kanske till och med den mäktigaste någonsin. Liana kunde kanske till och med överträffa honom.

Sedan var det Diriska. Aldrig hade en drakriddare tagit med en vanlig person till ett krig. Men Drashin hade inte tvekat när hon bett att få följa med. Ma'sharos'tian undrade vad de båda verkligen kände för varandra. Drashin hade inte vetat att han hade en drake med sig. Vid det här laget borde han veta det. Diriska skulle inte kunna hålla det hemligt för honom särskilt läge. Inte i ett krig mot demoner.

Han mindes hennes desperation när hon slutligen hade öppnat upp sig inför honom. Hela hennes livshistoria från det hon stängt in sig i sin grotta tillsammans med några få överlevare. Sorgen över att förlorat sina fränder en efter en. Lyckan att åter igen få tillhöra en familj och sorgen att förlora den. Hennes fruktlösa jakt efter Liana, den enda överlevande från gården. Känslan av hopp efter att träffa Drashin.

Han funderade på den korta text som han hade hittat kort innan Drashin hade samlat hela sin skvadron. Den dagen då Dödens skva-drons samtliga drakriddare slutligen var samlade. Kunde texten handlat

om Drashin och Diriska? Var dem kung och drottning? Vilka var dött-
rarna?

Blodets snö, blodsnön. Massakern uppe i Magrash, den plågade fort-
farande Drashin, även om han försökte dölja det. Diriska som förlorat sin
familj, sina barn. Flickan band dem samman. Kunde Liana Darik vara en
av döttrarna som saknades? Vilka var de andra? Hur många var dem?
Men Liana saknades inte. Hon var nere i Soma med de två.

Åtta prinsar och åtta prinsessor... Det var också något som förbryllade
honom. Vilka var dessa prinsar och prinsessor? Vilka världar skulle bin-
das samman? Kunde prinsarna och prinsessorna höra ihop med de åtta
världarna?

Han lade sitt stora huvud på sina tassar och tittade på boken som låg
på marken framför honom. Den svävade upp framför honom och slogs
upp nästan mitt i boken.

"Therhan har lämnat den stora gemenskapen", läste han högt. *"De
åtta världarna börjar glida isär. Hur länge innan de andra lämnar och
glömmer. Vilken blir nästa? Oraahl? Misharah? Yggras?"*

Han mindes den stora gemenskapen. Den tid då de åtta världarna var
sammankopplade. Då varelserna i världarna kunde resa fram och till-
baka. Nu hade endast första och andra världen den kopplingen. "Ther-
han", var inte det namnet på första världen? Han mindes inte riktigt. Var-
för hade man gett dem nummer istället?

"Så många frågor, så få svar", muttrade Ma'sharos'tian.

Han hade inte funnit fler skrifter än den enda korta. Inga fler ledtrådar
om kungens och drottningens öden. Han undrade om han skulle våga be-
rätta för de båda. Han undrade hur dem skulle reagera. Han beslöt sig för
att vara tyst.

Han slöt ögonen och suckade. Han mindes sorgen i Diriskas röst när
han träffade henne senast. Han kände stor skuld för vad han och Soras
gjorde för så länge sedan. Varför hade inte Isashai sagt nej? De andra tre
visste inget heller. Men så var inte deras sinnen ordentligt renade. Diriska
däremot, hennes sinne var helt klart. Nästan som om det blivit skyddat
från galenskapen som drabbade alla drakar.

"Om jag berättar", sa han tyst, *"tror du att hon kan förlåta oss, broder
Soras?"*

"Tyvärr har jag inget nytt att komma med, ers majestät", rapporterade
Asama och bugade. "Senast vi hörde något så var Drashin och solda-
terna ungefär en dag från Soma."

Makar, kung av Amdoria, trummade trött på tronens armstöd. Asama rätade på sig och stod lugnt med armarna bakom ryggen. Hela han utstrålade lugn, men inombords skrek han av vanmakt. Mira var nere i Soma. Tystnaden från henne tärde på honom. Han bad tyst att hon skulle vara vid liv.

"Något nytt från rikena runt Soma?" frågade Makar till slut.

"Där har vi mer att berätta", sa Asama och plockade fram ett papper som han snabbt tittade på. "Samtliga länderna runt Soma har tagit emot tusentals, kanske till och med hundratusentals, flyktingar. Samtliga flyktingar har alla sagt samma sak. Somas folk flyr landet. Endast huvudstaden har ännu folk innanför murarna. Det finns även somiska soldater som flytt över gränserna, på order från kung Lamas. De har tagit sig ända upp till Fakari."

"Vad gör Drashin där nere egentligen?" sa Makar och lutade sig framåt. "Han skulle ju rädda Soma."

"Far", sa kronprins Lakor, "kanske har de insett att det inte går att rädda landet. Dem kanske försöker rädda folket."

Makar såg på sonen som stod vid sidan om tronen. Asama betraktade prinsen. Han var som en ung kopia av kungen. Det axellånga, ljusbruna håret hölls undan av ett tunt flätat band. De bruna ögonen var fixerade på Asama och drakriddaren kunde se hur han försökte räkna ut allt som inte sades i rummet. Han skulle bli en god kung.

Dock var det dags att han hittade sig en hustru. Prinsen var snart trettio år och hade ännu inte hittat sig en brud. Det behövdes en arvinge från honom också. För att säkra tronföljden.

"Det är en teori som vi har pratat om i riddarhuset", höll Asama med. "Vi tror att Drashin anser att Somas soldater kommer att ha en viktig roll i kriget mot Asharak."

"Så ni tror att det kommer att bli krig?" sa kungen bistert.

"Ers majestät", sa drakriddaren tålmodigt, "vi *är* i krig. Narkiernas skövlingar och angreppet mot Terabelle för två år sedan var bara början. Vi visste det inte då, men Drashin har hela tiden försökt ta reda på Asharaks nästa steg. Ingen hade trott att han skulle gå mot Soma."

"Drashin har haft sina krigare i stridsberedskap i mer än två år nu", sa Lakor och nickade. "Vi har bara trott att det var hans vanliga beteende."

Makar suckade och drog handen över ansiktet. Asama visste att han inte ville ha ett krig. Men detta var ett krig som ingen av dem hade kunnat stoppa. Ett krig som startades för flera tusen år sedan.

En sidodörr öppnades och prinsessan Marin gled in. Asama såg bara snabbt åt hennes håll innan han åter lät blicken vila mot kungen och hans son. Han hade hoppats slippa träffa Marin idag. Hon ville alltid ha nyheter om Drashin och resten av hans lilla grupp, hennes livvakt. Hon frågade också ofta om vad han visste om Liana. Det senaste han hade hört om henne var att hon blivit upphöjd till drakriddare. Prinsessans ankomst uppmärksammades inte av Makar eller Lakor. Båda såg mot Asama med bistra miner.

"Drashin nämnde aldrig något för mig om det här", sa Asama kort. "Han var faktiskt tystare än vanligt om Asharak. Däremot nämnde han att Salaam Najdjin skulle vara viktig för att samla alla länderna runt Dromadaöknen. Just då förstod jag inte vad han menade, men nu vet jag. Asharak är snart redo att göra sitt nästa drag. Soma måste utplånas först."

"Jag önskar att vi hade kunnat sända fler soldater ner till Soma", muttrade Makar och skakade trött på huvudet. "Det hade kanske kunnat driva ut demonerna ur Soma."

"Troligen inte, far", sa Lakor med en suck. "Jag tror att Soma var förlorat redan innan Drashin kom till Hamapasset."

"Kronprinsen kan ha rätt, ers majestät", sa Asama utan att röra en min. "Drashin måste vetat innan han lämnade Terabelle att han tagit på sig ett omöjligt uppdrag. Men han for ändå."

"Salaam Najdjin är hans vän, Ca'Draak", sa prinsessan svalt med hög röst. "General Drashin överger aldrig en vän."

Makar och Lakor såg förvånade på henne. Asama bara bugade kort mot henne. Oavsett vem som sa något om Drashin, så försvarade hon honom alltid. Det spelade ingen roll om han hade gjort henne arg bara en timma innan. Hon godtog aldrig att någon talade illa om Drashin. Inte ens Asama Mashok, drakriddarnas ledare.

"Marin..." började Makar men avbröts av att dörren intill tronsalen for upp.

Asama snodde runt och grep i den långa dolkens skaft. Redo att försvara sin kung. Kammarherren, Kalar Garon, kom in med en somisk soldat om axeln. Asama tvekade bara kort innan han rusade fram och tog emot soldaten. Han flämtade till. Det var Isham Najdjin, Salaams son. Mannen log matt mot Drakriddaren.

"Han kollapsade alldeles utanför, ers majestät", sa Kalar och bugade djupt. "Han sa att han hade nyheter."

"Tack, Kalar", sa kungen och tecknade åt honom att lämna dem. "Lakor ge mannen en stol så han kan sitta ner."

Prinsen skyndade fram och ställde fram en stol åt Isham. Sedan hjälpte han Asama att försiktigt sätta ner honom på den. Han grinade illa när han lutade sig tillbaka.

"Tack, ers höghet, Ca'Draak", pustade han matt. "Ers majestät, Jag kom hit så snabbt jag kunde. Soma är förlorat. Landet är översvämmat med demoner och mitt folk har flytt."

Asama nickade dystert och såg upp mot Lakor. Han hade en bister min i ansiktet när han vände blicken mot sin far.

"Hur är det med er kung, kung Lamas?" undrade Makor. "Har han lyckats fly?"

"När jag lämnade Karash fanns både han och prinsessan Shiina kvar i palatset", berättade Isham.

"General Drashin då?" utbrast Marin. "Lever han?"

"Han skadades svårt vid ett slag i öknen", sa den mörkhyade mannen. "Både han och hennes nåd Diriska fördes medvetslösa tillbaka till huvudstaden på bår."

"Nej", viskade Marin och höll ena handen för munnen.

Asama kände en tomhet inom sig. Om Drashin dött där nere. Vem skulle då ta med Mira hem?

"Men frukta inte, ers höghet", sa Isham med ett kort skratt. "Hennes nåd Diriska vaknade samma kväll och tog över befälet över Dödens skvadron."

"Omöjligt!" utbrast Asama. "Det borde vara Krashak eller Alram som tog över om Drashin är borta. Inte någon som inte ens tillhör riddarorden!"

"Men nog vet ni redan om, Ca'Draak. Er hustru påstod det i alla fall. Drashin tog emot hennes nåd som en av sina krigare i Dödens skvadron innan de anlände till Soma. Skvadronen godtog henne som ledare i hans ställe utan att tveka."

"Vad menar han, Asama?" frågade kungen rappt. "Vad vet du om Diriska?"

"Vet alla där nere om det?" frågade Asama och den mörke mannen nickade.

"Även Drashin, han vaknade kvällen innan jag lämnade. Efter att varit medvetslös i en vecka."

Marin lät göra en lättad suck. Även Asama kände en viss lättnade över att hans vän fortfarande levde. Makar reste sig upp från tronen och slog näven i dess armstöd.

"Berätta för mig, Asama?" röt han. "Vad vet du om Diriska?"

"Hennes nåd Diriska är en drake, ers majestät", sa Isham och vände blicken mot den häpne kungen. "Hon är Dödens drake."

Asama knep ihop ögonen. Han hade skaffat sig en drake. Han hörde hur de andra i rummet flämtade till. Han öppnade ögon och mötte Makars blick.

”Du visste om detta, Asama?” frågade kungen tonlöst.

”Jag visste att hon var en drake, ja, ers majestät”, sa han med en suck. ”Men inte att han tagit med henne i sin skvadron.”

”Varför har jag inget fått veta?” sa Makar med bestämd röst. ”Vet de vise? Ma'sharos'tian?”

”Jag och Mira var de första att få reda på vad Diriska var”, sa Asama och sänkte blicken. ”Vi lovade henne att inget säga. Inte till någon, speciellt inte till Drashin. Hon var inte redo sa hon. De tre vet inget dem heller. Ma'sharos'tian… Han hade sina misstankar när jag pratade med honom senast, innan Drashin for till Soma. Om han fick reda på det när han mötte upp dem för att upphöja Liana Darik till drakriddare, så har han inte förmedlat det vidare till mig.”

Makar stirrade bistert ner på honom. Lakor harklade sig och kungen vände blicken mot sin son.

”Jag tror att vi borde hedra det löfte som Ca'Draak och mor Mashok gav till Diriska, far”, sa prinsen oberört. ”Om hon vill berätta för de tre vise eller inte är hennes ensak.”

Makar såg ännu bistrare ut och bet ilsket ihop käkarna.

”Lakor har rätt, far”, sa Marin bestämt. ”Diriska har bott i staden i två år nu. Hon har alltid varit trevlig och bemött oss med stor respekt. Hon har hållit sig borta från de tre vise så mycket som möjligt.”

Makar gav henne en ogillande blick som hon fullkomligt ignorerade. Marin var en av få som kunde möta Amdorias konung på det sättet. Hon såg bara trotsigt på honom. Lakor dolde ett leende genom att klia sig på kinden.

”De få gånger hon *har* träffat dem”, fortsatte hon, ”har hon alltid varit avvaktande och ovillig att prata med dem.” Med ett litet leende tillade hon: ”Nästan som general Drashin.”

När Asama tänkte efter så stämde det. Diriska försökte alltid hålla sig undan så snart någon av de tre drakarna var i riddarhuset. Det var alltid motvilligt som hon lät någon av dem komma in i prinsessviten. Hon var i regel alltid kort mot dem. Han kunde inte låta bli att le en aning. Nästan som Drashin. Han var inte alls förtjust i de tre, men då han var öppet otrevlig mot dem, var hon ändå artig, men kall.

Makar grimaserade, men nickade motvilligt. Han såg det på samma sätt som sina barn.

”Vi låter henne bestämma när hon ska berätta för de tre vise”, sa han bistert. ”Men jag vill att hon skall komma till palatset så snart hon kommer tillbaka till Terabelle. Drashin också.”

”Givetvis, ers majestät”, sa Asama och bugade. ”Jag ska framföra er önskan.”

Kungen vinkade åt sin son att följa med honom. Tillsammans lämnade dem tronsalen. Marin stod kvar och iakttog Asama och Isham fundersamt. Asama undrade hur han skulle kunna beordra en drake att gå till palatset. Att få Drashin att gå dit mot sin vilja var nästintill omöjligt. Han och Makar kom inte särskilt bra överens.

"Hur fick alla reda på att Diriska var en drake, furst Isham?" frågade prinsessan plötsligt.

Isham reste sig ostadig från stolen och bugade för henne. När hon tecknade åt honom att sätta sig ner igen suckade han tacksamt.

"Vi misstänker att drakriddarna visste det innan oss andra", sa han osäkert. "De visade väldigt lite förvåning över vad hon gjorde. Men vi andra fick reda på det när Drashin skadades. Hon och ängel Hiram skyddade hans livlösa kropp från demonerna. Det dem slungade mot demonerna... Jag har aldrig sett något liknande innan. Det var ofantligt. Ängeln var otrolig, men hennes nåd Diriska överträffade allt hon gjorde. När ängeln började tröttna ökade hon sina angrepp.

Sedan när Mira kom fram till Drashin och fått av honom hans hjälm... När hon fick se blodet i hans ansikte förlorade hon nästan kontrollen över sig själv. Hon var ursinnig i sina angrepp. Hiram fick skydda Mira och Drashin tillsammans med Samare och en andra drake. Hiram lämnade dem sedan för att söka efter någon, och Mira försökte att tala hennes nåd Diriska till sans.

Det var först när Liana Darik kom som hon äntligen lugnade ner sig. Då hade alla överlevande demoner flytt. Vad som hände efter att hon lugnat sig, vet jag inte riktigt. Inte annat än att hon förlorat medvetandet vid generalens sida och drakriddarna tillät inte någon att komma nära dem båda.

Jag såg förödelsen efter henne. Hon dödade säkerligen nästan trettiotusen demoner, kanske ännu mer, helt själv. Över allt låg demoner som hade träffats av henne eldar och blixtrar. De som hade träffats av den eld som hon blåst fanns inget av."

Asama bara gapade av förvåning. Om så bara hälften av det Isham berättade var sant, så var Diriska starkare än någon av de tre. Och den här kraften var i händerna på Drashin!

"Måtte gudarna vara nådiga", viskade han för sig själv. "Den kraften hos Drashin."

"Hon lyder honom och ingen annan, Ca'Draak", sa Isham. "Som jag sa: hennes nåd Diriska är Dödens drake."

"Du kallar henne inte för visa?" undrade Marin med ett litet leende.

”Oh nej”, sa Isham genast och höll upp sina händer. ”Hon vill inte vara som någon av de tre vise från Draktand. Hon gav min far och hans majestät nästan en utskällning när de kallade henne så.”

Asama nickade sakta. Med tanke på hur kall hon var mot de andra tre drakarna så hade han inte förväntat sig något annat. Han kastade ett öga på prinsessan. Hon knackade sig fundersamt på läpparna. När hon såg att han tittade på henne log hon stort. Han fick en underlig känsla av att se henne le.

”Jag undrar”, sa hon och blinkade mot honom, ”om han tänker göra henne till en del av min livvakt.”

Med ett stön gömde han ansiktet i händerna när hon skrattade glatt. Det enda hon tänkte på var om Drashin skulle involvera Diriska i hennes livvakt. Det han tänkte på var vad Drashin hade fått tag på. En drake i Dödens skvadron. Den förbannade galningen hade fått tag i en drake. Döden hade fått sig en förbannad drake.

14

En vecka hade gått sedan spindlarnas angrepp mot staden. Drashin försvarade den envist och alla försök från demonerna att komma över muren stoppades varje gång. Diriska kunde inte förstå varför dem fortsatte att försvara staden. Den var tom, endast soldater, drakryttare och Dödens skvadron fanns kvar.

"Men vi har ju så roligt", svarade Drashin med ett flin varje gång hon frågade varför dem inte flydde.

De andra drakriddarna var inte bättre dem. Fåordige Mantera ryckte bara på axlarna och stirrade oförstående på henne. Krashak och Alram skyllde på Armin, det var alltid Armins idé. Hon tyckte synd om den stakars amdorianske soldaten. Tirasine och Kalar sa flinandes att dem bara följde order. Meeko och Ranin bara stirrade tomt på henne. Den buttre Norek låtsades somna. Om hon tog upp det med Liana vad det alltid någon annan som snabbt drog iväg med flickan på något löjligt ärende.

En annan sak som irriterade Diriska var att Drashin brukade försvinna in i staden med en stor grupp av drakriddarnas magiker. Minst femtio varje gång och Sareas var alltid med honom. Han planerade något och hon fick inte veta vad.

Diriska stod som vanligt uppe på muren och spanade mot demonerna. Även om dem dödade tiotusentals varje dag, så verkade det inte finnas någon ände på dem. Nu kom kanske tusen springandes mot muren med stegar. När dem bara var femtio steg från muren, gjorde Diriska tecken åt de magiker hon hade på muren. Genast for hundratals eldklot över murens kant och brände ihjäl demonerna och förstörde deras stegar. Ett ursinnigt vrål hördes från demonerna och Diriska gjorde ytterligare ett tecken. Tusentals pilar for i en vid båge över muren och landade i de tre främsta leden av demonerna.

Hon undrade hur dumma dem var egentligen. Efter varje pilregn backade dem undan utom räckhåll, men bara två eller tre timmar senare stod dem tillräckligt nära för nästa regn. Det var ett enformigt, men effektivt försvar av staden. Hade de bara proviant skulle dem säkerligen kunna hålla den i flera månader, kanske till och med ett helt år. Hon log en aning. Det var lite lockande, att försvara en stad i ett helt år mot en hord av demoner.

"Det borde ge oss lite frid", sa Mira och gäspade bredvid henne.

Helerskan hade precis vaknat och kommit upp på muren. Jali kom med henne. Flickan neg kort mot Diriska och skyndade bort mot Aylia som stod lite längre bort på muren och studerade demonerna nedanför. De två skulle avlösa Diriska och Aylia några timmar, så dem skulle få lite vila och äta. Det knorrade från Diriskas mage. När hade hon fått ett riktigt mål mat senast?

"Är han tillbaka igen?" undrade hon.

"Han sitter nedanför med Sareas och äter", svarade den andra kvinnan surt. "Jag skulle också vilja veta vad han planerar. Salaam var på mig halva natten för att vi skulle lämna staden. Hans majestät sitter kvar i bergen och spanar över staden. Alla vill veta vad som händer."

"Jag ska se vad jag kan få fram", suckade Diriska och vände mot trappan. "Låt mig veta om något ovanligt händer."

Mira nickade bara till svar och spanade ut över demonhorden. Diriska vinkade till sig Aylia och började gå ner för trappan. Hon passerade Sirska som låg alldeles ovanför trappan. Den unge draken, endast fyrtio år, gav henne en respektfull blick innan han åter iakttog Mira. Diriska log mot honom. När Samare var upptagen med de vilda drakarna var alltid Sirska vid Miras sida. Om inte Mira behövde honom så var han alltid i närheten av Samare och studerade honom.

Hon fortsatte ner för trappen. Hon fann Drashin inte långt borta. Han satt på en uppochner vänd låda, åt hungrigt ur en skål. Sareas satt bredvid honom och åt lika hungrigt.

"Vi kommer behöva kärror, general", sa Sareas mellan tuggorna. "Tillräckligt små för att få plats i tunnlarna, men stora nog att ha folk i dem."

"Vi kommer nog inte hitta många av det slaget", sa Drashin och stoppade en bit bröd i munnen. "Jag ska prata med Salaam, han kanske vet hur vi kan få tag på några."

Diriska gick fram och satte sig bredvid generalen. Hiram räckte över en skål till henne. Hon såg ner i den och rörde runt lite. Det var en grönsaksstuvning. Hon stoppade en sked i munnen. Den var utsökt. Hon gav ängeln en uppskattad nick. Hiram flinade när hon räckte över en skål till Aylia. Sedan hällde hon upp en egen skål innan hon satte sig bredvid Sareas.

"Tunnlarna är ganska breda ändå", sa Sareas med en nick mot Diriska och flickan. "Kalar, Ranin och Meeko har redan sprungit igenom dem."

"När gjorde dem det?" undrade Drashin barskt och såg upp. "Jag har inte gett några order om det."

"De var nyfikna hur dem såg ut", förklarade alven och stoppade ännu en sked stuvning i munnen. "Alla tunnlarna går ihop till en i slutet, så vi kommer inte bli utspridda över öknen. Ungefär en halv mil bort har kung Lamas slagit läger. Väl dolda för nyfikna och med god uppsikt över staden."

"Jag får prata allvar med de tre senare", muttrade Drashin surt. "Jag tycker inte om att dem gör saker jag inte vet om, speciellt inte nu. Ville dem veta något om tunnlarna kunde de frågat Salaam. Att dem slutar på samma plats är bra, det visste jag redan."

Diriska lyssnade uppmärksamt. Att tunnlarna slutade på en och samma plats var bra. Det höll hon med om. Hon var heller inte så förtjust i tanken att de tre drakriddarna gett sig av själva. Men det fanns fler här i staden som gjorde saker i hemlighet. Saker som hon också borde få veta mer om. Hon gav generalen en menande blick. Han gav henne bara en undrande blick innan han vände sig mot Sareas igen.

"Hur lång tid behöver ni på er med förberedelserna?" frågade han alven.

"Det hade kunnat gå fortare om jag kunde få använda Mira, Diriska och Hiram", svarade han trevande.

"Tyvärr behöver jag dem vid muren", sa generalen.

"Om jag växlar magiker då och då", sa Sareas beklagande. "Kanske en vecka till. Högst tio dagar."

"En vecka", sa Drashin. "Lös det på en vecka."

Alven suckade och ställde ner sin tomma skål.

"Hade jag fått använda alla magikerna i hela staden hade vi blivit klara på bara några dagar", muttrade han. "Ja, ja jag vet. Använd det jag fått till mig. Staden är minerad om en vecka, general. Om du ursäktar mig. Ängel Hiram, drake Diriska."

Muttrandes gick han därifrån. Diriska såg undrande efter honom. Staden är minerad? Hiram knackade frånvarande i sin skål.

"Är det verkligen så smart?" frågade ängeln.

"Kanske inte", sa Drashin och stoppade den sista brödbiten i munnen. "Men ju fler vi kan döda."

"Vad är det du tänker göra, Drashin?" frågade Diriska.

"Jag tänker spränga staden", sa han lugnt och såg henne i ögonen.

"Vad?" utbrast hon. Aylia tappade sin sked i skålen och stirrade gapande på honom.

"Sareas håller på att tillsammans med de starkare magikerna att ordna med någon from av explosionsmagi i stadens källare", förklarade generalen tålmodigt. "Det är därför vi kommer behöva kärror när vi ska lämna staden. På en vecka måste vi skaffa fram tillräckligt för att få med oss femtio magiker som upprätthåller magin. De måste var tillräckligt små för tunnlarna, men stora nog för att kunna ha två kanske tre personer i varje."

"Det är ett farligt spel du spelar, general", muttrade Hiram. "Skulle inte jag och Diriska kunna göra det så snart vi lämnat staden?"

Diriska gav ängeln en skarp blick.

"Jag vill att ni två ska försiktigt stänga till alla ingångar till tunnlarna så snart siste man gått ner. Vi kommer att vara den sista gruppen att lämna staden. Vi kommer enbart stanna så länge att vi retat upp demonerna till den grad att dem faktiskt kommer in i staden."

"Med det kommer bara vara vi, ungefär tolvhundra krigare och drakar, mot över hundratusen demoner!" utbrast Diriska.

"Drakarna kommer lämna staden i nattens skydd kvällen innan", sa generalen. "Alla ryttarna kommer att vara med oss så de tama kan flyga snabbare. Under natten börjar soldaterna att gå genom tunnlarna. Tidigt på morgonen ska staden bara innehålla drakriddare och drakryttare och klipptroll. Inga soldater, inga drakar, bortsett från dig, Diriska."

"Tack för att du tänker på mig", sa hon kyligt.

Han log bara mot henne och ställde ner sin tomma skål.

"Jag antar att även Mira vill veta vad som kommer att hända", sa han och reste sig upp. "Jag skulle ändå behöva fråga henne om hon kan tänka sig vara med under resan under staden. Jag skulle vilja att hon och Sareas är bland dem femtio som håller magin igång. Vila nu, Diriska, du behöver det. Hiram kontrollera västra porten. Jag går till den norra porten efter jag pratat med Mira."

Han lämnade draken, ängeln och Aylia ensamma. Hiram åt upp sin stuvning under tystnad. Aylia skyndade att äta upp sin mat, sedan ursäktade hon sig och försvann för att vila. Diriska stirrade ner i sin skål. Hon och Drashin hade inte varit ensam sedan den sista natten i palatset. Någon av dem var nästan alltid på muren, eller så var han iväg med Sareas någonstans. De få gånger dem träffades och växlade några ord, var det alltid andra runt omkring.

"Han driver verkligen på oss", sa Hiram och plockade undan de tomma skålarna. "Vi har försvarat den här förbannade staden i över två veckor nu. Jag kan förstå den första, men den senaste veckan."

"Han vill döda så många som möjligt", sa Diriska och rörde frånvarande i sin skål. "Han tänker göra staden till en dödsfälla. Tvinga in demonerna så långt in dem bara kan och sedan förgöra dem allihop."

Hiram såg på henne ur ögonvrån och gav till ett kort skratt. Diriska rycktes upp ur sina tankar och gav ängeln en skarp blick. Hiram skrattade till igen. Diriska kunde se en osäker glimt i hennes bruna ögon. Så kom hon ihåg vad Drashin hade sagt. Hiram kände skuld för allt som Asharak gjort. Hiram kände skuld över vad som hänt i Fakari och Balden.

"Det är inte ditt fel", sa draken sakta och Hiram ryckte till som om hon slagit henne. "Du kan inte ta skulden för det som Asharak har gjort."

"Inget av det här hade hänt om jag dödat honom", sa Hiram samman-
bitet. "Så som Harmsna sa åt mig att göra. Narkierna hade aldrig vandrat
norrut. Din familj hade aldrig behövt dö. Soma hade aldrig blivit invaderat
av demoner."

"Om du hade dödat honom", sa Diriska och lade en hand på ängelns,
"så hade jag aldrig träffat dig. Jag hade aldrig fått reda på att det fanns
andra drakar kvar. Jag hade aldrig träffat honom."

Hon stängde munnen med en smäll. Hiram såg på henne med ett höjt
ögonbryn. Sedan log hon vänligt.

"Du älskar honom", sa hon bara. "Inte på det sätt som du älskade din
familj, utan du *älskar* honom. Trots att han bara är en människa."

Diriska såg generat ner i marken framför sina fötter. Hon hade sagt för
mycket. Ja, hon älskade honom. Det hade hon troligen gjort redan från
den första gång hon sett honom. Med tanke på att hon hade ändrat sitt
utseende kort efter deras första möte. Till någon som hon trodde han
skulle vara intresserad av.

"Drashin är mer än *bara* en människa", sa hon ner i marken. "Jag vet
bara inte vad."

"En dag kommer du att veta", sa Hiram och klappade henne vänligt på
axeln. "Dessutom tror jag att han är väldigt förtjust i dig också. Med tanke
på hur nära han alltid håller sig till dig."

Diriska kände hur hon blev ännu hetare om kinderna. Hon var säker
på att han älskade henne. Men hon visste inte riktigt om det var på
samma sätt som hon älskade honom. Hiram skrattade igen.

"Drashin *är* en intressant person, det kan jag hålla med om", sa äng-
eln. "Dock är det inte en man som *jag* skulle bli förälskad i. Mig ser han
som sin arvinge, skulle jag nog tro, den som skall ta över Dödens dal ef-
ter honom. Mira skulle nog vara som en syster för honom. Mira älskar ho-
nom, säger det ofta också, men det är en systers kärlek. Han älskar
henne på precis samma sätt."

Diriska såg upp på henne. Hon rättade till sitt svärd vid sidan och tog
sitt spjut. Hon lutade sig mot det och betraktade henne en stund.

"Men det är annorlunda med dig", sa ängeln med en vänligt leende.
"Han är mer avslappnad än jag någonsin sett honom vara. Hans ögon får
en speciell glimt när han ser på dig. På de sju år som jag känt honom har
jag aldrig sett honom le på det sätt som han gör mot dig. Du har förändrat
honom, drake Diriska. Och jag tror att det är en bra förändring."

Innan Diriska hann säga något lyfte ängeln från marken och flög iväg
bort mot den västra porten. Draken såg efter henne en lång stund. Med
en suck reste hon sig upp och lade undan sin skål. När hon vände sig om
fick hon se Samare som stod och betraktade henne. Det vita ärret var

smutsigt av damm och blod. Den gråa huden darrade lätt när hans muskler under rörde sig. Han såg ut att vara redo för ett anfall när som helst, men hans ögon var trötta. Han smackade med munnen en aning och såg fundersamt på henne.

"Hur mycket hörde du?" frågade hon på drakarnas språk.

"Tillräckligt", svarade han bara.

Hon suckade och gick fram till honom. Han rörde sig inte. Hon såg honom i ögonen en lång stund innan hon lutade pannan mot hans.

"Vad ska jag göra?" viskade hon. "Jag är så förvirrad."

"Jag sa att era öden är sammanflätade", sa Samare och puffade på henne med nosen. "Jag hade dock inte väntat mig att du skulle älska honom. Eller han dig."

Hon rätade på sig och såg undrande på honom. Han skrockade till och fnös.

"Nog måste han sagt det till dig redan. Han pratade med mig redan för några dagar sedan. Han är nog minst lika förvirrad som du är."

Diriska lade en hand mot hans trubbiga nos. Små piggar täckte hela nosens rygg. Hans bruna ögon lämnade aldrig hennes.

"Jag behövde inte höra dina ord nu för att veta", sa han förvånansvärt ömt. "Ingen av oss vilda har missat dina känslor för honom. Vi har bara väntat på att du ska erkänna för dig själv. Jag skulle tro att även Mira har sina misstankar om er."

"Mira vet..." viskade Diriska och förde sin hand mot kinden.

"Liana vet säkerligen också. Med tanke på att hon är uppväxt med dig, så känner hon dig bättre än någon annan. Vad resten anbefaller, dem tror bara att du och han är nära varandra för att du är hans drake."

Diriska tog ett djupt andetag. Att få veta att han verkligen älskade henne på samma sätt som hon honom var som att få en sten att falla från hennes axlar. Men dock kvar stod ett problem.

"Jag vet fortfarande inte vad jag ska göra", mumlade hon. "Han lever inte för evigt och jag är inte en människa."

"Ma'sharos'tian", sa Samare bara.

Diriska stirrade oförstående på honom. Han flinade till och vände bort från henne. Han gäspade stort och började gå där ifrån.

"Vad?"

"Kanske kan den stora vita tigern hjälpa dig", sa han och försvann runt en byggnad.

Ma'sharos'tian? Kunde verkligen han hjälpa henne? Men vad skulle han hjälpa henne med? Diriska satte sig på lådan igen och lade huvudet i sina händer. Allt var så förvirrade. Hon var över trehundratusen år gammal och aldrig förr hade hon varit så här förvirrad. Men hon ville vara med honom. Hon ville vara med mannen hon älskade mer än något annat.

Samare såg upp mot muren där Mira befann sig. Drashin var där uppe också just nu. Han lutade lite på huvudet och lyssnade. Han skrockade för sig själv.

Han hörde hur Mira skällde på honom där uppe. Ännu en gång hade han gjort henne arg. Drashin hade en unik förmåga att kunna reta upp Mira med småsaker. Han undrade vad det nu var för något som han hade hittat på.

Han vandrade förbi drakryttarnas läger. Samtliga drakar lyfte på sina huvuden och såg på honom där han gick. Utav människorna var det endast Jarom och Sira som såg på honom. Han fnös och det ryckte ofrivilligt i läppen på honom.

"Svaga drakar", muttrade han.

Några av dem yngre som inte kände honom så väl ännu morrade mot honom, men tystades snabbt av Irasa och Varsk. De båda kände honom mycket väl. Ett skrockande fick honom att se bort från de tama drakarna. Lanar, Narikas hane, kom mot honom.

"Ska du leka med dem svaga, Samare?" sa han och kastade en hånfull blick mot de tama.

Nu morrade flera av de tama och några till och med reste sig upp. Människorna såg snabbt mot Samare och Lanar innan de försökte lugna sina drakar. Samare fnös och stötte pannan mot Lanars. En hälsning som endast gjordes mellan nära familjemedlemmar. Även om de två inte var blodsbröder, var dem bröder genom Narikas val av Lanar som sin hane.

"Svaga drakar är inte värdiga att leka med", sa Samare lugnt.

Lanar skrattade till och reste sig smidigt på bakbenen. Han gjorde en hånfull gest mot drakarna innan han sjönk ner igen och slöt upp jämte Samare.

"Vad kommer att hända nu, broder?" frågade Lanar allvarsamt. "Vad gör Drashin för något? Varför försvarar vi en tom boplats?"

"Han kommer att berätta när han är redo", sa Samare. Även han undrade vad Drashin gjorde.

"Hokka följde efter honom och Sareas när dem gick in i en av dessa människogrottorna", sa Lanar. "Hon kunde inte följa efter in i grottan. Öppningen var för liten sa hon. Men det verkade som om de gick ner under själva grottan."

”Under?” En grotta under en grotta? Människorna hade ett namn på sådana grottor. ”Källare? Gick dem ner i en källare?”

”Är det vad dem kallar det?” Lanar skakade på sitt stora huvud. ”Människor är underliga. En grotta är en grotta. Hokka väntade utanför tills endast Drashin kom tillbaka. Flera av drakriddarnas eldmakare gick ner i grottan, medan andra gick upp ur den.”

’Eldmakare’, det var vad drakarna kallade magikerna. Dem som skapade och kastade eld. Samare brummade fundersamt. Om magikerna gick ner i källarna, så planerade Drashin något för staden. Ju mer han funderade på det ju mer ville Samare veta. Kanske skulle han fråga Drashin rakt ut. Om nu bara Drashin kunde förstå drakarnas språk.

En explosion som fick marken att skaka hördes utanför muren. Demonerna försökte sig på något igen. Lanar såg uppmärksamt mot den östra porten. Det var där som explosionen kommit från. Snart hördes fler från flera håll runt om muren.

”Hiram!” hördes Diriska ropa. ”Norma spjut nu!”

”Sluta tjata på mig, drake!” vrålade ängeln tillbaka. ”Jag vet vad jag ska göra!”

Samare skakade på huvudet. Han undrade hur de två kunde ropa så till varandra när denna boplats var så stor. Kunde det vara för deras magi. Drakmodern och ängeln ropade fram och tillbaka över staden. Ibland överröstades deras rop av explosionerna. Lanar skrockade.

”Det har verkligen blivit intressant”, sa han. När han såg Samares frågande blick lade han till. ”Drakmodern och ängeln. Vem hade kunnat tro att de två skulle komma så bra överens.”

Samare fnös och skakade på huvudet. De vandrade vidare mot den plats som de vilda drakarna befann sig på. Samare blev lite förvånad över att få se flickan Liana sittandes mittemellan Narika och Hokka. Människan lindade försiktigt om Hokkas ena arm. Dvärgdraken satt tålmodigt och studerade flickans arbete.

”Vad har hänt?” undrade Samare när han kom fram.

”Den där lyckades ta sig över muren”, sa Narika och nickade mot en stor sten som låg inte långt från dem. ”Hokka styrde undan den så den inte skulle träffa några av de som sover. Den tog illa i armen.”

”Drakflickan här var i närheten tillsammans med två människor till”, sa Hokka. ”Hon skickade de två efter Mira, men hon är upptagen uppe på klippan.”

Drakflicka, det var vad Narika och de andra kallade Liana. Flickan, vars hela familj, växte upp och levde tillsammans med drakmodern. Lanar gick fram och nosade på bandaget som Liana virade om Hokkas arm.

”Du är i vägen, Lanar”, sa flickan och knuffade undan honom.

Flera av drakarna skrockade. Liana var endast en av några få som verkligen kunde göra så mot en av drakarna. Krashak kom vandrandes tillsammans med Rasham. Dem bar på varsin stor låda. Samare undrade vad det kunde vara, när de två stannade bredvid honom.

"Matransoner", sa översten och ställde ner sin låda. "Det kommer mera alldeles strax, Samare. Pojkarna håller på att samla ihop allt till er."

Rasham ställde ner sin och såg nyfiket på Liana som knöt fast det bandaget runt Hokkas arm.

"Är det allvarligt?" undrade han och petade på armen. Hokka ryckte undan den med en grymtning.

"Benet är helt tror jag", sa Liana och reste sig. Men det blev ändå ett ganska djupt sår som blödde mycket. Men jag tror att det här ska räcka tills någon helare kan titta på det."

"Ingen annan än Mira kommer nära mig", morrade Hokka och tog ett steg tillbaka.

Liana nickade som om hon hade förstått. "Jag ska se till att Mira kommer förbi senare för att titta till dig, Hokka." Draken grymtade till svar.

Fler explosioner hördes och ytterligare en högljudd ordväxlande mellan Diriska och Hiram ekade över staden. Samare lade huvudet på sned och lyssnade. Detta kunde kanske bli en ganska underhållande eftermiddag i dag. Han vände om mot den norra porten. Han skulle kanske ta sig ett samtal med Drashin. Se vad han hade för planer för deras försvar. Bakom honom öppnade Krashak och Rasham sina lådor och ett femtiotal klipptroll till kom vandrandes med fler lådor med mat. Han skulle äta lite senare. Han såg snabbt mot muren, kanske skulle han ta sig en liten räd utanför muren när det blivit mörkt.

15

Ä nnu en vecka gick och dödläget mellan krigarna inne i staden och demonerna utanför höll i sig. Salaam hade genast ordnat med kärror när Drashin hade pratat med honom. Fursten hade kommit med trettio kärror en natt. Och två nätter senare hade Sareas kommit och sagt att förberedelserna var klara. Aylia och Jali hade slutit sig till den grupp av magiker som skulle hjälpa till. Mira hade sagt nej till att hjälpa till, hon menade att hon kunde behövas om magikerna måste helas på grund av ansträngningen. Men däremot hade en ung flicka från drakryttarna anmält sig som frivillig.

"Är du säker på det här, Asina?" frågade Mira och såg allvarligt på flickan.

"Ja, mor Mashok", svarade hon och rätade på ryggen. "Jag är mer än villig att hjälpa till med att hålla magin."

Diriska kunde känna att hon var stark. Inte lika stark som Mira, men hon verkade lovande för framtiden. Helerskan såg på Diriska för hjälp. Draken bara ryckte på axlarna. Drakryttarna var inte hennes ansvar. Mira grinade illa och vände sig mot Asina och Sira igen.

"Då så", sa hon med en ogillande blick mot Asina. "Ni två blir drakryttarnas representanter. Sök upp majorkapten Sareas Dobai så kommer han att förklara vad ni behöver veta."

De båda drakryttarna nickade bara kort och skyndade iväg. Kalar väntade på de båda och visade dem vägen. Diriska såg efter de tre när de försvann.

"Bortsett från mig", sa Mira, "så är det de två starkaste magikerna bland drakryttarna. Jag önskar att Garan och Hana fortfarande var vid liv. De två var ännu starkare än de båda."

"Vi gör alla vårt bästa", sa Diriska. "Vi har förlorat många vänner här."

Mira nickade tyst och vände sig mot Drashin som spanade ner mot demonerna.

"Sareas har sina förberedelser klara till i morgon bitti", sa Mira. "Hur vill du göra?"

"Drakarna gör som vanligt, fyller på elden runt muren", sa Drashin. "Men så snart de gjort det första gången lämnar dem staden i skydd av mörkret och flyger mot Hamapasset. Samtliga soldater går ner under jord om tre timmar.

Jag vill ha resten av Dödens skvadron och drakryttarna vid ingångarna till källarna där varje grupp magiker är en timma innan Sareas är

klar. Så snart han gett tecken skickar de magiker som inte ska sitta i vag-
narna sina sista eldklot över muren och vi går ner i tunnlarna.

Så snart sista man är nere skall ingångarna till tunnlarna förstöras.
Ingen skall kunna följa efter oss. Sedan rör vi oss bort från staden.”

Diriska gav Hiram en snabb blick. Ängeln nickade tyst.

”Jag och Hiram förstör ingångarna”, sa Diriska sakta. ”Jag visar henne
hur hon skall göra utan att riva hela tunneln över våra huvuden.”

Drashin nickade allvarlig och såg på dem en efter en. Alla nickade
sammanbitet. Sedan gick Sarasha och Kalat, den ende överlevande
moskiska överstsen, iväg för att samla ihop soldaterna. Drashin skickade
iväg Krashak och Alram för att täcka norra och södra portarna. Med sig
hade dem ett dussin magiker var.

Diriska förklarade snabbt för Hiram hur hon skulle bära sig åt för att
hitta hälften av tunnlarnas ingångar, Diriska skulle ta hand om resten, och
hur hon skull förstöra dem. Sedan försvann ängeln till västra porten med
ett dussin magiker.

Drashin höll ett vakande öga på demonerna på andra sidan muren.
Dagens angrepp hade mattas av under eftermiddagen och just nu var det
stilla. Då och då kom det en grupp demoner som försökte storma muren,
men dem dödades nästan omedelbart. Nu satt dem mest och väntade.
Diriska höll sig hela tiden nära Drashin. Han verkade störa sig på något
idag.

”Det är något som inte riktigt är som det ska”, sa han när hon frågade
honom. ”Nästan som om något, eller någon, är på väg hit.”

Efter tre timmar kom Ranin och meddelade att soldaterna hade börjat
gå ner i tunnlarna. Diriska såg oroligt på Drashin. Han muttrade fortfa-
rande om något som var på väg. Något som inte borde finns.

Två timmar senare sjönk mörkret. Samare och drakarna lyfte från
marken. Den här gången flög femhundra drakar över muren och blåste ut
elden. Denna gången flög dem dessutom närmare demonerna och
brände ihjäl tusentals. När de fullbordat varvet flög dem först tillbaka in
över staden för att sedan stiga högt över den och for sedan norrut. De
flög tillräckligt högt för att demonerna aldrig skulle uppfatta att dem läm-
nade staden. Diriska och Hiram ökade eldens styrka så den skulle hålla
hela natten.

Strax före gryning kom en drakryttare och meddelade att Sareas för-
beredningar var klara, och att de magiker som skulle hålla ordning på
formlerna skulle ta över inom en timma.

Drashin klappade Diriska på axeln. De reste sig och skyndade ner för
muren. Dem mötte Kalar nedanför trappan.

”Det är dags”, sa alven allvarligt. ”Vi är redo.”

"Då så", sa Drashin. "Magiker, skicka iväg era eldklot och skynda ner i källarna."

Diriska skyndade efter honom när han gick ner i den närmaste källaren. När dem kom ner såg Diriska hur Sareas satt med korsade ben i en av vagnarna. Mittemot honom satt unga Asina. Sareas gav flickan ett uppmuntrande leende, hon log osäkert tillbaka. Diriska kunde se hur rädd hon var. Sira satt redan med slutna ögon i en andra vagn med en annan drakriddare, Farim. Dem båda höll sina händer framför sig och framför var och en fanns det ett litet klot av ljus. Ytterligare fyra vagnar fanns där nere, två magiker i varje vagn och två klipptroll stod framför varje vagn. Aylia och Jali satt tillsammans med slutna ögon. Liana stod bredvid deras vagn

Sareas och Asina slöt sina ögon och lyfte sina händer. Nästan genast frammanades ljuskloten. Asinas var större än drakriddarnas klot, men lite mindre än Aylias och Jalis, och Sareas ännu större. Nu förstod Diriska hur mycket starkare han var alla andra där nere.

Så snart alla ljuskloten var framme såg sig Drashin om. Det var trångt där nere, men Diriska höll sig så nära honom hon kunde. Hon tog tag i hans hand och kramade om den. Han tryckte försiktigt tillbaka.

"Nu ger vi oss av", sa han och ledde Diriska ner i tunnelns mörker.

Bara några steg innanför väntade en man med en fackla. Diriska såg att det var Salaam Najdjin.

"Välkommen ner i mörkret, Dogbra", sa han med ett flin.

"Snällt att du väntade på oss, Åsneröv", sa Drashin buttert. "När vi kommer ut här ifrån måste du berätta vad dogbra är för en ödla."

"Om vi lever så länge."

Diriska funderade om hon skulle behöva prata med dem båda männen om deras löjliga smeknamn på varandra. Det var opassande för män i deras ställning. Men nu hade hon en uppgift att göra. Hon höll Drashin i handen och slöt ögonen, lät honom leda henne genom tunneln.

Hon fann snabbt de ingångarna som hon skulle förstöra. För säkerhets skull gjorde hon en snabb sökning över Hirams. Ängeln hade redan lokaliserat alla sina. Diriska nickade nöjt och sökte efter sinnet på den krigare som skulle gå ner sist i varje gång. Så snart sista man gick ner lät hon honom gå kanske femtio steg innan hon förstörde ingången. Det hördes en dov explosion när den kollapsade.

Flera explosioner hördes när Hiram förstörde sina en efter en. Diriska gjorde sin uppgift så snabbt hon kunde. Den största gruppen var nu den sista kvar att gå ner. En låg vissling hördes bakifrån. Siste man i deras grupp var nere. Diriska räknade tyst till femtio innan hon sprängde ingången. Explosionen var större än hon hade väntat sig. Gången fylldes med damm. Alla hostade, men ingen stannade upp.

"Ursäkta", sa hon generat när hon öppnade ögonen. "Den blev större än jag hade tänkt mig."

"Ingen fara, Diriska", sa Drashin över axeln. "Ingen blev skadad och vad gör lite damm."

"Det var ett väl utförd uppgift, ers nåd Diriska", sa Salaam och hostade lite och tillade muttrande: "Jag börjar nog bli för gammal för att springa runt i tunnlar."

"Säg det när du levt lika länge som jag, furst Salaam", sa Diriska med ett skratt.

Fursten skrattade bara kort och fortsatte framåt. Det var mörkt och den enda ljuskälla dem hade var Salaams fackla och det svaga sken som magikernas klot frambringade. Snart fick de se ytterligare ett litet ljussken framför dem. Två gångar gick ihop med den som dem gick genom och en somisk soldat och Rasham stod och väntade i ena gången.

"Vi väntade just på er, ers nåd", sa soldaten och bugade mot Salaam. "Vi har krigarna från norra porten med oss. Nästan hundra stycken, alla välbehållna."

"Bra, Hosa", sa fursten. "Krigarna kan komma med mig. Du inväntar dem från den andra gången här. Dem borde inte vara långt borta. Gå med dem och skynda er ut."

"Kisnatch Lach är inte gjorda för att springa i små tunnlar", muttrade Rasham när han slöt upp bredvid Krashak, bakom Diriska.

"Det är bara under en liten stund, gamle gosse", sa Krashak och klappade honom på axeln. "Vi får snart se solljus igen."

Den äldre jätten brummade surt där han gick. Diriska funderade på vad han hade sagt. 'Kisnatch Lach'? Vad betydde det?

"Det betyder klippornas folk", sa Rasham.

"Vad?" Diriska insåg att hon hade ställt frågan högt.

"Klipptroll är vad människor, alver och dvärgar kallar oss", förklarade han. "Kisnatch Lach är vad vi själva kallar oss. Klippornas folk."

Diriska funderade inte så mycket mer på det utan fortsatte att gå framåt. Det hördes spridda, låga samtal mellan drakriddare, drakryttare och klipptroll i mörkret bakom dem. Ingen av dem tyckte om den mörka trånga gången. Hon hörde flera bakom sig som muttrade om att Labyrinten var bättre än det här. Rasham muttrade för sig själv på klipptrollens språk bakom hennes rygg.

Diriska såg ner för den mörka gången ett ljussken syntes från en krök och närmade sig sakta. Soldaten nickade mot Salaam och vinkade åt krigarna bakom honom att sluta upp med Diriskas grupp. Det knarrade om kärrorna när de slöt upp.

"Hur långt stäcker sig tunnlarna?" frågade Drashin efter dryg två timmas promenerande.

"Jag vet inte riktigt", sa Salaam. "Men normalt skulle det nog ta fyra till fem timmar att gå från staden till slutet. Men nu när vi har kärrorna kan det nog ta lite längre tid. Dessutom måste vi vänta in dina krigare om de inte nått ett vägskäl när vi kommer dit."

Diriska hörde hur generalen grymtade till. Hon tyckte heller inte om tunnels mörker. Ljus kloten som svävade mellan magikernas händer gav inte mycket ljus och den enda ljuskällan dem sedan hade var Salaams fackla. Det fanns fler facklor längre bak i leden, men det gav inte dem längst fram någon större tröst.

"Det är kanske tre vägskäl till efter detta här", sa Salaam efter ytterligare en timma när de plockade upp ytterligare en liten grupp.

Frash slöt upp med Rasham, Dram och Krashak. Diriska sneglade på dem fyra jättarna som gick närmast bakom. Dem fyra fyllde upp nästan hela gången och alla fick gå med böjda ryggar. De gick två och två, då alla fyra inte fick plats att gå i bredd. Dram muttrade surt om att inte kunna läsa i mörkret och Frash klappade honom uppmuntrande på axeln.

Vid nästa vägskäl stod drakriddare, med kaptenslöjtnant Mantera Krams först, och väntade. Han nickade bara hastigt mot dem och slöt sedan upp sist i det väldiga ledet. Diriska undrade frånvarande om den mannen någonsin ägnade sig åt småprat. Hon hade aldrig hört honom säga mer än kanske sex ord på en och samma gång. Hon hade sett honom stå med i grupper som förde någon diskussion om något oviktigt eller spelat kort, men aldrig hade han pratat mycket någon av gångerna.

"Mantera iakttar sin omgivning noga", sa Drashin när hon nämnde det för honom. "Alram säger att det har något med hans förflutna att göra. Något som hände när han var liten. Han kan upptäcka ett bakhåll långt innan du själv gör det och förberett motangrepp mot det på bara ett ögonblick. Jag tror inte det finns en bättre strateg än honom."

Diriska funderade på denne tystlåtne mannen. Mantera, en av världens främsta strateger? Om han var det varför var han endast en kaptenslöjtnant hos drakriddarna och inte en general hos någon kung? Hon funderade om hon skulle fråga honom.

Vid nästa vägskäl var dem tvungna att vänta. Alrams grupp hade inte hunnit dit ännu och dem blev ståendes där i kanske en halvtimma innan Diriska fick syn på ett litet ljussken som kom mot dem.

"Ni får ursäkta att det dröjde, general", sa Alram och kliade i skägg-stubben på kinden. "En av pojkarna snubblade till när ingången rasade och skadade benet. Vi fick stanna till och plåstra om honom lite."

"Är det allvarligt?" undrade Diriska.

"Inget brutet", sa Alram och nickade mot henne. "Men han stukade den så illa att han inte kan stödja på foten just nu. Han sitter i en kärra så han klarar sig ett tag till."

"Du kan titta till honom senare, Diriska", sa Drashin och började gå till-sammans med Salaam. "Vi får skynda oss."

Diriska grymtade irriterat och skyndade ikapp honom. Han hade rätt, mindre skador var inte viktiga nu. Det kunde lätt tas om hand senare. Sa-laam sa över axeln att det bara var ett vägskäl kvar. Sedan var det raka vägen ut.

Diriska hoppades att dem inte skulle behöva vänta på Hiram vid det sista vägskälet. Hon hade börjat få en obehaglig känsla som gnagde i bakhuvudet. Det var något som inte stod rätt till, men hon kunde inte komma på vad.

"Sista vägskälet är runt nästa hörn", sa Salaam. "Förhoppningsvis väntar ängel Hiram på oss där.

"Det hoppas jag", muttrade Diriska. "Jag vill komma härifrån nu."

Drashin såg sig över axeln och sträckte sig efter hennes hand. Hon tog den och kramade om den. Han nickade mot henne och vände blicken framåt igen. Till Diriskas lättnade stod en somisk soldat och väntade på dem. Hiram satt på huk bredvid honom, höll sitt spjut i ett stadigt grepp och såg bistert mot dem när de kom närmare.

"Vi har ett problem", sa hon och reste sig när de kom fram. "Vi har ett stort problem."

<u>16</u>

”Vad är det?” frågade Drashin och stannade.

”Jag har tre magiker som har svimmat”, rapporterade ängeln bistert. ”Dem är utmattade.”

Diriska drog efter andan. Började dem att svimma nu så var dem illa ute. Hon vände sig om när hon hörde någon skynda sig fram mellan leden. Liana trängde sig fram mellan krigare och vagnar.

”General!” flämtade hon. ”Sira och fyra andra har svimmat. Mira säger att dem bara är utmattade, men om magikerna fortsätter att svimma innan vi är ute...”

”Då är risken stor att vi blir begravda här nere”, sa Drashin bistert. ”Salaam hur långt är det kvar?”

”Det brukar vara två timmar här ifrån”, sa fursten tveksamt.

”Vi har inte två timmar!” röt Drashin. ”Några fler vägskäl?”

”Bara rakt fram, ingen andra tunnlar efter den här.”

”Vi måste öka takten”, sa Drashin och vände sig om mot dem närmste. ”Hiram, så snart vi passerat springer ni in i leden. Sprid ut att vi springer nu. Vi måste ut!”

Ordern fördes snabbt bakåt. Drashin tog Diriskas hand. Salaam började springa med generalen tätt efter. Kärrorna knarrade ännu värre av den höga farten, men ingen saktade in. Dunsarna från klipptrollens fötter ekade genom tunnlarna. Rasham och Frash ropade ut order till krigarna på deras språk. Nu gällde bara en sak. Spring eller dö.

Fler magiker började svimma. Först bara en och en, men snart svimmade dem i snabbare takt. Aylia och Jali var två som höll ut längst, men snart föll båda två ihop i sin vagn.

”Bara två svängar till!” ropade Salaam över axeln efter en knapp timma.

Diriska flämtade och ljudet från dem trötta krigarnas flämtande ekade i hennes öron.

”Vi är nästan ut!” vrålade Drashin över axeln. ”Håll ut!”

”Vi har bara Asina och Sareas kvar!” ropade Norek desperat.

Diriska kastade en blick över axeln. Vagnen som Sareas och Asina satt i var den som var närmast dem. Kalar och Mira hoppade upp i vagnen. Klipptrollen som drog den grymtade till av den plötsliga extra vikten. Dram och Frash sällade sig till dragarna och tillsammans ökade de fyra klipptrollen farten.

”Kämpa, Sareas!” ropade han och grep om sin brors axlar. ”Du klarar det! Det är inte långt kvar nu!”

”Håll ut, Asina!” vrålade Mira och tog tag i flickans huvud och lutade pannan mot hennes.

Flickans ansikte var plågat och hon visade tänderna i sin ansträngning. Klotet flimrade i hennes händer, men hon höll envist fast vid det. Diriska visste inte vad hon kunde göra för att lätta på bördan. Sareas kastade tillbaka huvudet och vrålade. Ljudet av hans vrål fick alla att börja springa ännu fortare.

”Du klarar det, Asina!” ropade helerskan uppmuntrande. ”Bara lite till, sedan ska du få sova! Bara lite till!”

Alven och kvinnan fortsatte att försöka ge mer kraft till magikerna på vagnen genom sina ord. Sareas ryckte med hela kroppen och slängde fram och tillbaka med huvudet. Han skrek ännu en gång och nu skrek även Asina.

”Utgången!” vrålade Salaam.

”Asina!” ropade Mira.

Diriska vred på huvudet och såg hur flickans huvud föll mot hennes bröst och klotet försvann. Nu var det bara Sareas kvar. Diriska vände blicken framåt. Salaam kastade sin fackla åt sidan och rusade ut genom den dolda utgången. Drashin och Diriska var honom i hälarna.

Hon fick lyfta handen för ögonen mot det skarpa solljuset. Hettan slog som en vägg mot henne och hon överraskades över hur svalt det hade varit i tunneln. Salaam slutade inte springa utan så snart han lämnade grottan ledde han dem snabbt i en vid sväng mot nordväst. Mot lite mer stenigare område och fler berg. Kolonnen följde smidigt efter.

Strax dök det soldater upp runt omkring dem, men de skyndade förbi. Diriska fick se ett stort tält lite längre fram. Drashin och Salaam slutade inte springa förrän de kom fram till det. Då sjönk de två utmattade männen ner på marken. Diriska sjönk ner på knä intill generalen och lutade sig tungt mot honom. Det var enbart för att han stod på alla fyra att han inte ramlade i en hög.

Drashin vände sig mot Diriska. Hon log matt mot honom, dem var i säkerhet. Han besvarade hennes leende. Hans ansikte var smutsigt, likaså hans kläder. Allt var täckt av damm och sot från facklan. Diriska såg hastigt ner på sin egna klänning. Den var i ett fruktansvärt skick. Smutsig och sönderriven.

”Drashin! Salaam!”

Diriska såg upp och såg kung Lamas stiga ut ur tältet. Drashin klappade Diriska lätt på axeln. De kämpade sig upp på fötter igen. Salaam låg kvar på marken och muttrade om att han var för gammal för sånt här.

”Jag har glädjen att rapportera att staden är nu tom på mänskliga varelser”, flämtade Drashin och slog näven mot bröstet.

”Tack alla gudar”, suckade Lamas. ”Varför tog det så lång tid?”

”Vi gjorde några förberedningar”, svarade generalen. ”Var kan vi se staden bäst ifrån?”

Kungen såg frågande på honom, men tecknade åt dem att följa med. Diriska såg prinsessan Shiina komma ut ur tältet och gjorde dem sällskap. Hon gick direkt intill draken. Diriska hade inte träffat flickan så ofta i palatset, dem hade alltid hållit sig undan från varandra.

Ännu ett skrik från den plågade Sareas hördes.

”Bara lite till, majorkapten”, mumlade Drashin. ”Bara lite till.”

Diriska gav honom en trött blick. Hon var för trött för att vara sträng mot honom just nu.

Kungen ledde dem upp till en klippavsats. Diriska kastade en blick över axeln. Tältet var väl gömt och det syntes inte från staden. Hon vände blicken framåt. Framför henne sträckte sig öknen åt alla håll. Enda avbräcket var Karash. Denna vackra stad mitt i öknen. Nu lyfte flera tjocka, svarta rökpelare upp över hustaken. De stod bara tysta och såg mot staden.

”Vad det detta du ville se?” frågade kungen dystert.

Drashin stod bara tyst och andades tungt. Ett stönande bakom dem bekräftade Salaams ankomst. Den gamle fursten pustade och frustade där han kom gåendes. Muttrandes att han var för gammal att springa i tunnlar.

”Var det för att se staden brinna du ville komma hit?” frågade plötsligt Shiina hetsigt. ”Var det för att se Somas stolthet falla?”

”Soma har redan fallit, prinsessa”, sa Drashin lågt. ”Men nej, det var inte detta jag kom för att se.”

Diriska vände sig om när en vagns knarrande närmade sig. Samtliga ur Dödens skvadron och drakryttarna, utom de medvetslösa magikerna, stod runt den. Asina låg fortfarande i den. Sareas ansikte var plågat, men han höll envist kvar det stora ljusklotet. Kalar och Mira hade hoppat ur vagnen och såg upp mot dem. Kalar hade en plågad min. Hiram slöt upp jämte Mira. Nästan tusen smutsiga ansikten var vända mot de fem. Diriska vände sig mot Drashin och lade en hand mot hans arm.

”Sareas”, sa han utan att vända sig om. ”Du kan avsluta nu. Det är över.”

”Det är dags att dö!”, sa Sareas med ett plågat skratt. ”Jag är Dödens skvadron!”

Diriska såg hur han släppte ner händerna mot sina knän. Ljusklotet flimrade till och försvann. Draken vände sig mot staden igen. Långt där borta började stora moln av eld stiga över muren. Snart nåddes de av ljudet av dova explosioner. Diriska stirrade på staden.

Plötsligt omgärdades hela staden av ett enda stort ljussken. Gott och väl en mil utanför murarna sträckte det sig. Sedan hördes en enorm explosion. Ett stort moln av sten och eld steg till himlen. Diriska såg tryckvågen som for åt alla håll. Drashin vände ryggen mot det och slog armarna om Diriska. Gömde hennes ansikte mot sitt bröst. Den heta vinden träffade dem och rörde upp sand och grus runt omkring dem. Hon hörde hur någon eller några svor runt henne. Strax var den borta och Drashin släppte henne. Hon såg bort mot staden och trodde inte hennes ögon. Bakom henne på kärran skrattade Sareas till igen.

"Det är dags att dö", skrattade han lågt.

"Du förintade min stad", viskade Lamas och stirrade vantroget mot staden.

Det fanns inget kvar efter staden. Diriska såg på Drashin. Han hade slutit ögonen och hade en aning plågad min. Han hade just förintat en stad. Bara damm och grus fanns kvar där staden en gång stått.

"Du förintade min stad", viskade Lamas igen och vände sig mot Drashin.

Diriska blinkade till när Drashin hastigt vände sig om mot kungen och sjönk ner på knä. Genast följde skvadronen sin general och sjönk ner till marken. Diriska såg mot Mira och Hiram först, båda sjönk ner på knä, sedan sjönk hon ner på knä bredvid Drashin.

"Jag kunde inte rädda landet, ers majestät", sa Drashin med nerböjt huvud. "Jag kunde inte rädda några av era städer, inte ens Karash. Men jag svär att jag skall återkomma till er och hjälpa er att bygga upp ert land igen. Med mina egna händer. Jag ska återgälda det som jag har förstört."

"Vi skall stå till ert förfogande, ers majestät!" ropade hela Dödens skvadron.

Diriska stirrade ner i marken framför kungens fötter. Han stod tyst. Länge stod han där framför dem och bara tittade på dem.

"Res er, general Drashin av drakriddarna", sa han till slut. "Res er, drake Diriska av Dödens skvadron. Res er, Mira Mashok av drakryttarna. Snälla res er, stolta krigare av Dödens skvadron."

Diriska väntade enbart på att Drashin skulle resa sig innan hon själv stod upp. Så snart hon stod upp reste sig resten av krigarna sig upp. Lamas såg på dem med ett bistert leende. Prinsessan Shiina stirrade stint på Drashin.

"Ni gjorde allt ni kunde för att rädda vårt land, general Drashin", sa kungen. "Ni räddade kanske inte landet, ni kunde inte rädda mina städer. Men ni räddade mitt folk. När vår nöd var som störst, kom ni till oss. Med

fara för era egna liv kom ni för att hjälpa oss. Tillsammans med vad
Amdoria och Mosker kunde samla ihop på kort tid kom ni till vår undsätt-
ning. Somas folk kommer för evigt vara er tacksamma för vad ni har gjort
för oss."

Han såg ut över krigarna framför honom. Alla stod tysta och stirrade
rakt fram.

"Somas lejon går ut i krig", sa Lamas till slut. "Vi går ut i krig tillsam-
mans med Dödens skvadron mot Asharak och hans demoner. Han skall
få betala för vad han gjort oss här idag och för alla andra brott som han
gjort sin skyldig till."

Drashin bugade kort mot honom. Diriska suckade lättat, men stelnade
när hon plötsligt hörde någon klappa händerna. Hon såg sig omkring,
men kunde inte se någon. Alla såg sig förvirrat omkring.

"Ett sådant rörande tal, ers majestät", sa en mansröst ovanför deras
huvuden.

Diriska höjde blicken och gapade. Ovanför dem, ståendes i luften på
en röd genomskinlig platta, stod en man. Hans ögon var bruna, nästan
svarta, håret var mycket kort och mörkt brunt. Ansiktet var alldagligt och
han hade försvunnit i vilken folkmassa som helst. Han var helt klädd i
svart. Han hade till och med ett svart tygstycke hängandes vid hans
högra sida. Två svärdshjalt stack upp bakom hans rygg. Var det en
drakriddare? Hon hade aldrig hört talas om en drakriddare med en svart
kishara.

"Vem är du?" frågade Salaam barskt. "Var kommer du ifrån?"

"Ers nåd, snälla", sa mannen avmätt och sträckte lojt på sig. "Här har
man just vaknat efter flera års sömn och genast kommer någon och krä-
ver en massa svar från mig. Dessutom är jag inte här för att bråka."

"Vem är du?" frågade Drashin misstänksamt. Diriska såg på honom i
ögonvrån. Han stirrade intensivt mot mannen.

"Men, Drashin", skrattade mannen och vickade lite med fingrarna på
hans vänstra hand. "Kommer du inte ihåg mig?"

Diriska såg på mannens fingrar. Tre av dem såg en aning annorlunda
ut. Dem hade en lite blekare färg än resten av hans hand. Han flinade
mot Drashin och såg ut över krigarna bakom honom.

"Så jag ser att du har skaffat lite fler folk som ska slåss för dig", sa han
stilla. "Men är det inte Mira Mashok. Ser att du har återhämtat dig sedan
vårt senaste möte. Var har du Samare?"

"Hur kan du känna till alla här?" krävde Drashin att få veta. "Vem är
du?"

Diriska såg att han hade dragit båda sina svärd och höll krampaktigt i
hjalten. Han skakade av sig hennes hand när hon lade den mot hans

arm. Mannen framför honom var det enda som han var intresserade av nu. Hans blick växlade mellan, ilska, undran och till och med skräck. Skräck för vem mannen kunde vara. Mannen vände sig mot honom igen, han såg snabbt mot Diriska.

"Ännu en kvinna i din närhet, Drashin?" sa han med ett kort skratt. "Nå, det är inte viktigt. Du kanske överlevde den här gången, Drashin. Asharak kommer inte bli nöjd när han får reda på att du dödat över tvåhundratusen demoner, med din minerade stad. Jag bryr mig inte, det enda som intresserar mig är du. Kommer du ihåg senast vi möttes? Kommer du ihåg vår strid i dalen, broder?"

Det blå skenet tändes i Drashins högra hand. Blåplattor bildades i luften och han tog ett språng efter mannen.

"Drashin!" ropade Diriska och sträckte sig efter honom.

"Marish!" röt han med ett vrål som dröp av hat och skräck.

Med ett skratt drog mannen sina egna svärd och parerade skickligt Drashins utfall. I en vild dans på liv och död virvlade de två runt i luften. Diriska hade aldrig sett något liknade innan. Tidigare hade Drashin nästan glidit genom striderna, men här möttes han av en lika skicklig svärdskämpe. Mannen, Marish, dansade fram och tillbaka, de röda plattorna dök upp hela tiden där han satte ner sina fötter. Drashins blå gjorde det samma för honom.

Drashin fick parera två snabba stötar från Marish. Innan han lyckades återhämta sig sparkade den andre honom i magen. Drashin föll ner mot marken och landade med ett stön. Diriska såg hur han snabbt tog sig tillbaka på fötter igen. Han stirrade upp mot Marish. Den andre andades tungt och skrattade mot honom.

"Jag kan inte roa mig mer idag, Drashin", sa han roat. "Asharak ville bara att jag skulle visa upp mig. Visa att jag åter vandrar bland de levande." Han vände sig om, men tvekade en aning. Han lyfte sin vänstra hand och suckade. "Nästa gång, Drashin, bränn dessa också. Jag är så trött, broder."

Sedan försvann han genom en portöppning. Diriska såg oroligt på Drashin som stirrade efter honom. Kung Lamas, prinsessan Shiina och Salaam stirrade på Drashin som om dem aldrig sett honom innan. Mira och Hiram kom skyndades fram till dem. Hirams ögon sken av fasa av att behöva möta Drashins vrede.

"Drashin", sa Hiram oroligt och höll krampaktigt i sitt spjut, "jag svär vid allt jag håller heligt. Jag har ingen aning om hur han kommit ut ur dalen. Jag har hållit vakt efter hans ande varje dag de senaste tre åren."

"Är du oskadd, Drashin?" frågade Mira oroligt.

"Det är inte ditt fel, Hiram", sa Drashin med ihålig röst. "Fingrarna... Fingrarna som Tirasine högg av. Jag brände dem inte tillsammans med resten av kroppen. Det är mitt fel att han är tillbaka. Jag gjorde inte tillräckligt."

Han vände sig sakta om och såg på de andra. Det högg i bröstet på Diriska att se den plågade minen han hade. De tomma ögonen. Som om han hade svikit hela världen och att han nu var på väg att straffas för det. När hans blick föll på Diriska tändes en desperat glimt i dem.

"Hiram", sa han utan att ta ögonen från Diriska. "Led skvadronen och resten av soldaterna hem. Lämna moskierna utanför Garatur och skynda vidare mot Amdoria. Lamas, ni är välkommen att följa med så långt ni vill. Jag är säker på att både Makar och Famala kommer att ta emot er."

"Vad tänker du göra?" undrade Mira misstänksamt.

Han gick fram till Diriska utan att svara och grep tag i hennes axlar. Han såg henne djupt i ögonen.

"Du kan skapa en portöppning", det var ingen fråga.

"Jag tror att jag skulle klara av det", sa hon avvaktande.

"Då kan du öppna en till den första världen", sa han. "Hiram är inte stark nog ännu och jag måste fara."

"Du kan inte överge oss nu", sa Mira hetsigt.

"Diriska", bönade han. "Jag måste varna henne. Hon måste få veta att han är tillbaka och kan komma efter henne."

"Drashin, nu lyssnar du på mig!"

"Snälla Diriska, jag behöver dig nu. Både dit och tillbaka."

Diriska stirrade in i hans gröna ögon och nickade sakta.

"Jag ska göra vad jag kan", sa hon lågt. "Men jag vet inte vart jag kommer skicka dig."

"Drashin!" röt Mira. "Du behövs här hos oss!"

"Se in i mitt sinne" sa han och ignorerade helerskan. "Med hjälp av det kommer du att hitta rätt plats.

Hon nickade igen och förde sina darrande händer mot hans huvud. Hon slöt ögonen och koncentrerade sig. Hon mindes hur Lindramas hade skapat en portöppning. Hon använde lite av Drashins sinne för att skapa den han ville ha. Hon öppnade sina ögon och en ljusstrimma skapades intill henne och honom. Han log tacksamt och tog hennes hand. Han drog henne mot porten och hon följde villigt med honom. Han hade sagt att han behövde henne.

"Drashin!"

Hon såg sig över axeln och såg Mira rusa efter dem. Ljuset från porten sköljde över henne och världen försvann runt henne. Hon kände ett

ryck i den andra armen och förstod att Mira hade gripit tag i den. Tillsam-
mans drog ljuset dem bort från världen hon kände till, drog dem till den
värld som var hans.

<h1 style="text-align:center"><u>17</u></h1>

Liana stirrade förbluffat mot platsen som portöppningen varit på. Hon var inte ensam att stumt stirra på den plats som Drashin, Diriska och Mira försvunnit från. Hon undrade vad som just hade hänt. Vem var mannen som stått i luften varit? Varför hade Drashin anfallit honom?

"Det kan inte varit han", viskade Kalar bredvid henne.

"Drashin var säker på det." sa Norek. "Men det såg absolut inte ut som honom."

"Det var han", sa Tirasine bistert och stack tillbaka sitt svärd i skidan på ryggen. "Det var Marish."

Liana vände sig mot den andra kvinnan. Hon såg bistert mot platsen som mannen stått på. Det lilla som hon hade hört om Marish, var att han skulle se ut nästan exakt som Drashin. Men den här mannen hade inte varit det minsta lik honom.

"Hur vet du det?" Frågade Norek och kliade sig förvirrat bakom örat.

"Jag bara vet det", fräste Tirasine och gick ilsket därifrån.

Liana såg efter henne. Krashak kom gåendes tillsammans med Alram och Rasham. De tre kastade en snabb blick efter Tirasine som klampade iväg samma väg de kommit från. Liana gjorde en ansats att följa efter henne.

"Låt henne vara, löjtnant", sa Krashak med en tung suck. "Hon behöver vara ensam lite just nu."

"Var det verkligen Marish?" undrade Kalar och vände sig mot översten.

"Det verkar onekligen så", brummade klipptrollet och sneglade mot platsen mannen stått på. "Det måste smärta henne att få se honom igen. Att se mannen som dödade hennes far."

"Men det såg ju inte alls ut som honom", envisades Norek. "Han och Drashin var inte det minsta lika den här gången."

Rasham gned med ett finger över den stora näsan. Liana undrade om han hade försökt urskilja mannens lukt. Salaam kom ner till dem tillsammans med Hiram. Ängeln såg ängslig ut.

"Han sa att Asharak bara ville att han skulle visa upp sig", sa Hiram och stannade upp framför de tre överstarna. "Det kan betyda att Asharak trodde att vi var kvar inne i staden, och att Marish uppdykande skulle driva Drashin att göra något överilat som att storma ut ur staden, tvinga oss att öppna portarna."

Salaam slog ilsket ena handen i den andra.

"Han fick exakt den reaktion han ville ha", morrade den mörkhyade mannen. "Drashin gick till vansinnigt angrepp. Han gjorde allt för att döda honom."

"Jag tror även att han hade ytterligare en tanke med det hela", sa Krashak och vände sig mot Hiram. "Asharak känner till dig, Hiram. Men inte Diriska. Han trodde att om han fick Marish att visa sig snabbt och försvinna. Så skulle Drashin vända sig mot dig. Han skulle döda dig för att du inte lyckats hålla Marish själ instängd i dalen."

Liana såg hur Hiram blev alldeles blek. Ängeln svalde hårt och stirrade förskräckt på översten.

"Den gamle Drashin skulle säkerligen gjort det", sa Krashak sakta. "Utan att tveka hade han dödat dig, innan han tänkt efter. Men Diriska har förändrat honom. Han planerar mycket mer nu. Att vi skulle spränga staden började han planera redan för tre eller fyra veckor sedan. Han nämnde det för mig innan han blev medvetslös. Tidigare skulle han kommit på det som idag, och sedan varit irriterad över att han var tvungen att vänta för att planen måste förberedas så mycket."

"Så man skulle kunna säga att Diriska räddade Hirams liv idag?" sa Liana undrande.

Krashak nickade utan att ta blicken från ängeln. Rasham muttrade om att han stått för långt bort. Liana sneglade på jätten. Han försökte verkligen urskilja Marishs doft.

"Nu gav han dig till och med befälet över skvadronen och alla soldaterna. Vilket han aldrig skulle gjort innan." Krashak skrattade bistert. "Så vilka är dina order, ängel Hiram?"

Hiram ryckte till och stirrade på honom. Liana undrade om hon verkligen skulle ge order till dem. Eller om hon skulle försöka fly från Drashins ilska. Ängeln slöt ögonen och tog flera djupa andetag.

"Kung Lamas har sagt att vi följer med er till Amdoria", sa Salaam bistert. "Vi är redo att lämna Soma inom en timma."

Utan att invänta svar tågade fursten iväg och började ropa ut order till de somiska soldaterna. Tältet började plockas ihop. Ängeln stod fortfarande med slutna ögon. Liana började känna sig otålig.

"Samare väntar vid Hamapasset", sa Hiram och öppnade ögonen. "Vi tar oss dit och går genom passet. Där skall vi slå läger och på morgonen skall jag öppna en port och ta oss så nära Mosker jag kan. Vi tar oss tillbaka till Amdoria så fort vi kan."

Krashak, Alram och Rasham nickade kort och vände sig om.

"En timmas vila", röt Alram. "magikerna som ligger i vagnarna får stanna där resten av dagen. Övriga var redo för angrepp."

"Vi är inte ute ur Soma ännu och vi vet inte hur många demoner som fortfarande strövar fritt i landet", fyllde Krashak i.

Rasham brölade ut sina order till klipptrollen. Alla drakriddare och drakryttare skyndade iväg för att samlas runt vagnarna längre ner för slänten. Klipptrollen klampade bistert nerför slänten utan att göra någon större brådska. Kalar och Ranin stannade kvar vid vagnen med Sareas och Asina. Frash och Dram tog tag i den och rullade försiktigt ner den för den branta vägen. Liana såg sig om över axeln när hon promenerade neråt. Kung Lamas stod och höll om prinsessan Shiina, där de båda stirrade bort mot det som en gång hade varit deras huvudstad. Nu fanns bara grus kvar av deras hem. Liana kände stort medlidande för dem. Hon visste hur det kändes att förlora sitt hem. Hon såg mot platsen där generalen, draken och helerskan försvunnit. Hon önskade att dem kunde komma tillbaka genast igen.

"Var rädd om dig, Diriska", viskade hon lågt innan hon vände sig om igen och skyndade vidare mot vagnen som Aylia och Jali låg och sov i.

Diriska blinkade och såg sig förbluffat omkring. Det var tidig skymning här i första världen. Framför henne stod ett hus med två våningar. Innan för en liten stängd grind fanns en grusgång som ledde till en brun dörr, med ett litet fönster i. Det lös i några av fönstren på nedanvåningen, medan det var svart på andra våningen. En välklippt häck med gröna blad löpte längs med gatan. Gatan bestod av en konstig sten som såg ut att vara av ett enda stycke. Flera hus löpte på båda sidor om det framför henne. På andra sidan gatan fanns flera likadana hus. Bakom henne stod en underlig vagn, men inga hästar syntes till.

"Var är vi?" viskade hon och stirrade förbluffat omkring sig.

Drashin svarade inte. Han släppte Diriskas hand, grep tag i grinden och hoppade över den i en smidig rörelse. Sedan rusade han uppför grusgången. Med en svordom öppnade Mira grinden och rusade efter honom tillsammans med Diriska. Han slet upp dörren och rusade in i huset.

"Johanna!" ropade han.

Diriska och Mira sprang efter honom in i huset. Innan för stod skor och stövlar prydligt vid ena väggen och det hängde flera jackor ovanför dem. Det var lite dunkelt i hallen. Diriska såg efter Drashin, men såg honom inte. Hon stängde försiktigt dörren efter sig. Mira såg sig vaksamt runt. Det kom ljus från en dörröppning lite längre fram. Det hördes en del tumult där ifrån.

"Mac!" Det var samma man som varit vid sjön den kvällen Hon, Liana och Tirasine hade badat. "Vad du ser ut. Har du rullat dig i en gammal eldstad?"

"Mac!" det var en kvinnoröst. Den lät lite konstig, som om hon inte riktigt visste hur hon skulle uttala orden. Hon skrattade högt.

"Vad då stinker som en skunk?" sa Drashin högt. "Stå på en mur i över trettiofem, fyrtio graders värme, utan att bada i tre veckor, spring genom en trång tunnel med en osande fackla framför dig så ska du se hur gott du luktar efteråt, Emelie."

"Hon har en poäng, Markus", sa ytterligare en kvinna lugnt. "Du stinker. Du brukar alltid se till att ha badat innan du kommer hem."

Mannen skrattade till. Det dunsade till en aning, nästan som om någon slog på någon annan. Diriska tittade undrande på Mira. Helerskan bet ihop käkarna och gick fram till dörren. Diriska följde försiktigt efter henne.

Drashin stod upp framför en kvinna. Diriska såg omedelbart att de båda var syskon. Hon hade samma gröna ögon som honom och det ljusbruna håret räckte henne till axlarna. Hon stod och tittade strängt på Drashin med händerna i sidorna. Bredvid honom stod ännu en ung kvinna med långt mörkt hår och höll upp något framför sig och honom. Hon höll ena handen på hans axel. På en stol satt mannen från sjön, Sami, och såg flinande på honom.

"Det var viktigt att komma hit snabbt, Johanna", sa Drashin. Han viftade med händerna samtidigt som han pratade och kvinnan vid hans sida såg intresserat på hans händer. "Jag hade inte tid att tvätta eller byta kläder."

Kvinnan framför honom höjde bara på ögonbrynen. Hon fick syn på Diriska och Mira i dörröppningen och hennes ansikte sprack upp i ett litet leende. Sami fick också se dem och reste sig snabbt från sin stol. Endast kvinnan vid Drashins sida hade inte sett dem än, då både hon och Drashin stod med ryggen mot dem.

"Vilka är dina vänner, Markus?" frågade kvinnan, även hon rörde på sina händer.

Kvinnan bredvid Drashin ryckte till och vände sig om. Hennes bruna ögon såg uppmärksamt mot de båda kvinnorna i dörren. Nästan som om hon var rädd för att missa varje detalj. Hennes hand låg kvar på Drashins axel, Diriska ansträngde sig för att inte röra en min. Drashin vände sig om och såg på dem.

"Detta är Diriska och Mira, Johanna", sa han.

Han knackade på handen på kvinnan bredvid honom. Hon vände sig och såg uppmärksamt på honom när han tecknade mot henne. Sedan nickade hon, släppte hans axel och vinkade mot Diriska och Mira med ett bländande leende.

”Det är mycket trevligt att få träffa er båda”, sa kvinnan framför Drashin. ”Jag är Johanna, hans lilla syster.”

”Jag är Sami”, sa mannen och flinade stort. ”Hans gode kamrat sedan barnsben.”

”Du menar kumpan”, sa Johanna och gav honom ett skev leende.

”Vi har aldrig gjort något”, sa dem båda männen i mun på varandra. ”Du har inga bevis.”

”Jag är Mira Mashok”, helerskan bugade lätt, höll sin högra hand över bröstet och sträckte fram sin vänstra. ”Helerska hos drakryttarna vid byn Olasi i Amdoria.”

”Jag är Diriska”, sa draken tvekande och sneglade på Drashin.

Han såg inte på dem utan tecknade snabbt med händerna mot kvinnan bredvid honom. Hon tecknade tillbaka och han nickade. Hon vände sig mot Diriska och Mira och började röra sina händer mot dem.

”Hon heter Emelie och är glad att få träffa er”, sa Drashin och såg på hennes händer. Han vände sig mot de två kvinnorna i dörren. ”Hon är döv.”

”Så hon pratar med händerna?” undrade Mira intresserat och tog ett steg fram. ”Får jag...?”

Hon lyfte händerna mot Emelies huvud. Den döva kvinnan tittade frågande på dem och sedan mot Drashin. Han tecknade snabbt åt henne och hon nickade. Mira satte händerna över hennes öron och slöt ögonen och började mumla. Först såg kvinnan bara frågande på Mira. Sedan spärrade hon upp ögonen förbluffat. Hon tecknade vilt med händerna mot Drashin.

”Jag vet inte vad hon säger”, sa Drashin. ”Hon försöker kanske se om det är något som kan helas.”

”Vänta lite”, sa Sami och spärrade upp ögonen. ”Menar du att du kan höra, Esme?”

Emelie skrattade till, nickade och tecknade hastigt med händerna. Med en suck släppte Mira hennes huvud och skakade beklagande på huvudet. Emelie fick en besviken glimt i ögonen och hon förde darrande händerna till öronen.

”Det finns inget där att hela”, sa helerska sorgset.

Drashin tecknade åt kvinnan och Sami lade en tröstande hand på hennes axel. Hon log ändå mot dem. Hon tecknade snabbt mot dem.

”Hon vill ändå tacka dig, Mira”, sa Drashin. ”Det var första gången som hon någonsin hört något klart och tydligt. Det lilla hon ibland pratar...”

"Det är hur hon har hört orden som liten", sa Johanna och kom fram till dem. "Vi som är nära henne kan förstå vad hon säger, så länge hon inte pratar för många ord, eller för hetsigt. Annars använder vi teckenspråk."

Hela tiden tecknade hon med händerna och Emelie följde varje rörelse från hennes händer. Diriska såg intresserat på hur deras händer rörde sig i invecklade mönster. Det påminde till en viss del av de tecken som Drashin använt för att ge order.

"Mira", sa Sami och knackade sig tankfullt mot hakan, "är inte det hon som burkar rädda livet på dig, Mac?"

"Jo, ibland", muttrade Drashin. "Men säg det inte för ofta till henne. Då blir hon bara jobbig att ha och göra med."

Johanna gav honom en lätt smäll i huvudet.

"Var snäll, Mac", sa hon vänligt. "De ser minst lika smutsiga ut som du. Så jag är säker på att dem gärna vill ha ett bad."

"Ja, gärna", suckade Diriska och Mira i mun på varandra.

"Då så", sa Johanna med ett leende. Hon knuffade Drashin i ryggen. "Du går hem till dig och duschar, din gris. Sami gå med honom. Emelie och jag letar fram lite andra kläder som ni kan låna till imorgon. Så får jag tvätta dem ni har."

Hon gav Drashins kläder en fundersam blick.

"Jag har andra som dessa där uppe", sa han surt.

"Då tycker jag att du kan *bränna* dem där, för *jag* tänker inte tvätta dem *eller* laga dem åt dig."

Drashin verkade vara på väg att protestera, men Sami tog hans arm med ett skratt och drog honom ut ur rummet. Diriska hörde hur de gick genom en dörr och hörde ljudet av dämpade fotsteg i en trappa.

"Var bor han i den här världen?" frågade Mira nyfiket.

Emelie pekade upp mot taket och flinade. Diriska såg frågande upp mot taket.

"Han har en egen liten lägenhet på andra våningen", förklarade hans syster. "Vet inte riktigt varför han bara inte köper ett eget hus, eller en lägenhet inne i stan."

"Jag skulle tro att det är för att han vill ha ett öga på dig", sa Mira med ett kort skratt. "Han har ofta nämnt dig för mig och hur orolig han är när han är hos oss."

Hela tiden tecknade Johanna för Emelie så hon skulle förstå vad dem sade. Drashins syster verkade vara mycket trevlig och öppen. Raka motsatsen till vad han brukade vara. Hon visade in Diriska och Mira till ett rum med ett stort badkar. Både Mira och Diriska skulle kunna få plats i det utan problem. Det låg några underliga saker i badkaret. Diriska tyckte att det såg ut som leksaker.

”Ni får ursäkta röran en aning”, sa Johanna och plockade snabbt bort sakerna. ”Min son, Samuel, badade tidigare idag innan han försvann iväg till en vän. Jag hade inte väntat mig gäster idag.”

Både Mira och Diriska försäkrade att det inte var någon fara. Emelie bar in handdukar till dem och Johanna kom strax tillbaka med rena kläder. Hon sa att de bara kunde lägga sina smutsiga kläder i en hög på golvet så länge så skulle hon ta hand om dem efteråt.

När Diriska badat tittade hon kritiskt på kläderna som hon fått låna. Ingen av dem hade dem färger som hon vant sig vid. Dessutom var det första gången som hon bar byxor. Dem var mjuka, det tyckte hon visserligen om, mörkt bruna med två vita snören som hängde ner. Men hon hade ett litet problem i att dem inte ville sitta kvar. Den gröna tröjan påminde om en tunika, men med korta ärmar. Den satt bra över brösten men var ganska lång. Hon såg på sig själv i spegeln och muttrade.

Mira klädde sig snabbt och fick ordning på sina grå byxor omedelbart. Med ett kort skratt visade hon Diriska hur hon skulle använda snörena för att hålla byxorna uppe. Den blå tröjan Mira tog på sig var en aning stor för henne, men det verkade inte störa helerskan så mycket. Hon plockade bara fram sitt breda bälte från sina vanliga kläder och spände det runt midjan.

När de kom tillbaka till det stora rummet satt Johanna och Emelie vid ett större bord. Kvinnorna hade ställt fram koppar och satt med varsin framför sig. Emelie satt och tittade ner i den underliga saken hon hållit upp framför sig och Drashin när de kommit in. Diriska såg inte ordentligt vad hon gjorde, men hon rörde sitt ena finger fram och tillbaka och verkade trycka på den.

När hon var nöjd tittade hon upp mot Diriska som satt sig mittemot henne. Hon log stort och räckte över saken till draken. Diriska tog tveksamt emot den och såg ner på den. Hon blinkade till. Hon stirrade rakt in i Drashins smutsiga förvånade ansikte och Emelies stora leende. Hon lyfte blicken och såg förbluffat på kvinnan framför henne.

”Hur?”

”Det är ett foto”, förklarade Johanna och hällde upp en svart vätska i hennes kopp. Mira såg redan misstänksamt ner i sin kopp. ”Hon tog den när han kom in. Hon har aldrig sett honom klädd som drakriddare förut.”

”Ni vet vad han är för något?” frågade Mira försiktigt och såg upp från sin kopp.

”Givetvis”, svarade Johanna och gav Emelie en snabb blick. ”Emelie fick reda på det flera år före mig. Sami och jag fick reda på det ungefär samtidigt. Under striden mot Nariff.”

Diriska hoppade till när det plingade från saken i hennes händer. Hon räckte snabbt tillbaka den till Emelie som nyfiket började trycka på den igen. Hon fnittrade till och tecknade snabbt mot Johanna.

"Så du skickade bilden till Maria?" skrattade Drashins syster. "Jag gissar att hon blev avundsjuk."

Med ett stort leende nickade kvinnan på andra sidan bordet. Det hördes steg från hallen och Sami stack fram huvudet genom dörren. Han fick en knuff in och strax efter följde Drashin. Diriska stirrade på honom. Han var inte klädd som en drakriddare längre. Han bar korta, svarta byxor som slutade strax nedanför knäna och en grå kortärmad tröja. Nu när bandet runt pannan var borta hängde håret ner över pannan och nästan över ögonen. Han log hastigt mot Diriska när han satte sig bredvid Emelie. Sami satte sig på andra sidan om den döva kvinnan.

"När klippte du dig senast?" sa Johanna och räckte över en kopp till honom.

"När var jag hemma senast?" frågade han bara.

Emelie såg som hastigast på honom och tecknade med händerna. Han skakade hetsigt på huvudet och viftade med händerna. Sami skrattade till, knackade henne på axeln och tecknade. Hon nickade med ett stort flin. Drashin verkade protestera med tanke på hur hetsigt han tecknade med fingrarna.

Diriska hade svårt att tro sina ögon. Drashin som var kanske den mest fruktade mannen i hela världen, behandlades som vem som helst. Ingen av de tre i rummet visade någon som helst rädsla för honom.

"Ni ska veta", sa Johanna lågt och lutade sig mot Mira och Diriska, "även om det är Markus och Sami som brukar göra de flesta dumheterna, så är det Emelie som är hjärnan bakom det mesta de hittar på."

Både Mira och Diriska såg frågande på henne. Hon flinade mot de tre, som genast stelnade till och tittade misstänksamt på henne. När hon pratade igen använde hon sig även av teckenspråket.

"Herrarna här", sa hon med ett kort skratt. "Är de enda i den här stan som lyckats rymma från en fyllecell *och* tagit sig tillbaka till krogen. Dem har gjort det tre gånger, minst. Hon har hjälpt dem varje gång."

Diriska såg på de tre. Alla tre tittade bara på henne och Mira och såg till och med mer oskyldiga ut än Krashak och Alram när Diriska skällt på dem båda för sina nattliga räder.

"Fyllecell?" sa Mira trevande.

"Det var hans fel", sa dem båda männen i mun på varandra och pekade på varandra. Emelie bara pekade på de båda männen och log stort.

Diriska kunde inte låta bli att skratta åt dem. Det var alldeles för likt vad Krashak och Alram alltid gjorde mot stackars Armin. Mira skakade bara på huvudet och log. Johanna skrattade hon också. De tre på andra sidan bordet såg först på varandra och flinade sedan. Diriska kände en viss lättnade över att den desperata blicken i hans ögon var borta.

"Du sa att du hade något viktigt att berätta, Markus", sa Johanna slutligen.

Diriska stelnade till när hans ögon blev hårda. Leendet försvann.

"Han är tillbaka", sa han bara. "Jag kom så fort jag kunde. Han är tillbaka, Johanna."

Diriska såg på de andra vid bordet, Mira såg ner i bordskivan med en plågad min. Sami och Emelie såg oförstående på honom. Johanna såg först frågande ut, men sedan verkade det gå upp för henne vad han sa. Skräck och panik syntes i hennes ögon när hon stirrade på sin bror.

"Nej", viskade hon. "Säg att det inte är sant."

"Det är sant", sa Mira ner i bordet. Tårar föll ner för hennes kinder. "Han är tillbaka. Skräcken lever igen."

Diriska såg att Sami tecknade snabbt för Emelie. Båda stirrade oförstående på Drashin, Johanna och Mira i tur och ordning. Diriska kände också stor förvirring. Hur kunde någon leva igen?

"Jag förstår inte hur någon kan leva igen", sa Diriska försiktigt.

"Jag har själv varit död tjugofyra gånger", sa Drashin och vände sin blick mot Diriska. "Som längst var jag död i tre dagar."

Alla utom Mira stirrade på honom. Helerskan torkade sina kinder. Diriska trodde inte sina öron. Om man dog så var man död.

"Jag har kallat tillbaka Drashin sexton gånger", sa Mira och såg upp mot Diriska.

"Ama Sikari återupplivade mig åtta gånger innan Marish dödade henne", sa Drashin med en suck. "Hon återupplivade mig innan striderna mot Nariff började och själarna fortfarande delade en kropp."

"Hemligheten är hans kontakt med Dödens dal", förklarade Mira. "Så länge han har den kontakten kan jag återuppliva honom. Vi har hållit det hemligt för alla så här länge. Jag misstänker att Marish har en liknande kontakt med dalen. Vilket har gjort att personer som vill ha makt har kunnat kalla på honom."

"Första kriget mot Marish" sa Drashin. "Var ett krig som han själv startade, efter att lyckats rymma från Dödens dal. Andra kriget startades på grund av en man som hette Kalras. Han lyckades lokalisera dalen och ge Marish livet åter. Nu har Asharak gjort det samma. Enbart för att jag inte brände hela kroppen. De tre fingrarna som Tirasine högg av honom för fem år sedan fann vi aldrig. Jag var naiv nog att tro att ingen skulle finna dem. Jag hade fel."

Diriska såg hur Emelie tecknade mot Johanna. Drashins syster nickade sakta.

"Hur Marish såg ut?" sa hon och pekade mot Drashin. "Han såg ut precis som Mac. Men med mörka ögon och mörkare hår."

Drashin slog sin högra hand i bordet några gånger så de andra hoppade till. Han såg ner på handen.

"Dags att vakna, gamle vän", mumlade han mot den.

Dem tre från första världen flämtade till när handen sken upp med det blåa ljuset. Varken Diriska eller Mira reagerade. Han såg upp på dem en och en. Hans blick stannade mot Diriska, han gav hennes ett ursäktande leende.

"Mira och Johanna har redan sett det här", sa han sakta. "Du skulle kunna göra så här också Diriska. Mycket bättre än jag. Detta är vad som hände i Dödens dal första gången jag och Marish stred mot varandra."

Även Mira och Johanna ryckte till en aning när rummet försvann runt dem. Bordet försvann även det. Diriska stirrade omkring sig. Dem satt mitt på en vacker äng, prydd av vackra färgglade blommor. Solen stod lågt på himlen. Långt borta i fjärran sträckte sig berg upp mot himlen. Det som störde Diriska en aning var att inga fåglar syntes på himlen.

Ljudet av stål mot stål fick henne att vända sig om. Hon spärrade upp ögonen och stirrade förbluffat på de två männen som stred bakom henne. Båda klädda i svarta, pösiga byxor och röda skjortor. Ingen av dem bar någon kishara. Men det som fick Diriska att gapa var att de båda kunde vara varandras spegelbilder. Hon såg att den ena hade samma ljusbruna färg på håret som Drashin medan den andre hade mycket mörkare hår.

Drashin parerade ett hugg från den andres svärd och fick sedan en hård spark i bröstet. Han flög tillbaka med sådan kraft att han studsade mot marken. Han landade framför fötterna på Diriska. Hon flämtade till när hon såg de gröna ögonen se upp mot henne. Det var verkligen Drashin! Med ett stön tog han sig upp på knä och stirrade mot den andre.

"Det tar slut här, Drashin!" vrålade mannen med det mörkare håret med en röst som dröp av hat. "Ditt liv ändas i dag! Jag kommer att ha hela makten över dalen. Jag skall härska över dem åtta världarna!"

"Du har rätt, Marish", svarade Drashin sammanbitet och kämpade sig upp på fötter. Han såg så trött ut. "Det ska ta slut idag. Antingen dör du, eller jag."

Marish for framåt och högg flera gånger med sitt svärd efter Drashin. Drashin hade svårt att hinna parera alla de vildsinta huggen, men han lyckades att hålla den andre borta från sig. Så kom en andra spark mot Drashins bröst och han studsade bort över marken igen. Den här gången tappade han sitt svärd. Han tog sig ostadigt upp på knä igen.

Med ett rop av triumf kastade sig Marish efter honom. Drashin grep tag i något i gräset. Marish hoppade upp i luften med sitt svärd ovanför huvudet med båda händerna. Plötsligt rörde sig Drashin blixtsnabbt. Han lyfte upp spjutet som dolt sig i gräset och förde det med all sin kraft genom bröstet på Marish. Diriska hörde hur både Sami och Emelie flämtade till. Själv visste hon inte om hon kunde tro det hon såg framför sig.

Marish tappade sitt svärd och grep tag i spjutet som gick in genom hans bröst och ut genom hans rygg. Drashin andades tung och stirrade rakt in i de mörka ögonen. Marish hostade till och blod kom ut ur hans mun.

”Så underligt”, sa han tyst. ”Jag trodde inte jag kunde förlora. Broder...”

Händerna föll slappt ner från sidorna. Diriska såg hur dem mörka ögonen mattades och fick den dödes hinna över sig. Drashin tryckte ner spjutets skaft i jorden. Med ett stön släppte han det och sjönk ner i gräset. Hans hand sökte sig mot Marishs svärd. Han tog sig upp på fötter igen och höll det krampaktigt med båda händerna. Han gick fram mot den dödes huvud och höjde svärdet i luften.

”Vi har aldrig varit och kommer aldrig att vara bröder, Marish” sa Drashin och med all sin kraft högg han huvudet av Marish.

Därefter sjönk han ner på knä. Han stirrade på huvudet som låg i gräset. Sedan gav han ifrån sig ett ordlöst vrål. Tårar rann nerför hans kinder när han lyfte ansiktet mot himlen. Diriska kände en oerhörd vilja att springa fram till honom, trots att hon visste att han, i verkligheten, satt mittemot henne.

”Förlåt mig, Ama!” skrek han. ”Förlåt mig!”

Drashin föll gråtandes ner i gräset och scenen skimrade till. Rummet var tillbaka igen. Diriska stirrade medlidande mot Drashin. Han såg ner i bordet med tom blick. Emelie lade en hand på hans axel och torkade bort några tårar. Sami såg sorgset på sin vän.

”Ama Sikari”, sa Drashin lågt, ”var den första som Marish kallblodigt mördade. Jag har ännu inte i dag, sju år efter hennes död, funnit hennes ande i dalen. Den gången hade jag turen på min sida. Andra gången var han skadad och det var min räddning den gången.”

”Du sa att han ser annorlunda ut den här gången”, sa Sami. ”Kan du visa med hjälp av det du har i handen?”

”Med den flisen som finns i hans hand kan han enbart visa det som vi såg här”, sa Mira samtidigt som Drashin skakade på huvudet. ”Men Diriska här skulle mycket väl kunna frammana en bild av honom.”

Diriska såg tvekande på henne. Hon funderade på hur hon skulle göra. Hon hade lärt sig många nya saker hon kunde göra dem här senaste månaderna. Nomra spjuten, att hela folk, portöppningarna. Mira drog henne till sig och förklarade snabbt hur hon skulle göra.

Hon nickade sakta och slöt ögonen. Hon koncentrerade sig på mannen som stått i luften ovanför dem innan de lämnat Soma. Ett kort skratt från Sami fick henne att öppna ögonen. Framför dem strax ovanför bordet stod Marish i sina svarta kläder och den svarta kisharan. Han blick gick över dem alla. Han rörde på munnen men inget ljud kom. Diriska hade enbart framkallat honom, inte hur han lät.

"Man skulle kunna missa honom helt", flämtade Sami.

Mannen i luften vände sig om, tvekade, viftade med sina fingrar på vänster hand mot Drashin. Diriska koncentrerade sig lite till.

"Nästa gång, Drashin, bränn dessa också", sa Marish med en suck. "Jag är så trött, broder."

Mannen försvann och alla stirrade där han hade stått. Emelie knackade på Samis arm och gjorde några frustrerade tecken mot honom. Han svarade och hon stirrade först på honom och sedan fundersamt ner i bordet.

"Han sa att han är trött", viskade Johanna till slut. "Vad menar han med det?"

Drashin blinkade till och stirrade undrande på sin syster. Diriska nickade sakta, det var vad som hade förbryllat henne. Marish var trött.

"Nu när jag tänker efter", sa Mira sakta. "Han bad dig nästan att döda honom. Men han försvarade sig ändå när du angrep honom."

Emelie slog handen i bordet så att alla hoppade till. Diriska såg hur hon tecknade snabbt med händerna och såg på dem allihopa.

"Han planerar något, säger hon", förklarade Sami. "Han vill möta Markus igen, men nu är inte rätt tidpunkt. Hon tror att han kommer att hålla sig borta från striderna så mycket han bara kan. För att sedan ställa sig öga mot öga med Markus. Eller mot denne Asharak som du berättade om, Mac."

"Jag tror hon har rätt", sa Diriska och nickade. "Jag tror inte att denne Marish är ute efter att ta över. Han är ute efter att få frid. När du misslyckades att bränna hela kroppen fick han inte frid, Drashin. Han vandrade runt i Dödens dal och undrade varför han inte kunde få gå vidare."

Drashin rynkade pannan, lutade hakan mot händerna och stirrade fundersamt ner i bordet. Diriska vill gå runt bordet och hålla om honom, men satt tvekande kvar. Hon visste inte vad kvinnan bredvid honom kände för honom. Emelie stirrade på honom med en fundersam min, sedan vände hon sig mot Sami och rörde så snabbt på händerna att Diriska trodde att ingen skulle förstå.

"Är det verkligen läge att göra det nu?" sa Sami trevande och sneglade mot sin vän.

"Hon har rätt", sa Johanna. "Han behöver något annat att tänka på, Sami. Berätta för honom och ställ din fråga."

"Visst, visst", sa han och vände sig mot Drashin. "Jo, Mac. Det är en sak."

Drashin stirrade fortfarande ner i bordet med en fundersam min. Emelie slog till honom i bakhuvudet. Han ryckte till och stirrade frågande på henne. Hon nickade menande mot Sami.

"Va? Vad?" undrade Drashin.

"Jo", sa Sami och drog handen genom det korta håret. "Jag skulle vilja att du ska vara min bestman."

"Ska du gifta dig?" utbrast generalen och skrattade till.

"Man får gratulera till denna lycka", mumlade Mira och böjde lätt på nacken. Diriska böjde också på nacken med ett litet leende.

"Vem är den olyckliga som ska gifta sig med dig?" skrattade Drashin och fick en irriterad blick från Mira. "Berätta så jag får försöka prata henne till rätta."

"Det är Angelika", sa Johanna ner i sin kopp. "Vår kusin."

Drashin stirrade på Sami med öppen mun. Hans vän ryckte generat på axlarna.

"Du gifter dig med min kusin", sa Drashin sakta. "Är du från vettet, människa? Väljer du frivilligt att få den där kärringen som svärmor?"

"Markus", sa hans syster stilla.

"Så länge man inte behöver träffa henne för ofta så går det bra", sa Sami försiktigt och sneglade mot Johanna.

"Jag har hållit mig undan från henne i snart fyra år", muttrade Drashin. "Det är ändå inte tillräckligt om du frågar mig."

"Markus", sa Johanna och slog sin hand i bordet. "Det räcker nu. Jag vet att du och moster Berit inte kommer överens, men det behöver inte drabba alla andra. Sami och Angelika ska gifta sig. Sami vill ha dig som bestman. Ställ upp och gräv ner stridsyxan för denna gång."

Drashin stirrade bittert på henne innan han tillslut nickade sakta. Diriska andades ut. Hon visste inte att hon hållit andan. Emelie klappade honom gå axeln igen och flinade. Hon tecknade snabbt med händerna mot honom och han gav till ett kort skratt.

"Det skulle väl bli ganska roligt att se hennes min om jag står där framme", sa han. "Men jag tycker inte om att gå i kostym. Det känns så stramt."

"Vi ska hålla ceremonin utomhus om det är väder", sa Sami och flinade. "Du skulle kunna dyka upp i dem där schysta kläderna du bär i andra världen."

"Det skulle få henne att tappa hakan", skrattade Drashin. "Dock vet hon inte vad jag är. Hon känner inte till drakriddarna och andra världen."

"Jag skulle väl kunna övertyga henne", sa Diriska lugnt och log mot dem båda männen.

"Hon skulle kunna frammana minnen från våra strider i Soma", sa Mira sakta och nickade. "Och andra tillfällen som han har varit med om. Andra personer som korsat hans väg genom åren."

"Är det ungefär som det Markus visade?" sa Johanna försiktigt.

"Nästan", sa helerskan. "Jag är inte tillräckligt stark för att kunna göra det. Men Diriska här är antagligen den starkaste varelsen i andra världen, bort sett från Shayola, Harmsna och Ma'sharos'tian."

"Till och med starkare än de tre drakarna?" frågade Sami och visslade till.

"De tre är svagare än henne, ja", sa Drashin och log stort mot Diriska. "Ingen mänsklig varelse kommer i närheten av hennes krafter. De tre från Draktand skulle inte klara av det som hon gjorde nere i Soma."

Hans syster och de två andrastirrade häpet på Diriska som generat slog ner blicken i bordet. Mira tvekade en aning innan hon lade en hand på hennes axel.

"Diriska är den starkaste av de fyra drakarna som ännu är i livet", sa hon sammanbitet. "Den sista som har hittat sin plats i de mänskliga rasernas värld."

Diriska gav helerskan en plågad blick. Drashin drack bara lugnt från sin kopp, grimaserade och muttrade om kallt kaffe. De andra stirrade förbluffat på henne.

"Hon är en drake", sa Drashin och ställde bort koppen. "Hon är medlem i Dödens skvadron och har varit mycket till hjälp under försvaret av Karash."

"Det är därför hon har förmågan att frammana minnesfragment", mumlade Johanna. "Kan du få fram alla möjliga sorters minnen?"

"Det tror jag", sa Diriska försiktigt och såg sammanbitet mot Drashin. "Jag har aldrig gjort det innan."

"Vi kan ägna kvällen åt att öva", sa Drashin och log mot henne. "Du kan öva på oss allihop och plocka fram olika minnen från oss allihop."

Diriska såg på de andra en efter en. Alla nickade mot henne. Bara Mira gjorde det något tvekande, men de fyra från första världen nickade ivrigt. Hon drog efter andan och nickade bestämt. Hela kvällen plockade hon fram minnen från dem allihop, även från sig själv.

18

Morgonen efter vaknade Diriska av röster från stora rummet. Hon klev snabbt upp och tog på sig klänningen. Hon såg snabbt ner på den. Det var långa revor i fållen efter flykten från Karash och några hål i tyget. Hon lagade kjolen med magi och ändrade på den. Hon gjorde kjolen blå och toppen röd, med långa gula rankor över ärmarna. Det gula märket över vänstra brösten glänste ännu mer än det brukade. Hon band det gula bälte om midjan och gick ut ur rummet.

Johanna och Mira satt redan vid bordet och drack te. Mitt emot dem båda satt två andra kvinnor. Det syntes tydligt att det var mor och dotter. Flickan var söt, med sitt långa ljusa hår i en fläta och stora blå ögon. Hennes mor var som en äldre bild av sin dotter. Detta måste vara hans moster, Berit, och Angelika, hans kusin.

"Så det är dags att vakna nu, Diriska", sa Mira utan att se upp från koppen. "Bara för att du tillhör *hans* grupp, behöver du inte sova hela dagen."

"Det är fortfarande tidigt, fru Mashok", sa Johanna med ett skratt. "Jag vet inte hur tidigt ni brukar gå upp, men ibland får man ta sovmorgon. Jag hoppas att ni sovit gott, Diriska."

Diriska böjde lätt på nacken, gav Mira en irriterad blick, och böjde sedan på nacken mot dem två andra kvinnorna.

"Ett nöje att få träffa er", sa Hon. "Jag är Diriska."

De två kvinnorna presenterade sig snabbt. Och Diriska satte sig bredvid Mira vid bordet. Johanna hällde upp en kopp te åt henne. Hon såg sig frågande omkring.

"Är han inte vaken ännu?" undrade hon, Berit fnös åt hennes fråga.

"Markus är inte tillbaka från staden ännu", sa Johanna utan att se på sin moster. "Han borde vara tillbaka när som helst. Han tog motorcykeln."

Diriska undrade vad en motorcykel var för något när det hörde ett dundrande utanför. Hon växlade en frågande blick med Mira. Johanna bara ställde ner koppen lugnt.

"När man talar om trollen", sa hon lågt.

Dörren öppnades och stängdes med en smäll och det hördes springandes steg. En liten pojke kom in med en stor påse i handen och ett upphetsat leende.

"Mamma!" ropade han. "Mac är hemma! Mac är hemma!"

"Jag vet, Samuel", sa Johanna lugnt. "Han kom igår tillsammans med Mira och Diriska här."

Pojken stirrade gapande på de två kvinnorna. Han formade Miras namn med munnen. Drashin hade tydligen berättat mycket om henne. Mira reste sig, gick fram till pojken och satte sig ner på huk framför honom. Hon log vänligt mot honom. Diriska såg att även hon hade på sig sina egna kläder igen. Det fanns några revor och hål i byxbenen och ena ärmen hade en lång reva.

"Jag är Mira Mashok", presenterade sig helerskan. "Jag är en mycket god vän med din morbror."

"Är det du som helar Drashin i alla sagorna som Mac berättar?" viskade pojken.

"Oftast är det så", sa Mira med ett skratt. "Nu senast har även Diriska hjälpt till."

Diriskas leende stelnade till en aning när Berit fnös igen. Kvinnan skulle bli svår att övertala om vem Drashin verkligen var. Pojken stirrade över Miras axel mot henne. Även Angelika stirrade på Diriska, eller snarare på märket på hennes klänning, det hade hon gjort sedan Diriska kom in i rummet. Diriska undrade om hon visste vad det betydde. Det hördes nya ljud utanför och pojken ryckte till. Han flinade stort mot Mira innan han skyndade förbi henne. Han lade påsen på bordet. Han nickade hövligt mot Berit och Angelika innan han vände sig mot sin mor.

"Mac bad mig gå in med detta", sa han. "Sami och Emelie är där ute också."

Han rusade ut genom dörren igen innan någon hann reagera. Johanna skrattade till och såg roat efter honom.

"Han beundrar verkligen Markus", sa hon och plockade upp påsen. "Han älskar att lyssna på alla sagorna han kommer med efter varje resa."

"Pojken borde kanske inte lyssna allt för mycket på hans berättelser", sa Mira med ett skratt. "Dem måste verka lite väl otroliga för er."

"Jag kan hålla med om att det verkade lite underligt först", höll Johanna med. "Men så fick jag träffa några av alla dem som var med i hans berättelser och då var det inte lika svårt att tro på dem längre."

"Det är säkerligen bara bluff och båg alltihop", muttrade Berit och tog en kaka. "Han är inte att lita på, tro på mitt ord."

Diriska såg sammanbitet på kvinnan. Johanna verkade hon vara vänligt sinnad mot, men så snart någon nämnde Drashin blev hon tvär. Johanna suckade, men sa inget. Mira smuttade lugn på sitt te.

”Jag skulle nog inte säga att det är så mycket bluff och båg”, sa Mira fundersamt. ”Dock har han en förkärlek att överdriva lite.”

Berit rynkade på pannan och såg stint på Mira.

”Så du känner honom”, sa hon bara.

”Det gör jag”, sa Mira kort. ”Vi har gjort en del resor tillsammans genom åren.”

”Då borde du veta vad han är för en person.”

”Det vet jag verkligen. Han är otrevlig mot kungligheter. Gör min make vansinnig med sin brist på disciplin. En mer grälsjuk person får man leta efter. Har förstört ett flertal byggnader genom åren. Antingen ensam eller tillsammans med andra.”

Diriska gav Mira en hård blick. Det var mannen som gjorde allt för att rädda Soma hon talade om. Angelika såg tvivlande på helerskan, men Berit nickade om än en aning fundersamt. Johanna satt bara lugnt och smuttade på sitt te.

”Men”, sa Mira och spände ögonen i den äldre kvinnan, ”han är också den mest oegoistiske mannen jag mött. När han bestämt sig för något så går han in i det med hjärta och själ. Han skulle offra sitt eget liv om han så bara skulle rädda ett enda. Har han lovat en sak gör han allt för att hålla det löftet. Han har räddat mitt liv flera gånger och jag är skyldig honom mycket för det.”

Diriska såg med tillfredställning hur kvinnans ögon blev större och större. Slutligen bara hon satt och gapade. Helerskan bara såg helt lugnt på henne.

”Är det därför som du alltid tar pengar från min kammare, Mira?”

Alla hoppade till och stirrade mot Drashin som stod i dörren. De andra stod och flinade bakom hans rygg. Diriska såg att han höll i sina två svärd. Hon lade märke till att hans hår var kortar än innan. Han måste fått det klippt under morgonen. Samuel höll i hans andra hand.

”Dem tar jag för att du är du”, sa Mira och log stålande mot honom.

”Du har en make, Mira!” utbrast han och slog ut med armarna. ”Ta hans pengar!”

”Men det är ju för att jag...”

”Säg det inte! Det går bara åt helvete.”

”Vad menar du?” frågade Sami som glatt tecknade för Emelie. ”Vad ska hon inte säga?”

”Hon har fått för sig”, berättade Drashin, ”att varje gång hon säger att det är för att hon älskar mig, så gör jag allt hon vill. Det går illa för mig varje gång. Senaste fick jag en pil i axeln.”

”Det var ditt eget fel”, sa Mira lugnt. ”Du skulle inte sprungit efter fienden.”

”Gången innan det”, sa Drashin och ignorerade henne, ”gick det ännu värre. Jag dog, Mira.”

”Jag återupplivade dig”, svarade helerskan fortfarande lika lugnt.

”En annan gång föll jag ner för Kameral.”

”Vad är Kameral?” undrade Sami.

”En stor kanjon. Bron jag sprang över gick sönder. Jag klarade mig bara för att det var mycket vatten i floden trehundra meter längre ner. Jag spolades upp i Mosker tre mil nerströms. Jag bröt två revben och ena armen den gången.”

Berit slog handen i bordet med en smäll. Diriska stirrade frågande på henne.

”Vad är detta för trams?” fräste hon. ”Du går bara runt och driver hela dagarna, gör inget för att hjälpa stackars Johanna. Sedan går du och hittar på sådana här historier. Att du inte skäms, Markus!”

Angelika stirrade på hans kishara. Hon svalde och lyfte blicken mot sin kusins ansikte. Hon pekade på tygstycket med ett darrande finger.

”Är det där verkligen sant?” frågade hon tvekande. ”Är det verkligen du?”

Diriska såg på hans fundersamma min. Sedan lyfte han blicken mot henne och vinkade henne till sig. Han vände sig kort mot dem bakom honom. Han tecknade åt dem att gå till bordet. Dem nickade kort. Sami och Emelie log stort mot Diriska när de passerade henne. Samuel gav henne en nyfiken blick.

När hon kom fram till Drashin såg hon upp i hans ansikte. Han log vänligt mot henne, tog hennes hand och förde den mot sin panna.

”Precis som du övade i går, Diriska”, sa han vänligt. ”Låt oss visa vilka vi är.”

Hon nickade kort och letade snabbt upp flera minnesfragment hos honom. Dem flesta var från Soma, eftersom dem var färska. Men hon hittade flera andra. Hon lät sitt sinne glida över till Mira och fångade några få minnen från henne också. Tillsammans med sina, Drashins och Miras minnen började hon visa upp vad som hänt.

Berit skrek till när Samares huvud dök upp alldeles bredvid hennes. Det vita ärret var täckt av smuts och blod. Men han gick med beslutsamma steg mot Mira. Överste Sarasha stod som förstenad bredvid helerskan. Hon gick fram till draken med ett stort leende i sitt smutsiga ansikte. Hon såg sig om över axeln mot översten.

"Jag ska med familjen till strid." Hon vände sig mot en mindre drake ett stycke bort. "Tack Sirska. En dag kommer du att bli en stor krigare. Se och lär av Samare."

Mira klättrade upp på Samares rygg och dem båda vände och skyndade bort till de trehundra drakarna som väntade på dem och i ett gemensamt vrål gick de båda till anfall, tillsammans med resten av Dödens skvadron, mot demonerna framför sig.

"Vad var det där?" flämtade Berit skräckslaget när allt flimrade till.

"Det var Samare!" utbrast Samuel upphetsat. "Mac har beskrivit honom. Wow, vad han var stor."

Allt ändrades igen och nu var dem tillbaka i skogen där det sista bakhållet varit. Alla stirrade mot Drashin där han ensam satt på sin häst och bistert spanade in bland träden framför sig. Diriska ville inte se detta igen, men stål satte sig. Drashin såg på det med ett milt intresse.

"Jag mins inte så mycket av det här", sa han frånvarande.

Hästen framför dem vände om. De andra flämtade till när de såg hans bistra ansikte. Någon, Diriska trodde det var Johanna, skrek till när eldkloten exploderade intill honom. Sedan ännu en gång när han var på marken. Diriska såg hur hon själv rusade fram till honom. Då klädd i den ljusblå klänningen, innan hon blev en medlem av Dödens skvadron. Mira kom farandes genom luften igen och Samare som skoningslöst störtade ner bland demonerna framför. Minnet flimrade till och alla stirrade på de tre.

"Vi har inte bara krigat", sa Drashin med ett skratt.

Det flimrade till igen. Nu satt allihop runt en lägereld. De var där alla. Drashin, Diriska, Krashak, Liana, Tirasine, Ranin, tvillingarna Kalar och Sareas, dvärgarna Norek och Meeko. Även de tre klipptrollen, Rasham, Frash och Dram, var där. Dem pratade och skrattade runt elden. Detta var några kvällar före bakhållet. Liana hade ännu inte sin kishara och Diriska bar denna dagen en mörkare blå klänning. Hon hade även de tre färgade banden inflätade i sitt hår.

"Kommer ni ihåg när vi fick Krashak att springa naken genom Gnara?" skrattade Norek. "Vad hade vi gjort då?"

"Du, Tirasine och Kalar stal mina kläder medans jag var i badet", grymtade klipptrollet runt pipans skaft. Han vände blad i sin bok. "Sedan började ni gasta om att byn var under anfall av demoner. Jag hade inget val än att lämna badet och springa."

"Ni skulle tagit hans yxor också", skrattade Rasham och dunkade översten i ryggen.

"Vi kan inte bära dem där åbäkena", sa Kalar och skrattade. "Men det var roligt att se översten springa och vifta med de två yxorna medan han, naken, vrålade att han skulle klyva oss på mitten."

Alla runt elden skrattade och det flimrade till igen.

Nu var det plötsligt ett dunkelt rum. I en stor säng låg en flicka nerbäddad. Diriska lutade sig närmare och såg att det var prinsessan Marin. Intill sängen stod Drashin och stirrade oroligt ner på henne. Mira satt vid en stol på andra sidan och hängde trött med huvudet.

Diriska såg på honom. Ena armen hängde slappt vid hans sida och den vita skjortärmen var röd av blod. En strimma av blod hade runnit ner från ett sår från hans panna, och det vänstra ögat var nästan igensvullet.

"Varför låter du mig inte hela dig?" frågade Mira och lyfte på huvudet. "Du har stått där i tre dagar nu, Drashin. Låt mig ta hand om dina skador. Prinsessan sover och hon kommer att klara sig. Du kom med henne i tid. Du räddade henne."

Han skakade på huvudet.

"Hon kan behöva dig mer än jag", sa han bistert. "Jag klarar mig. Mitt liv för hennes."

Mira suckade och tog sig för pannan. Flickan i sängen rörde på sig och helerskan reste sig genast upp. Hon lutade sig över prinsessan och log stilla. Marins ögon öppnades sakta och hon såg upp mot Mira.

"Välkommen tillbaka, ers höghet", sa helerskan lättat. "Du är i säkerhet nu."

"Drashin?" frågade flickan matt och följde helerskans blick.

Han drog efter andan och suckade lättat.

"Det var på tiden, prinsessa", sa han och log mot henne. "Det var på tiden."

Sedan kollapsade han på golvet. Mira skyndade sig runt sängen.

"Drashin!" utbrast prinsessan oroligt och sträckte ut handen mot honom.

Det flimrade till en sista gång och rummet blev åter som vanligt igen. Berit stirrade vantroget på de tre. Angelika såg på Drashin med en blandning av förvirring och oro. Johanna, Sami och Emelie hämtade sig ganska snabbt. De hade sett varandras minnen kvällen innan. Endast Samuel verkade någorlunda oberörd, han såg upphetsat upp mot Drashin.

"Det, moster", sa Drashin vänd mot Berit, "är bara en liten del av vad jag gör när jag inte är här. Jag är ledare för en prinsessas livvakt. Jag är något som kallas för drakriddare. Jag tror att Angelika kan förklara lite närmare vad det är för något, eftersom hon verkar vara en informatör. Där borta kallas jag för Drashin. Jag är general bland drakriddarna och jag för befäl över Dödens skvadron.

Vi tre har precis kommit från ett krig i ett rike som heter Soma. Vi har retirerat från landet, då vi inte kunde rädda det. Vi har räddat dess folk, men landet är förlorat. Vi är på väg tillbaka till kungariket Amdoria och staden Terabelle. Där ska vi börja göra upp planer för att fortsätta detta krig, och sätta stopp för Asharak.

Det enda ni här kan göra är att be för att han inte ska föra sina demoner till denna världen. Vi har inte tillräckligt med folk att strida i två världar."

Han vände sig mot Johanna och fick en plågad min.

"Den här gången kan jag inte lova att komma hem, syster", sa han sorgset. "Jag måste göra allt jag kan för att stoppa våra fiender."

"Bröllopet då?" sa Sami och lade en hand på hans axel. "Du ska va min bestman, min vän."

"Vi kommer", sa Diriska och log mot honom. "Jag ska ta med honom tillbaka i tid."

"Tack", sa Sami och räckte över en lapp till henne. "Här är datumet. Se bara till att inte komma så smutsig den här gången, Mac."

Drashin bara grymtade till svar och såg mot Diriska. Hon nickade bestämt och såg honom stadigt i ögonen. Mira harklade sig och dem vände sig om.

"Det finns ett minne till", sa hon sakta och vände sig mot Diriska. "Ett som jag tror att Diriska behöver se."

Diriska såg oförstående på henne. Ett minne till? Som hon behövde se? Mira gick fram till henne, grep tag i hennes händer och förde dem till sitt huvud. Hon log vänligt och en sorgsen glimt fanns i hennes ögon.

"Detta är när jag och Samare besökte gården", sa hon bara.

Diriska blinkade till när rummet flimrade och försvann. Gården? Hon såg sig om och gav ifrån sig ett litet sorgset skri. Hon såg den förfallna ladan och resterna av huset. Det var hennes hem, familjens gård. Hon såg hur Mira och Samare tillsammans med tre andra människor kom till gården. En rörelse vid huset fick henne att röra minnesbilden. I det höga gräset, bland trasiga plankor, låg en drake och såg uppmärksamt mot människorna. Narika, Samares syster. Drakens blick gled mot skogen och Diriska lät bilden röra sig igen. Där alldeles utom synhåll för människorna gömde sig flera hundra drakar och stirrade mot gården. Drakarna från Dödens skvadron...

"Så det var dem jag hörde", mumlade Mira.

Diriska lät bilden gå tillbaka mot Mira och Samare. Nu hade dem gått fram till fyra små högar med varsin sten. Diriska kved sorgset igen och hon kände hur Drashin lade sin hand på hennes axel. Gravarna som hennes familj låg i.

Helerskan och draken vände bort från gravarna och gick mot huset igen. De två stannade en bit från det och Diriska såg hur Mira torkade bort en tår från kinden. Människorna stod på respekterat avstånd och betraktade det hela. Mira lade en lätt hand mot Samare och vände mot de andra. Efter några steg vände hon sig om mot Samare som stod kvar och stirrade bistert mot Narikas gömställe.

"Samare, det är dags att gå."

Han reste sig upp på bakbenen och svepte med handen över gården.

"Detta var drakmoderns bo!" Diriska översatte för dem andra när Samare talade. Tårarna rann ner för hennes kinder. "Här levde hon i frid i tusen somrar. Med en familj av människor. Här var hon lycklig. Det må ha varit människor, men det var hennes familj. Vi vet alla vad en familj betyder för en drake. *Familjen är helig!*"

Människorna från första världen hoppade till när Samare slog sina knutna händer hårt i marken. Det var nästan så att Diriska kunde känna hur marken skakade från hans styrka.

"Familjen togs ifrån henne! Det heligaste av det heliga togs från drakmodern! Den fallne tog hennes familj! Nu är hon ensam!

Hon har sökt sig till Drashin och Dödens skvadron. Med Dödens skvadron söker hon hämnd! Vi ska ge henne hämnd! Drashin har välkomnat henne, även om han inte vet vad hon är. Trots att han inte vill veta av de stora, har han tagit emot drakmodern.

Han har välkomnat drakmodern! Nu skall *vi* välkomna henne! *Vi* ska bära hennes smärta! *Vi* ska föra fram hennes hämnd! Vi är Dödens skvadron och vi skall hämnas drakmoderns familj!"

Ett dovt muller kom från skogen när varenda drake där inne började morra ilsket. Diriska ville morra hon också, men Drashins hand höll henne tillbaka. Samare reste sig upp på bakbenen igen och slog sin knutna hand mot bröstet.

"Vi är Dödens skvadron! Vi är Dödens skvadron!"

Diriska brydde sig inte om att översätta mumlet som kom från drakarna runt om i skogen. Familjen är helig! Hämnas drakmoderns familj! Vi är Dödens skvadron! Samare gled ner på alla fyra igen och vände sig mot Mira som väntade på honom. Han såg sig över axeln mot Narikas gömställe.

"Var redo för strid, bröder och systrar. Detta är bara början på vår strid mot den fallne. Låt oss strida för Diriska, för drakmodern!"

Minnesbilden flimrade till och försvann. Det var tyst i rummet. Endast Diriskas snyftningar hördes. Mira kom fram och tog hennes hand i båda sina och tryckte milt om den. Diriska såg på henne.

"Samare och de andra drakarna har redan gjort sitt val att strida för dig, Diriska", sa hon vänligt. "För dig och Liana. I Karash var Liana den första människa, efter mig själv, som faktiskt kunde röra sig fritt bland de vilda. Jag tror till och med att de har gett henne ett namn."

"Draak nari", sa Drashin. "Tror jag att dem kallar henne. Några har till och med kallat henne 'Draak Liana Diriska'"

"Drakflicka?" sa Diriska och torkade kinderna. "Drake Liana Diriska?"

"Dem kallar Mira för 'Draak osar' och 'Draak Mira Samare'", fortsatte Drashin.

Diriska såg frågande på Mira, som nickade kort. Drakarna kallade henne för 'helande drake'? Och 'drake Mira Samare'?

"Det är antagligen för att de ser mig och Samare som far och dotter", sa Mira och log. "Samare tog hand om mig när jag var liten och mina föräldrar dog. Jag tror att dem ser Liana som ditt barn."

Diriska nickade långsamt. Liana var hennes barn, även om de inte var av samma sort. Alla i Lianas familj hade varit hennes barn. Ända sedan den dagen då Sarek och Jalina välkomnade henne till familjen. Hon blinkade till när Mira harklade sig. Helerskan log vänligt mot henne innan hon riktade en bestämd blick mot Drashin.

"Vi måste ge oss av", sa hon. "Jag vet inte hur Hiram har bestämt att
resa. Men jag gissar att hon använder sig av portöppningar. Hon är nog
redan i Mosker, kanske redan i Amdoria."

"Hiram må vara stark, Mira", sa Drashin tvekande. "Men inte ens en
ängel kan skapa portöppningar hela vägen från Soma till Mosker eller
Amdoria. Hon kan absolut inte skapa för många på bara en dag. Varför
tror du vi var tvungna att vänta tills idag för att resa hem. Inte ens Diriska,
som är starkare än någon av de tre, skulle kunna skapa två portöpp-
ningar mellan två världar på samma dag."

Diriska blinkade till. Hon hade inte ens känt sig trött efter att skapat
den portöppningen. Han märkte hennes reaktion och log mot henne.

"Jag har fått reda på en del från Ma'sharos'tian, Diriska", sa han vän-
ligt. "Inte ens han, och han är starkare än du, kan skapa två sådana öpp-
ningar utan att vila en natt. Skulle du vara vänlig att öppna porten? Vi
måste ge oss av."

Diriska nickade och manade fram portöppningen. Hon valde att pla-
cera den i dörren. Ett lågt mummel kom från människorna från första värl-
den. Mira tog Johannas händer i sina och log mot henne, lade en hand
på pojken Samuels huvud. Hon böjde artigt på nacken för Drashins mos-
ter och hans kusin. Hon log stort mot Sami och Emelie. Sedan gick hon in
genom porten och försvann.

Drashin kramade om sin syster, rufsade om håret på sin systerson
och nickade kort mot mostern och kusinen. Medan han tog farväl av sina
vänner tog Johanna Diriskas händer i sina. Hon såg stadigt in i Diriskas
blå ögon med sina gröna.

"Ta hand om honom åt mig", sa hon tyst och log. "Jag vet att du hyser
känslor för honom. Om han någonsin skulle bli för dyster ta hit honom.
Dem båda där borta får honom alltid att glömma bort vad det än är för be-
kymmer han har."

Diriska log generat tillbaka. Hon nickade kort mot de två sittandes
kvinnorna. Hon böjde något på nacken åt Sami och Emelie. Den döva
kvinnan log stort mot henne, slog armarna om henne och kysste hennes
kind. Diriska såg förbluffat på henne.

"Diriska", sa Drashin och räckte fram handen mot henne. Hon tog
hans hand och följde efter honom genom portöppningen. Tillbaka till sin
egen värld.

19

Liana såg som hastigast över axeln. De moskiska soldaterna marscherade trötta in genom portarna till Garatur. Utav tretusen soldater återvände strax över tolvhundra. Kung Lamas, prinsessan Shiina och Hiram hade ridit in till staden för att tala med drottning Famala.

De amdorianska och somiska soldaterna satt trötta på marken. Drakryttarna hade alla farit hem på sina drakar så snart dem hittat varandra igen. Så även alla vilda drakar, utom Samare. Liana undrade när de själva skulle komma hem igen.

Alla magiker hade vaknat igen strax efter de passerat Hamapasset. Asina hade sett mycket generad ut över alla komplimanger över hennes styrka och stora mod. Sareas hade bara hängt trött med huvudet.

Asina och Sira var de enda drakryttarna som fortfarande var kvar med de andra. De båda höll sig lite för sig själva, men aldrig långt borta från drakriddarna. Dem verkade föredra drakriddarna före soldaterna.

Inte långt bort från drakriddarna satt klipptrollen. Det var den enda gruppen som fortfarande verkade ha någon energi kvar. De skrattade sina bullriga skratt och spelade något spel. En del till och med brottades med varandra. Rasham, Frash och Dram fungerade som domare.

Liana vände blicken mot den lilla elden som brann framför henne. De båda drakryttarna satt vid den också. Så även Sareas, Kalar och Krashak. Krashak puffade nöjt på sin pipa, med han lugnt bläddrade i sin bok. Krashak, Alram och klipptrollen var de enda som inte visat någon större oro över att Drashin och de andra försvunnit.

Kalar sträckte sig fram och tog tag i den lilla kitteln. Han hällde upp lite te i en mugg och räckte den mot Sira, hon tog emot den med en tacksam nick. Nästa fick Asina. Den unga kvinnan sneglade då och då mot Sareas som fortfarande, två dagar efter Hamapasset, såg sliten ut. Han tog emot muggen från sin bror, men stirrade trött in i elden. Aylia och Jali satt lutade mot varandra och sov. De var också utmattade efter tunnlarna.

"Vart försvann generalen egentligen?" frågade han och sneglade mot Krashak.

"Han sa något om att varna 'henne'" sa Krashak utan att ta blicken från boken. "Så jag skulle nog säga att han är i första världen med sin syster just nu."

"Och Mira och Diriska följde med honom?" sa alven.

"Ja, det blev inte bättre än så", sa klipptrollet lugnt och bytte sida. "Jag tror att Mira försökte hindra dem att gå, men blev själv indragen. Det är svårt att gå tillbaka när man väl börjat gå genom en port."

"Hur länge kommer dem vara borta?"

"Svårt att säga. Men eftersom han tog med sig Diriska så kan det mycket väl hända att de tre kommer vara tillbaka inom kort. Kanske redan idag."

Liana såg upp på översten. Han bläddrade vidare i sin bok, helt oberörd. Hon undrade hur Diriska kände sig. Att befinna sig i en helt ny värld, bara med Drashin och Mira. Dessutom vara där över en natt. Liana själv hade velat stanna längre för att få se mer av den. Troligen skulle inte Drashin tillåta det. Han skulle säkerligen säga något om att snabbt ta sig därifrån igen.

Liana vred på huvudet när ett knarrande från en vagn kom emot dem. Den var dragen av två stora hästar som lugnt trampade på. Liana tyckte att de verkade lite underliga, men glömde helt bort dem när hon fick se mannen på kuskbocken. Det var troligen den största man som hon någonsin sett. Minst lika stor som Krashak, kanske till och med större.

Han bar ett par grova kängor och ett par svarta säckiga byxor. Trots värmen hade han en stor grov rock på sig, en sjal var virad om ansiktet och en stor, tjock mössa över huvudet. Mössan buktade på ett underligt vis. Han bar en underlig anordning med mörka glas som dolde hans ögon.

Han stannade till bara några få steg från deras lilla eld och studerade alla framför staden. Krashak slog igen boken försiktigt och reste sig upp. Han gav mannen en fundersam blick. Klipptrollen runt omkring stannade upp mitt i rörelserna, rätade på sig och såg mot vagnen. Även drakriddarna stelnade till en aning när mannen dök upp.

"Kan jag hjälpa er, min vän?" sa Krashak lugnt och tog några steg mot vagnen.

"Vän", brummade mannen buttert och vände blicken mot Krashak. "Få kallar mig vän, drakriddare. Jag är bara en… bonde på resa."

"Jag förstår", sa Krashak och gned ett tjock finger över näsan. Liana visste att han försökte urskilja mannens doft.

"Det är ovanligt att se så många från Kisnatch Lach vandra tillsammans med drakriddare", fortsatte bonden, fortfarande med samma buttra röst. "Och från tre klaner dessutom."

Liana såg hur Krashak blinkade till och sänkte sitt finger. "Hur...?" började han men avbröts av bondens avvärjande viftning.

"Jag är en gammal... man", sa han. "Jag kan flera av era ord och vet vad ni kallar er."

Liana kunde inte låta bli och undra över hans lilla tvekan vid ordet man. Flera av drakriddarna verkade också uppmärksamma hans ord och några grep till och med efter sina vapen. Bonden såg över dem och grymtade surt.

"Skulle man kunna fråga vem som för befäl över denna lilla grupp?" frågade han utan att röra sig. "Det är väl knappast ni, överste Krashak Do'shank?"

"Ni vet vem jag är", sa Krashak bara.

"Finns bara en från Kisnatch Lach inom ordern", fnös bonden. "Jag ser er sju från den minsta skvadronen. Dock verkar inte er general finnas här. Kanske är han i staden."

"General Drashin är inte här just nu", sa Krashak och lade sina väldiga armar över bröstet. "Ängel Hiram för befäl över Dödens skvadron i hans frånvaro."

"Ängel?"

"Alla Kisnatch Lach och drakriddare du ser här, bonde, tillhör Dödens skvadron", fortsatte Krashak. "Så gör även ängel Hiram."

Bonden såg mot Krashak, sedan lät han blicken glida över krigarna närmast honom. Liana kände hur hans ögon passerade henne. Det fanns ingen fientlighet i hans blick. Bara en nyfikenhet som påminde mycket om Ma'sharos'tians. Bonden fnös igen.

"Ängel", muttrade han surt, och en aning sorgset tyckte Liana. "Inte mycket för änglar. Irriterande varelser." Hans blick föll på Samare som betraktade honom med misstänksamma ögon. "Ha, är du också här, din tok! Har inte sett dig på flera år. Är du också en del av den här... skvadronen?"

Samare svarade honom på drakarnas språk och svängde irriterat på ena handen. Bonden nickade bara och vände sig mot Krashak igen. Liana undrade hur Samare och bonden kände varandra.

"Var kommer ni ifrån, drakriddare?" frågade bonden.

"Söderifrån", svarade Krashak misstänksamt. "Soma."

"Jag förstår", sa bonden med en grymtning och plockade upp tyglarna till hästarna igen. "Ni begav er ner för att strida mot demonerna där nere. Av vad jag ser här gick det inte så bra."

Han började vända vagnen igen för att ge sig av. När han var färdig stannade han upp och såg mot Krashak igen.

"Soma var bara början, drakriddare", sa han med samma buttra röst. "Asharak kommer att bli mer aggressiv nu och samla ihop fler av sina demoner. Var redo för vad som komma skall."

Liana blinkade till. Vad var detta för en bonde som visste så mycket om Asharak och var som hänt i Soma?

"Vart skall ni nu, bonde?" frågade Krashak när vagnen sattes i rörelse igen.

"Söderut, tror jag", svarade bonden med sin buttra röst. "Vi kanske ses någon gång i framtiden. Om ödet så önskar."

Samare reste sig upp och ropade något på drakarnas språk. Mannen höjde sin hand i luften och ropade tillbaka, på samma språk! Liana såg gapande efter honom. Vad var det för en man? Samare lades sig ner igen med en fnysning och muttrade något.

Krashak såg fundersamt efter bonden där han försvann in i skogen igen. Sedan satte han sig tillrätta igen och öppnade sin bok. Som om det var signalen återupptog alla det dem höll på med igen. Liana funderade kort vem bonden kunde vara, men glömde sedan bort honom.

De satt där i ungefär en timma innan Hiram, Lamas och Shiina kom tillbaka. Hiram beordrade genast att man skulle göra sig iordning för att marschera igen. Med trötta stön kämpade sig soldaterna upp på fötter igen. Drakriddarna reste sig smidigt upp och släckte sina små eldar. Ingen av dem släppte sina muggar. De två drakryttarna reste sig tveksamt och såg först på muggarna och sedan mot Kalar.

"Behåll dem", sa han kort. "Ni kan dricka under tiden vi går."

Klipptrollen avslutade sina spel och brottarna klappade om varandra med höga skratt och rop. Klipptrollen verkade inte oroa sig för något. Liana hörde Hiram prata med Lamas.

"Jag kan göra en portöppning till Umala i Amdoria", sa ängeln. "Men sedan måste vi gå. Det är ännu för långt till Terabelle för att jag ska kunna nå dit."

"Så länge vi kommer närmare", sa Lamas och lade en hand på hennes axel. "Ju mindre tid vi måste lägga på att marschera desto bättre."

Det var inte många som hade hästar. Bland de knappa åttahundra amdorianska soldaterna fanns som mest trehundra hästar kvar. Av de över femtontusen somiska soldaterna, hade endast tretusen hästar. Varken drakriddarna eller klipptrollen hade några kvar. Eftersom inga drakar fanns kvar så fick även Sira och Asina gå. Samare vägrade buttert att bära någon på sin rygg.

Liana såg bort mot honom där han låg och iakttog Hiram. Han hade inte blivit speciellt glad när varken Mira eller Drashin var med dem vid Hamapasset. Men eftersom Diriska var med de två, höll han sig relativt lugn. Även om Drashin hade givit Hiram befälet över trupperna, vägrade han lyda hennes order. Hiram såg osäkert mot draken.

Med en suck skapade ängeln portöppningen och vände sig mot Samare.

"Vill du vara först genom denna också?" frågade hon hövligt och visade med handen.

Han reste sig med ett dovt morrande och promenerade sakta in genom porten. Som om det var signalen vandrade amdorianerna först genom och sedan somierna. Drakriddarna och klipptrollen stod lojt och väntade på sin tur. Krashak gick fram till Hiram och klappade henne vänligt på axeln.

"Bry dig inte om honom", sa han uppmuntrande. "Så snart generalen och Mira är tillbaka så kommer han bli sitt vanliga buttra jag igen."

"'Vanliga buttra jag?'" sa Hiram och stirrade på honom. "Vad tusan är han nu då?"

"Buttrare?" föreslog Meeko med ett kort skratt. Norek slog honom i huvudet.

"Han är nog bara orolig över att Mira försvann", sa Krashak och kastade en blick över axeln mot de båda dvärgarna. "Han lugnar sig snart."

Liana skakade på huvudet. Samare hade varit iskall hela deras resa från Soma. Han hade inte rört en min, inte brusat upp, inte gjort något. Han kunde knappast bli lugnare tänkte Liana. Somierna hade gått igenom och Dödens skvadron började gå med Hiram, Krashak och Alram i täten. Aylia och Jali slöt upp jämte Liana och gäspade stort.

Det första som slog Liana så snart de kommit genom porten var att Samare inte fanns där. Han brukade aldrig vara långt borta från Hiram när de marscherade. De hade kommit ut strax norr om byn Umala. Kanske på sin höjd en dagsmarsch norr om den. Hiram såg sig fundersamt omkring och spanade efter draken. Förra gången dem använt porten hade han legat bara några steg från den och stirrat på alla som gått igenom. Men nu var han försvunnen.

Lamas kom ridandes mot dem. Han såg en aning förbryllad ut. "Samare låg framför porten när vi kom igenom", sa han. "Men när lite mer än hälften av mina män kommit igenom, lyfte han plötsligt på huvudet och såg mot öster. Sedan reste han sig och flög iväg."

Liana rynkade på pannan. Hon undrade vad som skulle kunna få honom att bara ge sig iväg. Efter att ägnat nästan två dagar åt att hålla sig nära Hiram och stirrat på ängel. Hiram vände blicken mot öster och knackade tankfullt på läpparna. Hon verkade undra vad som kunde finnas åt öster. Det gjorde i alla fall Liana.

"Det är nog inget viktigt", sa Alram lugnt och klappade Hiram på axeln. "Han kommer säkert tillbaka innan kvällen."

Ängeln nickade tvivlande. Liana kunde förstå henne oro över draken. Han verkade inte lita alls på henne. Speciellt inte nu när både Mira och Drashin var borta. Hon såg mot öster och funderade varför Samare skulle lämna dem så plötsligt. Det var en viss tröst över att den buttre draken fanns i närheten.

Hiram gav order att dem genast skulle fortsätta. Det var fortfarande ljust och dem måste tillbaka till Terabelle. Liana undrade tyst varför hon inte skapade en portöppning till åt dem. Så dem kunde komma fram till staden nu.

"Det är synd att de bara klarar av att skapa en port per dag", sa Salaam och red fram till henne och Krashak. "Tänk så mycket fortare vi hade kunnat komma fram. Så mycket fortare ni hade kunnat komma till Soma."

"Tyvärr så har även dem sina brister", sa Krashak och nickade. "Dock tror jag inte att vi hade kunnat rädda Soma, gamle gosse."

"Men vi hade kanske räddat så många fler människor", sa fursten med en suck. "Nå, jag är ändå glad att ni kom och att vi lyckades rädda så många vi kunde."

Det var en aningen tryckande känsla hos alla där de marscherade fram. Liana gick tillsammans med Aylia och Jali bredvid Tirasine och Kalar. De två äldre drakriddarna gick med fundersamma miner och såg rakt framför sig. Liana kunde höra folk som samtalade lågt med varandra, men det var inte den avslappnade tonen hos dem som det brukade vara. Endast klipptrollen verkade oberörda. Även om en del såg sig omkring med fundersamma miner då och då.

Nu gick drakriddarna först. Sira och Asina gick bredvid Krashak. De två drakryttarna såg så små ut där de gick bredvid klipptrollet. Översten gick avslappnat, men de två kvinnorna såg sig oroligt omkring. Så länge

Samare varit med, verkade de båda varit mer avslappnade. Men nu när draken lämnat dem kände de sig ensamma hos främmande krigare.

En timma gick utan att något ändrades på deras väg. Hiram gick längst fram, stödd på sitt långa spjut och iakttog allt omkring sig. Det började värka i Lianas fötter, men hon traskade envist vidare. En rörelse i skogen bredvid fick henne att vrida på huvudet. Något stort rörde sig snabbt förbi kolonnen. Hon skulle just ropa en varning när Samare dök upp på vägen framför dem.

Hiram lyfte handen och alla stannade. Liana såg undrande på draken. Var hade han varit? Samare spände ögonen i ängeln. Hans stora bruna ögonen verkade mäta och väga ängeln. Den verkade räkna ut hela henne skicklighet med spjutet och svärdet, hur stark hon var inom magin. Liana undrade om han slutligen bestämt sig för att ge sig på Hiram. Ängeln verkade tänka det samma för hon ändrade sitt grepp om spjutet.

"Det här var ju en munter samling", sa Drashin och kom runt draken. Han lutade ryggen mot dvärgdraken, korsade armarna och såg på dem med ett skevt leende. "Ni ser ut som om ni sålt smöret och tappat pengarna. Ni är sena."

"Drashin", sa Hiram lättat och slappnade av. "Var har du varit? När kom du tillbaka?"

"Jag var hemma", sa han kort och rätade på sig. "Det var en sak jag var tvungen att göra. Vi har vart här i nästan tre timmar nu. Kom, Diriska och Mira väntar på oss lite längre fram."

Han och Samare vände om och började gå ner för vägen. Sira och Asina såg bara hastigt på Krashak innan de båda skyndade efter honom. Med ett skrockande passerade klipptrollet ängeln och klappade henne vänligt på axeln.

"Sa ju att han skulle komma tillbaka", sa han med ett kort skratt. "Han kommer alltid tillbaka."

Ordet att generalen var tillbaka spreds som en löpeld genom leden. Trötta ben fick genast nya krafter. Ansikten som hade haft uppgivna miner sken nu upp och alla rätade på sig. Liana kände själv hur hennes steg blev lättare och smärtan i fötterna försvann. Aylia och Jali tog hennes händer och log mot henne. Nu hördes också spridda skratt bland drakriddarna. Hon hörde Rasham skratta till bakom sig och Frash som sa något på klipptrollens språk.

Strax såg de draken och helerskan sitta lugnt på varsin sten och dricka te. Sira och Asina skyndade fram till Mira med glada utrop. Samare lufsade fram till Mira och puffade lätt på henne. Drashin gick fram till Diriska och hon räckte honom en mugg. Han tog emot den och log mot henne. Han vände sig sedan mot dem marscherande krigarna som närmade sig.

"Välkomna tillbaka till Amdoria", sa han och höjde muggen. "Välkomna hem."

Ett sus gick genom leden. De hade kommit hem igen. Av tvåtusen trehundra soldater som lämnade Terabelle för över två månader sedan hade knappt åttahundra återvänt hem igen. Det hade dessutom varit trehundrasextiofem drakriddare som lämnade Terabelle och det kom tillbaka trehundrasextiosex, då Liana varit lärling när hon lämnade staden. Utav klipptrollens femhundrafemtio krigare återvände samtliga.

Kung Lamas, Prinsessan Shiina och furst Salaam kom strax efter med de trötta somiska soldaterna. Drashin höjde muggen ännu högre för dem.

"Välkommen till Amdoria, ers majestät", sa han. "Jag beklagar att jag var tvungen att lämna er så hastigt, men jag är tillbaka. Om bara någon dag är vi i Terabelle och ni kan berätta för Makar vad som hänt Soma."

"Inte ni, general?" undrade Lamas.

"Helvete heller", svarade Drashin och duckade för ett slag från Mira. "Jag tänker hålla mig borta från palatset."

Både kungen och fursten skrockade åt honom. Han grymtade bara och drack lugnt från sitt te. Liana såg hur Diriska leendes skakade på huvudet. Hon undrade vad draken hade sett i den första världen. Liana sneglade på generalen som stod ledigt och pratade med Lamas, Salaam och Hiram. Hon gick snabbt fram till draken tillsammans med Aylia och Jali.

"Hur var det?" frågade hon försiktigt.

Draken ryckte till och tappade nästan muggen. Hon log när hon såg vilka det var.

"Det var intressant", sa hon sakta och såg bort mot Drashin. "Vi träffade hans syster och några vänner till honom. Vi fick spendera natten där. Han verkade avslappnad på ett sätt jag aldrig sett innan."

Liana rynkade pannan. Generalen avslappnad? Hon såg mot honom. Han stod med muggen i handen, allvarlig i blicken och pratade med dem två männen och ängeln. Hon hade aldrig sett honom något speciellt avslappnad någonsin. Inte ens när han drack tillsammans med byggmästare Harinak Tra'mek och Krashak hade han varit avslappnad.

"Det var länge sedan jag sett honom slappna av på det viset", sa Mira. "Att han fick träffa gamla vänner gjorde honom gott."

"Ah, jag förstår att ni träffade unge Sami", sa Krashak. Han kom mot dem puffades på sin pipa. Alram Manros och Rasham var med honom.

"Du har träffat honom?" undrade Mira förvånat.

"Sami, ja", sa Krashak och nickade. "Jag träffade honom för några år sedan när vi var i första världen på ett kort uppdrag."

"Det var en döv flicka med också", sa Mira fundersamt. "Jag visste inte att han hade sådana vänner."

"Emelie" sa Krashak och nickade. "Jag har inte träffat henne personligen, men Tirasine och Ranin har. Flickan råkade ut för något och Drashin fick reda på det. Tirasine och Ranin hjälpte till att få tag på de skyldiga."

"Vad var det som hände?" undrade Jali försiktigt.

"Ingen av dem har pratat om det efteråt", sa Krashak. "Drashin har beordrat att dem att hålla tyst."

Liana såg först på sina två vänner, sedan bort mot Drashin där han stod med ryggen mot dem. Jali muttrade något och Aylia drog händerna över den smutsiga och trasiga klänningen. Silver blixtarna på den var matta av all sot och damm.

"Nå det är inget som angår oss", sa Mira fundersamt. Liana svor att helerskan gärna ville veta mer om vad som hänt. "Men det verkade vara nära vänner med honom."

"De brukar hålla ihop alla tre när han är hemma", sa Krashak och nickade. "Johanna brukar vara den som håller ordning på dem, trots att hon är yngre och har sin son också. Men de gör sken av att lyssna på henne. Och ibland gör de som hon säger."

Diriska skrattade till och Mira flinade stort. Liana stirrade på Krashak och sedan mot generalen. Han vände sig en aning av ljudet från Diriskas skratt, men stannade kvar där han var. Drashin gjorde som någon annan sa? Han som knappt lyssnade på Ma'sharos'tian.

"Jag fick den känslan när vi var där", sa Mira. "De tre verkade vara några riktiga upptågsmakare. Dock sa Johanna att det var den döva kvinnan som var hjärnan av de tre."

"Det stämmer nog inte helt", skrattade Krashak och stoppade pipan i munnen igen. "Det är nog bara som dem gör sken utav. Hon är dotter till en av deras lagmän. Men vad jag har hört verkar de planera allt tillsammans. Alla tre har alltid lika mycket att säga till om. Meeko och Ranin har en hel del att lära sig från de tre."

"Lära sig vad? Från vem?"

Drashin slöt upp hos dem och såg på dem i tur och ordning. Mira gav honom bara en snabb blick innan hon vände sig mot Samare och kliade draken bakom örat. Diriska log mot honom och reste sig upp. Hon tog muggen ifrån honom och stoppade undan den.

"Åh ingenting, ingenting", sa Krashak med ett skratt.

Drashin gav honom en misstänksam blick innan han muttrande skakade på huvudet. Han såg mot Mira.

"Följer du med till Terabelle?" undrade han.

"Asama väntar på mig där", svarade helerskan kort och han nickade. "Samare tar med sig Sira och Asina till Olasi."

Samare grymtade och ruskade på sig. Han vände sitt stora huvud mot de två drakryttarna. Sira böjde respektfullt på nacken mot honom och Asina såg skräckslaget på draken. Liana misstänkte att hon aldrig förr flugit på honom.

Samare sa något på sitt språk. Diriska svarade rappt och gav honom en sträng blick. Han fick en förvånad min och stirrade på henne. Diriska bara såg på honom med händerna i sidan. Han öppnade munnen men hon gjorde ett kort rytande och hennes ögon smalnade en aning. Han blinkade till, tog ett steg tillbaka och hukade sig en aning. Sedan gick han, nästan skamset, bort till Sira och Asina. Han sjönk ner så dem kunde klättra upp på honom. När de båda satt ordentligt såg han hastigt mot Diriska innan han med kraftiga vingslag lyfte från marken och flög iväg.

"Jag skulle nog säga, Mira" sa Drashin och såg efter draken. "Att inte ens du eller någon av de tre skulle kunna göra så med honom."

"Dem har aldrig gjort det sedan Samare klådde upp Lindramas *och* Sultan när dem försökte", sa Mira fundersamt. "Jag har aldrig brytt mig om att försöka."

"Han ville inte bära dem", sa Diriska med en fnysning. "Jag sa åt honom att om han inte gjorde det skulle jag dra av honom den där tjocka svansen han har och piska honom med den. Om inte det var nog skulle jag även flå honom levande och kasta ner honom i en vulkan."

Drashin, Krashak och Rasham skrattade högt och Mira stirrade gapande på Diriska. Liana trodde inte sina öron.

"Du skulle väl aldrig", sa Mira bestört.

"Det vet inte han", sa Diriska och log stort mot helerskan. "Och jag tycker nog att vi låter honom tro att jag skulle göra det ett tag till. Han behöver sättas på plats lite, Mira."

Helerskan skrattade kort och skakade på huvudet. Drashin flinade när han vände sig mot Rasham och klipptrollen.

"Tänker ni följa med till Terabelle också, Rasham?" undrade han.

"Vi är en del av Dödens skvadron nu, general", sa Rasham och rörde som hastigast skvadronens märke på sin skjorta. "Vi följer med dig."

Drashin nickade kort och såg sedan på Aylia och Jali. De två såg sammanbitet mot honom. Sedan nickade han igen med ett skevt leende. Han tecknade åt kolonnen att börja marschera igen. Hiram kom gåendes och gjorde Drashin och Diriska sällskap längst fram. Liana, Aylia och Jali gick bara några få steg bakom de tre. Då och då såg Diriska sig över axeln mot dem. Liana log mot draken och fick alltid samma strålande leende tillbaka.

<u>20</u>

Det var en händelselös marsch mot Terabelle. Alla var glada för det. Efter över en och en halv månads stridande nere i Soma och sedan en lång marsch hem. Dem var alla glada att man gått genom portöppningar mellan Soma och Mosker, det hade sparat dem nästa tre veckor. Porten mellan Garatur och Umala hade sparat dem ytterligare två gissade Liana. Sedan Diriska kommit tillbaka hade dem bara marscherat i en dag. Diriska och Hiram hade skapat varsin portöppning så de bara var en halv dagsmarsch från Terabelle.

Det var många som suckade lättat när de passerade en liten kulle och fick se Amdorias huvudstad igen. Liana kände hur en stor sten föll från hennes axlar. Dem hade kommit hem igen. Hon tänkte frånvarande att det var samma kulle som Drashin hade sagt att han skulle ta henne till sin lärling för två år sedan.

Generalen stod längst fram och samtalade med kung Lamas. Strax manade kungen på sina män och de marscherade förbi alla drakriddare. Somierna tog sig mot staden tillsammans med de åttahundra trötta amdorianerna. Drakriddarna och klipptrollen inväntade sin general. Han stod bara och såg ner mot staden. Diriska stod på hans högra sida Hiram och Mira vid hans vänstra. Krashak och Alram stod vid Diriskas högra.

Drashin vände sig om och såg på skvadronen bakom sig. Han lät blicken glida över dem. Sedan nickade han.

"Dödens skvadron", sa han, "låt oss gå hem."

"Hoja!" ropade dem och som en man tog dem första steget mot Terabelle.

Innan dem hade hunnit halvvägs hade de somiska och amdorianska soldaterna gått in genom den södra porten. Liana och de andra marscherade på mot staden. När dem kom närmare såg Liana att det stod folk utanför muren.

Drashin höjde sin hand och Alram blåste i sitt mässingshorn. Två fanbärare kom fram skyndades och slog ut sina baner. På det ena fanns det stora drakhuvudet och svärdet som var drakriddarnas baner. Det andra baneret hade röd bakgrund, två stora horn i gult och en stor sten i blått, det var baneret för Dödens skvadron.

Liana såg hur en del av folket framför porten vände åter mot staden och gick in i den. Men en liten grupp stod fortfarande kvar. En man verkade till och med gå dem till mötes. Hon sträckte på sig en aning för att se bättre. Det var en man som bar en kishara. Han var för långt bort för att hon skulle kunna se färger och mönster.

Mira ökade på sina steg och lämnade de andra bakom sig. Då förstod Liana vem det var som kom dem till mötes. Det var Asama, Miras make. Drashin lät kolonnen fortsätta med sin lugna marsch. Diriska lutade sig mot honom och han nickade som svar till något som hon sagt.

Liana såg hur både mannen som kom mot dem och Mira började springa. När dem möttes slog helerskan armarna om hans hals och han höll henne tätt intill sig. Dem hade inte sett varandra på nästan tre månader och han var orolig för henne. Liana visste att man inte sänt bud till Terabelle om striderna i Soma på nästan två månader.

När drakriddarna kom fram till Asama och Mira gled de ur kramen, men de höll fortfarande varandras händer. Ca'Draak vände sig mot Drashin.

”Vi fick bud från Soma för kanske fyra veckor sedan”, sa han. ”Isham Najdjin sade att landet var förlorat och att ni koncentrerade er på att få ut folket. Jag ser att ni lyckades.”

”Soma är en stor förlust”, sa Drashin när den andre generalen slöt upp bredvid honom. ”Men att vi lyckades rädda så många får väl räknas som en liten seger. Dock har vi stött på problem, Asama.”

”Vad för problem?” undrade Asama.

”Han är tillbaka, Asama”, sa Mira och såg upp på sin make. ”Marish har blivit återupplivad av Asharak.”

Asama stirrade förskräckt på först Mira och sedan Drashin. Generalen nickade bistert på den outtalade frågan. Ca'Draak tog sig om pannan och stirrade bistert mot staden.

”Jag måste genast rapportera detta till hans majestät”, sa han. ”Han vill förresten prata med dig, Drashin. Er också, drake Diriska.”

Liana såg hur Diriska ryckte till och vände sin frågande blick mot honom.

”Isham hade inte bara rapporten om Somas läge med sig”, sa Asama med en snabb blick mot Drashin.

”Han berättade att Diriska är en drake”, sa Drashin kort.

”Hur många vet?” frågad Diriska irriterat. ”Vet *dem*?”

Liana blinkade till. För bara några veckor sedan hade hon varit nervös och rädd att någon skulle få veta. Nu verkade draken snarare arg över att någon annan berättat det. Liana såg mot porten. Tre män i svarta mantlar stod och väntade på dem. Även prinsessa Marin stod och väntade där tillsammans med en grupp soldater från palatset.

"Just nu", sa Asama tvekande. "Vet endast kungafamiljen om det. De tre var inte närvarande när Isham lämnade sitt meddelande."

Diriska fnös och Drashin gav henne en road blick. Liana hade en känsla av att hon skulle tala om för de andra tre drakarna på ett bestämt sätt vad hon var. Drashin lutade sig mot Asama.

"Jag tror att de tre kommer att få sig en liten chock idag", sa han lågt.

Ca'Draak såg frågande på honom. Mira gav honom en ogillande blick och smackade irriterat med tungan. Han skrattade igen och klappade Diriska vänligt på armen.

"Diriska", sa han vänligt. "Var vänlig och led oss hem."

Draken nickade bistert och tog täten för kolonnen. Drashin och de andra gick bara några steg bakom henne. Ett sus gick genom skvadronen och några klipptroll skrattade till. Liana kunde känna hur upphetsningen blev större bland de andra. Hon kunde själv inte låta bli att se fram emot vad Diriska skulle göra. Aylia och Jali höll hennes händer. När hon såg på sina vänner log de bistert mot de tre männen i svarta mantlar.

Den blåa kjolen svängde vilt när Diriska med bestämda steg gick mot staden. De gula rankorna slingrade sig över ärmarna på den röda över delen. Solens strålar fick dem nästan att glittra. Banden från det gula bältet svängde fram och tillbaka.

"Dödens skvadron", ropade Diriska och pekade mot staden, "hemåt marsch!"

"Hoja!"

För första gången marscherade drakriddarna och klipptrollen i takt utan att slå mot sina stålplattor. Liana såg att till och med Asama och Mira marscherade i takt med de andra. De tre männen framför dem tvekade en aning innan dem ställde sig i vägen. Liana såg hur Marin intresserat sträckte på sig.

"Drakriddare, halt!", vrålade mannen i mitten. Det var Asmaji.

Dödens skvadron fortsatte marschen mot staden. Diriska hade gett order om att gå hem, så dem var på väg hem. De tre männen vred huvudena fram och tillbaka. Asmajis och Sultans längre hår svängde fram och tillbaka. Lindramas gula korta hår rörde sig knappt.

"Drashin, vad menas med detta?" röt Lindramas. "Gör halt omedelbart!"

Skvadronen marscherade vidare. Liana hörde fler skratta till bakom henne både klipptroll och drakriddare. Aylia och Jali bet ilsket ihop käkarna. Diriska höjde ena handen och gjorde en lätt viftning med handleden. Lindramas ropade häpet till när han lyfte från marken och svepte iväg som en trasa. Asmaji och Sultan stirrade förbluffade på sin bror och sedan mot Diriska. Hon gjorde en ny knyck med handleden och Sultan flög åt ett annat håll. Lianas två vänner bredvid henne skrattade till.

Nu skrattade nästan alla krigarna i skvadronen. Och Liana såg hur Marins förvånade min förbyttes till ett skratt. Soldaterna runt henne stirrade förbluffat efter de båda drakarna.

Asmaji stirrade efter Sultan, men återhämtade sig snabbt. Han lyfte sin hand mot Diriska. Men vad han än försökte göra fick henne bara ta ett litet steg tillbaka innan hon bestämt marscherade vidare mot honom. Han blinkade till och gjorde ett nytt försök. Diriska slog ut med båda händerna och han for upp i luften med armar och ben utsträckta.

Lindramas och Sultan hade kommit upp på fötter igen och gjorde varsitt utfall mot Diriska. Hon pekade mot de båda och gjorde en gest mot marken. Genast slogs de två ner igen. Med en enkel knyck med handlederna hängde Diriska smidigt upp de båda bredvid sin bror i luften.

"Vad är detta, kvinna?" röt Asmaji rasande. "Du släpper genast ner oss här ifrån, annars skall jag..."

Diriska knöt handen mot honom och han tystnade genast med munnen öppen. Rasande försökte han stänga munnen. Diriska förde händerna framför sig med handflatorna uppåt. Medan hon gick framåt började hon plötsligt gå upp i luften till de tre förbluffade männen som svävade framför dem. Hon stannade bara ett steg från de tre. Hon lyfte höger handen i luften.

"Dödens skvadron, halt!" röt Drashin och hela skvadronen stannade.

"Du gav henne befälet över skvadronen", sa Asama lågt. "Det hade jag aldrig trott om jag inte sett det själv."

"Ibland överraskar jag mig själv också", sa Drashin och såg upp mot Diriska med ett leende.

Liana sneglade mot de två generalerna. Dem såg intresserat på Diriska och de tre männen ovanför dem. Diriska såg sig bara hastigt om och gav Drashin ett bländande leende. Liana såg mot Marin som sakta kom gåendes mot dem. Prinsessan log hastigt mot henne innan hon ställde sig på Drashins högra sida och såg upp mot de fyra.

"Det verkar", sa Diriska med hög röst som troligen hördes ända in i staden och satte händerna i sidorna, "att ni tre herrar skulle behöva en liten lektion i hur man uppför sig."

"Vem är du, kvinna?" fräste Lindramas ilsket.

Diriska viftade bara med handen och en osynlig örfil träffade honom. Sultan sneglade mot sin bror innan han åter såg mot Diriska.

"Under trehundratusen år borde ni lärt er lite hyfs", fortsatte Diriska. "Den stora katastrofen borde lärt er något om hur man uppför sig."

De tre ryckte till och stirrade förvirrat på henne. Liana visste att det bara var drakarna som använde de orden för vad som hände för trehundratusen år sedan.

"Vad har ni tre gjort under de trehundratusen år som gått?" frågade hon dem. "Sökte ni någonsin efter överlevande? Eller steg det över huvudet på er med människorna, alverna och dvärgarna som beundrade er?"

Liana hörde hur hennes röst ändrades en aning. Hur sorgsen den blev.

"Begravde ni någonsin era vänner som inte överlevde den stora katastrofen? Vi begravde Hilar bara tre dagar efter att det började, jag och Kita. Vi begravde honom i vår grotta, för vi vågade inte gå ut. Han dog av sina skador från dem galna. Kita dog ungefär hundratusen år senare. Jag begravde henne intill honom så hon skulle få sova med sin älskade."

Liana stirrade upp mot Diriska. Aldrig hade hon fått höra något om den tiden från Diriska. Hon hörde hur draken där uppe snyftade till och såg henne torka sina kinder. De tre bara stirrade stumt på henne.

"I tvåhundratusen år var jag ensam i grottan", sa Diriska sammanbitet. "Tvåhundratusen år och ingen kom för mig. Ingen sökte efter mig! *Ingen!* Jag var ensam och rädd. Ingen som kunde vara där för att ge tröst när jag grät. Ingen som kunde ge mig det stöd jag behövde. Var befann ni er någonstans? *Var fanns ni?*

Den förste som någonsin kom för mig, var en människa. *En människa!* När jag såg honom första gången fruktade jag för mitt liv. Men han tog emot mig. Han lät mig bli en del av en familj igen. Han lärde mig att jag inte behövde vara rädd hela tiden. Han och hans familj fick mig att känna mig älskad igen. Sarek Darik gav mig en familj."

Liana kände hur hennes kinder blev våta av tårar. Aylia och Jali tryckte hårdare om hennes händer. En förnimmelse fick henne att vrida huvudet åt höger. En man i svart mantel och huvan uppfälld stod en liten bit bort. Han lyfte bara ett knotigt finger mot huvans öppning. Liana böjde hövligt på nacken mot honom. Ma'sharos'tian hade kommit fram från sina grottor. Hon såg hastigt mot Drashin. Han såg bara upp mot Diriska utan att röra en min. Hela tiden vaggade han fram och tillbaka på hälarna.

"Vad gjorde ni under all denna tiden?" frågade Diriska ilsket. "Ni gick runt här uppe. Blev tilltalade som 'vise'. Var rådgivare åt kungar och drottningar. Ni levde gott, hade inget att frukta. Ni hade varandra och ni hade de små. Före Sarek hade jag inget! *Inget!*

I nästan tusen år levde jag med Sareks familj. I tusen år var jag den första dem såg när de föddes och jag var den sista som var med dem när de dog. Fram tills två år sedan. Då nästan hela min familj rycktes ifrån mig. När jag för första gången på tusen år lämnade min familj för att söka efter er, så togs min familj ifrån mig. Jag hade fått en ledtråd om var jag kunde finna *er*. Men när jag skulle söka efter er förlorade jag familjen. Det heligaste av allt för en drake! *Min familj!*

Var höll ni hus då? Ni träffade kungar och drottningar för att ge råd om narkierna. *Narkierna var redan i mitt hem!* För er var dem inget problem ännu, men för mig… För andra gången förlorade jag nästan hela min familj."

Diriska vände sig om och pekade mot Liana. De tre följde hennes finger med blicken och såg ner på Liana, som stod mitt mellan Aylia och Jali.

"*Hon är det enda som finns kvar!* Ni fanns inte där för mig när jag var ensam och rädd i min grotta. Ni brydde er inte om att ens dyka upp när mitt hem förstördes på nytt. Asmaji, dig mötte jag medan jag följde efter Lianas spår norrut. Det enda *du* brydde dig om var att Drashin inte kunde lyda order! Inget om att människor hade förlorat allt i narkinernas marsch mot norr."

Med en dov duns landade Samare bredvid Mira. Han såg intresserat upp mot dem fyra. Fler drakar dök upp. Narika och Lanar landade på varsin sida om Liana och hennes vänner. Snart var hela skvadronen samlad på ängen framför Terabelles murar.

"Endast några få kom för att hjälpa. Och då endast för att han inte lydde era order. Han kom tillsammans med en till. Det bara för att han inte kunde få med mer just då. En av de små tog med sig dem ner till Fakari, med hans hjälp tog dem sig till Balden. Med Samare kom dem för att hjälpa. Ni kallar Samare galen, ni kallar honom vårdslös och mördare.

Jag kallar honom för vän! För han kom när ni inte brydde er. Han förde med sig Tirasine till Balden för att hjälpa. Han förde med sig Drashin till mitt hem, för att rädda min familj.

De tre riskerade sina liv för att rädda vad dem kunde. De räddade Liana och förde henne i säkerhet. Vad gjorde ni? *Vad gjorde ni?* Andra var redo att fara ner, men *ni* stoppade dem!"

Någon bland Dödens skvadron började slå mot sin stålplatta. En efter en tog dem andra vid. Snart slog samtliga mot plattan och ljudet steg mot himlen. Liana sneglade sig omkring. Vartenda ansikte var vänt mot Diriska. Även Drashin slog hårt mot sin stålplatta och stirrade på draken. Ackompanjerad till plattornas ljud fortsatte Diriska.

"Jag följde efter dem för jag hade inget kvar. Alla andra var döda. *Mördade!* Ni bara satt här uppe i er grotta. Jag kom ikapp Drashin när jag nådde Spökriket. Han ledde mig igenom riket. Sedan möttes vi först här igen. När andra avvisade Liana och mig, tog han och hans grupp emot oss. Dem tog emot *mig*, accepterade *mig*, trots att dem inget visste om mig. När *ni* endast visade misstänksamhet, visade *dem* att dem brydde sig."

Som en man började krigarna att humma. Liana sneglade mot prinsessan. Marin slog också sin hand mot bröstet och hummade medan hon tittade upp mot draken. Hennes kinder var våta av tårar.

"Han tog emot mig när jag bad om en familj. Han gjorde mig till en del av sin. Medan ni bara var avvisande. Ni var nöjda med vad ni hade. Ni kände er behövda, ni var nästintill dyrkade. Ni hade allt. Vad hade jag? Jag hade tvåhundratusen år av ensamhet och rädsla! Tusen korta år av lycka med en familj! *En familj som togs ifrån mig!* Vad har någonsin tagits ifrån er? Vad har ni någonsin förlorat under dem senaste trehundratusen åren?

Ni frågar vem jag är, när ni kunde ha funnit svaret för tiotusentals år sedan. Om ni bara letat. Om ni bara hade letat efter mig. Skulle jag någonsin kunna bli en av er nu? Nej, jag vill inte veta av ett liv som erat. Jag vill inte bli kallad 'vis', bara för att jag råkar vara trehundratusen år gammal.

Ni frågar vem jag är. Jag ska visa er *vem* jag är!"

Liana såg hur en dimma dolde Diriskas kropp. Dimman växte sig större och försvann sakta. De tre från Draktand stirrade gapande på henne. En stor drake med blått skin stod framför de tre i luften och såg irriterat på dem. Liana kunde se hur drakens blå ögon var tårade. Liana hade nästan väntat sig att slagen och hummandet skulle upphöra när Diriska förvandlade sig. Men slagen ökade i styrka. En kvinnoröst hördes bland leden. Hiram hade börjat sjunga.

"Din familj du förlorade, inte en gång men två.
Du ensam dig gömma, rädd för det okända.
Hoppet dig svika, då du hennes doft åter finna.
I ditt sökande efter din nära, du honom finna.
Han gav dig sitt skydd och han gav dig sitt stöd.
Han gav dig i ditt sökande hopp.
Du bad om en familj och han dig tog emot.
Han bad om endast något litet, du gav honom allt.
Han sade: kom älskade syster, du ej ensam skall gå.
Kom älskade syster, du ej rädd längre skall vara.
Kom älskade syster, räds ej man eller demon.
Ty han emot dig tog och gjorde dig till sin.
Kom med oss syster, ty du är en av oss.
Kom med oss, Dödens drake, vi skall bli din familj.
Ty vi strider med dig och han är vår vän.
Ack ja, Döden är vår *och* din vän."

Diriska stirrade mot de tre männen framför sig. Sedan drog hon in luft i sina väldiga lungor och vrålade mot dem. Samare och de andra drakarna reste sig på bakbenen och vrålade med henne. Över tolvhundra krigare vrålade med henne. Dimman omgärdade hennes kropp igen och när den försvann stod hon åter framför männen som människa.

"Jag är Diriska!" sa hon med en röst som ekade över staden. "Jag är Dödens drake!"

Hon viftade lätt med höger handen och de tre föll till marken. Hon vände sig om och gick lugnt tillbaka med högburet huvud. När hon satte fötterna på marken hade de tre kämpat sig upp på fötter igen. Dem stod och stirrade osäkert på henne. Hon ignorerade dem och såg bara Drashin i ögonen. Hennes blå ögon var rödgråtna och kinderna våta av tårar.

Han och alla andra krigarna slog fortfarande mot stålplattorna. Sedan lyfte han sin knutna hand i luften. Genast slutade krigarna att slå och humma. Liana stirrade på Diriska och undrade vad som skulle hända nu.

"Enbart prinsessans livvakt stannar kvar", ropade han över axeln, "du stannar också Liana. Resten av er kan gå hem."

Drakriddarna, med Alram först, började gå förbi honom och Diriska. Man gick i varsitt led om vardera sida om dem. Varje drakriddare lade en hand på drakens axel och nickade mot henne. Varje klipptroll slog sina knutna högernävar mot bröstet och böjde på nacken mot henne. Hon rörde sig inte utan släppte inte Drashins ögon med blicken. Blå ögon som stirrade in i gröna.

När den siste krigaren passerat Diriska gick Hiram fram och slog armarna om draken. Hon viskade något till henne och kysste hennes kind, sedan hon gick vidare mot staden. När ängeln gått sträckte Drashin fram sin hand mot Diriska.

Liana gick fram till Tirasine och Kalar. De tre gick tillsammans fram och ställde sig bakom Drashin. Sareas och Norek sällade sig till dem och Meeko och Ranin ställde sig bredvid Krashak. Aylia och Jali såg helt kort mot de tre männen i svarta mantlar innan de steg fram jämte Drashin. Liana sneglade mot Mira och Asama som tog ett steg åt sidan med Samare. De tre från Draktand stirrade på den lilla gruppen. Marin tvekade bara kort innan hon gick och ställde sig bredvid Drashin.

Generalen gav prinsessan en frågande blick. Hon bara såg mot Diriska, log och sträckte fram sin hand mot draken. Han skakade lätt på huvudet och vände sig mot draken igen.

Diriska såg stumt på dem en efter en innan hennes blick fastnade hos Drashin igen. Hennes blå ögon var fulla av tårar som åter rann ner för hennes kinder.

"Kom, Diriska", sa Drashin vänligt. "Din familj väntar på dig."

Diriska lyfte sin hand. Hon lade den darrande ner i hans. Sedan brast hon i gråt och begravde sitt ansikte mot hans axel. Han slog armarna om henne och smekte tröstande hennes hår. Marin lade en hand mot hennes arm. Liana kände hur Krashak lade sin jättenäve på hennes axel. När hon såg upp i hans ansikte log han vänligt mot henne.

När Liana såg sig omkring så hade Mira, Asama och Samare lämnat dem. Även Ma'sharos'tian och de tre drakarna hade försvunnit. De tretton var nu ensamma framför porten, bortsett från de fyra vakterna vid porten.

Drashin såg upp mot himlen, grymtade till och lyfte sedan upp Diriska i sin famn. Draken gjorde en ansats till att protestera, men förblev stilla.

"Vi har en del att planera", sa generalen och började gå mot staden. "Diriska, när var bröllopet?"

Liana blinkade till när hon följde efter honom. Bröllop? Vad var det han pratade om?

"Om tre månader", snyftade draken mot hans bröst.

"Vad tänkte idioten egentligen?" muttrade Drashin. "Han kunde sagt något när jag var hemma senast."

Krashak harklade sig och Drashin såg frågande på honom.

"Vem ska gifta sig?" frågade klipptrollet.

"Sami ska gifta sig", sa Drashin. "Han vill ha mig som bestman, och en viss drake lovade att vi skulle komma."

"Du får gratulera honom från mig", sa Krashak.

"Vad är en bestman?" frågade Liana försiktigt.

"En person som står med brudgummen under vigseln", sa Drashin. "Jag blir väl den som får hålla fast honom där framme. Han ska ju trots allt gifta sig med min kusin."

Krashak skrockade och Marin gav Drashin en stadig blick.

"Då tycker jag att du kan ta med mig", sa Marin bestämt.

"Absolut inte", svarade Drashin tvärt.

"Du har lovat mig att du ska ta mig till första världen."

Liana studerade Drashin. Även Diriska såg upp mot hans ansikte. Han fick en fundersam min som växlade över till en plågsam och sedan tillbaka till fundersam.

"Det har jag inget minne av", sa han sakta.

"Den gången du kollapsade vid min sjuksäng", sa Marin utan att se på honom. "När jag satt och vakade över dig, så gav du mig det löftet. Du kan fråga Mira om det om du inte tror mig."

Diriska förde sin hand mot hans panna och slöt ögonen. Ett litet leende speglade över hennes läppar. Hon drog tillbaka handen och kurade ihop sig i hans famn med en liten suck.

"Hon har rätt, Drashin", sa hon lågt. "Du lovade henne faktiskt."

Han stönade till och såg mot först Marin och sedan Diriska. Sedan muttrade han för sig själv.

När de kom in var det flera från skvadronen som oroligt kom fram till dem när dem såg att Drashin bar på Diriska. Hon försäkrade dem alla att hon mådde bra, att hon bara var lite trött. Drashin bar henne mot trapporna. Han såg sig hastigt om över axeln.

"Dem som vill kan gå till sina rum", sa han. "Vi kommer att ligga lågt ett tag nu. Vila, mina vänner. För snart går Dödens skvadron åter till krig.

Asharak skall besegras, han skall få betala för vad han gjort." Hans gröna ögon såg in i Lianas. "Det var ett löfte jag gav för två år sedan."

Liana nickade mot honom. Hon såg hur Diriska rörde sig i hans famn. Hon såg upp mot hans ansikte. Marin log och klappade draken lätt på armen. Krashak lade sin stora hand på Lianas axel.

"Jag ska se om vi inte har ett rum åt vår nya drakriddare här", sa klipptrollet och såg mot Aylia och Jali. "Jag ser om vi kan ordna något till flickorna här också, de vill säkert vara i närheten av oss andra." Båda nickade hastigt. "Men först letar vi reda på lite pengar", fortsatte översten, "och går till en skräddare. Liana behöver nya kläder och kishara. Den du har duger inte längre. Aylia och Jali kanske vill ha nya kläder också."

Liana såg ner på tygstycket som hängde ner för hennes högra ben. Det var fransigt och det fanns hål i den. Delar av den blå draken var borta, halva mannen saknades och en bit av kvinnas huvud var borta.

Krashak ledde Liana och hennes två vänner ut ur riddarhuset tillsammans med Tirasine och Sareas. Liana kastade en blick över axeln. Drashin och Marin gick uppför trappan. Drashin bar fortfarande Diriska i famnen.

"Hem", viskade Aylia bredvid henne när dem gick ner för trappen framför riddarhuset. "Vi har fått ett nytt hem."

Jali gav ifrån sig en lycklig suck på Lianas andra sida. Liana tänkte tillbaka hur hon känt sig för två år sedan, när hon själv fick ett nytt hem i riddarhuset. Med ett skratt tog hon de andras händer och drog dem med sig.

"Kom, systrar", skrattade hon. "Låt oss skynda att få tag i nya kläder."

Skrattandes skyndade de tre genom vimlet av människor. Bakom dem ropade de tre drakriddarna efter dem.

21

Drashin bar Diriska hela vägen till hennes rum. Prinsessan Marin såg sig omkring med stora ögon när hon kom in. Vad Diriska kom ihåg hade prinsessan aldrig varit i hennes svit i riddarhuset innan.

"Så detta är vad ni kallar för prinsessviten", sa Marin uppskattande.

"Det har stått mer eller mindre orört i över tvåtusen år", sa Drashin och satte försiktigt ner Diriska i den bekväma soffan. "Så jag tänkte att Diriska kanske skulle tycka om den. Visserligen har hon överstarna boendes runt omkring henne."

"Dem stör inte mycket", sa Diriska och log matt mot honom.

"Liana får ett rum en eller två våningar upp", sa han och rätade på sig. "Hon kommer troligen att ha Tirasine, Meeko och Norek på samma våning. Så det kommer att finnas folk hon känner väl runt henne. Sedan är vi ju trehundrasextiosju medlemmar från Dödens skvadron i huset."

Det knackade på fönstret och Diriska vände på huvudet. Samare tittade in genom det. Drashin gick fram till det och öppnade. Dvärgdraken stack in sitt stora huvud.

"Sedan har vi ju Samare här som tittar in då och då", sa Drashin med ett skevt leende.

"Samare Olasi", sa Marin och neg för draken.

"Olasi?" sa Diriska och såg frågande mot Samare.

"Tama drakar har även sitt bynamn i namnet", sa dvärgdraken kort. "Jag har bott i Olasi i hundratretton år, men jag har aldrig vant mig vid att kallas så. Jag är Samare, bara Samare."

Diriska skrattade åt honom. Hon hade själv inget familjenamn. Inte som Liana eller någon av dem andra drakriddarna heller. Hon såg mot Drashin. Han hade inget familjenamn heller i den här världen. Han mötte hennes blick och log skevt mot henne.

"Här är jag bara Drashin", sa han och ryckte på axlarna. "Hemma finns inte mannen Drashin. Där är han bara ett rykte, en myt. Där är jag helt enkelt Markus Bergström, en helt vanlig person."

"Hur kan en sådan som du vara en vanlig person?" skrattade Marin och satte sig mittemot Diriska. "Jag tror inte att du kan vara vanlig."

Drashin skakade bara på huvudet. Diriska rättade till klänningen och log mot prinsessan. Hon hade aldrig varit i första världen och sett hur han var där. Hon hade aldrig träffat hans syster eller hans vänner som behandlade honom som vem som helst. Samare skrockade och drog ut huvudet. Han kastade sig bort från väggen gled på tysta vingar ner mot marken.

"Hur som helst", sa Drashin och gav Marin en snabb blick. "Bröllopet är om mindre än tre månader. Diriska, jag vet att det kan vara mycket att be om, men skulle du vilja återvända till första världen för mig. Jag skulle vilja veta mer om vad dem har planerat."

"Är det något mer jag ska framföra?" undrade Diriska.

"Du kan berätta att prinsessan av Amdoria kommer", sa han och gav prinsessan en sur blick. "Det behöver inte vara någon större hemlighet för brudparet. Hälsa också att jag står för alla kostnader. Brudparet behöver inte lägga ut några mer pengar. Alla kostnader ska meddelas mig."

Diriska log mot honom och reste sig upp. Hon såg faktiskt framemot att få träffa hans syster igen.

"Det skall bli ett nöje", sa hon.

"Men inte idag, Diriska", sa han bestämt. "Du behöver vila."

Det knackade artigt på dörren. Drashin inväntade Diriskas nick innan han öppnade dörren. Alram, Rasham, Frash och Dram stod utanför. Allihop slog handen mot bröstet när de såg Drashin. Drashin såg över axeln och Diriska tecknade åt honom att släppa in dem. De bugade artigt mot henne, när Drashin stängde dörren bakom dem. Ingen av dem hade bytt kläder ännu och de var fortfarande smutsiga efter den långa resan.

"Det är skönt att se att ni har återhämtat er en aning, drake Diriska", sa Alram och log. "Jag måste säga att jag har väntat länge på att se någon annan än pojken här läxa upp de tre."

Diriska skrattade till och satte sig igen. Klipptrollen flinade också stort. De här männen, en över hundra år, två runt åttio och den siste strax över trettio, skulle aldrig växa upp. Drashin skakade på huvudet och flinade han med. Han gick och ställde sig bakom Diriska. Hon såg hastigt upp mot honom och sedan mot Marin. Prinsessan såg leendes ner i knät.

"Jag får erkänna att det kändes lite tillfredställande att ta ner dem från sina höga hästar", sa Diriska muntrare än hon kände sig.

Det hade smärtat henne oerhört att dra fram alla gamla minnen. Att tvinga fram minnet av hur hon begravt Hilar och Kita. Hur Sarek funnit henne och bjudit henne till sin familj. Hur sedan den familjen slets ifrån henne. Hon kände tårarna börja komma igen och torkade snabbt bort dem. Drashin lade en tröstande hand på henne axel.

”Vi ber om ursäkt, Diriska”, sa Rasham och de fyra bugade mot henne igen. ”Det var inte vår mening att tvinga fram svåra minnen.”

Hon försäkrade dem att det inte var någon fara och att hon var tacksam för deras omtanke. Hon var bara trött efter ankomsten. De fyra bugade igen, önskade henne en trevlig kväll och vände mot dörren.

”Just det”, sa Alram och vände sig mot Drashin. ”Du kanske får leta reda på en annan sovplats, general.”

”Varför då?” undrade Drashin misstänksamt.

”Hiram har lagt beslag på din säng”, sa översten med ett skratt. ”Hon sa att hon struntade i hur arg du skulle bli, att hon var trött. Hon sa att du gärna kunde komma och försöka ta den ifrån henne. Det hela skulle nog sluta med att flickan skulle använda dig som kudde eller något.”

De tre klipptrollen skrattade gott när de lämnade rummet. Diriska hörde Frash säga att han gärna skulle vilja se Drashin försöka få Hiram att flytta sig. Diriska såg upp mot Drashin.

”Ibland undrar jag varför jag plockade upp den där ängeln från det där förbannade berget”, muttrade han surt.

Marin skrattade åt honom och fick en sur blick från generalen. Det fick prinsessan att skratta ännu mer. Diriska dolde ett leende med handen och slätade till klänningen igen. Hon vågade inte se upp på honom igen för hon trodde att även hon skulle börja skratta.

Det knackade på dörren igen, bestämt denna gång. Marin reste sig upp och gick fram till den. Hon gav Drashin ett roat leende innan hon öppnade dörren.

”Åh, vise Asmaji”, sa prinsessan och böjde lätt på nacken. ”Och vise Lindramas och vise Sultan. Vad önskar ni tre denna dag?”

Diriskas leende försvann och hon stelnade till. Drashin klappade henne lugnande på axeln. Hon lade sin hand på hans och kramade den.

”Vi önskar tala med Diriska”, sa Asmaji svalt.

”Det önskar ni”, sa Marin och såg sig över axeln. Diriska skakade bestämt på huvudet. ”Tyvärr önskar hennes nåd Diriska inte att tala med er, mina herrar.”

Diriska frustade till. Hennes nåd? Hon hade bott på en bondgård i tusen år. Hon önskade inte bli kallad för hennes nåd. Speciellt inte från någon som var av kunglig börd. Hon hörde ett morrande från dörren. Hon misstänkte att det var Lindramas.

”Vi tänker prata med henne”, sa Asmaji bestämt. ”Var nu vänlig och släpp in oss, prinsessan Marin.”

Diriska reste sig från soffan. Drashin grep tag i hennes arm och skakade på huvudet. Han tecknade åt henne att stå stilla. Motvilligt stod hon kvar och gav honom en irriterad blick. Han log bara mot henne och såg sedan mot dörren. Prinsessan Marin stod envist kvar mitt i dörren.

"Jag kan inte släppa in er utan hennes nåds tillåtelse, vise", sa hon vänligt. "Ni får ha förståelse för detta och vänta till hon sänder bud efter er."

"Nu ska du lyssna på mig, flicka", sa Lindramas argt och en hand sträcktes mot prinsessan.

Innan handen rörde vid flickan lyfte Diriska sin. Genast försvann den och Lindramas gav ifrån sig ett förvånat rop. Sedan hördes en duns mot en vägg.

"Som jag sa, vise", sa prinsessan oberört. "Ni måste invänta till hennes nåd bestämmer sig för att bevärdiga er med sin närvaro. Innan dess kommer ni inte kunna tala med henne."

Innan någon av de tre utanför dörren hann säga något mer slog Marin igen den med en smäll. Hon stod tyst och stirrade på den en stund. Sedan slog hon ihop händerna och vände sig skrattande om mot Diriska.

"Jag har alltid velat göra så", sa hon och log stålande mot henne. "Jag blev en aning orolig när Lindramas sträckte sig efter mig. Jag minns vad dem gjorde mot Aylia och Jali."

"De kommer att ångra det senare", sa Drashin bistert.

"Jag kommer att läxa upp dem för det senare", sa Diriska sammanbitet. "Flickorna fick lida mycket för vad de tre gjorde mot dem."

Drashin grymtade nöjt och korsade armarna över bröstet. Diriska såg bistert mot dörren. Marin skrattade till och Diriska såg frågande mot henne.

"Ni till och med tycker lika mycket illa om dem", skrattade hon och vände mot dörren när det åter knackade på den.

När hon öppnade dörren spärrade hon upp ögonen och neg djupt.

"Vördande Ma'sharos'tian", viskade hon. "Önskar ni träffade Diriska?"

Diriska spärrade förbluffat upp ögonen och for upp från soffan. Hon utbytte en förvånad blick med Drashin som började röra sig mot dörren.

"Ah, prinsessa Marin Kastom", hördes Ma'sharos'tians röst från dörren. *"Inte villa jag störa drake Diriska så här direkt efter en lång resa. Jag önskar endast ge henne detta. Jag ser fram emot ett möte när det passar henne. Jag önskar er en god kväll, prinsessa Marin Kastom."*

Marin fick ett prydligt ihop vikt papper av honom och sedan stängdes dörren av sig själv. Innan Drashin hunnit fram var dörren stängd. Prinsessan stirrade förbluffat först på dörren och sedan pappret i sina händer.

"Han upphör aldrig med att förbluffa mig", viskade Marin när hon vände sig mot Drashin. "Jag trodde aldrig att han skulle komma så här långt enbart för att leverera ett brev till en person som finns i rummet."

Drashin skrattade kort och tog emot brevet. "Ma'sharos'tian gör aldrig saker som vanligt folk, prinsessa", sa han och gick tillbaka till Diriska.

Han gav henne pappret och satte sig sedan bredvid henne. Diriska såg länge på brevet utan att öppna det. Marin såg först på henne sedan på Drashin innan hon gick mot sin stol. Men vände genast mot dörren när en försiktig knackning hördes. Hon öppnade dörren försiktigt och kikade ut. När hon såg vem det var öppnade hon helt och släppte in Liana, Aylia och Jali utan att säga ett ord.

Diriska log vänligt mot sin skyddsling. Hon hade bytt kläder och fått en ny kishara. Denna gång var dem långa banden borta och den satt upp med hjälp av samma sorts spänne som Drashin hade. Liana var klädd i likadan svarta byxor som honom, och bar en enkel röd skjorta. Hon bara inga vapen förutom den långa dolken vid sidan.

Även Aylia och Jali bar nya klänningar. Aylias var mörkt blå i ett enkelt snitt. Runt livet hade hon det gula skärpet och ändarna hängde nerför högersidan. Jalis var ljust röd i liknande snitt, även hon bar sitt gula skärp. Båda bar dessutom varsin dolk vid sidan nu. Diriska kunde nästan slå vad om att de två planerade att bränna sina gamla klänningar.

Marin skrattade glatt och kramade om Liana. Den unga drakriddaren besvarade kramen med ett skratt. Diriska log mot de båda unga kvinnorna. Aylia och Jali såg blygt ner när prinsessan vände sig mot dem. Marin tog deras händer och log uppmuntrande mot dem. Hon såg mot Drashin när denne grymtade till. Han log skevt mot de unga kvinnorna framför dem.

"Så länge ni vet hur ni ska uppföra er bland folk så säger jag inget om det här", sa han. "Kom bara ihåg att du är prinsessa, Marin Kastom, och ni är en del av hennes livvakt, draakir Liana Darik, Aylia As'Laynai, Jali Olinark."

De fyra stelnade till och vände sig genast mot honom. Liana, Aylia och Jali såg generat ner mot golvet. Marin såg på Drashin med sval min.

"Jag vet mycket väl *vad* jag är, *general* Drashin", sa hon svalt.

Diriska slog ner blicken för att dölja ett leende. Flickan rodnade lätt. Drashin bara såg mot henne. Så började prinsessan att gå sakta med svängande kjolar mot honom. Diriska lyfte blicken och undrade vad hon skulle hitta på. Drashin rörde sig inte utan bara såg på henne. Hon stannade framför honom och lutade sig framåt. Sedan kysste hon honom lätt på munnen. Han blinkade till och hon skrattade.

"Fick dig", sa hon muntert, "eller vad är det du brukar säga?"

Flickorna slog händerna för munnen och stirrade förbluffat på prinsessan. Diriska skrattade till. Drashin bara såg på henne, fortfarande med samma skeva leende.

"Du fick mig, prinsessa", sa han bara.

Marin strålade när hon vände sig mot Diriska.

"Är du en del av min livvakt också?" frågade hon ivrigt. "Är hon det, Drashin?"

Diriska såg förvirrat på honom. Drashin ryckte på axlarna, vände sig mot Diriska och såg henne i ögonen med sina gröna ögon.

"Det bestämmer hon själv om hon vill vara", sa han. "Jag kan inte bestämma det åt henne."

"Vill du vara med i min livvakt, drake Diriska?"

Diriska såg först på Drashin och sedan på prinsessan. Hon visste inte vad hon skulle säga. Liana stod bara med händerna bakom ryggen och såg mot henne med ett litet leende. Aylia och Jali log stort dem också. Drashin satt med hakan i ena handen och såg roat på henne och prinsessan. Marin såg förväntansfullt på henne med händerna knäppta över brösten.

"Det skulle vara en ära", sa Diriska försiktigt.

Marin slog armarna om hennes hals med ett skratt och kysste hennes kind. Diriska besvarade förvirrat kramen. Hon såg mot flickorna vid dörren som log stort mot henne. Drashin skakade bara huvudet.

"Det får räcka för idag, prinsessa", sa Drashin och reste sig. "Ni tre, var vänlig och eskortera prinsessan tillbaka till palatset. Ta med er Meeko och Ranin också. Detta blir ert första uppdrag som hennes livvakt." Han gjorde en fundersam min. "Du för befälet, löjtnant Darik."

"Jag?" sa Liana förvånat. "Men Meeko och Ranin är majorer!"

"I en normal armé hade dem fört befälet", sa Drashin. "I normala fall hade de gjort det. Men vi är drakriddare, Liana Darik. Säger jag att du har befälet så skulle till och med Krashak lyda dina order. Jag hade kunnat ge befälet till en sergeant och de andra hade lytt dennes order, utan att säga emot. Prinsessan kan bekräfta mina order om dem har några frågor. Utgå."

Liana slog handen mot bröstet och bugade kort.

"Ja, general!" sa hon allvarligt. Hon bugade mot Diriska också. "Drake Diriska!"

Aylia och Jali tvekade kort innan dem också slog handen mot bröstet och bugade mot generalen och Diriska. Hon dolde ett leende. De två hade säkerligen funderat om de skulle niga eller buga.

Prinsessan neg kort mot Diriska och böjde lätt på nacken mot generalen. Sedan lämnade de fyra rummet. Drashin såg efter dem när dörren stängts bakom deras ryggar. Diriska såg på hans rygg och tog ett djupt andetag. Det var första gången på flera veckor som dem var ensamma. Han hade tagit av sig sina svärd och dem stod lutade mot väggen bredvid dörren. Han lade huvudet på sned, han verkade fundera på något innan han med en suck vände sig om igen.

Diriska svalde och reste sig upp. Han såg undrande mot henne. Hon var rädd för vad han skulle säga till henne. Hon stök med händerna över den blå kjolen och försökte stålsätta sig. När hon såg upp igen stod han fortfarande bara och tittade på henne.

"Nu vet du min riktiga skepnad", sa hon försiktigt.

"Diriska", avbröt han henne och gick fram mot henne. "Du är vacker oavsett som draken eller människa." Han lade handen mot hennes kind. "Men jag föredrar den här Diriska."

Han log mot henne och strök undan några hårstrån från hennes panna. Hans gröna ögon var fixerade vid hennes blå. Hon log lyckligt och lade huvudet mot hans axel. Han lade armarna om henne. Hon tänkte på vad Samare hade sagt i Karash innan dem flytt staden. Hon tänkte söka upp Ma'sharos'tian. Han kunde kanske ge henne svar på hennes önskan.

Hon kände hur han lättade sitt grepp om henne och hon kände besvikelsen av att han inte skulle hålla om henne mer. Han suckade trött och skakade på huvudet när han tog ett steg från henne.

"Jag måste skriva en rapport om vårt uppdrag", sa han trött. "Hiram borde inte tagit alla mina rum."

Han gick fram till svärden och lyfte upp dem. Han vände sig mot Diriska.

"Skall jag be om att få middag serverad här eller önskar du äta i stora matsalen?" undrade han.

"Jag äter i matsalen", sa Diriska. "Tiden att gömma sig är över. Jag är inte rädd längre."

Han log stort mot henne och bugade kort innan han lämnade hennes rum. Hon satte sig i soffan igen och såg upp mot taket. Hon var inte rädd längre. Hon hade hittat en plats där hon hörde hemma. Hon log stort, hon skulle söka upp Ma'sharos'tian. Han skulle finna ett sätt att hjälpa henne. Hon skulle få leva ett riktigt liv tillsammans med mannen hon älskade.

22

Mira lämnade Asamas rum och gick bort mot trapporna. Hon skulle bara göra en kort tur till en skräddare i staden. Asama hade redan lämnat riddarhuset för att prata med hans majestät om Marishs återuppståndelse.

Innan hon nådde trappan såg hon hur Asmaji, Lindramas och Sultan skyndade sig upp till nästa våning. Det goda humör hon haft över att äntligen få se sin make igen försvann. Hade dem inte fått nog framför stadsmuren? Hade inte Diriska förödmjukat dem tillräckligt?

Draken hade behandlat de tre som små barn som varit olydiga. Sedan hade hon mer eller mindre skällt ut dem, förklarat vilka värdelösa kräk de var. Mira grinade illa över det, men en del av vad Diriska hade sagt var sant. Dem var mer intresserade av att vara med på drakriddarnas fester, vara rådgivare eller något annat dumt, än vad som verkligen hände med vanligt folk. Mira hade ofta hört drakriddarna muttra sinsemellan om de tre.

Nu hade en ny drake kommit till staden. Hon som tillbringat tusen år på en gård bland vanligt folk. Hon hade varit i riddarhuset i två år och iakttagit drakriddarnas verkliga arbete. Hon hade frivilligt farit ner till Soma för att hjälpa till. Här var en drake som delade drakriddarnas syn på omvärlden. En som dessutom fått ta befälet över Drashins skvadron.

Mira misstänkte att om det skulle behövas skulle alla drakriddarna ställa upp för att beskydda Diriska. Oavsett om hon tillhörde Dödens skvadron eller inte. Så som dem skulle se det, var nu Diriska en del av drakriddarna. En del av deras stora familj.

Hon stannade till vid trappan och lyssnade. Hon hörde Asmajis röst kräva att få komma in till Diriska. En röst som hövligt svarade att det inte gick just nu. Var det prinsessan Marin?

Mira gick ner för trappan och lutade sig mot räcket med korsade armar för att vänta. Drakriddarna som passerade henne nickad hövligt. Medlemmar ur Dödens skvadron flinade stort när de såg henne och böjde lite extra på nacken. Hon var lite överraskad över att se att så många av dem inte var i sina rum. Hon hade trott att alla skulle sova nu. Själv var hon nästan utmattad. Men hon hade en sak kvar att göra innan hon kunde gå och lägga sig. Asama skulle göra iordning en säng så snart han kom tillbaka.

Hon vred en aning på huvudet när hon hörde klampande steg och muttrande röster komma ner för trappan. Det var tre upprörda vise som kom ner för den.

"Hur vågar dem göra så mot oss?" fräste Lindramas argt. "Vet de inte vilka vi är?"

"De vet exakt vilka vi är, Lindramas", sa Sultan surt. "Drashin har aldrig givit oss någon respekt och prinsessan Marin har blivit allt för mycket påverkad av hans inflytande."

"De två är inte viktiga just nu", morrade Asmaji. "Det är Diriska vi måste möta."

"Ni tre har verkligen svårt att lära er läxa", sa Mira när de kommit ner och vände sig mot dem.

De såg frågande på henne. Hon var en av få som kunde säga vad hon ville till dem. Det var en bra sak med att ha vuxit upp hos dem. Hon såg strängt på dem, en efter en. Besvärat såg de på varandra och sedan på henne.

"Diriska lekte med er utanför muren", sa hon. "Ni har inte sett hennes fulla kraft. Vad ni än försökte kasta mot henne slog hon undan med en lite knyck med handleden. Det utan att mumla formler."

De stirrade på henne. Röda, gula och bruna ögon var fixerade mot henne. Mira bekom sig inte. Deras stirrande fungerade inte på henne som det gjorde på andra. Hon satte bara händerna i sidorna och rynkade på pannan.

"Ni är inget jämfört med henne", sa hon obarmhärtigt. "Hon hade utplånat er fullkomligt om ni hade gjort något mot vissa personer. Hon hade antagligen till och med utplånat hela staden."

Dem spärrade upp ögonen och vred sig halvt mot trappan. Det började gå upp för dem vilken kraft Diriska ägde. Mira log elakt, det var dags att verkligen skaka om dem.

"Och den kraften finns i händerna på general Drashin."

Det fick de tre att hoppa till och förskräckt stirra på henne. Tanken på att Drashin hade en sådan kraft till sitt förfogande skrämde dem verkligen.

"Jag såg henne strida sida vid sida med Hiram", fortsatte Mira skoningslöst. De tre visste hur stark Hiram var, inte långt från de själva. "Hiram kunde inte hålla samma tempo som Diriska. När Hiram började tröttna och sakta ner, fortsatte hon otröttligt. Jag har sett henne skicka iväg över femhundra nomra spjut mot demonerna. Samtidigt som hon anföll dem med eld, blixtrar och sten.

Jag såg henne utplåna nästan trettiotusen demoner helt själv, när Drashin blev skadad och låg medvetslös på marken. Med sina sista krafter den dagen helade hon min skadade fot. Hon slåss för *honom* och ingen annan. Hon följer *hans* order, inte era. Skada Liana och hon kommer efter er. Skada *honom* och hon förgör er. Skada henne och ni kommer få honom efter er, *och* antagligen resten av drakriddarna också."

Hon vände dem ryggen och började gå mot den stora dörren. Hon hade skakat om dem ordentligt och hon ville inte visa dem sin tillfredställelse. Hon kastade en blick över axeln. Dem stirrade förbluffat på henne.

"Jag skulle nog tro att om ni försökte konfrontera henne direkt", sa Mira med ett oskyldigt leende. "Så kommer behandlingen vid porten att blekna vid jämförelse."

Hon lämnade dem vid trappan och gick ut genom den stora porten. När hon såg ner för trappan mot gatan rynkade hon förbryllat pannan. En man klädd helt i svart och med den svarta mantelns huva uppfälld så att ansiktet doldes stod och väntade på henne. Hon gick ner mot honom.

"*Det var elakt gjort mot dem, fru Mira Mashok*", sa Ma'sharos'tian med munter röst.

"De förtjänade det, vördande", sa Mira kort och bugade mot honom på drakryttarnas vis. "Diriska hade rätt i en del som hon sade till dem. De *har* solat sig i glansen över människors beundran för dem. De bryr sig inte om vanligt folk på samma sätt längre."

"*Men Diriska som bott med vanligt folk är annorlunda*", höll Ma'sharos'tian med om. "*Drashin känner det hos henne. Han känner att hon är mer som honom. Ingen av dem vill inte bli upphöjd över andra. Han ger hjälp åt folk som ber honom. Även till folk som inte ber honom.*"

Mira nickade medan de gick gatan fram. Drashin hade farit ner till Fakari med Samare och Tirasine så snart han fått reda på att riket blivit invaderat. Att det bara var Tirasine som följde med var för att Samare inte kunde bära fler och inga fler dvärgdrakar fanns i Garatur. Meeko och Ranin var nere i Loma på väg hem, men dem vände och försökte ta sig söderut igen. Krashak var i Garatur tillsammans med tvillingarna och Norek, men hade gett sig av söderut så fort de kunde.

De sju delade Drashins syn på hur man skulle agera vid det tillfället. Det gjorde även Alram och den forna svarta legionen. Dem hade vid det tillfället varit i Terabelle och hade inte fått lämna staden förrän resten av drakriddarna gjorde det. Varje man och kvinna som var medlem i Drashins skvadron var noga utvald.

Diriska visste detta, det var Mira säker på. Det var ingen tillfällighet att Drashin valt att bli Lianas mästare tillsammans med de andra sju. Mira fann att hon själv delade Drashins syn. Hon hade åkt ner till Soma utan att tveka. Tagit med sig över tvåhundra drakryttare. Knappt hundra drakryttare och hundratretton drakar hade tagit sig hem igen. Alla hade vetat om riskerna när man gick till strid mot demoner, men ingen hade tvekat. Man hade plockat upp spjuten och gett sig iväg.

Hon mindes känslan att få gå i strid med Samare. Hon hade gjort det många gånger innan, men den här gången. Han hade för länge sedan frågat henne om hon inte skulle bli en del av Dödens skvadron. Då hade hon blivit rasande på draken. Men nu efter Soma. Känslan att bli ett med Samare i striderna, att bli ett med familjen och ännu större bli ett med Dödens skvadron. Hon rös till trots värmen. Det hade varit underbart.

"Jag undrar vem av dem som kommer till mig först", sa Ma'sharos'tian fundersamt.

Mira rycktes ur sina tankar. "Vad menar ni, vördande?"

"Nog har ni märkt, fru Mira Mashok. De två dras till varandra. Deras öden är sammanflätade." Det fanns både en fundersam och road ton i hans röst. *"Han passerade byn Balden varje gång han for ner till Soma eller något annat rike där nere. Omedvetet sökte han sig ner till henne varje gång han for söderut. Varje gång han passerade kände hon ett behov att söka sig till byn. Utan att veta varför. Han skall till och med passerat alldeles utanför gården som hon bodde på för sex år sedan. Hon skall till och med stått ute och matat hönorna när han red förbi.*

Om jag inte skickat ner honom dit hade dem fortsatt på samma vis. Men inte ens jag visste varför jag var tvungen att skicka ner honom till södern. Jag har fortfarande inte bestämt om jag ska tala om att jag förde dem tillsammans. Jag visste inte ens om att hon fanns. Jag vet fortfarande inte varför jag skickade ner honom till södern den gången. Bara att det var viktigt."

Mira gned sig fundersamt över pannan. Drashin och Diriska sökte sig till varandra, det stämde. Det hade varit så nästan sedan han var i Balden för två år sedan. Nej, vänta. Han hade varit i Balden tidigare, under andra kriget mot Marish. Det var fem år sedan nu. Tirasine hade berättat för Mira att han hade betett sig underligt efter att mött en kvinna där. En kvinna som varit närmare tjugo år äldre än honom. En kvinna med blått hår. Men Sareas berättade för två år sedan att han blivit lika underlig andra gången, då mötte han Diriska som ser ut att vara nästan lika gammal som honom. Mira tänkte fråga Liana om den saken. Hon blinkade till. Hade han passerat Balden flera gånger under åren? Till och med innan han verkligen träffade Diriska?

"Dem älskar varandra", sa Mira och vände sig halvt om. Hon såg mot riddarhuset som skymtades över hustaken. "De dras till varandra sedan den första gången de såg varandra. Till och med tidigare än så drogs de till varandra. Ödet ville att de skulle träffas den där gången för fem år sedan. Även om de inte visste det då, så föll dem för varandra. Jag borde förstått redan i Soma, när hon nästan blev galen av att se honom ligga medvetslös och blodet som rann från hans öron, näsa och mun. Hiram listade ut det och talade om det för hela världen med sin sång. 'Han bad om lite, du gav honom allt'. Hon gav sig själv till honom när hon blev en medlem i Dödens skvadron. Han tog emot henne utan att tveka."

"Hennes fruktan att han skulle få veta vad hon var för något. Var egentligen inte att han skulle veta att hon var en drake."

"Hon fruktade att han skulle lämna henne. Att han skulle behandla henne som han gjorde med de andra. Men jag är säker på att han visste vad hon var när de anlände till Soma. Han visste efter deras första strid där nere. Jag såg hans blickar mot henne, hur han fundersamt studerade henne när hon inte såg. Men hela tiden såg han till att han var nära henne. Hur kunde jag inte se vad som hände rakt framför mina ögon?"

"Dem döljer det bra för andra. Båda håller sig nära varandra, men fortfarande tillräckligt långt ifrån för att andra inte ska lista ut. Men om man tittar noga så märket man. Jag såg hur han tittade upp mot henne framför porten. Man skulle tro att hon skulle söka sig till Liana Darik, som hon känner väl, när hon behöver någon from av tröst. Men hon söker sig alltid till honom. Hon söker sig till hans beskydd.

När jag pratade med henne efter flickans upphöjelse, nämnde hon oftare honom, antingen vid namn eller bara som han, än flickan. Då förstod jag att hon älskade honom, även om hon själv inte hade insett det."

Mira nickade bara tyst och fortsatte mot det stora torget. Hur Diriska rusat för att försvara Drashin i det bakhållet borde fått Mira att förstå. Hon ville beskydda något som hade blivit hennes värld. Han hade blivit hennes värld utan att hon förstått.

Mira log plötsligt. Drashin hade också blivit förändrad under de senaste två åren. Han kastade sig inte in i faran på samma sätt. Han planerade innan, eller i alla fall på väg till slagfältet. Tidigare hade han gått till anfall och det som hände det hände.

Hon tänkte åter på hur det varit att flyga till strid med Samare och Dödens skvadron. Känslan att bli ett med så många. Drakriddarna hade aldrig förstått vad drakryttarna menade att bli ett i striden. Men drakarna visste. Drashin verkade ha förstått det, för han hade tagit till sig det till viss del.

"Ensamma är vi starka", mumlade Mira. "Tillsammans är vi oövervinnerliga."

"*Vad menar ni, fru Mira Mashok?*" undrade Ma'sharos'tian bredvid henne. Fanns det en road ton i hans röst?

"Jag har bestämt mig, vördande", sa Mira och log varmt mot honom. "Asama var inte glad åt det, men han accepterade min önskan."

"*Ah, ni önskar bli ett med familjen. Ett med skvadronen.*" Det *fanns* en road ton i hans röst. "*Ett med honom.*"

"Ja, jag ska bli ett med Döden och hans krigare", andades hon och vände blicken framåt.

Hon log stort och hennes ögon fick en farlig glimt. En skugga passerade tyst ovanför dem. Samare landade framför henne och i hans ögon fanns en välkomnande glöd. Han sträckte fram en kloförsedd hand till henne.

"Fakras Niorta", sa han. "So ke fakras Niorta."

Hon kände Ma'sharos'tians roade blick, men hon brydde sig inte. Mira lade sin hand i Samares och log strålande upp mot honom.

"Jag är Dödens skvadron", svarade hon och stångade pannan mot den väldige dvärgdraken.

23

M a'sharos'tian satt bekvämt i den stora vackra soffan i Diriskas rum i riddarhuset. Han hade blivit glad över att få ett så snabbt svar från henne. Att hon såg fram emot ett besök från honom och hennes förvåning att han inte bad henne komma ner till honom.

"Åh nej, drake Diriska", sa han vänligt till henne. *"Inte skulle jag kunna be er komma ner till mina grottor. Nej, nej, nej. Det är inte värdigt någon i er ställning att komma ner till mig. Inte ni, inte Dödens drake."*

"Men, vördande", sa Mira som satt mitt emot honom, "Ni kallar alltid ner de tre andra drakarna till er. Ni besöker nästan aldrig deras grottor på Draktand."

Prinsessan Marin och Liana satt tillsamman med dem runt det lilla bordet. Även Aylia As'Laynai och Jali Olinark satt vid bordet. Deras ögon var stora när dem tittade på honom. Diriska själv satt i soffan bredvid Ma'sharos'tian. Han skrattade till och tog försiktigt i koppen som stod framför honom.

"Men dem är ju bara vanliga drakar, fru Mira Mashok", sa han. *"Inget är annorlunda med dem. Jag har levt med de tre i många, många år. Sedan jag kallade ner dem från sitt berg för ungefär etthundraåttio tusen år sedan."* Diriska stelnade till en aning bredvid honom och han lade en vänlig hand på hennes arm. *"Men vår kära Diriska här tvingades leva ensam så länge. Mina grottor är inte värdiga att få besök av henne."*

"Men du tvingar ner drakriddarnas generaler, vördande", sa Marin och dolde ett leende med sin tekopp.

Diriska gav henne en snabb blick. Ma'sharos'tian skrockade.

"Mina generaler behöver röra på sig ibland, prinsessan Marin Kastom."

"Ni måste ursäkta", sa Diriska dröjande, osäker på hur hon skulle tilltala honom. "Men när ni talar om en person säger ni endast deras namn. Men så fort ni talar till dem, säger ni både titel och hela deras namn."

"Till drakriddarna säger han rang, första namn och draakir", sa Mira och knackade sig fundersamt på hakan. "Jag har aldrig tänkt på det förr."

"Det är bara så jag är, drake Diriska, fru Mira Mashok", sa han roat. Hade han lyckats få dem att grubbla över honom? Så intressant. *"Varför skall jag tala till er utan att visa min respekt? Om jag talar till konungen,*

*så tilltalar jag honom kung Makar Kastom, talar jag med en drakriddare,
till exempel unga Liana här, så skall hon tilltalas löjtnant Liana draakir.
Om jag skulle träffa en bonde så skall han tilltalas som bonde, eller herr,
och hans namn. Med all den respekt som jag känner för honom. Och jag
respekterar alla människor.*"

Människorna och draken nickade fundersamt vid hans ord. Han undrade om han skulle kunna hitta på intressanta uppdrag till dem att göra i framtiden. Liknande uppdrag som han ibland skickade sina generaler på.

"Jag undrar var Drashin tog vägen", muttrade plötsligt Diriska och såg mot dörren. "Han muttrade något om Hiram innan han gick ut."

"Han kommer troligen tillbaka snart, Diriska", sa Mira. "Vad det än var han skulle göra borde det inte ta så lång tid."

Liana och Marin såg på varandra och började skratta. Ma'sharos'tian skrockade roat åt de båda flickorna. Dem hade fört med hans meddelande till Drashin. Mira, Diriska och de båda andra flickorna såg frågande på dem.

"Vördande Ma'sharos'tian gav honom ett uppdrag innan den vördande kom hit idag", skrattade Marin. "Jag tror han håller på med det just nu."

Diriska vände blicken mot Ma'sharos'tian och en orolig glimt tändes i dem. Mira skrattade bara och skakade på huvudet.

"Ett av dina vanliga uppdrag, vördande?" frågade hon roat.

"*Jag kan inte förstå vad ni menar, fru Mira Mashok*", svarade han oskyldigt.

"Du behöver inte oroa dig, Diriska", sa Mira vänligt. "Ma'sharos'tian brukar skicka iväg sina generaler på små uppdrag inne i staden ibland som bara dem får göra. I detta fall verkar Hiram också vara inblandad."

"*Och er make.*"

Mira blinkade förvånat till innan hon skrattade igen. Diriska gav de båda en misstänksam blick innan hon med ett litet leende såg ner i sitt te. Ma'sharos'tian kände sig en aning lättad. Han hade varit orolig att hon skulle bli arg på honom för att han skickade iväg Drashin. Han visste vad dem kände för varandra och det gjorde flera andra runt dem. Liana och Marin hade kommit ner till honom för några dagar sedan och framfört en önskan till honom. Att Drashin och Diriska skulle få tillbringa sina liv tillsammans.

Han vände sin blick mot Mira. Vad hon tänkte om de båda förälskade visste han inte. Men hon hade ett annat mål i sinnet. Hon skulle tala med Drashin om detta, att bli en av Dödens skvadron. Han undrade om hon hade talat med honom ännu. Hon såg upp och mötte hans blick. Hennes leende blev en aning bredare.

"Jag har ännu inte talat med honom, vördande", sa hon. "Jag fick din önskan om att få närvara när jag gör detta."

Diriska såg förvirrat på dem. De fyra flickorna försökte dölja det, men deras nyfikenhet om vad Mira och Ma'sharos'tian talade om sken i deras ögon.

"Drashin misstänker inget heller?"

"Nej, vördande. Jag har knappt träffat honom på en vecka sedan vi kom hem från Soma. Alla har varit trötta efter striderna och resan hem."

Innan någon hann säga något mer öppnades dörren. Drashin, Hiram och Asama steg in. Tre svettiga och sammanbitna ansikten vändes mot Ma'sharos'tian.

"Varför var *vi* tvungna att ta hit den förbannade lådan?" frågade Hiram surt. Hon fick en snabb blick från de två männen.

"Den är nu på plats vid övningsplatsen som ni önskade och den håller just nu på att tömmas, vördande", rapporterade Asama med en kort bugning med näven mot bröstet.

Drashins blick gled hastigt över till Diriska innan han åter såg på Ma'sharos'tian. Den vita tigern skrockade roat.

"Men ni fick inte använda er av några drakriddare, general Asama draakir, general Drashin draakir, ängel Hiram", bannade han dem tre.

"Inga drakriddare användes under uppdraget, vördande", sa Drashin och flinade. "Vi tre tog den till riddarhuset och till övningsplatsen som ni befallde. Sedan satte vi lärlingarna på att tömma den och sprida ut gruset."

"Det stod inget om att inte använda lärlingar", flinade Hiram. "Vi fick bara inte använda magi eller drakriddare."

Ma'sharos'tian skrattade till. De tre hade hittat en lösning på hans lilla problem. Han var nöjd över deras påhittighet och började fundera om han snart skulle skicka iväg de tre igen på något uppdrag. Det skulle vara intressant hur dem kunde lösa hans små problem. Men innan han hann säga något reste sig Mira upp. Hon slätade till sin röda klänning, den var prydd med små drakar i blått. Hon gav Ma'sharos'tian ett leende innan hon allvarsamt vände sig mot Drashin och Asama. Hiram gick fram till bordet och lämnade de båda männen ensamma framför Mira.

"Asama känner redan till detta jag kommer att säga till dig nu, general Drashin", sa hon och såg honom rakt i ögonen. "Så även Ma'sharos'tian och Samare."

Drashin blinkade till och såg på Asama som med en plågsam min nickade sakta. Ma'sharos'tian hörde de andra mumla runt bordet.

"Jag önskar bli en del av Dödens skvadron."

Endast Hiram verkade oberörd av vad Mira sa, de andra flämtade till. Asama suckade tungt. Ma'sharos'tian kände medlidande för honom. Han älskade sin hustru över allt annat och nu valde hon att bli en del av världens mest farligaste grupp. Drashin rynkade pannan och fixerade sina gröna ögon i hennes bruna.

"Varför?"

"Under striderna i Soma, då jag gick i strid med Samare och Dödens skvadron. Att få bli ett med något så stort. Det var en känsla som jag aldrig känt tidigare. Jag vill bli ett med familjen igen. Ett med skvadronen!"

"Går du med på det här, Asama?" frågade Drashin utan att ta blicken från Mira.

"Jag kan inte neka henne", sa Ca'Draak dröjande. "Jag önskar det inte, men hon har bestämt sig. I det fortsatta kriget mot Asharak kommer hon att gå i strid med dig och Dödens skvadron. Som en av Dödens skvadron"

Drashin nickade sakta och båda drakriddarna såg snabbt mot Ma'sharos'tian.

"Jag trodde hon redan var en del av skvadronen", muttrade Hiram och grävde i sockerskålen. Diriska gav ängeln en sträng blick som helt ignorerades.

Drashin tvekade en aning och såg mot Asama ännu en gång. "Om Asama inte har något att invända och Mira envisas..." sa han långsamt

"Mira är en del av skvadronen", sa Hiram och rätade på sig. "Lika mycket som de två häxorna från Spökriket, Diriska och mig själv. Ingen av er har insett det redan."

"Ängel *Hiram*", sa Ma'sharos'tian men hon ignorerade honom.

"Det stod skrivet i en gammal skrift", sa ängel och smuttade på sitt te. "'Tillsammans med klippornas folk, riddare av drakar, den förlorade modern och den vildes fränder skall hon, uppvuxen av drakar, vandra till lejonens rike. Där skall hon bliva ett med Döden och som Dödens krigare skall hon återvända till drakarnas rike.'"

Ma'sharos'tian undrade var Hiram hade fått tag i den skriften. Endast han själv och en till kände till den. De andra stirrade förundrat på ängeln som lugnt rörde i sin tekopp. När hon tittade upp gav hon alla ett undrande leende.

"Mira är en del av skvadronen", sa Drashin långsamt.

"Hon behöver bara svära sig till den", sa Hiram lättsamt och smuttade på sitt te. "Att hon inte gjort det redan är förvånande. Hon borde ha gjort det långt innan vi lämnade Soma."

Ma'sharos'tian suckade. Hon hade rätt. Mira var en del av Dödens skvadron. Hur den forne ärkeängeln kunde veta det, var något han fick fundera över senare. Han vände sig mot Drashin och Mira.

"Ni hörde ängel Hiram", sa han och vände sig mot Drashin och Mira. *"Mira är en del av skvadronen. Det enda som hon ska göra är att svära in sig i den."*

Mira tvekade bara helt kort innan hon sjönk ner på knä framför Drashin. Hon lyfte blicken och såg stadigt på honom.

"Det är så här jag ska göra, eller hur", sa hon.

Drashin suckade bara och lade sin hand på hennes huvud. "Om det är det du önskar", sa han trött. "Men det kanske redan var förutbestämt att du skulle bli en av skvadronen."

Ma'sharos'tian kände en lättnad när hon svor sig till honom. Han kunde inte låta bli att sucka lättat. Diriska klappade honom lugnande på armen. Han böjde lätt på nacken mot draken. Hon trodde att han var orolig. Men med Mira i skvadronen…

"Nu är skvadronen äntligen fullbordad", sa Ma'sharos'tian när Mira reste sig igen. *"Hiram var den första att visa sig, för över tvåtusen år sedan. Mira är den sista att sluta sig till den. Dödens skvadron har äntligen sina krigare samlade."*

Människorna, draken och ängeln i rummet såg oförstående på honom. Han kunde inte låta bli att skratta när han såg deras undrande miner. Han slog ut med armarna och lyfte blicken mot taket.

"Dem är samlade, broder Soras!" utbrast han. *"Dem är äntligen samlade! Kanske kan Isashai förlåta oss nu."*

"Isashai?" sa Drashin frågande och stirrade på honom. "Broder?"

Ma'sharos'tian sänkte sina armar och mötte hans blick. Givetvis, människorna kunde inte minnas Isashai. Hon dog för så många, många år sedan. Tillsammans med de galna drakarna. Det högg till av saknad och sorg i hans bröst.

"Det namnet låter så bekant", sa Diriska och lade ett fundersamt finger på läpparna. "Ett namn som jag hörde talas om för så länge sedan."

"Ah, det var så länge sedan", sa Ma'sharos'tian sorgset. *"Det är inte viktigt nu. Det viktiga nu är Asharak och hans demoner."*

Han kände sig lättad när Drashin och Asama nickade bistert. Han hade lyckats få dem att tänka på något annat. De var ännu inte redo att få veta om Isashais öde. Nu var det dags att gå till strid mot Asharak. Det var dags att möta den fallne ängeln.

Rasande vräkte Asharak iväg bordet. Aram Trasher kastade sig undan när det träffade väggen där han stått. Den fallne ängeln vrålade ut sin vrede.

"Tvåhundratusen demoner!" röt han ursinnigt. "Hur kunde han utplåna tvåhundratusen demoner i ett enda slag?"

Marish satt lugnt på den upp och ner vända lådan och såg hur Trasher tog sig upp på fötter igen. Marish hade inte haft något med invasionen av Soma att göra. Det enda han hade gjort var att visa upp sig för Drashin, precis som han skulle göra. Frånvarande strök han handen över dem tre vita fingrarna på hans vänstra hand. Det var det enda som verkligen var han. Resten av hans kropp var något annat. Vad visste han inte, och brydde sig inte heller. Men hans sinne var inte mörkt längre. Kanske hade den nya kroppen renat honom.

"Jag vet inte, herre Asharak", stammade Trasher oroligt. "Dem borde inte kunnat komma undan demonerna. Dem borde aldrig kunnat försvara staden som han gjorde."

Marish suckade. "Drashin är den bäste försvararen i hela världen", sa han. "Om han hade bestämt sig för att försvara staden i ett år så hade han gjort det. Han hade kunnat försvara staden i en evighet. Ni hade aldrig kommit innanför murarna. Inte ens jag skulle fått honom att komma ut om han inte ville."

"Jag vill veta hur han utplånade mina demoner!" röt Asharak. "Jag vill ha honom död! Jag vill ha Drashins huvud!"

Marish sa inget utan sneglade bort mot Trasher. Den höknäste mannen tvinnade nervöst sina händer och såg på Asharak. Han trodde säkert att han skulle få skulden för misslyckandet i Soma. Marish brydde sig inte om vad som hände med mannen. Men han hade en vag känsla av att han ändå ville att han skulle leva ett tag till. Kanske skulle han ge Aram Trasher som en present till Drashin.

"Marish", morrade Asharak, "jag vill att du tar en här på femtio tusen demoner och rör dig mot Terabelle i detta nu. Jag vill utplåna den staden och drakriddarna. Jag vill utplåna Drashin!"

"Nej tack", sa Marish och reste sig upp från lådan. "Om du inte kunde inta Karash med tvåhundratusen demoner. Karash som enbart hade runt trehundrafemtio drakriddare i försvaret. Hur skulle du kunna inta Terabelle, världens största stad, med bara femtiotusen? Terabelle, där drakriddarna har sitt högkvarter, med minst femtonhundra drakriddare och kanske mellan femtio och hundratusen amdorianska soldater. För att inte tala om att Soma har en mindre här som huserar där också. Jag höll på att glömma, de tre drakarna finns ju alltid i närheten av staden också."

Han såg stadigt den fallne ängeln i ögonen. De blå ögonen blixtrade nästan av raseri. Marish kunde inte låta bli att le mot honom.

"Dessutom tänker jag inte leda en här av demoner", sa han lugnt. "Låt Trasher ta hand om demonerna. Jag har min egna armé. En armé jag kan lita på gör som jag säger."

Den rasande ängeln blinkade förvirrat mot honom. Hans leende blev större. Tänk om ängeln bara visste vad han hade för planer.

"Du har en armé?" sa Trasher klentroget. "Det är omöjligt."

"Sprid ut att jag än en gång går bland de levande, Trasher", skrockade Marish. "Det finns fortfarande folk som är mig trogna."

Han vände dem ryggen och lämnade rummet. Asharak röt åt honom att han skulle komma tillbaka, men han ignorerade honom. Han lämnade det förfallna palatset i Harash. Regnet föll och det gjorde stanken från träsket runt staden ännu värre.

Han såg med avsmak på demonerna som myllrade utanför palatset. Demonerna, stora som små, backade undan från honom där han gick. Skräcken lös i deras ögon när dem såg på honom. Han fnös åt dem. Han föraktade demoner. Följde alltid den starkare.

Marish undrade förstrött hur många av hans forna följeslagare som fortfarande levde. Han undrade vad han skulle göra med dem. Han hade inte samma önskan längre. Han ville inte styra, han ville inte ha makt, han ville ha frid.

Han undrade om Faras fortfarande levde. Det var en man som han misstänkte att både Drashin och Asama ville ha tag på. Han undrade om Mira kände till honom ännu. Faras Timan, far till Mira Mashok. Kanske

skulle han ge henne fadern. Marish var själv nyfiken på att få reda på var-
för han hade lämnat henne i skogen för att dö tillsammans med hennes
mor.

"Först måste mannen komma till mig", muttrade han och vandrade ut
ur staden.

Han stannade alldeles utanför den förfallna porten. Hundra soldater
reste sig genast från sina eldar och såg på honom. Han log när han såg
dem. Enfaldiga dårar, så fort ryktet om hans återuppståndelse fått fart
hade giriga män sökt upp honom. Dem trodde att han åter skulle söka
herraväldet över världen.

"Nå, jag har en överraskning åt hela världen", mumlade han och leen-
det växte än större. "Kom broder, det är dags för oss att dansa en sista
gång. En sista dans och sedan ska jag få frid."

Bron knarrade av vagnens tyngd när den åkte över. Floden var grän-
sen mellan Narkia och Gesha. Hästarna traskade lugnt och stadigt över
den något rangliga bron. Det var sällan någon reste över den, inte ens in-
nan Narkias dåraktiga anfall mot de norra rikena.

Månen skymdes av molnen och det var nästan helt svart. Men det be-
kom inte dessa hästar. De skulle kunna gå över en väg som knappt syn-
tes dagtid utan att missa ett enda steg. Så hade det varit i nästan tre-
hundra år nu.

På kuskbocken satt föraren ihopsjunken och funderade. Han var
tvungen att bege sig ner hit. Någon måste hämtas. Han brydde sig egent-
ligen inte om vem det var. Bara att personen i fråga måste lämna Narkia.
Vem det än var fick människan inte hamna i klorna på Asharak.

Vagnen gungade till lite extra när den lämnade bron. Föraren på kusk-
bocken gungade med i rörelsen och såg surt framför sig. De få som
kände till honom, såg honom som en butter bonde. Ingen av dem visste
vad han var eller att han rörde sig fritt ovanjord. Endast en visste om det,
Sharos. Fast människorna kallade honom inte det. Lika så som att han
själv inte kallades för Soras. Det namn han var känd för, var ett namn
som fick till och med den modigaste av män, och de mäktigaste djävlarna
och änglarna att darra av skräck. Nu muttrade han buttert för sig själv.

"Ner till Narkia för att föra ut någon viktig människa", muttrade han
surt. "Undra om det kan vara nog? Skall jag föra människan till Sharos?"

Han höjde blicken mot himlen och tog av sig solglasögonen. Han hade
blivit inspirerad av dem när han varit i Therhan, den värld som Drashin

kom ifrån. Mycket praktiska. Hans gröna ögon såg på den molntäckta himlen. Gröna ögon, utan ögonvita och pupill som hos raserna ovanjord. Ögon som var vanliga hos demoner eller djävular. Det var vad man kallade honom, en djävul.

Ett skaft välte och slog honom på axeln. Han grep tag i det och lyfte, med lätthet, den väldiga hammaren. Han studerade det torkade blodet som fanns på det. Han suckade sorgset när han lade tillbaka den i vagnen bakom sig, bredvid en väldig yxa.

"Om du måste, broder Sharos, kommer du kunna strida?" muttrade Lasoras, den galne, och klappade på skaftet till hammaren. "Eller tror du att vi kan hålla oss undan, så som du gjorde när Nariff härjade?" Han rörde lätt sjalen som dolde ansiktet. "Smärtar det dig fortfarande att du var tvungen att döda Isashai?"

Tyst skumpade vagnen vidare söderut i natten genom Narkias skogar. Tystnade bröts enbart av den galnes muttrande.